一苇渡江

北辰 ◇ 著

上海文艺出版社
Shanghai Literature & Art Publishing House

图书在版编目（ＣＩＰ）数据

一苇渡江 / 北辰著. -- 上海：上海文艺出版社，2023

ISBN 978-7-5321-8851-2

Ⅰ. ①一… Ⅱ. ①北… Ⅲ. ①长篇小说—中国—当代 Ⅳ. ①I247.5

中国国家版本馆CIP数据核字(2023)第178568号

发 行 人：毕　胜
策 划 人：杨　婷
责任编辑：李　平　程方洁
封面设计：悟阅文化
图文制作：悟阅文化

书　　名：一苇渡江
作　　者：北　辰
出　　版：上海世纪出版集团　上海文艺出版社
地　　址：上海市闵行区号景路159弄A座2楼
发　　行：上海文艺出版社发行中心发行
　　　　　上海市闵行区号景路159弄A座2楼206室　201101　www.ewen.co
印　　刷：三河市华东印刷有限公司
开　　本：880×1230　1/32
印　　张：11
字　　数：276千
印　　次：2024年1月第1版　2024年1月第1次印刷
ＩＳＢＮ：978-7-5321-8851-2/I.6977
定　　价：78.00元

告读者：如发现本书有质量问题请与印刷厂质量科联系　T：0316-3312202

故事梗概

世人终日忙，无非名利场。

瓷城老字号瓷塑名家"紫云瓷坊"在清光绪年间曾在一夜间遭到山贼洗劫，家传"瓷圣"何朝宗款的《一苇渡江》白瓷达摩像被强行抢走，为此，掌柜沈敬德被刀削去双手大拇指，废掉了捏塑白瓷的本事。此事成了沈家一个挥之不去的阴影。

沈敬德从老爷子手上接管瓷坊后，不只壮大瓷业，还将三个儿子培养起来。长子沈怀安恭谨老成，是沈家瓷塑的最佳传人，娶了同为瓷业名家的"瑞荣瓷坊"的秦家女儿秦惠心为妻。沈怀安凭小时候记忆，成功捏塑并烧出仿何朝宗款的白瓷达摩像《一苇渡江》，在瓷王争霸赛上一举夺魁，被任命进京向老佛爷祝献寿礼。不料在刺桐港随官家福船出海后，遭遇海盗和革命党双重夹击而沉船。沈怀安幸被海边渔女小叶所救，却陷入长期失忆状态，短暂安生。后来被多情戏子白艳青所骗，藏养在集市，终因机缘巧合，得以回到沈家老宅，却已然物是人非。

沈家次子沈怀仁被称为"混世大魔王"，从小不安分，不喜欢家族捏塑瓷艺，更不喜欢舞文弄墨，到处惹是生非，不顾父母阻拦，跑去学白鹤拳，之后加入革命党，一度随进步人士前往广州参加起义，后被秘密派回省里送情报，一路被追杀。后来结识温陵女侠傅红琳，意气风发，趁着大清朝国运衰败而大干革命，凭一身武力以为可奔前程，不料最终陷入层层诡计，害得温陵女侠含恨殒命，抱憾终身，还害得沈家老爷子为其投身窑火，以命祭窑。沈怀仁幸得红颜知己潘安尔跟随左右，重新走上革命正道，敢于与日本浪人倭寇正面抵抗。

沈家三子沈怀远自小聪慧过人，学得满腹才学，得家人支持，远赴省城得受新学，从更多进步文字上得知天下形势，更向往海外新学。因此抛下儿女情长，带上母亲的瓷花名作《一树寒梅》远赴东瀛，几经波折，得以学习经济。不料，在日本受人排挤、诬陷，只得仓皇逃回国内，继续投身如火如荼的新革命大潮中。

而沈家瓷塑的支撑者沈敬德，在家国风雨飘摇中，努力保护家小，上敬老，下安小。然而，面对弟弟沈家弘一番败家行为，面对儿子引来的杀身之祸，面对官员与同行的倾轧欺诈，以一身正气力挽狂澜，铮铮傲骨，立于不败，堪为后世楷模。不料在与日本浪人前来骗艺的交手中中毒身亡，是为千秋遗憾。

目录

一、楔子

清，光绪年间。深秋一个静夜，霜寒大地。

沈家大宅内数十号人手擎火把，映照出一张张扭曲的脸。沈家上下老少被押至墙角一处，挤挤搡搡，或因惊惶不安，或因霜寒侵骨，均瑟瑟战栗。

匪兵剽悍，个个络腮胡，脸罩冷森，手提白惨惨寒刀，好不怕人。

霜寒四下游走。众人齐齐望向那扇紧闭的雕花木门。他们在等。

毕竟更深夜半，花厅内，灯油欲尽。沈家祖孙三代，默然颓坐于灯影微晃中。老爷子一声不吭，一味枯寂。沈敬德大气也不敢出，只盯着老爷子花白的头发，花白的胡子。三个孙子辈的更是你看看我，我看看你，毕竟尚未能懂眼前如此光景，但觉心头阴沉沉，似有东西压住，快要喘不过气。

"里头的人快点！可仔细一家老小的性命！"门外忽地撞进话来，干冷冷，气冲冲，吓得三个娃儿不由哆嗦，惶惶然望向大人。

老三忍不住支吾，阿爹，我要尿尿。

老二略懂事，胳臂肘杵了杵老三，叫他忍住。

老大只知情形不对，咬咬唇便说，阿爹，咱们只管跑吧。

敬德瞪了他们哥仨儿一眼，示意他们都不许言语。

"砰"一声，门忽地被踹开，将三个娃儿吓得浑身一震。夜霜携了深重寒气，呼啸之间撞进花厅，叫人无处可逃。三个娃儿惊慌中已扑至老爷子身侧，依偎着、瑟缩着。老爷子忙道，莫惊，莫怕，是爷们儿，得有金刚傲骨！

敬德上前拦住，以防有人冲进来。门外骑在高头大马上的匪首朗声叫道，来呀，把东家给我拖出来！

匪兵随即冲入，不由分说，将敬德左右架住，硬拖出花厅。三个娃儿乱纷纷叫唤阿爹，声嘶力竭，撕裂夜幕霜天。

院内一众伙计并妇人，早已哆嗦成团。沈夫人苏婉瑜由李妈搀着，一见老爷被押出来，她顿感要坏事，心已蹦到嗓子眼儿，泪也不争气地溢出眼角。

来呀，将东家手指头……削了！

敬德拼力挣扎，却被几名匪兵大汉硬将双手摊于石阶长凳上，早有寒光逼人的短刀架在他双手背上，齐刷刷地对着十指根儿，只消一用力，敬德捏了三十多年瓷泥的十根手指头眼看便要被切掉。

丫鬟伙计们怕得别过脸去，哪个敢看削指一幕？婉瑜身子发软，几乎站不住，却听李妈附耳言语，快想法子，想想当年苏老夫人的手。

苏老夫人是婉瑜的亲娘，当年遭人陷害，被施以拶指之刑，十个手指头生生被夹棍夹爆了骨头，一双捏塑瓷花的巧手生生被废了。

如今，刀已横在老爷十指上，数十只火把光下已见渗出血丝。婉瑜突然尖声叫道，住手！

到底还是迟了一步，下刀之手被突如其来的叫声生生震住，可敬德双手两只大拇指都已被生生切下。

婉瑜惊声尖叫，扑上前，凭柔弱之躯撞开匪兵，扶住浑身颤抖、咬牙硬撑的老爷，泪已下来，慌得不知如何才能止住老爷满手的血。

婉瑜，快走开！

短短数字，从敬德喉底深处奋力迸出。

婉瑜又痛又怕，慌手慌脚地拿手帕包住老爷的一手，再扯出一方帕子包他另一手，慌手慌脚中，却被敬德甩脱。

匪兵又来扯敬德。婉瑜再顾不得许多，尖叫着推开前来拉扯的匪兵，转头瞪了匪首一眼，梗着脖子说，我们——给！

她硬着头皮，在众目睽睽下朝前走，上石阶前，听敬德咬出一句，婉瑜，别胡来！

婉瑜顿一下，仍旧昂首，提裙迈步，碎步上了石阶。身后马背上歪着嘴的匪首补了一句，麻溜地，大爷可没耐心了！

婉瑜只身进了花厅，返身将大门掩上，最后一缝只看到敬德摇头示意，他手上包裹不严的手帕早已被血渗透。

三个娃儿扑至婉瑜身旁，叫着阿娘。婉瑜望向仍然咬牙枯坐的老爷子，狠狠心说，阿爹，请恕儿媳斗胆说几句，您常言，人要有金刚傲骨，自然是没错。可儿媳还听闻，能屈能伸方为大丈夫，大丈夫不吃眼前亏，才刚您也看到了，您老人家竟要眼睁睁看着敬德被削了手指，从此废了不成？

话不重，可生生戳人心窝。老爷子终于深深叹了一声。这一叹，精气神已散了大半。

老爷子沙哑着说，多早晚了，横竖躲不过，去，且拿了来吧。

婉瑜点头，转身去了内堂，出来时，手上拿了一件白晃晃的瓷像，仔细端放在桌上。

灯火微微，仍映出瓷像身上一层柔柔的光晕，温润如脂。

三个娃儿看一眼白瓷，又看看阿娘和阿公，仍是不敢作声。

老爷子清清嗓子，仍旧低哑道，你们且都看仔细了，记住这尊瓷像的模样，日后，但凡有机会，好歹，再把他请回来！记住了！

老三小声问，这人是谁？怎生一脸苦相？

老二也小声问，能值不少银子吧？要不，他们来抢作甚？

只有老大若有所思，欲言又止。

婉瑜说，老大想说什么，但说无妨。

老大素来实诚，正经地问，阿公，这是不是您说过的何朝宗款的达摩？

老爷子微微点头，语气缓缓却又凝重地说，正是，孩子，你可记住了，这是《一苇渡江》。

老三凑近装作细看，嘀咕道，阿公常说的一苇渡江，我怎么找不着那"一苇"呢？

老二道，你懂多少，整日只会钻到旧书堆里，懂什么叫境界吗？境界——若是让人瞧见一根苇草，那能叫境界吗？嘁！

老大没言语，只顾瞪大双眼，要把眼前的白瓷雕像看个通透。

老爷子已不忍多看一眼白瓷，只打量三个孙儿，尤其是对长孙，见其眼里越发有了光亮。

婉瑜拍拍老大，老大方才醒悟一般，说，记住了，孙儿全记住了。

老爷子身子微微前倾，凑近了问，你且记住多少？

老大咽口唾沫，认真应答，全记住了，阿公放心。

老爷子满意了，闭上眼，不再多瞧，坐端正了方说，送走吧。

厅门大开，霜寒夜风瞬时扑入，三个娃儿又哆嗦几下。老爷子兀自不动，只白须白发略略披拂，竟连眼都不睁一下。

众人瞧见夫人婉瑜毕恭毕敬地捧着白瓷达摩，出了花厅，神色淡漠，瞧不出任何情绪，便将瓷像交予来人。只听匪首冷笑道，要早交出来，何至于这般折腾？

火光远去，人声杳逝，沈家大宅陷入更深重的霜寒里。

仿佛天地一下安静了，远远的若有几声犬吠，也渐次消弭。

厅堂上，婉瑜即刻打发人去请大夫，已顾不得脸上泪寒，正待去扶敬德，却被他一肘顶开。敬德早已疼到脸色煞白，满额大汗，竟把脸一沉，不理会婉瑜。

老爷子看了看儿子敬德的手，摇头，抹泪，沉声道，你受苦了！

敬德还硬气，只说，阿爹……我没事……大不了……以后不捏瓷了。

言毕，已瘫坐椅上，倚住桌几残喘。

三个娃儿见父亲满手鲜血，早吓得不敢吱声。老三更是吓尿，不禁抽泣起来。老二没好气地损老三，没出息。

敬德咬牙凶了一句，还不快带他们去睡？

婉瑜慌忙起身牵过老二老三，招呼他们快走。老大却又回身，扶着老爷子，附耳问道，阿公，我也看不出那"一苇"到底在哪，达摩他怎么渡的江呢？

老爷子抚着长孙的头，手却抖得厉害，颤声道，达摩要渡江，人家不许他上船，他用一根苇草便做到了，渡的不只是江，更是人心……

话未尽，老人家的声音越发嘶哑。

敬德不耐烦地说，阿爹，您说这些作甚，他还听不懂！

老大却抬头，一本正经道，不，我听得懂——我懂！

老爷子见长孙双目清亮，心知他必有所悟。

花窗外，天色将明。

二、夜难安

1

在省城马尾港下船后，沈怀仁身后有了尾巴，好比入海口的猎猎长风，一直跟出港口大门。

怀仁精得很，哪能不知身后十米远那四个黑褂汉子别有企图？他走走停停，不出一里，便知甩不掉尾巴。也罢，爷在船上窝了三日，索性今儿就拿他们松松筋骨，谁让他们白长了眼却不识相，自个儿找上门儿来？！

如此一寻思，怀仁便不着急赶路，一路晃晃悠悠，才拐进路旁一家茶铺。眼尖的伙计赔着笑，给上了一壶省城地道的茉莉花茶。好茶好水一入喉，怀仁顿觉越发精神，长舒一口气，才冲铺门口发话，你们也别缩头缩脑了，识相的，到前方林子等我，以免坏了茶铺生意。

但见铺门外四个黑汉起身便走，头也不回，走远后隐入前方林子。

怀仁嘴角一扬，继续抿茶，不消片刻，兀自将一壶茉莉花茶饮尽，往桌上按了几枚钱币，整整衣裳便要出门，却听有人发话，少年郎，不可大意轻敌。

怀仁侧身一看，茶铺支棱开的轩窗下，一老者低头抹桌子，却未多言。怀仁拱手致礼，谢过老人家，便纵身一跃，跳出门外七八步远，直奔前方林子。

已是晌午时分，日光正好。林鸟一时惊飞，旋即远去。怀仁天生几分傲气，区区四个汉子，他尚未放在眼里，自恃以一对十，放倒几个不在话下。人家也不躲他，于林中阴影下一字排开，只等怀仁上前。

少不得一场打斗了。怀仁耳旁回响起返程之前意洞兄的千般嘱咐，凡事必要冷静，万不可逞一时之勇，危急时刻，保命为上。

怀仁立在大日头底下，可巧在林子边上，望林中更觉晦暗，一时辨不清四人真面目。怀仁倒也不怵，便问，朝廷派来的吧？

四个黑汉一声不吭，齐刷刷亮出刀。别看他们一身布衣，刀却是官家的，明眼人一看便知。他们二话不说，冲向怀仁举刀就劈。

这不是江湖，怀仁惹的并非江湖恩怨。彼时他尚不大懂，自己惹的是一国之政。

目下，对方的大刀已当头劈砍，避无可避，怀仁迅疾撤身，倘若一味后退，自然跑不过对方的前冲，连连闪过几刀后，就地拾了一截断木，勉强挡下两刀。

情况更糟了，断木不过朽木而已，两刀过后粉碎开去。好在怀仁的白鹤拳也不是白练的，绕过一棵老树，趁地势来个急刹摆尾，连环两脚，踢飞了两名黑汉的大刀。也不容对方反应，怀仁立马双拳跟进，左右开弓，重重砸在两名黑汉心口处。后头两名黑汉挥舞大刀再要救急，瞬时却被怀仁抢先，又是连环两脚，克敌于三米开外。

以一敌四，怀仁自是不怕的，也不大意，不过一念之慈，不想在光天化日之下，在离茶铺和官道不远处妄下杀手，以免引发恐慌，事态一旦扩大，于他脱身不利。

为速战速决，怀仁招招均要制敌，至多重挫对方手脚，不愿伤其性命，免得不可收拾。不料对方意在拿住怀仁，极尽手段，断不想见好就收，趁怀仁心慈放手之际，一人挥刀从后方偷袭，劈过怀仁后背肩胛。"嗞啦——"怀仁听见衣服皮肉划开的声音，剧烈的疼痛在后背骤然撕开。

这下激怒了怀仁，他牙根一咬，怒目大吼，再出手时已加上千钧力道，左劈右撞几乎将两名黑汉胸口震裂。上前扑救的另两人更惨，被他扭住手腕，一反手被生生拧断手骨，才刚惨叫，另一人小腿骨已被怀仁飞起一脚，霎时击裂，惨叫连连。情势顷刻扭转，最后，怀仁怒喝中几欲再起拳脚，对方连滚带爬，仓皇吓走。

这日夜里，怀仁顺利混进省城，在路边买了几个包子，草草填了肚，谨慎地避过各种耳目，不时隐入各条巷道暗影，像一抹幽灵，穿行在省城春夜的潮气里。

他腿脚还算利索，可行动到底慢了，因后背肩胛处的刀伤未及处理，疼痛发作。

沿途不再有人尾随，怀仁心知此行要入省城，必定会招引想要抓他的人，但他不得不进城。怀里那封密函，他非送达不可，那是他拿命起的誓，死也要送到。

城里宵禁，大街小巷鲜有人影，静谧得教人心底生寒。怀仁不敢先去药铺，路过一家即将关门的西药房时，原想进去处理后背的刀伤，转念一寻思，仍未贸然行动，恐暴露行踪。在阴暗小巷内，他撕下衣襟一角，随便垫压在后背伤口处，勉强止住血。其实，血已凝结。

这点伤算什么？如今尚不知意洞兄他们怎样了，不过，依这一路的情形来看，事情怕是不妙。几日前，怀仁尚在广州秘密与一大批志同道合之人汇聚一处，意洞兄便是其一。怀仁不知不觉被他们肝胆相照的精气神所熏染，他的血气也跟着翻滚不息，抱着必死的信念，敢于慷慨赴死，敢为推翻腐朽旧制拼上一命。他们秘密谋划时，横竖是如此说的，怀仁在旁听得真真切切。彼时，他已忘了身后的一切，一心抱定赴死之念，无畏无惧。

奈何意洞兄临时改了主意，将他打发了。那一夜的江风尚有几分早春寒意，怀仁和众人窝身于临江一处民宅小楼，听完意洞兄等人的谋划，已至凌晨，怀仁却毫无睡意。孰料，意洞兄要回屋前，拍拍他的肩膀，轻叹之余，目光里竟有些意味深长。天亮后，意洞兄将怀仁支到僻静处，告诉他，赶乘清早一趟货运船，速速离开广州，返回福建。

怀仁不解，跟随意洞兄一路到广州，原是为了他们和无数人追慕的光明大业，革命的盟约一旦定下，怎能说改即改？怀仁不依，他可是等着跟意洞兄和更多志同道合的弟兄们一道去干一场轰轰烈烈的天下大事，谁也别想拦他。但他很快发现，意洞兄双眼微肿，红丝密布，想是一宿无眠。意洞兄自怀里掏出小油纸包，塞在怀仁手里，嘱咐藏好，说此乃机密，请他务必迅速赶赴省城，至其家宅，送达此密函，事关多人性命，绝非儿戏。

怀仁在意洞兄的目光里，看到了另一层深重的隐忧，这让他无法拒绝。意洞兄是对他深信不疑的，冲着这份情谊，怀仁也不能再拒，势必完成他所交付的使命。可怀仁心中有数，意洞兄他们要去干一件大事，惊天动地的大事，有命去，未必有命回，此行前途未卜，九死一生，这一别，或成永诀。意洞兄却只拍拍他的肩膀，意味不尽，只言，我死，愿为转达，保重！

此前，怀仁瞒住家中双亲，随同一帮习武之人奔赴省城，此行目的为何，他尚不明确，只闻听师兄弟们慷慨激昂拍胸大言，凡英雄志士，当为苍生奔赴天下。怀仁在省城的紫云瓷坊分号小住时，因师兄弟引荐，认识了仅隔几条街坊的意洞兄，几番听讲后，大有相识恨晚之意。意洞兄出身书香门第，据说早早受了新思想，在家中设学堂，秘密宣讲新进理论。怀仁原本意气风发，每听意洞兄所讲民主思想等，甚觉有理，深深折服。后来，便随其奔走广州，为共同的革命之志，谋定而后动。

虽时日不长，但怀仁跟着意洞兄和一帮志在革命的义士，长了不少见识。关键是，心更野了，胆更肥了。死都不怕，还能怕什么？年仅十六，怀仁纵然书读不多，却不影响心怀天下。他自恃凭一腔热血，一身铁骨，一样能顶天立地，为天下万民，当为大丈夫所当为之事。

可到头来，却莫名被意洞兄给遣回来。怀仁心中诸多不甘，奈何意洞兄强调事情的严重性，让怀仁再不敢推言，次日便早早动身。

自广州返程的船上，怀仁谨遵意洞兄教诲，时刻警惕，好在并无人尾随。不料两日后抵达省城，才下了船，竟被盯梢了。怀仁料定意洞兄等人的起义事败。当务之急，必须将怀中密函送至意洞兄家宅，万不可节外生枝，免生祸患。

怀仁一路摸黑，听得街巷几声犬吠，反倒心神稍安，起码眼下未出乱子。先前多次到意洞兄家宅听其授课，路巷倒也熟稔，此时夜阑人静，一路倒还顺遂。终于到了位于坊巷口的林家大宅，已是凌晨，天已见白，但最是不宜叫门。怀仁迅疾闪至林家大宅前，将密函塞进门缝，为免生事端，旋即离开。疾步走出三条街巷，他又担心有变，只得折返潜回，藏身于林宅斜对角的巷内，秘密观望。直至天光大亮，林宅家仆开门打扫，发现门缝下的密函。怀仁确定密函安全，方才悄然离去。

坊巷清静无人，几个拐角后，怀仁便能回至紫云瓷坊分号，他的三弟沈怀远大概还在睡梦中呢。怀仁打小惯会捉弄这个书呆子三弟，此刻，若是从天而降，吓他个措手不及，倒更像日子安好的样子。尚未到那，怀仁见一辆马车朝出城方向去，赶车的人正是他们家的旺儿。旺儿与三少爷沈怀远素来形影不离，他们一早出城，必是远行，估计是要回老家瓷城吧。

怀仁见着家人，心头一紧，几欲上前招呼。手伸一半，后背刀伤扯得生疼，赶紧缩回暗处，不知四下还有多少眼睛在寻摸他，万不可一时疏忽，给家里带去灾厄。

一念及此，他只得偷眼望着马车慢慢走进清早的水雾，心底无边沉沉。直至见不着马车影子，他才忍着后背伤痛，转身往相反方向，隐入晨雾。

2

仁儿……

一声惊呼，婉瑜一下从床榻坐起，手还往空中探去，却只抓得一把清寒。

凌晨这一惊一乍，将老爷敬德也给惊醒了。敬德拿眼一看，见夫人呆呆的背影，鬓发松散，竟觉几分心酸。他挣扎坐起，轻声安抚，做噩梦了？

仁儿他……浑身是血，他……他……

婉瑜仿佛亲眼所见，吓得身子不禁颤抖。

敬德长叹一声，转头看看微微发白的窗户，索性掀被下床，到近旁桌子斟了半杯热水，递到夫人手上时，瓷杯已温热了。

你呀，多早晚才能安生！

老爷，仁儿已半年多没消息了，为娘的如何安生啊？婉瑜手心的瓷杯虽温热，无奈心却是凉的。

这小子……唉，自小就数他最不叫人省心！

敬德一边絮叨，一边背倚眠床，扯过被子，言语中不免生怨。敬德膝下已有三个儿子——老大怀安，老二怀仁，三小子怀远。为这三个儿子，夫人婉瑜几乎熬掉了芳华姿容，夜晨惊醒，更显憔悴。敬德不忍多看一眼，闭目胡想，满腹心事。

喝了两口热水，婉瑜便觉身子有了些许暖和。只是经梦一吓，全没了睡意，只得也靠住床头，心神难宁，惦记着今日须得到菩萨跟前多上几炷香，祈祷福佑。

素来安分守己的夫人，倘或知晓儿子此刻正生死逃亡，只怕魂都吓飞了。

天，亮得很慢。

敬德早早赶去瓷窑，连日春雨，他心内始终放不下窑火情况。开春以来，紫云瓷坊已下到第三窑瓷，春寒料峭加春雨连绵，恐是老天不乐意，前两窑皆没控稳炉温，坏了不少瓷件，这在老字号瓷坊，原算不得什么，但敬德仍隐隐不安。他打发人传了话，让老爷子和夫人不必等他早饭。

自敬德接掌紫云瓷坊后，夫人婉瑜心气更长了许多，无须交代，她便自主将家里一应事务包办得妥帖顺遂，凡事体面，里外巨细无不服人。她给沈家生养了三个儿子，这份功劳，凭谁也抹杀不了。

老大怀安，承袭父血，规矩有余，自来本本分分，跟在长辈身后里外习得，下气怡声，倒也无需替他操心。只是活泛不足，假以时日，多加磨炼，料他将来必能撑起门面，应不至于叫家业败落。

老三怀远自小最让人放心，从来只知闭门读书，两耳不闻窗外事，外头哪怕天塌地陷，也惊扰不了他，因而聪慧过人，才学满腹。先生们皆断言，孺子绝非池中之物，将来或有作为也未可知。

却是老二怀仁最不教人省心，这位名字听来颇为温文的二少爷，天生长了逆骨，到哪都一副不好惹的样儿，自小就扬言，将来学了功夫，定要杀进山匪老巢，为阿爹报当年的削指之仇。这份天不怕地不怕的架势，最让婉瑜放心不下。夫人嘴上不大说，更不敢跟老爷提，一提必定烦心。

二小子也是敬德心头的一处痛，怎地偏就生成个混世魔王，自小就爱上蹿下跳，里头吵，外头闹，叫人半刻也不得安生。慢说沈老爷子拿这个二孙子没辙，即便敬德这个当爹的，打怀仁打断的木棒竹棍摞起来，怕是够烧一窑瓷了。

二少爷怀仁天生皮粗肉糙，父亲执家法时，他不躲不闪，反将屁股一撅迎上去，嘴还硬，口口声声激你打，更叫人气不打一处来。当爹的下手更忘了分寸，只顾狠揍。孰料，臭小子越打越瓷实，十几岁的光景，越发打不得了，也不知从哪得了消息，说邻县风行一时的白鹤拳要招收门人。这小子跟打了鸡血似的，在家里兴奋得又上蹿又下跳，一刻也不安分，不让他去，他便将好好的家整得鸡飞狗跳，个个不得安生。沈老爷子是不管的，跟敬德说，你自己的儿子，你自己管。敬德倒是想管，奈何管不住了。他的威仪放家中哪都行，谁都惧惮，可偏生这个混世魔王，他真降不住。

所谓一物降一物，能降住怀仁的，就只一人——母亲婉瑜。婉瑜一个眼神，一句呼唤，怀仁便能安静乖顺下来，跟孙猴子见着菩萨似的。可他铁了心要去学白鹤拳，他说了，家里有老大学瓷雕也够了，他对那玩意儿没兴趣，逼也白搭。话倒是实话，自小他便不喜欢玩泥巴，捏瓷泥这种事，他格外抗拒。初时，沈老爷子一度发话，三个孙子辈儿都得学，须将沈家的传统瓷雕传承下去。时日一长，老爷子算看出来了，怀仁不是那块料，志不在此，强求不来。

敬德哪能看不出来？肺都几乎气炸。他骨子里的骄傲，净让二小子给糟蹋尽了。这小子哪里是儿子，分明是生来跟他结仇的，上辈子欠他，这辈子硬要来讨了去。且由他去吧。

婉瑜能降得住二小子，可困不住他，末了，只得由他去。说到底，学点拳脚也不算坏事，往大了说，可保家卫国，虽不敢奢想，也指望不上；往小了说，能强身健体，但只不去干些违背纲常伦理、忤逆族规国法的勾当，有点儿拳脚功夫也是好事。

二少爷怀仁还真去了，奔邻县的白鹤拳去。这小子真能跟拳脚杠上，放得下少爷的架子，骨子里有狠劲儿，不久便拜得师门，遂了心愿。被他打发回来的家仆跟老爷夫人禀报，说那边师父直夸二少爷是块学拳脚的料，早晚能出师，叫老爷夫人放心。

婉瑜原打量这孩子只消吃些打，便会知难而退，未料，怀仁一入武门，如鱼得水，欢得忘归家门，两地相隔不过百十里，他竟一年回家不过三趟。不仅于此，学得三五拳脚，便随师父出门云游四方，一会儿听闻出现在鲤城少林寺，跟人切磋武艺，一会儿传言在省城紫云瓷坊分号出现，靦着脸讨些银子，旋即又不见了。还亏得省城分号颜掌柜有心，书信回报实情，老爷夫人方才知晓。省城瓷坊分号的颜掌柜到底是沈家最可信赖之人，叫颜右禧，早年跟敬德交情深厚，多年来忠心不二。颜掌柜信中说，提醒二少爷要回瓷城老家，多孝敬老人，奈何二少爷心野，嘴上应着，拿了钱转眼的工夫，人就没了踪影。唉，怕只怕这小子不知好歹，果真要杀进山匪老巢，指不定会闹出什么乱子来。

合该安稳的日子，无端又令人时而惴惴不安。事过一年半载，不提便罢，一旦提起，婉瑜忧从中来，脸上愁云惨雾，挥之不去，叫老爷看见，免不了被责几句，她却话也不知怎么回。

敬德惯能沉住气，但事关二小子，他压不住心头火起，少不得言语责怪。

当初倘或不是你发慈悲，舍得让那小子到处疯野，他也不至于敢背着长辈去习武。这下好了，才学三五下拳脚，便自以为了不得了，敢去闯天下了！哼，依我看，多早晚的工夫，他惹了大祸，你再替他垂泪吧。

话里分明的怨气，钢针一般，尽数朝婉瑜心头扎去。婉瑜背里暗里更没少垂泪，三个儿子中，偏数为这二小子流的泪多。

3

宣统三年，农历辛亥年。

在年届不惑的沈敬德执掌下，沈家的"紫云瓷坊"成功开设分号，分别落户省城、鹭岛和鲤城。沈老爷子寻思，即便现时双腿一蹬，两眼一闭，撒手西去，心无挂碍也使得了，有长子敬德在呢。世事变迁，人一辈子哪管得过来？留给儿孙经营，看天赏不赏饭吧！

在瓷城百八十家瓷坊瓷窑中，紫云瓷坊尚排不到头号，比之家大业大的还有三四家，更毋庸讳言，另有倚仗官家，吃几回朝廷赏银便自得意起来的，不时挂起旗帜，自诩官窑，分外招摇。此地得天独爱，盛产白瓷，自古却不在官窑上闻达，偶有，也极为少数，不成气候，更比不得史上凭官窑著称的江西景德镇。

紫云瓷坊毕竟年湮世远，有赖于祖上传得一手好瓷雕，素以雕塑如来、观音、弥勒等一众佛像名闻瓷坛。手艺传至沈老爷子一辈，沈家瓷艺之高妙，已得公心，立于不败。时天下苍茫，风云莫测，人生渺渺，但求安好。生意人嘛，素来无甚地位，也撑不起天下苍生，但求独善其身，这便是沈家祖训。

当年，老爷子放下话，沈家到他这一辈儿，差点儿断了香火。这个"差点儿"究竟怎样惊心动魄，老爷子不言，但说幸好有两个儿子，百年后总算也有脸去见祖宗了。偌大家业虽不至于风雨飘摇，沈老爷子却心头忧堵，时有莫名慨叹。自那年遭了匪劫，连累儿子敬德被削去两手的大拇指，他的心气也散了大半，便早早将家业交给儿孙。

长子敬德，性烈如钢，沉稳如山，凡事周全，基本不必担忧，虽说被匪徒削掉大拇指，后来他能坚持用剩下的八根手指头继续捏塑瓷器，一点儿也不耽误。长子是老爷子的原配所生，由他接掌紫云瓷坊的东家大印，自是顺理成章。谁也别不服！

唯一不服的次子沈家弘，他一声没敢吱，只能背着人后自个儿翻白眼，谁让他是"次"的呢？长幼上，他排到"次"也就算了，那是天命，逆不来的。关键是，他是姨太太所生，连出处也是"次"的。隔了肚皮出来，家弘偏就一副孬样，横竖也指他不上，再坏也坏不到哪去，上有兄长压他一头，谅他也兴不起风浪。

无论怎样，敬德都占了便宜。任何家族，长子身份在血缘上有无可替代的天生优越，他因而倍受老爷子器重，被视为家族正宗血脉的延续。次子差就差在那个"次"上，若按瓷艺领域的说法，但凡冠上"次"字，譬如"次品"，是断不能拿到台面儿上的。

瓷雕作品也有那以"次"充"好"的，自一千多度的窑炉里煅烧出来，自然不容易，有一丁点瑕疵，也是允许的，多半也能瞒天过海，能蒙混过关。可人就不一样了，一旦"次"了，很难再有翻身的机会，他家弘这辈子都抹不掉"庶出"的头衔。况且，家里的仆人看他母子俩的眼神，都有几分耐人揣摩的意味。

敬德就不同了，即使母亲过早仙逝，凭谁也无法撼动他长子的地位，更不可逆转。他也曾萌生出去广阔天地闯他一闯的念想，竟因二弟家弘的不争气给耽误的。相较之下，敬德聪慧持重，能坐得住冷板凳，能在老爷子严格的训斥与教诲中，皮坚肉实地坚持下来，一点一点地捏瓷泥，一点一点地雕出白瓷应有的仪态。敬德因此倍感内心的逐步强大，是一点一点越来越瓷实的感觉。

这恰恰是二爷家弘做不到的。家弘自出生伊始便一"次"到底。字也写不好，画也画不好，瓷也捏不好，连说话都没底气。一旦受到老爷子训斥，就如遇五雷轰顶，浑身筛糠。而一逮到出去鬼混的机会，立马眉毛眼神齐飞荡，自骨子里便浪开了。人的差别有时竟如此微妙，一样的种，隔了肚皮出来就不一样了。

于是，素来规规矩矩、毕恭毕敬的长子敬德，更得老爷子的宠。不知多早晚起，他便将自己视为紫云瓷坊的继承人，是不知不觉的，自觉自愿的，没人提醒，没人强迫，也无需人提醒和强迫，竟是顺其自然的事儿。

自然，其间少不得尚健在的姨太太三闹五泼地从中作了几回梗，奈何亲生的儿子强不过长子，眼睁睁看着紫云瓷坊家大业大的一份产业，就顺在了敬德的头上。

敬德自打从老爷子手里接过家业，整个人都变了，严谨、沉闷、轻易不言语，一旦开口净是纲常道理，仿佛他接手的不只是家业，而是老爷子的精神。他得将这份长在骨子里的精神持续铺陈下去，继续笼罩下去。他板着脸孔，挺直身板，压低声音，仿佛唯有如此，家还是那个家，家业还是那份家业，紫云瓷坊到他手里，还叫紫云瓷坊。有时他训起话来，连姨娘也不敢吭声。老爷子当家的时候，紫云瓷坊就是那个样；老爷子即便不当家了，规矩还在，紫云瓷坊还得是那个样。

老爷子在花甲之年将家业交到敬德手上，他是放一百个一千个一万个心的。自己的儿子，自己最清楚，紫云瓷坊在他手上，只会更好，不会更糟。敬德读过几年书，虽说也有过科考的念头，但沈家世代走瓷艺之路，对官宦仕途、光宗耀祖这类事儿，从未奢望也不强求，但求能识字断文，不惧上当，能经营家业，能将沈家瓷艺传承下去，足矣。

老爷子放心不下的仍是次子家弘。名字虽说取得好，图他能将家业弘扬光大。不过，仅仅是愿景罢了，真要把偌大个家业传到他手上，慢说三五年，不出三五月，准被他败光。得亏他识相，知道自己几斤几两重，断不敢出来瞎咋呼，不敢跟兄长敬德叫嚣着抢当家的位置。他能把吃喝嫖赌这些勾当干在老爷子瞧不见闻不着的背地里，就算他不给老爷子添堵了。老爷子心知他不成气候，也乐得眼不见心不烦，随他去吧，他再熊再怂，也闹不出什么幺蛾子，天塌不了，有敬德在那顶着呢。

不惑之年的敬德往北最远只到过省城，那里的紫云瓷坊省城分号，虽远必顾；往南最远只到过鲤城的刺桐港，紫云瓷坊的瓷器也曾从那个自宋代以来赫赫有名的世界海港出发，走向四方海外。

世界究竟有多大，敬德不知。他原打量，戴云山已够大了，烧制白瓷的瓷土正是来自绵延千里的"闽中屋脊"——戴云山脉。年少时，他便随老爷子进山采购瓷土，一度登上戴云山顶，感受"一览众山小""荡胸生层云"的气魄，顿生"山高我为峰"的气概，见识了戴云山的巍峨，天大地大，不过如此吧。老爷子说了，戴云山脉纵贯闽地南北，仿如沉默内敛的巨人，撑起东南方的日月星辰。世界也是这般被撑大的吧。

敬德生长的土地，是盛产瓷器的所在，名曰瓷城。南来北往的客商悉知，瓷城自宋代以来便以精湛至美的白瓷雕塑驰名海内外。分明一颗瓷国明珠，养在深闺，却早已芳名远播。对此，敬德到老方才渐渐意识到。

敬德当年二十出头时，因随老爷子北上省城，好歹去认个路，知晓自家的白瓷雕塑在省城有个分号，生意颇好，来往客商中还有洋人。他在洋人的口中听到"china"这个词，确切而言，他当时听闻的不过是一个发音罢了，自洋人口中发出的声音，用来形容他瓷坊里全部瓷雕作品的一个声音。初时，他听成了"踹呢"。那如何使得？瓷器虽说坚硬，却也是脆的，哪能"踹呢"？难道中华如此上好的瓷雕送至海外，人家竟瞧不上，一脚给踹了？可分明见人家对瓷器爱不释手，喜爱到两眼放光，却也不像要踹的意思。

也是在二十出头，敬德跟随老爷子到过鲤城刺桐港。眼见着海港金波荡漾，千帆竞发，热闹非凡，只知他们沈家的白瓷便是在这处海港被送上船，送往世界上称呼白瓷为"china"的各方所在。

后来，敬德是从三小子怀远的口中得知，西方欧洲人对中华白瓷之喜爱，奉若珍宝，名之曰"china"。这个单词甚至成为欧洲人对他们所神往的东方大国的称呼。

三小子怀远一心想走出天朝上国，于新学堂中习得欧洲列国新知，也算是远近的骄子了。他的话安能有假？怀远说了，洋人的雕塑，看上去粗犷大气，或丰腴或强壮，甚是符合洋人的气质和性格。相较之下，中华白瓷内敛精致，却也甚合东方人的审美情趣和意境追求。怀远说这番话时，敬德心内暗暗赞叹，小儿子真是长大了，再不是先前那个只会关门捧书的书呆子了，学新学的，到底不一样，谈吐自信，见多识广，比之上一代再上一代可强出太多了。

敬德素来信奉一代要比一代强的说法。在他们一辈人的认知里，天朝犹如一匹衰朽老马，看上去还有点骨架，可精气神到底不济了。这话自然不敢明说，可在那年月，谁不心知肚明呢？他可听闻咸丰九年，英法联军火烧圆明园的事儿；听闻光绪二十年，中日海战的事儿；还听闻光绪二十四年，戊戌变法的事儿；听闻光绪二十五年，八国联军攻入北京的事儿；更听闻太平天国、捻子军、义和团的事儿。可这些所谓的国家大事，虽与他有密切相关，但到底远了去。

以至后来敬德听多了，心内竟半点波澜都不起。八竿子打不着的事，你跟谁着急呢？犯不着紧张！反倒是，成天动不动就嚷嚷要出去闯天下的，大有人在，满胸腔各种义愤填膺的见解，满脑子各种义薄云天的壮志，一抬手一投足就指望打破周遭一切，干些惊天动地的壮举出来，要多悲壮有多悲壮，可真要让他们干点什么，即便是拿小小的瓷土捏出个人五人六来，他们还真就傻眼了。

敬德的心是静的，比石头还静，很宁静的那种，多年沉淀，或说多年修炼，因在老爷子眼皮底下，规规矩矩，懂些三纲五常的，出去闯是不被许可的，只能在老爷子手把手的教导下，捏塑老祖宗传下的手艺。这个，他甘愿。

他是谁呀？左不过是老爷子给安排好的角色，一个捏瓷土的，一个规规矩矩的手艺人。捏瓷土就捏瓷土吧，风吹不着，雨淋不了，不流血不流泪，连汗水都流得少；不求锦衣纨绔，不望饫甘餍肥，只望安守瓷坊，两袖清风，一杯清茶，一屋春光，一窗明媚，一家康泰，一生平安，便是再好不过了！

4

这日午后，怀仁骑马行进到一处榕树林，下马到水边饮马。忽听得有打斗声自远而来，心下警惕，他一个纵身，跃上马背，隐入榕树林，屏息以观。

但见官道上，一辆马车受阻，一群汉子衣衫粗鄙，手执刀斧，围困一位姑娘，听来似是污言秽语，淫笑声声，间或动手动脚，放荡不尊。

姑娘身形高挑，却一身洋服打扮，一脸怒红，怒目众人，手中握一马鞭，跟来人打斗。怀仁并未听清他们说些什么，眼见姑娘力道渐渐不支，估摸不出两个回合，必将败落。

此事不遇上便罢，遇上了便不能不管。怀仁气血上涌，大喝一声，自马背上一蹬，一个飞身落到姑娘身旁，把姑娘吓得花容一惊。怀仁顾不得解释，将姑娘挡在身后，一飞脚就踢翻面前一名挥刀汉子，再一脚侧踢，将近旁一名汉子手中的斧子踢飞。不待众人反应，怀仁反手擒住一名矮汉子的手腕，稍一使力，那汉子痛得嗷嗷大叫。怀仁动作迅疾，对方尚未看清他使什么招，手中的刀便当啷落地，更被怀仁侧身一顶，飞出去扑落在地，哀号不已。

众人一见，半路杀出个英雄救美的小伙子，有一人还指出他背上渗血带伤，遂一齐压上，欺他年少。一旁的姑娘也非等闲之辈，见缝插针地帮怀仁抽上几鞭子。怀仁看得出，姑娘不是添乱，力道和手法都对，有底子。

恶人到底估算错了，怀仁可不是莽撞之人，白鹤拳一出手，挫骨伤筋只道是轻的。左右齐上，你来我往，不过数个回合，他们也讨不到什么好处，晓得怀仁手下留情了，三五个人最后仓皇逃去。

姑娘这才松了口气，盘了盘手中的皮鞭，谢过怀仁，爽气地自报家门，我叫潘安尔，敢问英雄如何称呼？

在下怀仁，后会有期，告辞。言毕，他忍痛飞身上马，一勒缰绳，预备速去。潘安尔却大叫一声，喂，你后背出血了！

怀仁忽觉一阵目眩，在马背上一时把持不稳，只得狼狈下鞍。后来是在潘安尔的马车内，让潘安尔给上了些止血药。江湖儿女，自是不必再多客套。人家姑娘不嫌麻烦，怀仁也不废话。

潘安尔称自己是省报的访事员，此行欲往瓷城，不料途中遭遇山贼，驾车之人吓得落荒而逃，丢下她孤身一人，才刚险些坏在贼人之手，幸得英雄救助，感激不尽。

怀仁寻思，不如随行，也好有个照应，便称自己也欲往瓷城。

潘安尔心下欢喜。虽说眼前少年郎身负重伤，估计必有麻烦，可眉眼间透着正气，丝毫不像歹人，况能于临危之际出手相救，必定不是恶人。如此一寻思，心下稍宽，能得他一路相伴，倘或再遇见歹人，好歹能挡个一时半刻。倘或他是面善心恶之辈，自己大不了拼死，也不惧他一个身子带伤之人吧。

潘安尔心中有数。不过，她多虑了，怀仁这一路根本起不了歹心，当晚他歪倒在马车内，先前对后背刀伤过于大意，未加妥善处置，伤口早已感染发炎，引发高热不退，他跟着马车一路晃荡着，浑浑噩噩……

三、少年郎

1

沈敬德并非没有憧憬，不但指望老辈人传下的白瓷手艺能好生延续，更指望老字号"紫云瓷坊"在他手上继续壮大，另有，一家老小安稳度日，余生便足矣！

目今最要紧的，是"瓷王争霸"。这可是瓷城里的头等盛事，但凡争得"瓷王"的，家族瓷业自然水涨船高。此等大事多为官方组织，意在激励百八十号瓷艺人精益求精，将陶瓷艺术发扬光大。

要依往年，敬德绝不热衷喧嚣之事，他骨子里延续了老爷子的性情，闲云野鹤般，素来不爱与人争胜，更不喜凑热闹，自然，心志上多为不屑。偏偏这回非要露脸的是老大沈怀安。

怀安年已十八，眉宇间的气度越发往父亲的模样靠，活脱脱一个年轻气盛的敬德，精气神一上来，噜噜噜的，谁也拦不住，往父亲面前一站，呵，直高出半个头。别看还是个小伙子，一手的白瓷捏塑功夫却不含糊，要得沈家真传倒还欠些火候，也尚不及父亲的稳重持成，可敬德看着这孩子十几年的长进，也放心了。怀安是地道的好苗子，天赋在神秘的血脉里承袭下来，未来的沈家瓷艺或可无忧。

怀安说，早先有人放出消息，都说本次"瓷王争霸"非同一般，获封"瓷王"者，将拿下京城宫中三年的用瓷量。这份肥水绝对诱人，谁家瓷坊不摩拳擦掌、跃跃欲试呢？苏家的鸿源瓷庄、秦家的瑞荣瓷坊、康家的万福瓷业、李家的聚鑫瓷场……就连排不上号的家庭小作坊，也有人野心勃勃地想出来露个脸，即便争不到"瓷王"名号，好歹也亮个相，横竖不能白委屈了。

阿爹，您就让我去吧，我有信心！

因是恳求，怀安言语时多少收敛了些，不好在父亲面前太过张扬，近乎央求了。

敬德默然不语，拿盖碗抿了一小口春茶。儿子的话他分明听得真切，却跟没听见似的。一家之主的威仪，就得如此这般拿着，不慌不忙，不紧不慢，拿捏住一家人说话的节奏，把控着大小事态的进程，总归全盘在握，凡事我说了算，若我不说，谁也别想知道事态方向。

夫人婉瑜看着大儿子，眼里满是怜爱与信任。面对夫君敬德，她也不能让他脸上挂不住。夹在儿子和夫君之间，作为母亲和妻子，她不能左右事情，却能影响事态，关键看她如何言语。她一旦言语，便有种不可阻挡的温婉，悄无声息牵引敬德的思路。

敬德，不妨让孩子去试一试，争不争瓷王，有什么要紧？总归无伤大雅！

毕竟是这个家的女主人，毕竟是三个孩子的母亲，婉瑜很能拿捏好说话分寸，已然给高高在上的一家之主好看的面子，很好的顺水台阶了。敬德却没顺着下来，反倒是怀安先坐不住了。

是啊，阿爹，我寻思趁此机会，去看看人家是怎样的水准。

敬德又抿了一口新茶，咂摸着茶腥里今春的鲜香，心说，到底还嫩。

微微沉吟，他放下茶杯，却摇摇头。话未出口，气氛越发凝重了。

你小子我还不清楚吗？有点坐不住了，手艺尚未七八分，就想去亮相，想跟人家比比高下，我没说错吧？

怀安脸色有些不自在，眼里才刚发亮的光一时黯下去，像晨时鲜艳怒放的牵牛花遇到耀眼的日头，不得不收敛起先前的张扬。这点微妙自然逃不过敬德的眼。十八岁的大小伙，在父亲眼里，不过半大小子。孩子嘛，有点想法是好，但也要看是什么样的想法。平素在瓷雕方面，但凡他有一点点新路子，敬德既鼓励也支持，甚而以为那是孩子的天分，可贵得很，断不能扼杀。在这点上，敬德有别于老爷子。先前老爷子教瓷雕手艺时，必求遵循老辈人的手法，半点不得逾越，合该是什么手法便是什么手法，合该是什么造型便是什么造型。敬德全盘照收，横竖再逆，也不过是自家的事儿。到底是过来人，他知晓年轻人骨子里少不得生发些逆反，压归压，还得留出生门，在瓷艺上，他既要求孩子依循传统，但也不反对孩子有自己的想法。

可今日，怀安的想法在他看来，不妥。并且，是十分不妥。儿子分明想去争点什么，好好的艺术，好好的生意，要闹到"争"的份儿上，就不好了，格外让人不放心。

我已然告诫过，要将瓷塑这门手艺拿捏好，不光能捏出造型，还得有精神、有心，须得静下心，耐得住性子。

敬德发觉自己竟又训孩子了，便自叹一声。孩子是得训，那得看是谁，还得看什么场合。怀安是三个儿子里最驯服的，最能听得进父亲训话，另两个儿子即便在你面前唯唯诺诺，其实眼里早有掩不住的不满。怀安不一样，人在那站着，候着，你哪怕训他一日，他也不会顶你半句。怀安骨子里就有敬德的静，只是，火候不到。

唉，咱家十几年了不曾参加瓷王争霸，图的便是清静。这世道啊，你不知道多复杂呢。

怀安却嘀咕，我知道，不就是十年前的事嘛？您老提它干嘛？再说……

敬德眉头一紧，大手猛拍茶案，直把白瓷盖碗吓得"乒乒"响。闭嘴！我看你是越发浮躁了，到后屋跪去，未经允许，不得出来，没琢磨明白，饭竟也别吃了！

我……

见怀安欲言又止，夫人婉瑜赶紧使个眼色。怀安才心不甘情不愿地折身出了厅门，再折身往后院去，背影有些僵硬。

敬德很少对大儿子发如此脾气，今日这情形，连自己都未料到。夫人婉瑜也头一回见。婉瑜是出了名的温婉，到底十分清楚夫君的脾性，但心内更心疼儿子，何尝见儿子吃这般训斥？她有点儿坐不住。

敬德，我琢磨怀安的心思，不至于像你说的。

如何不至于？自家孩子，他什么尿性，我会不清楚吗？

话别说那么难听，不知道的，还当他不是你儿子呢？婉瑜往口气里加了点儿不满，对夫君如此说话，说这么重的话，也是少有。

敬德发觉夫人的脸色不好看了，不便再发作，只是唠叨。你呀，只知心疼孩子，任由他们想怎样就怎样，你可知，目今外头有多乱吗？

这话说到婉瑜心坎上了，她能不知吗？外头的乱，是山雨欲来风满楼的乱，光瓷城这般距离省城几百里的小地方，也不时能听闻些关乎天朝上国命运安危的言论。

敬德此时的语气比方才放缓许多，望望窗外的云影，忧心道，听说，省城里正闹革命党，净是些不知天高地厚的学生仔在闹事，老二怀仁，只怕也耐不住性子吧，哪热闹偏往哪凑。还有老三怀远，书可别读岔了，我琢磨着，合该早些叫他们都回来。

这也是婉瑜的意思，只是夫君未先开口，她不好拿主意。

二十年了，嫁到沈家至今日，她习惯了一切听自己男人的，他说什么便是什么。敬德就是她的天，三个儿子是由这个天罩住的日月星辰。二十年来，有如此偌大的天，有日月星辰，婉瑜甚是知足。

我早也是这个意思，三个孩子中，仁儿最不让人省心，自小爱打爱闹，倘或能早些回来，好歹也能看着点儿。至于三儿，也算乖顺，自然是早回来早安生。

婉瑜话音才落，敬德又絮叨。就数怀仁最不安分，亏你先前还支持他，非跑去学什么白鹤拳，学点三脚猫功夫便自以为老子了不起，到处惹事，我一打他，你还尽护着。谁个不知，他这盏灯万不是省油的，横竖有你受的，你且等着吧。

话虽不中听，却都是实话。反过来说，敬德何尝不也担着？毕竟一家之主，他不便将任何隐忧都一一道出，免叫人以为太没担当。他得扛着，闷着，即便要说，话也得绕弯儿，硬说是女人家的担忧，如此一来，纵然不合理，反倒合情了。女人家天生惯于愁些家长里短、儿女情长，说她心忧孩子，便是说她的本分。

婉瑜自然是领受的。她能不心忧孩子吗？她比谁都担着千斤重的忧，当娘的，儿行千里母担忧，哪怕有一日她到底憋不住了，将满心胸满肺腑的千愁万忧统统倒出来，那也不为过。

正说着话，管家李满堂来报，说亲家鸿源瓷庄的苏掌柜来了。婉瑜一听是兄长到来，格外高兴，忙起身迎去。鸿源瓷坊苏东鸿一撩衣摆，大踏步跨进前厅。敬德迎上，二人寒暄落座，下人看茶。

敬德亲切道，大哥今日好兴致。

东鸿抿了茶，笑言，念叨你这儿的好茶了！

可巧，正吃着上好的春茶，才刚从安溪送来的，我另打人多备了一份，正待打发人送去。

婉瑜脸上的笑未淡去，言语间，起身忙唤来李妈，吩咐到后堂储物间去取。

这时，小怀钰手里捏着一朵小瓷花，小跑着进了厅，径直跑至婉瑜跟前，稚声问道，婶娘，您看看我这朵梅花捏得可好？

婉瑜看了看，点头称赞，嗯，模样有了，过些时日，也会有火候的，哦对了，快问舅舅好！

小怀钰是二爷沈家弘唯一的千金，算是沈家四小姐了，七八岁光景，模样生得清秀可人，甚是讨人喜欢。她冲东鸿笑了笑，调皮道，见过舅舅大人！舅舅大人也太大架子了，来了也不知会我一声！

众人一愣，旋即大笑。

敬德笑过，脸上故意一沉，诶，怀钰不可无礼，没大没小的，还不快赔个不是？！

东鸿却道，敬德老弟，莫紧张，太严肃了，仔细吓着孩子！

小怀钰倒很识大体，当真欠了欠身子，权当赔礼了，嘴上却道，大伯一天到晚惯会训人，怀钰才刚还见大哥灰头土脸地在后屋里头跪着呢，定是受了您老人家的训！他得多冤啊！

见小怀钰说得一脸正经，苏东鸿听罢，微笑地扫了敬德一眼，心中有数了。敬德脸上一时有些尴尬，轻抿盖碗茶，却不言语。

婉瑜情知兄长此来，必是有事商量，便识趣地招呼小怀钰避开。

2

大厅上一时安静，东鸿边品茶边说，这小姑娘厉害，一点都不像他爹。

话里留了半句，敬德安能听不出？言外之意，小怀钰幸好不随他那不成器的阿爹沈家弘，好歹生得聪慧可人。可怜她生母早早撒手去了，她阿爹又是不成气候的，好在小怀钰却很争气，自小不哭不闹，跟三个堂兄处得也好，跟婶娘婉瑜更是好得胜似亲生。沈家就这一闺女，都当她是掌上明珠。

敬德感慨，我这小侄女倒也懂事，生得乖巧可爱，跟婉瑜很是投缘，婉瑜待她视如己出，我方才心安。

东鸿点头称是，看出来了，我家妹子果然很喜爱怀钰，连我们苏家的瓷花手艺也传授予她，横竖你们沈家呀，是成心想吃掉我们苏家！

大哥怎么一家人说两家话？

东鸿不慌不忙道，你才刚也看见了，小怀钰捏出那朵瓷梅花，十分也有六七分精神了，瓷花可是我们苏家的招牌，素来秘不外传，自我妹子嫁入你沈家，我们苏家这门瓷花功夫，也算堂而皇之地嫁接到你们沈家的祖脉上了。

敬德明知东鸿并非小气之辈，话里戏谑的成分多，也便笑道，当初你们老爷子健在时，他怕你们苏家瓷艺传到我们沈家，愣是不肯将婉瑜嫁给我，你是如何劝他老人家的？你说，陶瓷手艺是咱们瓷城得天独厚的财富，是全城人民的福祉，不应只是哪家哪户独门独院的活计，更别抱着祖宗的规矩死活不放，不该关起门来各自为政，而应融会贯通，百家齐放，瓷艺才能成其缤纷多彩，才能走得越发长远……

哟哟哟，你都给背下来了？

那可不，多精辟啊，我当时都惊呆了，大哥分明天人也，我无比钦佩大哥的才学和胸襟，一席话，愣是将你们家老爷子给镇住了，这才答应了婉瑜和我的婚事。啊，事隔多年，恍如昨日啊！

一番肺腑之言，尽在茶香里氤氲开去。

东鸿故意逗他，诶，你得了便宜又卖乖，却不知道后来我真没少受老爷子的骂，只差骂我是出卖祖宗的叛徒了。

敬德哑然失笑，倒也不至于，苏家上下仅你一根独苗，老爷子可指着你将他独门瓷雕的手艺传下去呢。

我说敬德，你可别过河拆桥，你敢说当年我们老爷子没把你当儿子似的看待？他那些手艺没传给你吗？要不，你们家哪来的"紫云白"？

闲话至此，往事渊源一并涌上心头。

"紫云白"是紫云瓷坊的招牌白瓷。瓷城的白瓷虽说出自同一地方，甚至瓷土也出自同一戴云山脉，但在各家手艺上经由不同配方，烧制而得的白色度、透明度、光洁度均各有分别。此前，沈家白瓷汇集数代人心血研发，白得纯粹，却不够润泽。而苏家白瓷历经几代人努力，自成一家，白得发亮，却不够纯净。这中间，敬德真是得了好处，他成了苏家女婿后，得岳父家学真传，将两家瓷土配方作了一番比对，加以研磨，数次尝试后，果真烧制出了既不同于沈家又有别于苏家的白瓷，白得纯净透亮、温润如玉。一时深受追捧，被誉为"紫云白"。

沈家白瓷一时在瓷城的白瓷雕塑中独树一帜，风头无二，生意见好。这也是沈家老爷子放心将紫云瓷坊交予敬德的原因之一。

眼下，东鸿提及"紫云白"，倒不是他嫉妒敬德，只是话赶话。敬德自然明白，是啊，岳父大人在世时，对小婿是真好，是敬德的福气。倘或不是他老人家骨气硬，当年愣是不听从朝廷差遣，后来也不至于惹一身官司，最后，唉⋯⋯

东鸿放下茶杯，心下戚然，当年，也怪我年轻气盛，一脑门的顽固，若是早些听从家父的教诲，今日的鸿源瓷庄，兴许会大不一样吧。

二人言语，在忆想里转而慨叹。

鸿源瓷庄也曾是名噪一时的瓷雕名门，素以曼妙丰富的瓷花作品与白瓷人物雕塑闻名。当年，县衙接到省城巡抚指令，要求征纳一批上好的白瓷摆件，上贡朝廷，此事被年轻时候的东鸿应承下来。他素来以为开门做营生，做的是五湖四海的生意，不论三教九流都应有所交涉，何况瓷城的瓷雕素以民窑自居，名气上比不得自古有官窑美誉的景德镇青花瓷，比不得湖南醴陵的釉下彩瓷等，倘或能与官家攀得些微关系，也不枉上天赐予的绝好时机。未料，苏家老爷子偏偏不肯，愣是将当日上门看样瓷的朝廷官员拒之门外，连同当时主事的安公公也给得罪了。

小心眼的安公公在苏家没讨到半点好处，一怒之下给苏家安了个罔顾朝廷律令的罪责，责令县衙及以上所有官家，之后不得与苏家鸿源瓷庄有半点生意往来，并通令一切通商口岸封锁苏家商道。一时之间，苏家的瓷业销路大大受阻，可谓一落千丈。苏老爷子骨气硬啊，咬牙愣是不肯低头，后来竟抑郁而终，以至于鸿源瓷庄每况愈下，至今也没恢复元气。

言及此，东鸿少不得忧戚满怀，敬德也感喟良多。抿过新沏的茶，东鸿转了话题。

才刚听闻你将老大训了，不知所为何事？

唉，且不知怀安鬼使神差搭错哪根筋，竟敢当面提出要参加"瓷王争霸"。你说我如何能同意？为此训了他一顿，且叫他到后头跪着面壁去了。

东鸿苦笑道，你这又何必？该不会是怕他走上我的老路吧？

大哥言重了，我沈家历来不与官家往来，更不主动靠近官家来谋营生，先前也是有过教训的，我家老爷子至今仍耿耿于怀，我的性格你也知道，素来清静最好，从不与人争胜。这事不提也罢。

东鸿点头道，早知你是这脾气，奈何这回……怕是由不得你了！

此话怎讲？

东鸿自怀中取出一份红帖，交至敬德手上。敬德打开一看，上面是知县老爷发的通告，通令瓷城境内但凡在县衙登记在册的陶瓷商家，均须参加"瓷王争霸"，为求推选本城最优质之瓷艺作品，奉送朝廷，以贺老佛爷七十寿诞。

敬德阅罢，不耐烦地将红帖摔在茶案上，气上心头，话也没好的，这叫什么事？横竖我不曾收到县衙通知，不予理会！

东鸿摇首感叹，是福不是祸，是祸躲不过呀。

话音才落，管家满堂进了厅，递给敬德一份红帖，说是才刚县衙差人送来的。敬德懊丧地抚着额头。

一时无话，茶也凉了。

3

夜幕四合，晚饭时没见着大孙儿怀安，沈老爷子不乐意了。他将筷子往桌上一掼，其他几个才刚嚼着，一时都愣了。

怀安呢？

众人却纷纷看向敬德。敬德正待言语，怀钰抢先说了，阿公，大哥受了罚，正在后屋里头跪着呢。

姨太太拿脚踢了踢怀钰。怀钰更是无知无畏地嚷嚷起来，阿嬷，您踢我作甚？

沈老爷子也扭头质问姨太太，是啊，你踢她作甚？

姨太太讪笑着，没呢，我不过提醒她留心吃饭，不关她的事，让她莫瞎掺和。

沈老爷子恨恨地哼了一声，你倒推得干净！一个屋檐下，不关一家人的事，那关谁的事？大家吃的可都是沈家的饭！

姨太太嘀咕了句，也没人说要吃别家的！

沈老爷子气得胡子一吹，大眼一瞪，正待发作。敬德赶紧抢过话头。

阿爹，您老先吃饭。不过小事罢了，吃了饭咱再说。

这还小事啊？大家伙都吃着饭呢，我大孙子却饿着肚子跪在后屋里头，那多大事才算是事儿啊？

沈老爷子先前对儿子，是出了名的严厉，沈家上下无人不晓。可他对大孙儿怀安，却是打心眼里的好。都说隔代亲，大孙子怎么看怎么顺眼。怀安也得人疼，知书达礼，聪慧大方，还格外恭顺，从不忤逆老人家，老爷子说怎样便怎样。怀安的一手瓷雕技艺，自小也是老爷子亲手把关，一点儿不含糊。

　　小的时候，怀安也跟老爷子撒过娇，说将来要考个状元给阿公乐呵乐呵，未料，可把老爷子愣住了。老爷子方才得知，孙子上私塾，竟给洗了脑壳。老爷子说，考什么也莫考状元，上赶着去给官家当奴才，咱犯不着，不值当。

　　那年月，没什么比学一门手艺来得强，生养在瓷城，家家户户谁不会捏几尊陶瓷啊？至若什么光宗耀祖、光耀门楣，什么平步青云、富贵荣华，却不奢求，但求温饱。再者说，眼瞅着官家的日子越发不好过了，三天两头地被洋人欺负，小老百姓何必去蹚那浑水？好生在家里捏捏瓷土，挣俩钱过日子，多实在！

　　不能说老爷子是胸无大志之辈，先前也曾跟官府打过交道，吃亏吃苦吃怕了，哪里还有将儿孙再往火坑里推的道理？活了一大把岁数，他也算活明白了，再穷再难，千万莫跟官家扯上关系，风云变幻都得看人家的脸色。伺候好了官家，自家的尊严早已碎了满地，万一伺候不好，人家一变脸，动不动安个什么罪名，动不动殃及九族，谁受得了啊？

　　敬德也深悉老爷子心思，素来遵从，不敢忤逆。他深信，不准怀安去参加瓷王争霸这事，他没错，老爷子也必是这个意思。

　　未料，老爷子两眼一瞪，胡子一吹，什么？就为这么点事，你让他后屋跪着？还饿着肚子？至于吗？

　　阿爹……

　　众人都看着他们爷俩，不是看热闹，是闹不明白——这个家，到底谁说了算啊？

　　老爷子眼珠子一转，明白了。他不能在这个节骨眼儿上，让儿子下不来台，毕竟这个家交给儿子当了，儿子是一家之主，说话得有分量，此时万不可拆儿子的台。老爷子旋即拿起筷子，比画比画，嗯，先吃着吧……

这雷霆起得快，散得也快。众人你看看我，我看看你，不知所以。敬德清了清嗓子，低沉的嗓音将众人的心思给拎回来。众人皆低头吃饭，不好再多言语。

掌灯时分，后屋尚黑着。敬德饭后必是每日例行的散步，雷打不动。出门前看见老爷子秉烛进了后屋，他心中有数了，微微一笑，坦然出门去。

老爷子打发人将饭菜热过，送至后屋，自己亲自跟进。怀安仍跪着，看样子正一脸抱怨，倒像在跟自己生着闷气。老爷子被大孙子那副模样给逗笑了。

怀安啊，你还真是咱沈家的种，虽说你的脾气跟你阿爹不大像，可骨子里跟阿公特像！

阿公是来看孙儿笑话的吧？

呵呵呵，阿公打量自己活了一大把岁数，什么都看明白了，可有时清静里细细琢磨，却又越发不明白。目今，阿公不明白的是，阿公将你阿爹训成现在这副德性，是好还是坏呢？阿公又糊涂了！

怀安嘴里嚼着菜，心内一咯噔：阿公是真的越来越明白了！

4

越接近瓷城，三少爷沈怀远心内的小鼓打得越乱，满是忧虑。

自省城往南走陆路，狭长的省道其实倒也好走，倘或一路走省道，到瓷城大约也不至于太累。奈何受不住旺儿的几番撺掇，临时改走古官道，弃了马车一路翻山越岭，只图欣赏各处青山绿水。

羊肠一样的瓷帮古道在山间蜿蜒盘绕，正值仲春，山花摇曳，草木葳蕤，一路风光大好，时有山高林密，日光筛不下来，几声鸟鸣断续落入空山，少不得令人心头起疑。怀远不禁有些后悔，万一路上遇着山贼歹人，可怎生了得？

旺儿比三少爷小一岁，玩兴正浓，嘴巴和腿脚一样伶俐，一路说说笑笑，说不过两个男娃仔，哪个贼人要劫你？既不是官老爷，也不是姑娘家，哪个会稀罕？

怀远边揩汗边喘气，他弄不明白，怎地旺儿那般利索，在古道滑不溜秋的石块上蹦来蹦去，竟丝毫不累。旺儿反倒笑话他，三少爷你这气喘得，跟野地里的疯牛似的，身子骨都叫那些书给压垮了吧。

竟还别说，怀远意识到肩胛酸痛，背上的布囊越发死沉，若是出发前少带几本书就好了，免得此时弯腰塌背，分明佝偻成狼狈的书奴。

旺儿笑归笑，可旺儿打小就跟三少爷亲。怀远嘴上嗔怪他，心内必是不怨的。这一路若非旺儿左右跟着，前后照应，早晚伴着，怀远断不敢一个人赶路，更不敢选走深山密林的古道。旺儿玩心大，成日里只知道吃喝玩睡，可惜了那股子机灵劲儿，竟不曾想过，好歹跟着三少爷念点书。在省城瓷坊分号的日子，每每怀远叫他跟着读几页书，写几个字，旺儿便吓得直摆手，脚下忙不迭地又躲又缩。别别别，我还是到前堂去搭把手吧，力气活我能使唤，叫我认那些字儿，眼皮就千斤重，真不知道使唤什么才好。

旺儿是沈宅大管家李满堂的儿子，因跟三少爷年纪相仿，依沈老爷子的意思，跟着三少爷到省城去念书，好歹做个伴儿。怀远读的是新式学堂，旺儿打小就跟不上，书自然不念了，只候在三少爷身旁，早晚有个照应，但只不逼他读那些怎么也读不懂的诗文，差他作其他的都乐意。

人说沈家三少爷是个书呆子，怀远丝毫不以为意。书呆子就书呆子，有何不好？总比被阿公和阿爹阿娘整日押着，坐在木案前，捏那些乱七八糟的瓷泥巴要强多了吧。他们哪晓得，书中的世界大着呢，读得越多，越发看出书中乾坤无限大，越发觉出意味来。早年，沈家三位少爷都入私塾，四书五经读过，基本也像模像样了。后来沈老爷子发话，沈家子弟读书识字，能书写能断文即可，不指望参加科考争功名，沈家自来不以功名为业，不求也罢。

大哥怀安读得早，懂得比弟弟多。二哥怀仁就不同了，懂得虽也不少，偏生静不下心，耐不住性子，时常受先生罚，在桌案前翻书，一刻钟也坐不住，便猴子似的跳将起来，说跑就跑，回头被逮回来，问他读了多少，他竟能一一应答上。老三怀远挺服大哥二哥的，一个稳重，一个聪慧，在他眼里，都比他有本事，自己便暗暗加把劲，不能服输。因而自小也学得十分仔细，断文解字颇通学理，挥毫摹写一手妙字，年虽少，志气高，言必有方，深得先生赏识。

光绪三十一年，朝廷突然宣布废除科考。消息一到，私塾先生唉声叹气时，二哥怀仁竟率先跳起来，欢呼雀跃地把书直往空中抛，边笑边喊，终于不用念这破书了，哈哈哈……大哥怀安依循沈老爷子的安排，专注到沈家的窑炉和瓷坊里，好生学瓷。长辈问起老三怀远的意向，他的念想仍旧笃定，非继续念书不可。别看怀远年少，却早有自己的主意，四书五经不念也使得，可着这股劲儿，不妨去探探新学。父亲倒也不迂，念在三小子尚还稚嫩，家业暂时指他不上，不如送他到新学里浸淫时日，他年或可帮衬，也未可知，便早早托人到省里打听过，连同旺儿一道送去做伴，不过多交些银钱，让他进新学堂去修习。

旺儿无心向学，一说要他跟着三少爷出去见见世面，他乐意之至。好在省城有沈家的瓷坊分号，掌柜颜右禧又信得过，有颜掌柜里外照应着，怀远和旺儿在省城的日子别提多舒坦，简直舒坦过头了。这一趟回来，旺儿并不知道三少爷要干嘛，管他干嘛呢，他哪懂得，三少爷有一颗关不住的男儿心。三少爷人虽不大，十四五的光景，心内却早已有了经天纬地的青云之志，旁人看不出来罢了。

瓷帮古道固然曲折，可自古却少不得。闽山闽水可谓山重水复，山高林密，望山走断肠，鸟隐蛇窜，蜿蜒其间的古道自然带着些许森然。怀远也曾听阿公多次提及，瓷城里的瓷器要往北走，须得走瓷帮古道，由挑夫一篮子一篮子地挑，翻山越岭相当不易。一则，瓷器之重自不必言，关键还得轻拿轻放，好生呵护，但凡有磕碰，总教人心头吊着，半点不敢松懈；二则，遇上山贼的，也不是没有，得看运气，甚或遇见野狼和山豹的，少不得留下惊悚传闻，好不骇人。

好在近年官家大兴省道修缮，车马皆可行得，也算造福于民。往北送瓷的古道自然较少走动，渐次荒芜。

这一路时而满头大汗地攀爬，时而提心吊胆地下坡，沿途更要提防被横生暴长的草树刮到，怀远早已累得双腿打战，气息紊乱。远远望见山坡下似有瓦楞，必是有人家了，心头才稍稍放松。孰料，偏在二人面山小解时，一旁树底游出一条竹筒粗的花蟒，一时将二人都惊出心魂。两位少年腰带尚未扎好，拎着裤头一路狂奔，慌不择路，沿坡滑冲，后来双双滚落，不偏不倚掉进一处水池。二人手足无措，惊叫中竟立在水池，好半日才定睛一看，二人从头到脚白惨惨，泼了白漆一般，不由地指着对方放声大笑。

一惊一吓，一跑一摔，少年郎原本狂放不羁，此刻竟忘了怕也忘了疼。日光正好，青春正好，难得开怀恣肆，纵放情怀。

事情不大，到底惊动了人。小池边上不知何时围来四五个人，年龄参差。有人问，哪来的小子，到这撒野来了？其间钻出一位少爷模样的，十七八岁，指着怀远和旺儿没好气地骂。

哟，哪来的酸秀才？笑什么笑？知道这是什么地方吗？

怀远一时便认出那位少爷，不好声张，也不回话，因傻站着装愣。怎奈，那位少爷得理不饶人，声音仗着气势抬上去。但见他大手一挥，指着怀远的鼻子说，这里是我万福瓷业的瓷窑，你们是哪个派来的？敢到这儿撒野，把我一池滤洗的瓷泥给搅坏了，你们赔得起吗？

旺儿不服，正待回应，被怀远扯了扯，只得把话压住。

爬上来，合该把话说清楚，多少赔些钱，否则事情难了。那位少爷叫嚷着，打发人把池中二人拉上岸，一副颐指气使的架势，下巴几乎戳到天上去。

怀远一摸胸口，坏了，我的书呢？他回身寻找，抬头望去，他们才刚滚落下来的地方，坡陡草密，哪还有他那一布囊书的影子？

一旁手下提醒怀远。喂喂喂，往哪瞧呢？我们大少爷正问你话呢，叫你赔！

怀远冷笑一声，我二人无心之过，如今摔得这一身惨，康少爷还请莫跟我们一般见识，放过我们吧！

哟嗬，你还知道我姓康啊。哪路的？

怀远定定神才说，才刚少爷不是说了吗？万福瓷业，谁人不知，瓷城里鼎鼎大名的万福瓷业，那可是瓷坛上数一数二的名家。

怀远净挑好听的话说，目今一身尴尬，最好再别生出事端。何况，康家大少爷康延福是出了名的不好惹，臭名在外，能躲能避的绝不自己往他跟前凑。此刻误撞到人家地盘上了，是得好好说话，免得自找苦吃。

康延福忽地盯住怀远，喃喃道，嘿，我怎么觉得……你小子挺眼熟？

一旁的手下有人提醒，你跟我们少爷打马虎眼是吧，告诉你，少来这一套，不赔钱，少不得吃一顿打，打了，我们少爷兴许才出了气呢！

手下们全都附和，大概平日里跋扈惯了，逮着机会就叫嚣，浑身绷着劲儿，没处使。

冷不丁的，有人自远处丢了句话过来。哟，又打架啦？你们真难得消停，这才几日，手又痒了？

人未至，声先闻，一道丽影扑进众人眼帘。姑娘家身着弯襟月白色上衣，胭脂盘扣，青柠绲边，一袭飘飘荷叶绿纱百褶裙，绣鞋大踏步竟一下窜至跟前，差点一头撞进怀远的怀里。

声音好听，模样好看，一双大眼几乎贴到怀远的脸上。怀远看呆了，心内某处"咯噔"一声，亮了。

有道是：才子如星，佳人似月，金风玉露，胜却人间！

四、锋芒露

1

一场纠缠，一世情分，因之生发。

怀远定定地看着面前的女子，眼睛竟拿不下来了。若在往日，万万不敢这般失礼，太有违读书人之本分。

好生奇怪，面前的女子竟也瞪着一双清澈大眼，好似忘了情境，忘乎所以地呆怔着。

康家大少爷康延福不耐烦了，一把将女子从怀远面前扯开，虎着脸斥责道，雪清，你一天到晚冒冒失失的干嘛？少来瞎掺和！

噭，听听你这口气，你是我爹吗？

你！

叫雪清的女子并不拿正眼瞅康延福，将身子一扭，把背甩给对方，兀自将一瀑长发也从他面前甩过。康延福连忙往后闪避，方才躲开女子的发梢。

旺儿忍不住扑哧笑了，来不及捂嘴。怀远踢了一下旺儿后腿，旺儿直着脖子把余下的笑吞了。

康家手下插嘴道，二小姐，这两小子坏了咱一池的瓷泥，可不能便宜了他们！

不能便宜？！那你们预备怎么昂贵啊？哼，凭你们这帮臭虫，成天眼里只知道钱，早晚掉钱眼里憋死！没出息！

雪清把他们好一通臭骂，瞧这架势，必是康家二小姐康雪清无疑了，句句都把那些不长眼的手下狠狠踩、狠狠碾。

可不知怎地，听她骂人的声儿，怪好听的！你接着听：一天到晚跟着瞎晃荡，哪里有点儿风吹草动，就跟闻了腥臊的茅蝇一般巴巴地拿臭脸去撞……

听到这，旺儿再也压不住，"哈哈哈"地笑开，忙又赶紧捂嘴，变成闷声闷气的"呵呵呵"。

怀远偷偷问旺儿，什么是茅蝇？

少爷你个呆瓜哦！竟不知是茅厕里围着臭屎转的那种红红绿绿的苍蝇！

旺儿笑到口不择言，竟把怀远也给逗乐了。

康家手下被骂得甚是不堪，怪了，不仅不难堪，反倒嘻嘻哈哈一脸很受用的模样。

雪清骂得正起劲儿，也没停下的意思，手上丝帕左扫扫右抽抽，一会儿在挥手中指着人鼻子，一会儿又叉腰上跟朵花似的。你且再听：就见不得你们成天这副德性，唯恐天下不乱，到处瞎咋呼，叫嚣乎东西，康家的脸都叫你们败光了！实在看不下去，我要是个英雄好汉，这会儿早把你们的脸通通踩个稀烂，你们信不信？！

雪清骂起人来，都不挑字眼儿了。

康延福听着话，感觉不对。够了够了，你骂谁呢？

骂谁谁知道！这一句调门还在高处，滚雷一般打得康延福一脸不自在，再看雪清，骂街似的一副不好惹的模样。

怀远心头暗道一声"好"，几句话便看出康家兄妹不同道，同一屋檐下飞出两样家雀来。

康延福被噎了一下，不服，咬着牙把话挤出牙缝，二小姐这话训的，莫非想当我娘？

手下人顿时哄笑起来。雪清却面不改色，清清嗓子，把话说亮堂。

好笑是吧？！今儿我把话撂下，就冲你们今日这番做派和态度，这里有一个算一个，这个月的月钱……罚了！

众手下面面相觑后，各自挤出一脸苦相，巴巴地求情，只差跪下。别别别，别呀，姑奶奶！

雪清身旁的丫鬟跟着"喊"一声，配合雪清的傲气。但见雪清端足了架子，轻轻掸了掸原本就干净的衣襟和裙面儿，稳稳地说，哪个敢吱声"不"，姑奶奶的手段你们也是知道的，可仔细你们的狗腿，明儿，你们就卷铺盖，通通给我走人！

最后那一句下狠了，康家手下都慌不迭地把头压低，直说不敢，一溜烟跑开去。

康延福骂了句"一群饭桶"，回头见雪清一脸冰霜的样儿，自认再说什么只会自讨没趣，便也一甩袖，气哼哼去了。

旺儿才把刚刚吞下的笑给吐出来，只是笑得节制些，碍于康家小姐的面儿，笑到后面很识相地收了尾。

待人远去，怀远这才对姑娘恭敬作揖。多谢雪清姑娘解围！

雪清心内顿觉异样，他不唤她作小姐，竟直呼其名，这小子比她还冒失。不过，挺好！

她转而羞涩一笑，拿丝帕轻掩嘴角，说，才刚……让公子见笑了，我……

哦，不不不，姑娘见义敢为，大义凛然，在下佩服不已。

雪清浅笑菀尔，放下丝帕，指指远处说，我那兄长简直是混世魔王，素日所为，是非不分，康家的名声早晚叫他给败坏，我拦得了一时，拦不了一世。

雪清话语颇有分寸，末了，少不得惆怅，言语时，眼睛雪亮雪亮的，清澈鉴人，早把怀远看呆了，经旺儿一拍，他才回过神。

哦，姑娘……言重了，人虽生而有命，但在下以为，命定不在天……怀远忽觉话多了，无奈已脱口而出，却生生停住。

此话怎讲？

哦……命定决权，却在己心，心正则身正，有所为，有所不为。说这话时，怀远一身的书卷气真是拦都拦不住。

旺儿拍着自己的脑门，扭头直咧嘴，心说，这多早晚了，在此摆什么学问啊？！酸！

雪清却将双眼瞪得越发大了，眼前少年郎，一身泥水惨兮兮，不料出言句句在理，不知是何方高人？

旺儿急了，一时口无遮拦。三少爷你且别又发高论了，看咱这一身摔的，赶紧洗洗去吧。

三少爷？雪清疑惑地打量怀远时，旺儿倒机灵，忙不迭地要介绍。我家三少爷，是沈……

话未说完，被怀远推了一把。怀远抢言问道，不知附近可有清洗之处，雪清姑娘可否告知？

冰雪聪明如雪清，能听不出人家话里有话吗？人家不言，自有道理，她笑笑说，请随我来！

雪清带二人到山涧泉流处，那有一方蓝莹莹的小水潭，叫他二人可以在那濯洗，这才避开远去。二人也不客气，为洗一身瓷泥，少不得脱了衣裳，周身浸到泉水潭里。初入水时那个冰凉劲儿，二人连打数个激灵，片刻却又嬉闹起来，分明少年不识愁滋味，不知今夕是何夕。

旺儿压低嗓子说，看见没，还康家大少爷呢，叫他妹子那个训啊，脸都绿了，说出去不知有多丢脸，笑死人了，哈哈哈……

怀远忙止住他，正色道，少废话，不许胡言，免生事端。

旺儿转而又问，三少爷，你看这泉水会不会流到瓷城的浐溪里？真要那样，我可罪过了，才刚下到水里，一冷，我没忍住……尿了一泡……

找打是不是？怀远抢起拳头往旺儿头上砸，二人打起水仗。

不远处的树下石岩上，雪清的随身丫鬟听得二人嬉笑声，不禁捂嘴偷笑。雪清也只无奈笑笑，心内却寻思：三少爷？沈？莫非是……

丫鬟悄声提醒，小姐，这位少爷怕是紫云瓷坊沈家那个有名的书呆子吧，人唤怀远三少爷。

雪清拿眼剜了丫鬟一下，没有恶意，大意是，要你多嘴！

山间静谧，如时光凝滞。有铺天明媚的日光，好让怀远和旺儿将洗好的衣裳铺在溪石上晾晒。怀远躺在日光下，敞着胸膛享受温暖的日光浴，闭起眼脑海里却总浮出雪清的脸庞。旺儿趁机逗趣儿说，三少爷脸上红光鲜润，嘴角弯弯，分明要走桃花运了，心里该不会是对康家小姐……有意了吧？嗯，必定是了，脸上都写着呢，呵呵呵……

怀远不理会他，兀自咬着一根草叶，细细琢磨自己的心事。旺儿却忽地佯装忧郁，唉，我们家的小少爷长大了，试问，哪个少年不怀春啊……

说着说着，居然唱上了，不知哪里仿来的唱词，拿腔拿调的，顿时把怀远逗笑。

半晌过去，铺在滚热山石上的衣裳再经日头一晒，到底干了，二人一身清爽地穿戴好，精神抖擞，只是饥肠辘辘，走上小路刚好又迎见康家二小姐。她身后丫鬟低眉顺眼地陪侍，手上一捧水果糕饼。雪清其实坐在岩石处等他们许久，此刻仍然一脸和善，并无先前训斥兄长和手下时的傲人姿态。

而对于送至面前的美食，旺儿半点也不客气，边致谢边拿着啃，一点儿也不生分。

雪清这才看清面前的怀远，白净书生模样，温文尔雅，咬个山果子都比一旁的旺儿文气。不知何故，心头小鹿乱撞，脸庞微热，想是午后的日光映照多了。

而在怀远眼里，雪清白晰如脂的脸颊，两朵飞霞，煞是好看，让人不禁想多看两眼，不经意间竟与姑娘忽闪的目光对上。双方迅疾躲开，各自看向山间草木，野花流泉，其实心内蝴蝶乱飞。

别看旺儿大大咧咧，其实心细着呢，这一幕四目相遇，忽又躲闪的好戏，他看戏台上演过，真真的，撩拨人心，教人暗自好笑却不好挑破。

这一带瓷窑还挺大。怀远没话找话，环顾四周。雪清顺着话，将康家的瓷窑稍作介绍，点到为止，不失礼貌。

怀远却颇有感慨，康家毕竟是瓷城里的官窑瓷业，家大业大，令人赞叹。雪清客气道，沈家紫云瓷坊是瓷城里的民窑翘楚，三少爷心中有数吧？

怀远服了，康家小姐果然冰雪聪明，早看穿了他的身份，话里拿捏着分寸，很识大体。二人心照不宣，雪清却不待怀远回话，微笑着唤丫鬟将一个新布囊递上。

这是先前你沿途落下的东西，我打发人沿山坡寻了回来，你且点点，看少了什么没有。

怀远接过即背上，咽了嘴里的山果，连声道谢，心下却很不好意思，看来他们这一路摔滚下来，大概叫姑娘看个正着，让人好生尴尬。

雪清还问道，你们这一路急赶，是为了赶回瓷城里参加一年一度的祭窑神大典吗？

怀远突然大眼一瞪，噎着了，憋红了脸才咳出个果核，大呼，坏了，几乎忘了大事！

他一把拉起旺儿就跑，头也不回。

雪清才"喂"了一声，二人却已跑出老远。雪清只好亮嗓提醒，进城的路往东南方，仔细别走岔了。

远远地，山风送来回话，山风大，听不大真切，依稀是"改日再谢姑娘"。

雪清嘟起小嘴，拧了拧手中丝帕，一会儿又觉好笑，兀自轻轻笑开。

一旁的丫鬟"扑哧"笑道，嘻，好傻，怪不得人称书呆子！

雪清只顾望向远处，喃喃道，你懂什么？！

山头上，康延福看着山坡下这一幕，气不打一处来，"呸"一声把嘴里的茶叶渣呸掉，哼，可别落在我手上！

2

瓷城东北角有一处山麓，当地唤作"程田阁"，瓷城人奉为"圣地"的祖龙宫便坐落于此。

这日，祖龙宫前，礼乐声声，锣鼓喧天，人头攒动，分外热闹。鞭炮声噼啪脆响，石埕上舞龙队正踩着鼓点，疾行云步，威风八面，绕场演武。几名道士高云道语，斗步舞袖，随后进到祖龙宫大殿。

大殿上，香火缭绕，知县老爷胡向春在众人簇拥中恭读祝文：

> 礼乐声声响云天，锣鼓齐鸣唤云仙。窑公恩泽千载记，惠向后人忆前贤。风调雨顺登丰岁，政通人和庆祥年。瓷艺彪炳民富裕，天下和谐福无边。

瓷城沿袭千年的"祭窑神"大典，于每年农历五月十六窑坊公诞辰之日，风雨无阻，年年如是。祖龙宫大殿上，胡知县祝文毕，由主事宣声后，便是各家窑坊手捧新近瓷件，虔诚敬献。人人神色专注，庄严肃穆，恭敬礼拜。

一时间，供桌上林林总总五颜六色，非四时果品，亦非荤腥鱼肉，更不见糕点甜食，细细一辨，竟是一件件陶瓷雕塑。如来观音弥勒，福星禄星寿星，仙子武将文士，乃至各类动物花草，品类无所不有，怎一个丰富了得，令人眼花缭乱。

大殿外挂出一条大红横幅，上书"瓷城辛亥年瓷王争霸赛"，格外喜庆。

有位格外扎眼的姑娘，着一身新式衣裤，搭一双长筒皮靴，不盘发，不簪花，不挂珠链，不戴环佩，原本如瀑乌发随意编条马尾辫，通身洋装打扮，招来各方女眷指指点点。她肩扛一架当时鲜见之相机，一旦找好角度，趴黑布里头对着木匣子摆弄半日，啪一声响，光焰一闪，青烟一起，吓得众人惊诧不已。却见她打个手势，听她叫声"OK"，这才掀了黑布，露出脑袋，发丝竟一点不乱。

她并非本城姑娘，本城姑娘没人敢像她这般咋乎。她乃省报的访事员潘安尔，在那年头，也算记者了。

怀安见那相机甚是新奇，只碍于阿爹阿娘在场，不便出去耍。正见不远处，瑞荣瓷坊的东家秦仲义夫妇携女儿秦惠心前来寒暄。

怀安盯着惠心良久，偏偏姑娘家温婉羞涩，老躲着他的目光。二人的婚事年前即在两家长辈商议后定下，婚期也近了，可二人正经的话尚未攀上几句。婉瑜上前拉住惠心的手，好一番亲近絮叨，心下对准儿媳甚是爱怜。

早有人小跑着进了祖龙宫通报，知县大人胡向春忙不迭放下茶盅，起身大踏步出迎。众人识相地分立两旁，正中让出一条道儿。但见八名大汉抬一顶华贵轿子抵达石埕，落轿后，一旁侍从眼尖，上前掀起轿帘。众人猜想，合该出来个达官贵人吧。按说也算，自轿中出来的人方才站定，抬手娇媚地挡挡日光，举手投足间自有几分媚态，粉面含春，却一头银发。众人对其不陌生，胡知县连忙躬身行礼，连声颂道，黎公公吉祥！

黎公公嘴角微翘，"嗯"了一声，仿佛自鼻尖处飘出一缕细烟，懒懒地问，正经的事开场了吗？

胡知县小心应答，且等公公屈身前来，便可开场。

二人说的正是"瓷王争霸"之事。胡知县苦等的正是黎公公来发话，这事原不该由瓷城管事的拿主意，内里其实是上头的意思，黎公公传的旨意。

黎公公在小太监的搀扶下进了祖龙宫，也不行参拜，于一旁早设好的位置落座，自袖间抽了香帕轻拭额角，品了茶，埋怨日头过炎，少不得出了些许汗，方才示意快些开场。

胡知县端立殿前，着众人安静后宣布，本城今日适逢"祭窑神"大典，铭记先贤恩泽，安守瓷艺，越做越好……

黎公公在胡知县身后咳了两声。胡知县意识到自己话多了，立马切入正题。

接朝廷旨意，在黎公公监督下，特举办本城辛亥年瓷王争霸赛，趁此良机，也对本城各方瓷家予以巡礼，终凭公道选出本届瓷王。黎公公说了，重重有赏！本知县以为，这不单单是一家之荣誉，更是为本城民窑争口气，有真本事，方能立于不败之地。

众人叫好之余，敬德摇头，低声悄言，未必好事。

婉瑜赶紧扯他衣襟，示意他不可多言。

而怀安却不以为意，他盼今日的瓷王争霸赛盼得太久了，他正需要一个凭各方见证的机会。今日便是。

3

祖龙宫前石埕上，长案分列，瓷品纷呈，一时蔚为壮观。

率先引来众人非议的是聚鑫瓷场的一件瓷塑。东家李修儒打发人捧献瓷作时，满面红光。待评审大师掀开红绸，众人顿时笑了。连掀红绸的评审大师也没忍住，"扑哧"一笑连忙掩口。但见一尊立像弥勒，脑袋是白的，手脚是白的，袒露的肚皮是白的，偏偏披了一身红釉，这一红一白混搭得可谓是触目惊心。

胡知县忙问，李掌柜不是耍我们吧？你确定你送的不是一件疯了的东西？

围观之众笑得格外放肆。也难怪，哪有给弥勒佛穿上一件耀眼夺目大红衣的？这不是滑天下之大稽吗？

李修儒未及解释，脸上一时红白相煞，有些坐不住。

可巧潘安尔上前拍照，镜头对准了那尊红白弥勒。李修儒身后的儿子李长庚见机行事，蹭出人群，坦言道，大家先别忙着笑，不妨听听省城的美女访事员有何高见。

李长庚是瓷城出了名的浪荡公子，凭他说什么，大伙并不稀罕，但的确很想听听美女访事员安尔的看法。

安尔浅浅一笑，不置可否，只道一语，有点创意。

还算李长庚机灵，立即抓住这一话尾，大加发挥。他说，好，多谢美言！聚鑫瓷场近年与洋人颇多交流，依在下所见，传统瓷雕合该及时与世界同流，往不同艺术领域吸纳新见，敢于出新，这尊弥勒名唤《欢喜佛》，正应了闽南一大理念——欢喜就好。

李长庚言毕，得意地瞄一眼安尔，他心头一乐，发觉近看美女访事员，眉目间越发别有风韵。

李修儒也不管面子里子过不过得去了，立即带头鼓掌，横竖是儿子说的才好。

这边热闹尚未停歇，那边瑞荣瓷坊已捧出一只瓷瓶，白底青釉，瓶身描就一幅"戴云风光图"。瓷城里无人不知，瑞荣瓷坊的东家秦仲义不仅拉坯是一好手，更有一手好丹青，跃然瓷上，瓷画合一，堪称一绝。今日一见，果然不凡。瓷瓶身形婀娜，有如古之仕女，可谓仕女瓶典范之作。尤其瓶身国画，浓处远山黛翠，淡处溪泉潺潺，松姿柏影高低错落，流岚雾霭似有若无。瓶身不大，瓷画显小，但妙于细微之处见真章，让人见之忘俗。这件《戴云风光》白底清釉瓶赢得众人一致叫好，连怀安也伸长脖子，极尽目力，唯恐看漏了什么，引得未婚妻惠心在旁莞尔偷笑。

鸿源瓷庄的作品一掀红绸，也引得众人赞叹不已。敬德一看，不禁愣了，原打量自己看花了眼，这不是自家的《一树寒梅》吗？怎地跑这来了？他转头看一眼婉瑜，却见婉瑜神色淡然，丝毫不见破绽，寻思她倒沉得住气，这唱的是哪一出呢？

捏塑瓷梅花，是婉瑜在娘家学会的瓷塑手艺，谈不上绝活，但她捏塑的瓷花，尤以梅花见长，朵朵见精神，一朵一分精气，一树一身风骨，唯有细品，方能得其精髓。

敬德不知，婉瑜早跟兄长东鸿商量好了，自己的《一树寒梅》可代表苏家参评，虽说身为沈家夫人，但手艺却是娘家的，即便有人提出异议，倒也说得过去。东鸿原本无意争锋，奈何知县逼迫，原想敷衍，只得依了妹妹的提议。

瓷花一现，场上的评审大师眼前一亮，纷纷品评起来。座上的黎公公也抿着茶，微微点头，似有中意。万福瓷业的东家康万州心里却不舒服了，转头当作和李修儒闲话，却故意提高嗓门，扬声道，都说鸿源瓷庄是大家，不料自从老爷子犯了事后，一代不如一代了，捏两朵小花也好意思拿出来现眼，真不知汗颜为何物。

李修儒附和着笑笑，也不多言。

此时，司仪已高声报出万福瓷业的参评作品名称——《龙舞江山》描金红釉瓶。人们顺着康万州骄傲的目光所向，但见木案上已亮出一件灼灼耀眼的红釉瓷瓶。与秦家的仕女瓶大为不同，康万州的瓷瓶略低矮，显肥硕，为天圆地方瓷瓶造型，周身红釉，十分喜庆，尚有几分雍容贵气。作品风格很是富贵，这也是康家万福瓷业能在全城诸多民窑中脱颖而出，侥幸得到当朝官方认同的原因之一。也难怪康万州素日会把下巴抬到天上去，他傲着呢，试问，还有谁敢在他面前自称官窑？

评审大师上前审度康万州的瓷瓶，他们一致认为红釉生鲜夺目，热烈吉祥。红釉上还以金线粉彩描出金龙一条，熠熠闪光，腾云舞爪，目光炯炯，形态霸气，通身威仪，令人望而生畏，又心生向往。众人不禁各发赞叹，不愧自诩为官窑之作，果有过人之处。

黎公公此时放下盖碗茶，眯缝着眼，谁也不知他心内正盘算着什么。

人们早猜到康万州对"瓷王"之称是势在必得的。试想，假如"瓷王"旁落，于他这个自诩为官窑的万福瓷业，今后该当如何自处呢？

当然，此刻更得人们期待的是沈家的紫云瓷坊，传说中的瓷塑名门将会捧献出怎样的大作，来与康家的万福瓷业一较高下呢？

胡知县见沈家迟迟未有动作，也不客气，直接对敬德发问。闻听紫云瓷坊名满天下，今日各位倒要开开眼界了，不知沈掌柜预备好了没有？

敬德微微一笑，神色谦逊道，沈某不才，今日目睹各方大作，幸为受教，沈某的瓷坊虽说上了年份，其实不过小小作坊，实不敢与众人争大雅之堂啊。

黎公公从容发话。紫云瓷坊？可是藏有何款瓷塑《一苇渡江》的紫云瓷坊？

敬德心头一震，脸上却不动声色。

但闻胡知县连连称是，随即说与黎公公，当年那件公案，瓷城无人不知，沈家镇宅之宝《一苇渡江》，在一夜里被匪徒强取横夺了。

黎公公遗憾摇首，兀自絮叨，闻说那是一件宝贝，留世仅一件，乃前朝瓷圣何朝宗所塑，但不知是真是假。

敬德端坐中微微欠身，并未多言。

又听黎公公感叹道，可惜啊，老身竟无福一睹，堪为平生之憾事啊。

忽听得司仪高声报道，"紫云瓷坊"选送白瓷雕塑《一苇渡江》。

众人一时错愕，纷纷望去。

4

红绸一掀，木案上赫然惊现一尊达摩瓷像。

场上先是静默一阵，之后有熟知内里的长辈嗫嚅道，这……这怎么……像是何朝宗款的达摩？

另有人言，若没记错，这身形尺寸，还有衣纹线条，像极了。

敬德大惊，忽见这尊达摩瓷像，两手大拇指被削去时的钻心之痛忽地再度袭来，不禁死咬牙根，一阵晕眩。

敬德强稳心神，却见怀安神情自若，虽淡静，却稳得很。敬德看一眼婉瑜，二人正好对视，显然，婉瑜对此一无所知。瓷像既已亮相，入了众人之眼，再难遮掩，只能静观其变。

众人唏嘘，黎公公不禁起身，在小太监搀扶下，挪身至木案前，抖擞着掏出个西洋式小圆透镜，俯身对着达摩像仔细端详，良久，方直起身板，咽了口唾沫，润润嗓子才说，又开眼啦，开眼啦！

康万州耐不住性子，阴阳怪气道，沈家的水够深啊，这不叫人纳闷吗？当年的达摩真品既是没了，今日拿一件赝品出来现眼，这又何苦呢？

此言一出，四下皆惊，场面顿时如乱石击水，非议纷纭。

黎公公才刚坐下，尚未咂摸出什么，此刻眼睛又瞪圆了。

敬德一时语塞，得亏怀安立马接上话。康掌柜此言差矣，可巧，在下尚有一事不明，何以康掌柜对我沈家当年达摩瓷像一事竟了如指掌？可是后头尚有隐情，您忘了与我沈家知会？

针尖对上麦芒，康万州一时被噎住。这话说的，好像他康万州没安好心，当年在背里挑了什么是非。当年也曾多有风言，只是沈家不愿深究，唯愿息事宁人罢了。怀安大概此时气不过，借机出言反刺，试探试探。

康万州连忙坐直身子，冷脸回道，与我什么相干？你且莫要在此含沙射影！

怀安还欲追问，却听父亲一声断喝——怀安，不可造次！

怀安定定神，咬牙转向众人，躬身施礼，坦言道，多年前，在下曾亲眼看见何款达摩瓷像从我沈家被强行夺走，今日，我凭记忆，捏塑并烧制出这尊《一苇渡江》，趁此机会，还请众位名家多多指点，晚辈先行谢过！

此时，日光可巧披上瓷像，"紫云白"独有的玉润光泽，净白无瑕，倾倒众生。再看达摩法相，高额似穹，开阔饱满；眉眼凝重，目含苍生；耳弧似弓，垂天相对；宽肩圆润，衣袍挟风；双手藏匿，袖里乾坤；身形伟岸，足踏涛浪；不怒而威，禅宗之最。

评审大师纷纷看呆，皆言此前只是听闻，未曾亲见，至多读过书上片言只语，今日得见何款仿作，实乃人生大幸。

聚鑫瓷场的少东家李长庚起身过来，装模作样地叨叨开。我当是什么惊世骇俗的宝贝呢，大家也传得太邪乎了吧，什么何派古董，左不过一老头，凭这造型，是不是和尚还看不出来呢，什么达摩，一身肉白衣白的，多不吉利，这玩意哪有我那弥勒喜庆？

一席话，逗人笑了。不知道的，跟着起哄，知道的呢，笑他无知。众人中有一个声音朗朗传出。

这位少爷好不识趣呀，出来磨叽两句，殊不知，倒叫人看一出自耍猴戏了。

话毕，又引众人一番哄笑。却见众人中，挤出一少年郎，长衫飘逸，一脸俊朗，目似星子，眉如剑影，儒雅中透出一股英气，翩翩而至。怪道是，少年郎俊朗的脸颊，却有一两道浅浅的新伤。

敬德一见，眉头紧锁。婉瑜大惊，失声叫出，怀远！

原来，三少爷怀远跟侍读旺儿一路往瓷城赶，先前错过了"祭窑神"大典，连"瓷王"争霸的开场也没看着。赶到时，也只看了几件瓷塑，才刚看到兄长怀安亮出《一苇渡江》，心头大赞。怀远毕竟年少气盛，哪里听得了李长庚一番嘲讽，在人群里早压不住火，非要出来讨个说法。

胡知县身旁衙役喝声问道，来者何人？

怀安一见是三弟，喜出望外，正待上前言语，却听父亲敬德沉声提醒，不得无礼。

怀远点头，冲堂上的胡知县略作一揖，在下怀远，是沈家晚辈，本不该在此争言，奈何适才有人出言不逊，实在可笑，怀远不得不出来说道说道，以正视听。

李长庚歪着脖子，斜目睨之，话里有了挑衅意味。小子不服吗？是骡子是马，拉出来遛遛！

怀远笑笑，转身对众人道，各位，咱瓷城里白瓷彩瓷自古有之，试问，哪个能说说白瓷逊于彩瓷何处？哪个又能说说彩瓷如何胜过白瓷？

场中无人作答。且听怀远说，大家不言，请恕晚辈斗胆，姑且说说，权作引玉吧。

他长衫一抖，星目生辉，朗声道，本城瓷塑，自古以白色为蕴，所采原色白泥乃天然矿土，实属造化馈赠，幸得烧制白瓷，白色纯度越高，越接近玉质，纯洁无瑕，古今中外共宝之。有人不识白色之珍贵所在，晚辈今日且作一番真知普及。

众人皆竖耳恭听。怀远侃侃说道，正好比景德镇之瓷，素以青花为傲，实为有因，其瓷土含矿与我处相异，成品后于瓷质上略显黯淡，不及我处瓷白之净与洁，因以釉水及青花瓷彩加以粉饰，既遮其黯，又显青花之魅，一举两得，而我瓷城白瓷，天生丽质，瓷白如玉，不施粉黛，可谓素面朝天，有如"清水出芙蓉，天然去雕饰"。

众人闻听，纷纷点头。李长庚却抛出一句，一派胡言。

黎公公自喉深处挤出一句，嗯，小子够胆，言之有理，接着说。李长庚只得没趣地别过脸去。

都知道沈家三少爷最会念书，读成书呆子了。可这回，三小子偏要卖卖书呆子的乖。

且听他正经道来，西方人奉我白瓷为至宝，他们研究得知，白色是一种包含光谱内所有颜色光的颜色，可谓之"无色"，其明度最高，无色相。洋人做过试验，将光谱中三原色之光——红色、蓝色和绿色，按一定比例混合，可得白光，而光谱中所有可见光的混合也是白光。

怀远说至得意，然在场之人越听越迷糊，如坠云雾，听之竟有如洋人布道。李长庚"喊"了一声说，别拿洋人说事，洋人的东西，你懂什么？！

李长庚才说完，却被其父亲李修儒给呵斥住，只好灰溜溜地挤到人群后，满脸不服。

怀远点头微笑，对堂上黎公公行礼言道，洋人的东西好不好，咱大清帝国自然最是清楚。黎公公听出其话里有话，双目一瞪，正待斥责。敬德的呵声抢了先，放肆！

黎公公抬手示意，众人不明就里，场上顿时静了。胡知县忙不迭凑上前去，问黎公公，这小子不知天高地厚，净扯些狂言妄语，公公您看……

慢着，老身正听出点意思来，这后生怕是学了点洋人的学问吧，挺好，目今上头还流行一个……什么来着……师夷长技……哦，以制夷，啊，横竖说了你们也不懂。黎公公脸色明显不屑。

胡知县忙哈着腰，将茶水替公公挪近些，只听黎公公继续发话，后生小子，挺能的，今儿开天窗，大伙儿都别憋着，有什么便说什么，说吧。

怀远再一揖，清清嗓子，转回正题。话说回来，白瓷之白，究竟是一种什么白呢？晚辈以为，乃先人研发，有生命有意境之白，为广阔无边、无限包容之白。各位不妨想想，一只白色瓷盘上，描花绘彩可使得，一只白色瓷瓶上，泅墨走笔也使得，山水尽可入瓷来，或上红釉，描金线，画猫画狗画龙画虎，花草虫蝶无一不有。凭你是何颜色，往白色上一抹，一搭，可增可减，竟能搭上，聚鑫瓷场的红衣弥勒便是一例，即便不伦不类，毕竟番窠倒臼，饶有趣味。

李长庚一声冷笑，分明不稀罕怀远的借机夸赞。

怀远不予理会，索性扬声大言道，白色，可谓宽厚无边，能容许世人在其身上涂抹任何颜色，若非胸襟，言何其他？同时，白色纯至无瑕，凭唯一之洁净，敢与世间一切颜彩同列，却不争锋不夺艳，此非气量，又是什么？白色更胜在厚德，容有纳无，超尘拔俗，对应禅宗，再好不过。晚辈斗胆猜想，三百年前，瓷圣前辈的雕塑《一苇渡江》，竟至白瓷与达摩禅宗形神合一，有艺在身，是为能力，有德在心，是为境界！众人今日幸遇"瓷王"争霸，应知争的不单是瓷艺技术，更在品德境界！

好！说得好！后生可畏啊！黎公公不禁起身，应声鼓掌。众人随即喝彩，掌声四起。潘安尔按了快门，啪的一声闪亮，拍下场上的和乐。

敬德和婉瑜听呆了，忘了鼓掌。康万州、李修儒和李长庚等人更是听得一愣一愣的，不知打哪跳出这么一毛头小子，不知天高地厚好一番天花乱坠的闲说，未料竟赢得满堂彩。这话怎么说的？真是千算万算不如天算。

末了，胡知县在黎公公授意下，与省城来的评审大师们合议，共推紫云瓷坊的《一苇渡江》为本届"瓷王"。一时人人振奋，欢呼不已。旺儿高兴过头，抱住怀远又叫又跳，把怀安逗得直乐。惠心款步过来道贺，怀安反倒羞涩得直搔脑门。舅舅东鸿过来，拍拍怀远的脑袋，怜爱地责备道，三小子长出息了。话毕，才笑呵呵地离去。

敬德内心五味杂陈，缓步经过，目不斜视。怀远弱弱唤一声"阿爹"，却听父亲丢下两字"胡闹"，遂只能看着父亲冷冷远去。

婉瑜倒是一把扯过三小子的手，抚摸他脸颊的新伤，目光里尽是问询。怀远不好意思地笑说，阿娘，不碍事，我路上摔的，您跟阿爹好好美言几句，可别打我！

婉瑜却道，不用你阿爹动手，我亲自拿家法收拾你，回家候着吧！

五、风乍起

1

沈家老宅明烛亮灯，却无人高声言语，连走动都轻手轻脚，生怕弄出点动静，要坏事儿。

大少爷和三少爷一齐被晾在院子里，像小时候被罚站那般，各人手上还都举着家法——小时候用来抽打他们的荆条。晚饭也不许吃。

沈老爷子路过厅堂时瞧见了，当没瞧见。老三怀远撮嘴"嘘"了两声，试图吸引阿公留意，却见老爷子摇头晃脑地兀自到餐桌前坐下，还没头没脑地说，不当家不知柴米油盐事啊！

两位少爷直站到月上中天，才被允许放下家法，已然酸痛到无力举筷夹菜了。

婉瑜给二人夹了菜，问道，知道错了吗？

怀安不服，《一苇渡江》是我自己捏塑的，我何错之有？

自己捏塑的也不行，往后看看，可有你好果子吃？！婉瑜瞪了老大一眼，转头接着数落，老三呢，不该强出头，胡言乱语，锋芒毕露，仔细祸从口出，招惹是非！

老三怀远越发不服，辩道，阿娘，您没见众人皆喝彩吗？都说我言之有理，有理还有何可惧？

婉瑜一火，将筷子往桌上一掼，声音不自觉提高了。你们懂什么？这世道……人心险恶，你们懂吗？人心隔肚皮，言者无意，闻者有心，可别太天真了！

听得出，母亲是真上火了。二人不敢再多言语，低头吃着剩菜凉饭。隔了好一会儿，婉瑜才舒了口气，问老三，怎么不见你二哥怀仁跟你回来？

老三撇撇嘴说，二哥数月前随人去了广东，说是去闯天下，要打江山的，嘱咐我别随便跟人说，我若说，他要扯断我的舌头，我没敢在信中跟阿爹阿娘提起。

婉瑜一听，心都凉了，到底二小子不让人省心，成日不着家，只想着走四方，会三五下拳脚就自以为天下无敌了，哪天吃了大教训才会懂事吧。当娘的，心内只能又气又怕又担忧。

李妈在旁插话道，先前端午节，未见二少爷三少爷回来，夫人挂念得不行，总说今年的观音豆粽子，你们哥俩没吃上，这一年怕是少不得折腾了。

二位少爷越发不敢抬头看母亲，在母亲一声声叹息里，将头压得越发低了，各自在心里暗暗嘀咕心事。

夜里，怀远打开雪清为他重新打理的布囊，发现那些书籍略有破损擦伤，几处污渍也是擦拭过的样子。眼前又浮现雪清的脸庞，清清朗朗的，尤其那双清冷冷的大眼睛，好不惹人怜爱。

三日后，县衙发了通告，令本届"瓷王"沈怀安亲自送瓷晋京，将本城所选的《一苇渡江》和《一树寒梅》进献朝廷。瓷雕价格待两家商定后，县衙便要着人将银子送来。

谁个不知，这是瓷城百年不遇的好事儿啊，谁家碰上，可谓莫大荣耀。偏生敬德不以为然，他深知瓷城百八十窑，百年来未有一窑真正称得上官窑，山高皇帝远，皇宫里大概也瞧不上素来不温不火、不谄不媚的白瓷物件。哪知今时今日，竟得了机会选瓷进宫，敬德打量，未必是好事啊。

据来传通告的衙役透露，黎公公跟胡知县言语过，当年邻省景德镇的官窑，一度送瓷入京，为老佛爷贺寿来着。后来洋人入了北京城，毁了皇家一处什么园林，见什么拿什么，拿不走的就捣毁，反正无数奇珍异宝被毁的毁，被抢的抢，凭你什么宝贝也没落下。这回，黎公公一看，白瓷雕塑《一苇渡江》横空出世，好歹仿了古人，好事啊，好东西得先紧着往宫里送不是？

敬德脸色立时不好看了。衙役倒能好言安抚，沈掌柜的也莫想不通，既然不是古董，不如借机跟官家攀攀关系，将来没准也封个官窑，有好没坏！

衙役走后，沈老爷子在院儿里呷摸春茶，喃喃道，祸兮福所倚，福兮祸所伏，所谓吉凶倚伏，祸福相因，幽微难明啊。

2

怀仁从不把自己当少爷，他都没弄明白，自己何故竟托生成一个少爷了？

门里门外，人人敬他一声"二少爷"，合该受用，偏他不稀罕，被人一叫唤，他便觉束手束脚，再不好挤眉弄眼，不好上蹿下跳，跟上了紧箍一般。自小，他格外羡慕大门外别家的孩童，想怎么野就怎么野，即便闹出天大的事，也没人管。他可不准，人说少爷得有少爷的样儿，起坐立行得有规矩，得有章法，上头阿爹阿娘管着，还有个老大也要管他。有时，怀仁想闹出点动静，拉兄弟们一道上哪玩，别想成功，要么老大不愿搭理他，要么老三一门心思只管念书。更多时，怀仁自己偷溜，一个人寻乐去。回家挨顿家法，那都不是事儿。你看那孙猴子，到底乱了分寸，末了还不得乖乖就范？

原以为背上的刀伤，不过小事，怀仁没放心上。凭拳脚行走江湖，哪有不受伤的？是爷们儿就得受得起。怀仁不管不顾，打量自己能扛住疼，不碍事，过几日自会好的。

不料中途出手救助了潘安尔后，便觉出不对。当夜在马车上颠得昏昏沉沉，竟迷迷糊糊睡过去了。睁眼闭眼间，恍恍惚惚，极力想清醒，竟格外费力，浑浑噩噩地，在忽明忽暗中，隐约有张女子的脸。随马车一路颠簸，不知过去多久，不知身在何处。

这日醒来，怀仁认出是客栈的客房。他挣扎起身，发觉上身缠了纱带，摸一摸后背伤处，应是包扎好的。不用猜，准是那个叫潘安尔的女子帮他的。屋里清静，未见潘姑娘人影。

怀仁下床走两步，虽感乏力，基本无碍，便至桌前喝口凉茶，发现桌上放着一份省报。首页新闻的标题十分醒目，不，简直触目惊心——《广州黄花岗乱党暴动惨败》。怀仁丢下茶杯，抓起报纸凑前看，心都快拎出来了。

宣统三年三月廿九日，广州黄花岗发生乱党暴动。乱党分子一百多人攻入两广总督署，而此前两广总督已闻风避难至水师行台。天朝清兵与乱党展开激烈巷战，杀死七十多乱党，致使乱党溃败逃散，终于平息本次动乱……

怀仁心头一阵钝痛，轻唤一声"意洞兄"，颓然坐下。忽地想起先前读过的诗句：出师未捷身先死，长使英雄泪满襟。这下深知其味了。

良久，怀仁起身移至轩窗下，小心推出一小缝，瞄几眼窗外街市，看出是在瓷城，且离自家不远。到底心内念着母亲，更想回家避避风头，但转念寻思，倘或此时回家，一来，身上刀伤恐瞒不住，少不得吓着阿爹阿娘；二来，广州事变，这一路不时杀出狗腿，只恐自己难逃乱党嫌疑，如此看来，一旦行踪暴露，极可能对沈家不利。

细思掂量，怀仁决定，须得尽快离开。

忽闻敲门声，门外报称伙计。怀远赶紧返身卧回床上，向内拥衾，轻掩侧脸。伙计进来，后又出去，大概见客人未醒，不便叨扰。

怀仁寻思，此地不宜久留，免生事端。再说那个潘姑娘，也不知是何来头，等她回来，只怕更不好脱身。

说走就走，怀仁忍住肩背伤痛，翻后窗出去，避人视线，上了墙头，跃身出了后院，拐入小巷，速去。到底是在瓷城，各条路径他熟得很，小时候常背着爹娘出来戏耍。所幸未遇见熟人。

婉瑜在李妈和丫鬟春桃的陪同下，至东大路布行扯了几块布料，拐弯至龙浔路的裁缝铺子，预备订做几身衣裳。三人一路闲话，议的正是不得不提前的沈府大婚。

由于接了县衙指令，大少爷怀安得带上"瓷王"之作《一苇渡江》晋京上贡，最迟夏至前必须出发。此去，来回少说得半年，怀安和瑞荣瓷坊的秦家姑娘惠心原定于中秋的婚事，只得往后推了。两家老人一合计，为免夜长梦多，决议让两位年轻人尽早完婚，也好让双方都心安。

这不，婉瑜亲自出来为两个孩子置办婚服。出了裁缝铺子，才刚要上龙浔桥头，迎面小跑下来一个掩面捂嘴的男子侧身撞过，竟刻意似的，将李妈和丫鬟春桃手上的物件撞洒了一地。男子俯身帮忙捡拾，不顾李妈的骂骂咧咧，趁乱往李妈手里塞了一样东西。李妈一愣，却见对方一手掩住口鼻，只一双眼睛露着，目光里似有暗示。男子匆忙起身，并不抬头正面婉瑜，躬身快步离去。

婉瑜还回头看了看那人背影，竟觉似曾相识。

李妈心下又诧异又慌乱，只不敢声张。待收拾好物件，起身佯装四下看看，见无人在意，便偷偷将手里的东西交给夫人，压低声音说，才刚那人冒失，道个歉都不会就跑了，怪道是，往我手里塞了东西，夫人请看看。

婉瑜拿过一看，是张折叠的小纸，展开一看，顿时心绪纷乱。再回头看时，早已无迹可寻。

潘安尔直至夜幕降临才回客栈，入门即问伙计，先前嘱咐照顾好房里受伤的客官，情况如何？

伙计回说，午后进屋去看过一回，那位二少爷尚未醒的样子，不敢打扰，后来店里一忙，竟忘了。

安尔一时诧异，二少爷？哪来的二少爷？我说的是我朋友，那位背上受伤的小哥。

伙计笑了。姑娘你别逗了，谁不知道他是沈家二少爷？

哪个沈家？

就咱瓷城赫赫有名的紫云瓷坊沈家，我们几个还纳闷呢，二少爷不回家，躲这来了，怕是身上有伤，不敢回吧。

安尔两眼一瞪，伙计意识到自己多嘴，赶紧掌了自己两嘴巴，再不敢多言。

安尔上楼，却见人去房空，她心内更迷糊了。这位二少爷居然大有来头，竟不告而别，该不会直接回沈家了吧？这人也真是，字也不留一句，好歹叫伙计留个话，没教养！

安尔发现屋里后窗开着，听伙计的交代，似乎没见着这位爷出去。难道这位爷是翻后窗出去的？不声不响不惊动人就溜了，他把我潘安尔当猴耍吗？

安尔心头气不过，既是知道他的来历，不妨去讨个说法。她不顾冒失，于晚饭后一头扑到沈家大门前，叫开了门。

敬德携怀安到瓷坊的窑炉去查看近日一窑瓷的烧制情况。夫人婉瑜接待了不请自来的省城访事者潘姑娘。毕竟在"祭窑神"大典上请潘姑娘拍过照，认得她，只是不知潘姑娘夜晚不请自来，所为何事。

安尔沉不住气，道了礼后，劈头就问，敢问府上二少爷可曾回家？

婉瑜素来心思细腻，她拿眼打量着安尔，见这姑娘大大咧咧，缺少内敛之气，却一脸率真，不像个心眼儿坏的，竟不遮不避，张口就问及怀仁，想必是认识的。

婉瑜尚不知二人关系深浅，因而有意探探。她温婉一笑，并未正面回答，却望向门口的灯火微光，轻叹一声才言语，我们二少爷是个野惯了的，出门半年多还不曾回家，谁也不知他上哪疯去了。

安尔本想问出话，再把人叫出来问个明白，好歹江湖儿女相帮衬，安能不声不响地把她丢下不管？结果一听沈夫人之言，一时愣了。

人没回来？那他会上哪去呢？

潘姑娘见过他？你既已到此，难不成你们是一道回本城的？

安尔只得将事情前因略作交代，已顾不得吓坏沈夫人。潘姑娘本就直率性子，拦不住，跟二少爷真有一比。

婉瑜听完，既心疼又心惊，脸上却未见半点波澜。尤其听闻怀仁受了刀伤，伤口发炎，一路发热，入住客栈。唉，可怜夫人的心都提到嗓子眼儿了，却要在不知底戏的潘姑娘面前强装镇定。

婉瑜转念一想，二小子也不知是得罪了哪路人，弄一身伤回来，竟不敢入家门，事态必是严重的，估摸这小子万不敢把事惹上家门，这才有家不敢回。即便回来，一两句交代不好，只怕老爷也饶不过他。

唉，知儿莫若母啊！

潘安尔去后，婉瑜心内越发不安，料定二小子怀仁必是惹了不该惹的祸事，才藏头露尾，不敢见人。她思前想后，却又不敢跟老爷道明，不知如何是好。

她几次偷偷打开白日的那张字条，上书四字：安好，勿念。

字儿，分明出自仁儿。

3

县衙府上，灯火通明，远远便能闻听琴音笑语，在夜色里靡靡漫溢。

席设偏厅，知县大人胡向春宴请黎公公。另有一席是宴请省城的评审大师们。主桌陪侍两旁的是万福瓷业的东家康万州和聚鑫瓷场的东家李修儒，还有两家二位公子康延福和李长庚。后来，康万州的夫人胡丽华也入席陪酒，只因胡丽华乃胡知县胞妹，素日也是长袖善舞，惯于工巧钻营。

席旁请了弹唱歌女，原非卖笑之人，却是本城名伶，梨园戏子白艳青。此时，白艳青并未着戏妆，粉黛轻施，娇怯可怜，胜人七分，身段微摆，指捏兰花，轻舞中袖云翻涌，丰神绰约，不逊戏台扮相。

一曲《鹊踏枝》才刚唱罢，众人皆叫好，便又力邀白艳青入席。黎公公颠着身子晃至白艳青身前，颤颤巍巍地端起酒杯敬她。白艳青自然是不喝的，话也拿捏着分寸，说这一小杯要是喝了，下一曲也就唱不得了。众人一齐哄笑。

胡知县忙上前将黎公公劝回席间，顺势请白艳青再歌一曲。闽南一带戏曲门类丰富，官宦商贾偏爱梨园戏，因梨园曲子高雅清越，闻之神清气爽，令人心旷神怡，便深得官家附庸风雅者青睐。但凡豪门大族，遇上寿诞喜庆，必定请一班梨园戏子，直接到府上唱演一番，北方人叫堂会，南方人没那讲究词，来唱来听便是。他们却极少邀请高甲剧团到家中唱演，嫌高甲戏过于闹腾，以为那是民间草台子上供百姓逗乐子的。

此间，白艳青稍歇后，另起调门儿，悠悠扬扬，再将千古情愫莺莺道来。众人耳朵一亮，却是甚爱这一曲《阳春曲》。

小小偏厅，耳目饱福，觥筹酒酣，醉意浓酽。康延福和李长庚两公子对眼前美人白艳青早已垂涎，私下不时咬耳碎言，尽是些教人脸红耳赤之淫语，奈何碍于此情此景，二人只能逞一时口头之乐，断不敢过于造次，一者席上有黎公公压阵，二者早知白艳青有知县大人罩着，因而再有色胆，只好强按欲念。

年轻人到底沉不住气，席上多嘴，抱怨起怀安那小子走狗屎运，好好的"瓷王"牌子偏叫他摘了去。康夫人胡丽华也顺嘴道，原以为康家的《龙舞江山》稳拿"瓷王"，未料到半路杀出个怀安，你们做的这事，官窑的脸也下不来吧?!

康万州正欲阻拦，胡知县沉声斥道，放肆!妇道人家，休在黎公公面前妄言!胡丽华顿时噤声。

黎公公笑呵呵道，无妨无妨，不就图个乐吗?这年头，瓷王不瓷王的，不过尘羹涂饭，能有啥奔头?各位且不必往心里去，该吃吃，该喝喝，随他去吧。

按以往，这番大事一般由朝廷主持，大多为上头所需，选中一两件好瓷送上去，也在情在理。黎公公此行不过奉公行事，他的委屈谁知道啊?一把岁数，也没在宫里混出个名堂，大老远还给差遣到这远山远水的去处。虽说在此倒是挺受尊宠，背里一肚子苦水还没地儿说去。世道啊，也看差不多了，有命活，且偷着乐。

李修儒不无酸意道，却叫怀安那臭小子捡了大便宜，从前沈家在同行中一贯目中无人，这回夺了"瓷王"，不定日后怎么嚣张呢!

李长庚立即附和，正是正是，你看怀安那嚣张样儿，给他安双翅膀，他倒真把自己当鸟啦，嘁!德性!

黎公公仍旧笑呵呵，小酒抿一抿，拿丝帕拭一拭嘴角，说，一帮小娃儿，不知天高地厚，来日方长，随他去吧。

胡知县忽地压低声音道，沈家若能将瓷送至京城，再送进宫里，自然是好事，咱瓷城也有好声望，若是送不到，那可得自求多福了。

众人意会，又开怀大笑。

孰料黎公公忽地停杯放箸，面露忧伤，悠悠道来。唉，世道不好了，现如今，宫里的日子也不好过，自打洋人到了咱大清地界，大清就没安生日子了，杂家自小在宫里当差，如今一把岁数，几十年没赶上好光景，净见着咱大清国被洋人欺负，其实啊，都看出来了，不好过！

胡知县赶紧劝酒，怕黎公公话有闪失，惹祸上身。黎公公竟不理会，兀自言道，前不久，广东那边传来消息，有个叫黄兴的受人蛊惑，受一个叫什么……孙……逸仙的……指使，纠结一帮革命党，反啦！

康延福插嘴道，报上说了，左不过一帮乱党暴动，没成，败得可惨了，还是咱大清国威武！

黎公公摇头晃脑，一脸伤悲，说，进宫后，杂家就听内务府的人讲些故事，说咸丰十年，庚申年属猴，人说猴年惯会闹，果然，英法两长毛，长枪长炮进了咱北京，大好的圆明园啊，都给毁了！你说，再好的宝物有啥用？毁的毁，丢的丢，逃命重要，谁还管那些？

后来呀，更不安生了，光绪爷二十四年，时戊戌属狗，也没少闹，出了康有为和梁启超等人，整个什么变法，要图自强，最后不了了之。

黎公公话至兴头上，竟拦不住。众人两眼放光，竖起耳朵，爱听着呢。白艳青的歌声在他们耳朵背面，兀自缥缈去了。

黎公公忧戚道来，两年后，庚子年属鼠的吧，鼠能有什么好哟？八国联军直入北京，唉哟，那叫一个惨啊！杂家这条小命要不是跟人躲地窖里，大气不敢出地憋了三天三夜，真不知这把老骨头早扔哪了！

众人跟着一番唏嘘感叹，面露伤悲，为黎公公抱屈。

黎公公仰脖再饮一杯，咂摸咂摸才说，内务府的人留得一命的，都看透了，争一时，争一世，不知何时小命就丢了，不如当下且快活呀。所以，杂家就偷个空儿，到福建来找个安生所在，找机会给皇上和老佛爷寻摸些好玩的，一面呀，咱得求自保，另一面呀，也没将皇上和老佛爷给忘了。过一日，是一日呗！

黎公公酒入愁肠，感慨万千。胡知县唯恐他再说下去非出事不可，赶紧打住。可巧此时，白艳青的歌声也止了，她向胡知县请示告退。黎公公偏不让，撑着八分醉的身子非要跟白艳青喝一杯。胡知县连忙挡酒，替白艳青喝了那一杯。

众人眼睁睁瞅着白艳青携丫鬟出门去了，款款步履如云烟隐入夜色。席上没了歌声，到底冷清许多。李修儒和康万州递个眼色，二人赶紧又招呼大家喝酒，还起身到邻座一起吆喝，一巡未过就划上拳了。你来我往，吆三喝四，人五人六的，把个清静夜色都给搅浑了。

真可谓——朱门酒酣不知醉，一缕青衣携梦归。

夜尚未深，路上却已人稀。

白艳青打发人将马车绕过城西路，故意绕远道，到得沈家大门前稍作停留。大红灯笼透着暖意，府门上方正中挂着"紫云瓷坊"的招牌，入夜自然是不经营的，因而一派静谧。

白艳青掀帘看看，神色有些犹豫，末了，到底叫车夫走吧。纵有千愁万绪，竟与何人说？一介戏子，素来与沈家无牵无系，断不敢贸然登门，免叫人看笑话去。

白艳青心里装着事，一路好不沉重。适才县衙酒宴上听来的言辞，于她一风尘伶人本无干系，她不过是心有不忍，转念一寻思，倘或让人窥晓心思，怕是要遭人嘲讽，笑她一厢多情吧。

她心内隐隐浮现怀安的面庞，已是半年前的影子了。那日一面之缘，实是怀安到友人家中看戏。那日，正戏尚未开场，打了"头落鼓"，接着打"二堂鼓"，上演《八仙献寿》，接着还有"跳加官"，离白艳青上台尚有一会儿。谁知，未上好妆的白艳青忽地来了月事，腹痛难耐，她倚在后院回廊下的长椅上，捂着腹部硬扛着。怀安可巧路过，上前好意问询。

白艳青不愿多事，也不多言，起身回礼后正待离去，却被身后的怀安叫住了。怀安二话不说，拉起白艳青的手拐弯至一僻静处。白艳青寻思，坏了，难不成遇上个登徒浪荡子，欲强行非礼？奈何身子疼痛乏力，挣扎不得，心下叫苦，正寻思要喊人。

怀安见四下无人，才小声言语两句。白艳青脸色顿时难堪，捂住裙后，羞得无地自容。

当下又羞又急，一边马上轮到她上场，一边腹中痛未消去，一边裙子洇污，可怎生得了？白艳青蜷在一角，分明不敢抬头见人，心内早已慌作乱麻。

怀安说，姑娘放心，且由我来安排吧。

后来白艳青才知道，当日怀安出面，跟请戏的友人讨了个人情，竟将白艳青的戏给换下。怀安当日的戏也没看，还亲自将白艳青送回戏班。一路说笑，倒像多年老友。自那之后，二人再未遇见。

白艳青至今不知怀安当日是凭什么理由将她的戏撤换的，但白艳青心心念念，却不止于此。时常，她望月惆怅，听风叹息，怕只怕，落花有意，空自多情。

4

夫人婉瑜由李妈陪着，自西偏房的瓷花工坊里出来时，尚未晌午。她一早带怀钰捏瓷花，抬头方留意，日光往天井瓦檐上挪了。这会子，怀钰跟春桃等丫鬟们正专注捏瓷花，怀安正接替父亲，在那领一帮学徒，心无旁骛地捏塑瓷泥。

路上，李妈跟婉瑜小声言道，四姑娘倒是个天资聪慧的孩子，可比她阿爹阿娘强多了。

夫人便沉下脸，低低地提醒，这话可不敢叫二爷听见，仔细你的舌头！若是让他们拿剪子剪了，看你日后可怎么言语！

李妈便笑了，心内其实不服，嘴上却道，夫人提醒的是，往后李妈可不敢再多嘴，留着舌头，还等着吃大少爷二少爷三少爷的喜酒呢。

婉瑜被这话逗乐了。日光一晃，豁然开朗，二人已穿过窄小的廊道，要往东边厢房找沈老爷子商量事情。原该老爷敬德一道来商量的，一早老爷便出门了，说要往云溪窑场去督工，晚了怕耽误事儿。老爷每回到云溪窑场，一趟来回，少说也一整日，天不擦黑，他双脚还在窑场那儿蹚着。自家每件瓷器可都是从那近二百年的窑场烧出来的，凡事亲力亲为，是敬德一贯的做派。

此刻，婉瑜路过东厢堂屋，听屋内传出一阵琅琅读书声，不禁驻足。李妈嘴快，立刻说，好些日子没听到少爷们的读书声了，好听，再听听。

东厢堂屋是家里男丁读书的地方，早年是老爷子和老爷写字看报的所在，女眷们没事通常不会踏进。隔着天井对望的西厢堂屋，才是家中女眷素日做女红的地方。她们闲时不捏瓷花了，便在西厢堂屋里做些针线活，抬头一望，穿过天井的日光，直达东厢堂屋，便能见着小少爷们在研习课业，老爷亲自监督。一晃数年，后来少爷们上了城里的私塾，堂屋便少了动静，渐次寥落。近些年更鲜见了，偶尔大少爷怀安会在里头翻翻书。唯有三小子天生爱习文断字，回家的日子不管多少，多半一头栽进去，未到饭点不出来。

二人不着急走，在穿廊荫凉的瓦檐下，在天井墨绿的美人蕉旁，恍惚听到少爷们年少时的稚嫩童音。此刻，屋里的三少爷怀远正朗朗有声。细听，却又不似在读书，倒像在说话。再细听，叽叽咕咕的，二人没一句听懂。

李妈诧异道，三少爷莫不是在念洋文？

一句话提醒了婉瑜。堂屋门未关，二人轻手轻脚进去。怀远还在兀自对着墙壁朗朗诵读，背着手捏住一卷书。

婉瑜怕吓着孩子，咳了一声。怀远忙转过身，尴尬一笑。

三少爷念的可是洋文？李妈笑呵呵地问。自然也是夫人要问的，婉瑜的目光里一半怜爱，一半探询。

怀远挠挠后脑，未言先笑了。没什么，随便读着玩的。

婉瑜上前，从三小子手中取过书，第一页就看懵了，些许字倒是汉字，她自然认得，怪道是，汉字不连成句，杂乱地夹在一堆怪异的字符里，倒像是佛家道家的符文。

怀远，这不是洋文吧？洋文我见过，据说是字母拼成的，你这学的是什么？

阿娘，这也是洋文，不是西洋文，叫东洋文。

李妈突然大惊。什么，东洋文？这……

也难怪李妈大惊。虽说是个女仆，但她对"东洋"一词不陌生，甚至痛恨有加。李妈的爹便是叫东洋人给害死的。那时候，人们一提到东洋人就难抑愤恨，东南沿海一线尤甚，因沿海时常遭遇倭寇，出海之人常遇海盗，十有八九是东洋人所为。早年，李妈的爹曾送瓷出海，一去无回。从侥幸捡条命回来的人口中得知，他们于海上遇东洋海盗，能活着是祖上积德了。李妈的娘后来一生怀着对东洋人的怨愤，含恨而终。

婉瑜在怀远的眼里，看出了闪烁的东西，她一贯不干涉孩子们的学业，此时不问，是要等孩子想清楚了，时候一到，自会言明。婉瑜只道，怀远也长大了，这东厢堂屋还能有你的读书声，挺好！

二人出了东厢堂屋，自去不言。倒是怀远心内直打鼓。学个东洋文，家里人都要一惊一乍的，倘或跟他们挑明心内想法，沈家还不得鸡飞狗跳？别的且慢说，光父亲这一关，怕是越不过的。

心念及此，怀远兀自颓坐，盯着窗前的油绿芭蕉发呆，那儿正有一对白翅蝶上下翻飞。

旺儿突然跑进东厢堂屋，口里直呼"来了，来了"，带进一路风，一时将窗口芭蕉叶上的白蝶惊飞了，也惊着三少爷。旺儿为三少爷带来一封信笺，怀远读罢，忙不迭起身跑出去，衣裳也来不及换。旺儿在身后偷笑，少爷会姑娘，猴急了。

近晌午，瓷城烟云阁里颠出三五个人，都一身华服，正是康延福和李长庚携了手下，个个眼神迷离，走路打晃，跟大白天飘在日头下的一片魂儿似的。主子享福，仆人也跟着沾光。路人皆知，能进出烟云阁的都不是什么好鸟。这个去处，虽非烟花柳巷，但也不是好地儿，到里头过一夜，吞吞云，吐吐雾，疏松的不是筋骨，却是酥麻一身精气，没试过自然不知内里的舒服劲儿。

对外道来，他们说是抽"云土"。这玩意儿众人也不陌生，几十年前就打海外送到大天朝来了，那时叫"鸦片"，但凡有银子能换到一二的，都尝过，以为妙不可言。奈何一沾即染，让人上瘾，如同抽离灵魂，不吸更是要人命，叫人无力自拔，竟致无数人为一口赛神仙般的享受，宁可倾尽家财，尽弃奢贵，哪怕最后把命搭上。后来有个林则徐在广东虎门大举销烟，一时间，举国禁烟，鸦片那玩意儿渐次消弭，实则转为地下。

本城所谓"云土"，倒不完全是鸦片，心眼多的人将自刺桐港偷偷运进的烟土与本地烟叶制成的烟丝加工合一，制成中外合璧的独特"云土"，居然大受欢迎。一来，不至于猛到销魂要命，二来小瘾不至伤身，且也不至于贵到教人挥霍家财。说到底，小利营生，反倒既不违犯朝廷律令，也不伤及民意，烟云阁的大门既欢迎少爷老爷光临，也欢迎布衣百姓前来。

出了烟云阁，在大街上慵懒伸过腰后，康延福和李长庚以及数员随从好歹舒服得一觉至天亮，个个勉强打起精神，预备办事去。这帮人从来不办正事，无非东逛逛西荡荡，家业自不必理会，有各自老爷子管着，没他们什么事，乐得到处寻欢，心情好呢，沾惹风月，偷香窃玉，闹点动静，只管乐呵。这不，昨夜于卧榻上闻听一则消息，有人见着沈家二少爷怀仁在瓷城里露脸了，还带伤。

康延福顿时来了精神，他自小就将怀仁视作天敌。事有由来，年少时在私塾，人以群分，康延福一伙人视沈家三少爷怀仁为书呆子，时常嘲弄。二哥怀仁自然气不过，定要替三弟讨个说法，两句话不投机，怀仁跟他们动起拳脚。怀仁可是个不好惹的霸王，对付康延福一伙人，无需一对一，凭他一人就将众小子打得哭爹喊娘。得亏有老大怀安死劝才拦住，否则，怀仁的拳脚下非出人命不可。

多年来，康延福苦寻不着可报复怀仁的机会，尤其是听闻怀仁学白鹤拳去了，康延福叫苦不迭，知道的都说怀仁霸气，没学拳之前已然拳脚不饶人，若是学得功夫，早晚越发惹他不得。康延福到底不死心，寻仇有的是机会。后又风闻这小子到省城去，也没务正业，整日里神神秘秘地跟一帮所谓革命党人搅在一起，若果有此事，必是犯了大忌，倘要抓住他的把柄，不愁没法治他！

机会说来即来，可巧，从省城传来消息，说省城残余些许参与广东黄花岗暴动的所谓革命党人，被朝廷视作乱党暴民余孽，朝廷正四处抓捕呢。

康延福像一头格外敏感的野犬，早嗅出什么不对味儿了。

话说，沈老爷子听了婉瑜一番解释，知道大孙子怀安的婚事妥了。主要也是按他老人家的意思，急是急了点儿，谁让老爷子心头揪着呢，只怕有个万一。

连日来，沈老爷子渐觉身体不适，宅门也基本不出了，仅在院内活动。偶尔到西偏房工坊里教教学徒们瓷塑的手艺，偶尔在天井处侍弄些花草，大事不问，小事不管，好好养着身子骨。心中三愿，一是紫云瓷坊这一百年老号能顺顺当当的，二是能看一眼曾孙子，沈家来个四世同堂多好啊，至于三嘛，只怕这辈子是无望了。沈老爷子还惦记着从他手上被强夺的那件传家宝《一苇渡江》达摩瓷像，多想能将达摩瓷像给"请"回来啊。如今这身子骨，怕是熬不到了。

不过，长孙怀安倒是争气，凭当年那一眼，竟生生记住了《一苇渡江》的模样，再加上老爷子悉心栽培，可算没白费心血。怀安仿塑的《一苇渡江》在沈老爷子眼里，与原版何朝宗款相差无几。怀安毕竟年轻，此番已有此造诣，假以时日，将来必不可限量。单讲这一点，沈老爷子也知足了。

眼下，上头的意思是要沈家晋京献贺寿瓷。沈老爷子还看不出来吗，这是有人故意刁难沈家。谁不知晓如今外头一派乱世？朝廷自身难保，哪还有什么心思做寿？分明有诈！若是此时拒绝，也未为不可，只是少不得一番折腾。沈老爷子本不必理会这些事，由儿子敬德管事，他自会决断。但沈老爷子后来寻思，不妨让孙子出去历练历练，见见世面，也是好的！

沈老爷子说了，京城还有老朋友，去会会无妨，至于贺寿嘛，顺其自然，世道不安，此去京城，路途遥远，先自保命再说。老爷子也不是关起门来不问天下事的人，他心里亮堂着呢，早知目今朝廷疲于奔命，一面对付世界东西洋各国觊觎天朝妄图瓜分的目光，一面更要对付各地风起云涌的革命党人。相较于此，做寿算个什么！

鉴于怀安不日将登程北上，沈老爷子唯愿长孙大婚能尽早办了，好安了两家的心。秦家与沈家乃世交，虽觉仓促，倒也不反对。两家近日在紧锣密鼓地操办儿女婚事，一时间，上下均忙得跟要过年似的。

事未说完，丫鬟来报，说一伙官兵突然围了沈宅，连紫云瓷坊的铺面也围了，不知何故。

沈家人一听官兵，心头总起不爽。老爷敬德不在家，沈老爷子身子不适，不好出去吹风。婉瑜只得硬着头皮去对付。

幸好婉瑜出来得及时，再晚一步，大少爷怀安少不得跟人
饿饿起来，他正脸红脖子粗地指着来人问话。你们想干什么？
光天化日的，没有王法了吗？

怀安一向稳重，轻易不与人争执。能将他逼急的，事情必
定棘手。

婉瑜出门一看，心中有数了。以为哪个了不得的来头，却
是知县胡向春的公子胡少杰。

原来，康延福和李长庚等人兴冲冲地跑衙门去报官，请衙
门官兵到沈宅捉拿革命党。谁知胡知县陪护黎公公出游，不知
去向。赋闲在家的胡少杰公子顿时来了兴致，虽说素日与康延
福等人较少厮混，好歹康延福他娘是胡大公子的姑姑，有姑表
亲一层牵扯，即便胡大公子不把康延福等人放在眼里，架不住
康延福等人捧他哄他。

康延福左一声表哥右一声表哥地叫唤，胡少杰的架子顿时
抬得老高。今儿就拿出点手段给这帮小子瞧瞧，他胡大公子也
不是花架子，跟他们一拨游手好闲的小混混到底有别。于是，
胡少杰问了大概，自作主张到爹爹管事的衙门里招呼几个捕快
弟兄，直奔沈家而来。内里，胡大公子是有私心的，倘若真要
抓着什么革命党人，岂不大好？自然大大有赏，再凭他们家跟
黎公公的铁关系，弄个一官半职的自然不在话下。

康延福和李长庚等人分明看热闹不嫌事大，巴不得越乱越
好，却还知道要藏头缩尾，没敢跟着一伙衙门兵追至人家里。

胡少杰骑着高头大马，立在沈宅大门前，一脸耀武扬威。
可在婉瑜眼里，左不过是个半大孩子。来的人也不是没见过，
哪里是什么官兵，也就几个不登台面的衙门充数捕快，吓吓普
通百姓倒还使得，要吓婉瑜，却还差那么几分气势。

胡少杰也不拿正眼看人，瞧见出来的是妇道人家，更不放
在眼里了，斜睨一眼道，夫人，得罪了，我们是来拿人的，据
报，有朝廷下令抓捕的革命党就在您府上。

怀安见人欺负到家门上了，可不能让人看扁，正待上前理论，却被母亲一手拦住。他从母亲的侧脸觉出一种少有的威仪。

婉瑜一脸镇定，没露半丝笑意。敢问这位可是官差？

我？夫人不认得？我是本城知府的公子，我叫胡少杰。

哦……是公子，不是本城知府，老身明白了！

夫人一句话，逗得围观众人笑了，连几个衙门兵也捂着嘴偷乐。胡少杰公子一愣，好一会儿才品出人家话里的味儿。

少废话，是你们把人交出来呢，还是让我们进去搜？

胡大公子，你是姓胡，可不叫胡闹，你家老爷没教你吗？

一句话又把胡少杰给噎住了。众人又窃笑开去，胡少杰环顾之后，脸色渐渐尴尬。

婉瑜紧跟着又道，胡大公子身未着官袍，头未戴官帽，更无官府搜令文书，看来并非真官差，你来此胡闹，你家中知县大人可曾知晓？

你……胡少杰气得不知拿什么话来回，却拦不住苏夫人话赶话。

胡大公子若是来玩，何必带刀带棒的？若是假借官威来胡闹，我们也可宽心以待，姑且不告你擅闯民宅，只是传扬出去，你家知县大人的官威要还是不要，他老人家应该比你还清楚吧？

胡少杰再听不下去了，众人的笑声犹如刀子直往他脸上和心头扎，叫他无地自容，此刻羞至气急败坏，只得吼起来。

少废话！快把怀仁交出来！

婉瑜脸色一凛，不怒自威。放肆！朗朗乾坤，岂容尔等在此叫嚣？！

一句话顿时周遭俱静。

六、良辰景

1

城中一座丘山，如云腾于城中央，上有一亭，名唤驾云亭。山中遍植相思树，林荫小道蜿蜒盘绕，道旁花草摇曳，甚是清新怡人。山腰坐落一处好所在，名为"文昌阁"，坐南朝北，雕梁画栋，燕尾飞檐，于树木掩映间，清雅宁谧，因其所供为文昌帝君，是众多学子喜好之处。

围栏处，放眼可瞰大半瓷城，细听可闻依稀市声，此间，一方宁谧又不远喧嚣，可谓闹中取静。凭栏处，一对男女远眺听风，各怀心思。三少爷怀远手拍石栏，纵展眼力，目光里有隐隐忧虑，哪里逃得过身旁姑娘的细微捕捉？姑娘半是心疼，半是仰慕，心湖里早已漾开层层涟漪。姑娘家不是别人，正是前些日子于山中窑场巧遇怀远的康家二小姐康雪清。

康家出此清丽佳人，人说是福报。雪清素日看不惯父兄所为，奈何小女子，人微言轻，更不能左右。但她内心始终清澈，因得机遇，读书看报，通晓天下之事，早有巾帼之志，只待良机。

巧遇怀远那日，怀远走后，雪清却留了份私心，偷偷藏下一书。确切地说，竟不是书，乃一本剪报。当日，雪清帮其收拾散落山野的书籍，翻至此册时纳闷了。封面看似与一般书籍无异，翻开却见每页纸上粘着一小篇剪下的文字，细看，竟是自报纸上剪下的。再一读，分明是当下甚为激进的言论。

雪清便将此册剪报偷偷藏下。后来在扉页发现一处铭记，"壮怀激烈，当思怀远"，字体苍劲有力，颇有气势，让人心旌动摇。雪清想起当日情形，也猜出七八分了，这位分明是城中紫云瓷坊的少爷无疑。传说这位三少爷学识出众，自小长于学业，聪慧一时无人可及。兄长康延福曾在家谈起过，笑其书呆。那日一见，是有几分呆气，细瞧琢磨，却也不然，眉宇间分明掩不住俊朗，看眼睛便知，横竖雪清认定了那双眼睛，寻思起来，不禁怦然心跳，无端脸热。

雪清回家后细细读了藏下的剪报本，这一读，顿觉心明眼亮。每一文所述所论，无非天下时局，越发让人大开心智。不仅于此，有些剪报旁另有一手虬龙字体，料想必是怀远手书，或点评或议论，慷慨陈词，其心昭昭，原文与批文相得益彰。合上本子，雪清心内越发如明镜，只不时忧虑，一来，仿佛得遇知音，又敬又爱；二来，脑中顿时塞入太多时局之事，一时消化不及，心潮翻涌难息。

自此，雪清心内住进了一个叫怀远的男子。她倒寻思，此人必定不凡，毕竟他心中有天下。

挨过两日，雪清差人送了信笺至沈家，千叮万嘱务必送抵怀远之手。难得姑娘家主动邀约，这份胆子，倘或放在先前，爽性如雪清者，哪怕敢想，也未必做得出。而这一回，她却十分笃定，即便怀远是条大海里的蛟龙，她也要将他擒到手。

今日一见，已不似初见般生分了，倒像两个旧友，几句攀谈，便自熟络，亲切起来。雪清将藏下的剪报本交还怀远，脸上绯红，只说前日落下的。怀远笑道，打量这本丢失在半道上，叫野鼠拖去，填了巢穴呢。

雪清一愣，什么，野鼠？

啊，顺嘴一说，不妥之处，望姑娘见谅！

见怀远一时尴尬，雪清"扑哧"乐了。以后别姑娘姑娘地叫，好像人家没名没姓似的！你往大街上随意叫声姑娘，谁都能答应，你当我是谁呀？

姑娘所言极是！

怀远才说完，因不及改口，一时自个儿竟乐了。

雪清笑道，叫我雪清吧，我也叫你名字，怀远，都是年轻人，不必受那条条规矩束缚，咱也得跟上时代。

才刚说笑几句，怀远却不乐了，转头眺望远山远天，轻叹一声。时代啊，我们真得努力跟上，只是，泱泱大国，焉知真理光明何在？如何跟？往哪跟？

当听闻怀远打算赴东洋求学时，雪清心头一痛。如此说来，已决定了？

决定了，非去不可！不管将来如何，我将一路追寻，朝向人间真理，不离不弃。

好一个不离不弃！

男人说的是志向，听的人少不得心潮澎湃。雪清正拿一双水汪汪的大眼打量他，眼里尽是复杂之情。

雪清问道，天下何其多人去追寻真理，多你一个不多，少你一个不少，你又何必天涯海角去追去寻？难道，不怕落空，不怕……

不，雪清，天下之大，追寻真理者虽然无数，牺牲者也大有人在，但多我一个，便多一分力量，倘或少我一人，便少一份希望，不是吗？所以，我必须去！

雪清明白了，一时柔情让她心有不舍，合该心中清楚，像怀远这样的男子，剑态箫心，岂会耽于儿女情长？岂是捆束得住的凡人？

雪清点头道，自古儿郎，志在四方，怀远，天下必有你的一方天地，将来你有一番作为，我必定为你骄傲！

怀远回首间，轻风拂起雪清的发丝，四目凝望，心有灵犀，已尽在不言。

身后不远处，旺儿大喊。三少爷，出事了，出大事了！

沈家大宅前，风波未平。

胡知县的公子胡少杰拿着鸡毛当令箭，耍威风尚未耍够，他是断然不忌惮沈夫人一个妇道人家的，甚至扬言，倘或沈家不交出乱党怀仁，他们今日便要砸了紫云瓷坊的招牌。

此时，沈宅大门右侧的铺面，早有两名衙门兵冲进去，抢出两尊瓷观音，只等胡公子一声令下——砸！

店里伙计可吓坏了，何曾见过这等阵势，忙不迭跪地恳求，手下留情！手下留情！可砸不得，砸不得啊！

也是，紫云瓷坊内随便一尊瓷观音砸下去可不得了，多少银子可就白搭进去了，虽说赔的是东家的银子，那也令人心疼不是？店里伙计一年的工钱加起来还抵不上一尊瓷观音的价，能不心疼吗？

眼看人家可要手起瓷落，要砸了！怀安怒目一喝，你敢！衙门兵一愣，手持瓷观音，僵在空中。

婉瑜不紧不慢却声清有力，让他砸！谁砸便叫谁付出代价，倾家荡产砸锅卖铁也得赔！

两名衙门兵识相地把手慢慢放下，可还捏着两尊瓷观音不放。店里伙计捂住心口，仿佛人家捏的是他们的心脏。

哼，打量拿话能吓住我？我且亲自砸一个，好叫你们瞧瞧！

胡少杰的脸下不来台，话赶到这儿，不得不出手了。他腿脚一抬，翻身下马，大步上前，两下子从衙门兵手里抢过两尊瓷观音。怀远急忙上前要夺，却晚了。

围观群众已然指指点点。不远处酒楼上看热闹的康延福和李长庚拍手叫好。康延福好大口气，我这表哥可不是吹的，脾气比我那知县舅舅有过之无不及，这下可算长眼了，好戏才刚刚开场。

但见胡少杰横着脸，斜睨夫人婉瑜，眼里尽是挑衅。婉瑜却看都不看他一眼，下巴轻轻一抬，目光却落在别处。

怀安怒道，把瓷还我，否则，我一定不放过你！

胡少杰牙根一咬，迅雷不及掩耳，手起瓷落，围观众人一齐惊呼，"砰"地一声，尖利碎响，门前石埠已碎开大小不一的白瓷片儿。

你……怀安气愤至极，抢先一步待要上前冲撞，后面衣服却被生生扯住。

胡少杰举起另一手中的瓷观音，眼看便要再摔一件，忽地顿在空中不动了，抬头一看，另有一双大手钳住他的手腕。

众人再次惊呼：观音啊！

2

怀远赶至家门，见一众人等围拥住门前石埠，心下一急，跟旺儿硬是挤入人群。尚未挤过去，仰头越过人肩，正见胡少杰欲摔瓷观音，愤怒的大哥怀安正跟胡少杰掐起来。

怀远大惊失色，气愤中正待强行挤出人群，却见一道人影闪过。

擒住胡少杰手的人显然用力了，胡少杰疼得正待松开手，瓷观音却早被对方另一只手夺下。来人拿住瓷观音，狠狠甩开胡少杰，兀自朝婉瑜走去，将瓷观音交至夫人手上。

婉瑜小声道，老爷回来了，这边儿正待了事呢。

其实事情尚未到要了结的地步，婉瑜如此一说，也是要面子，好让外人知道，纵然沈家老爷不在家，家里终究有主事的。敬德说，嗯，夫人受惊了。

正当胡少杰纳闷时，人群中挤进另一伙人，领头的是笑呵呵的沈府管家李满堂，身后领着几位着洋装的人，另有一小孩儿，也着小西装，两腮嫩红，双目清澈，满是好奇。众人在李管家的带领下，来至石埠前。

只听为首的人说话，呵呵，今日好热闹啊，如此多人来欢迎，在下感激不尽。

此人说话生硬，听着不像本方人士。却见他转身对来人言语几句，众人皆点头笑了，纷纷向敬德和夫人躬身行礼，然后向围观众人躬身行礼，弄得所有人都蒙了。

三少爷怀远却乐了，挤出人群，叽叽咕咕地和他们说起话，之后才转头对父亲说，他们远道而来，是东瀛的青木家族，专程为我们沈家白瓷雕塑而来，我这便带他们到店里看看吧。

敬德点头允了，嘱咐怀远务必将客人带好，眼见他们进了紫云瓷坊的铺面儿。其实敬德一早便接到来报，将有东洋客人来访，这会儿，正是从前往窑场的半道上折回，可巧遇着门前一出闹剧。

一直被晾在一旁的胡少杰有些傻眼儿了，这是什么情况？好在他也算有眼力见儿，听出才刚怀远和来人叽叽咕咕说的是东洋话，那几个分明是东洋人。哟，这算怎么回事？竟一时不知何去何从。

敬德转身对围观乡邻拱手揖道，大家散了吧，沈某在此谢谢大家关心。说话时，全然不顾胡少杰一伙人，仿佛他们根本不在眼前。

敬德牵着夫人正待回身进门，却听胡少杰在身后嚷嚷，喂，你们交不交人？

敬德本欲息事宁人，才刚冷眼看事态，故意不理会。这时转过身，反问道，交什么人？

婉瑜低声道，他们来抓乱党。

哪个告诉你这里有乱党？

胡少杰大概气糊涂了，没经大脑便将原委突鲁出来。就他们——康延福和李长庚他们都瞧见了，你们家怀仁原形毕露，他可是朝廷要抓捕的乱党。

不远处酒楼上的康延福和李长庚一听，顿时脸都绿了。

敬德却坦然笑道，呵呵，让你费心了！莫说犬子怀仁是乱党，即便他不是，只要他敢回来，我也必打断他的腿，再将他送到衙门府上，听凭知县老爷发落，如此，你——可满意？

胡少杰一愣，不知如何作答，毕竟，他到底不是知县老爷。

敬德一声哼笑，吩咐伙计将石埠上的碎观音打扫打扫，扔掉。另补了一句，横竖残次品，早晚也是要扔的！

沈家大门关上，再无人理会胡少杰一干人等。众人于窃笑间散去，今日可有笑料谈资可供坊间散布了。

婉瑜后来方知，老爷一早出门，原是前往云溪窑场的，半道上遇着二爷沈家弘自鲤城派回的快马伙计，说有一拨东洋客商专程赶来，要到紫云瓷坊赏瓷，或有商机也未可知。可巧，敬德半道折回，赶得及时。

敬德忽地想起什么，问道，怎地老三怀远跟东洋人竟能说上话？他几时学的这本事？回来多日，竟半字不吐，亏他能藏！

李妈接过话说，一早便听三少爷在东厢堂屋书声琅琅，我跟夫人路过还纳闷了，怎地一句也听不懂，后来才知，读的竟是东洋文。李妈转而对李满堂说，不知怎地，一听说是东洋人，我浑身就不舒服，就想起我阿爹阿娘他们……

李管家忙叫她打住，好个婆娘，别在这丢人现眼了，来的是东家的客人，可别添乱了，你！

李妈这才噤声，儿子旺儿却梗着脖子说，我看东洋人假得很，一口一个"君"，一见一个躬，谁知道他们安的什么心？

李管家朝旺儿头上狠敲一下，叫你胡说八道？！这儿哪有你说话的份儿？

你打我，我也这么说，三少爷可是要到东洋去求学的，我正替他担心呢。

旺儿抚着被敲过的脑门，一脸委屈，无心之言却叫众人皆

082

愣怔了。此番道来，众人头一回听说，纷纷暗怪三少爷太能藏事。敬德叹气道，倘或不是旺儿说了，这臭小子怕是要瞒到去了东洋也不肯讲吧。

可巧，怀安怀远领着东洋客人进了厅堂。众人落座，下人看茶。

东洋客商头领名唤青木川田，一行人赏了一回紫云瓷坊的瓷塑，赞不绝口，所学有限的汉语已不够他们用来赞美，只得频频用东洋话称赏。青木川田才说罢，众人不约而同望向怀远。

怀远刚吞下一口茶，忙不迭地翻译。青木先生说了，咱家的瓷塑作品为他毕生所见水平最高，他心下钦佩之至，他在东洋国内从未见识过，咱家任何一件瓷器送到他国内，都会被列为国宝。

敬德谦虚笑道，青木先生过奖了。只听青木川田又脱口而出一大串东洋话，怀远似有不明白之处，还与他对语几句。众人又听得一头雾水，但看三少爷的神情，一会儿认真问询，似在探究，一会儿坦然而笑，分明愉悦。好一阵你来我往后，怀远才点头释然，向众人翻译。

青木先生说了，他们前些日子从鲤城刺桐港登岸，原是为文化交往而来，听闻瓷城要办"祭窑神"大典，格外想来欣赏，无奈事情耽误，来之前，闻听咱沈家夺得"瓷王"之冠，方才决定必来看看不可。他还说，他们东洋有个叫加藤四郎的前辈，早在宋代，确切说是南宋时期，一度专程到过咱们瓷城，学习过制瓷技术，回去后还模仿咱瓷城的窑炉，砌成之后，命名为"瓷城窑"，在他们东洋的津南一带，不少人还尊奉林炳公为"陶祖神"。

敬德听后，大为高兴。如此甚好，更觉亲切了，他们能喜欢我们的白瓷，实乃白瓷之幸，哈哈哈哈……

青木川田还说，但愿将来有机会来跟沈家学习制瓷技术。

敬德一愣，只好尴尬地说，看缘分吧。

之后，怀远连连向青木川田发问，二人竟不顾旁人，兀自攀谈起来。这回，怀远却半句也不译，但见二人有来有去聊得甚欢，表情丰富，手势繁多，把旁人都看急了。最后，怀远松了口气，面露喜色。

敬德问他聊了何事。怀远想都没想，说青木先生的家人看中了几件瓷器，他想买下，带回东洋去，价钱不成问题。

敬德一眼即看穿三儿子的心思，这小子到底没说实话。

其实，怀远跟青木川田聊的却是他自己最上心的事，毕竟他预备去东洋求学深造，到底要探一探东洋国内之现状。此事，哪敢实话跟长辈说？正愁不知如何开口才好，但不论怎样，去是一定的，谁也别想拦他。

婉瑜带东洋妇人到西偏房的瓷花工坊里玩赏，一时疏忽，随行的东洋小男孩儿不见踪影。后来，竟在工坊一角找着，但见小男孩儿端坐案旁，正认真地学怀钰捏瓷泥，手边已有拼好的小小瓷花，虽看着拙劣，居然也成形了。

名唤青木秋郎的小男孩儿被东洋妇人牵手走时，竟不时回头看怀钰，冲怀钰眨眨眼，笑着大声叫唤，秋郎，秋郎，并用手指指自己。

怀钰明白，也跟着边笑边大声叫唤，怀钰，怀钰，也用手指指自己。

两小儿的天真举动逗得大人不禁直笑。婉瑜哪里能料到，两个小孩儿的将来，有的是恩怨纠缠等着他们呢。

早知将来果，何必今日因？

3

盛夏，沈府大婚，比原定婚期早了四个月。有婉瑜在，什么都操持得妥妥的，无需敬德费半点心思。

戏班也请了，自然是白艳青的戏。

一听说是沈府大婚，白艳青心都死了，躲至无人处哭了两场，肿着桃红眼勉强上妆。想想，也该死心的，自己是何身份？跟沈家大少爷能有缘分才怪。自己什么身子啊，早已污秽不堪，哪敢跟沈家大少爷般配？有那份心也算过分了，断不能再有半点妄想，免得害人害己。

在戏台上远望怀安，身着鲜艳婚服，在酒席间穿行，白艳青唱着唱着，偷偷洒泪。心下自怨命苦，卿本佳人，奈何遇不见如意郎君。

白艳青到底没忍住，歇场的间隙，打发人将怀安支到屋后头，避人耳目。怀安正纳闷，以为唱戏的要私下谈银钱之事，到那一看，一个美丽伶人立在屋后的玉兰树下，戏服未换，戏妆未卸，黄昏霞光辉映下，亭亭玉立，分明佳人。啊，原是先前认识的白艳青姑娘，毕竟是瓷城里的梨园名伶，且有一面之缘，也算旧相识了。

白艳青楚楚可怜，低声给新郎道了贺，便纵有满腔心事，也不敢吐露半字，二人无言时有些尴尬。白艳青只正经提醒道，仔细提防小人，尤其是黎公公等人。

这一幕，可巧让原本在洞房里静候的新娘惠心开窗瞧见了。照规矩，惠心端坐房内，头罩喜帕，耐心静候新郎，却一时有口痰不知要吐于何处，情急之下，便偷偷开后窗吐掉，这才瞧见怀安跟一戏子在屋后会面的一幕，心下诧异，仔细一听，却只听那戏子在提醒怀安的话。但看怀安的神情，略有不自在，惠心虽有疑惑，也不便声张，便按下事情不表。

这日，知县胡向春和黎公公竟也到场贺喜，给足沈家面子。胡知县还特意拉着敬德借一步说话，为那日胡少杰瞎闹一事特向敬德致歉云云。敬德自然不稀罕再提，笑而化之，握手言欢。

其实，私底下胡向春早把胡少杰狠狠训斥一番，在黎公公的提醒下，让胡少杰认识到狐假虎威的行为纯属莽撞，倘或沈家二少爷真是乱党之辈，此举无疑打草惊蛇，日后再想有所行动，恐难上加难。黎公公的意思，是随他去吧。这个内务府出来的老妖精，早把时局看透了，除了及时行乐，其余均不放在心上，人间是别人的，与他有什么相干？有道是，风云莫测，迟早要变天啊。

席上，最乐呵的当属沈老爷子。所有恭贺之人，好话道尽，无不期望老爷子能尽快抱上重孙子，沈家四代同堂指日可待。

高朋满座，宾主尽欢，好一番人间良辰，好一派人间喜景。无人知晓，酒席一侧戏台上，白艳青强颜欢笑，唱词欢喜，心头淌泪，好不折磨。也无人知晓，酒席之间白发黎公公，杯杯盏盏口口尽欢，宁可今朝有酒今朝醉，不知今夕是何夕，其实内里几多凄凉几多忧伤。即便如此，竟不时拿眼尽瞟戏台上婷婷袅袅的白艳青，笑里藏着几分媚与谑。

而婉瑜心内正暗自忧戚，不知此时二小子怀仁身在何方，此情此景，他要能在，一家人才算真正圆满，奈何这番念想竟不能成真，今后更不知何年何月方能实现。老大怀安即将北上，老三怀远大概海外求学之心已定，孩子都大了，一个个说走就走，怎地不令人心伤？倒是二爷家的姑娘怀钰年纪尚小，因母早丧，爹爹总不着家，就陪在婶娘身旁，好歹有个伴儿，权当自家闺女养着，倒也至亲。可转念一寻思，姑娘家将来必是要嫁人的，到头来留下老人守着老宅子，日子到底落寞。这一寻思，眼眶竟湿了。

怀钰很善解人意，伸上小手帮婶娘拭去眼角泪花，稚声道，婶娘怎生落泪了，哥哥大喜的日子，见不得泪。

婉瑜一把将怀钰搂在怀里，只道高兴过头了。

新婚之夜，千金春宵。新人洞房，红烛对望。喝了合卺酒，吃了蜜枣花生，好一翻郎情妾意，温存自不多言。

临睡下，惠心差点问起白日里见到夫君与戏子屋后对话的一幕，寻思着，怀安毕竟应迎了一日，必定累了，且将要问的话压住，让他好生睡下。怀安娇妻在怀，身心合欢，昏昏便要睡去。迷迷糊糊中，恍惚浮现白艳青的模样，仿佛听见她言语，要仔细提防谁谁谁……

一夜无话。

次日一早，一对新人早起，分别向沈老爷子和阿爹阿娘请了安。沈家孙媳妇、大少奶奶惠心的新日子正式开启了。

想到不日即将分离，二人倍加珍惜相守时光，毕竟新婚，自然如胶似漆。长辈也欢喜在心头，盼着沈家早日添丁。

合该说，三少爷怀远很会挑时候了，选在大哥新婚后两日提出远赴东洋留学的请求。他是看好家中长辈个个精神头正好，加之新嫂子入门，料想父亲纵然再不情愿，也不至于在此时对他大打出手，方才壮着胆子提出来。

这段时日，敬德和婉瑜忙将起来，倒把这事给搁下未提。目今老三自己提出，想必他已思虑再三。二人看着站在面前已超出他们一头的三小子，心下诸多不舍，本意想劝，不知怎地，不约而同却不是劝。

婉瑜先开口。怀远果然长大了，有自己的主见，也是好的，出门在外，多少能照顾自己吧。

敬德沉吟片刻，方说，当年你出生时，你阿公唯愿你能心怀远大志向，故取名怀远。怀远啊，把书读好，横竖不是坏事，可有一条你必须谨记，人啊，一定要走正道！

怀远一时愣了，想来这些日子好一番挣扎，身上绷着皮肉预备好，硬着头皮，只等迎受一顿家法，未料二老竟轻描淡写，三言两语并不反对，倒叫他一时不知所措。

婉瑜说，你自小乖巧，除了读书一事颇为上心，别的从未跟爹娘提及过分要求，我们自然是信你的。不过，你只身一人漂洋过海，到那么远的地方去，人生地不熟，为娘心里着实不安生啊。

阿娘，男子汉大丈夫，倘或成日被关在家里，岂不等同折了鲲鹏之羽，囚于牢笼？阿公说过，不出去历练，哪能成才？大哥北上，不也是阿公默许的吗？大哥说了，他还要一探北方的瓷业状况，预备将分号开到京城去呢。

敬德咳了两声才道，他那是野心大，我可并未看好，你也莫多心，到东洋去，能学点好便罢，倘或学不到什么，万不可谋虚逐妄，紧着早晚回来，免叫你阿公和你娘惦记。

这还听不出来吗？父亲的弦外之音便是不拦着了。怀远高兴得恨不能立时变作小鸟，一咪溜窜至后院找阿公汇报去。

他比大哥更早几日出门，实在是等不及了，仍是由旺儿陪着，先要回省城的紫云瓷坊分号去做些预备，另有些手续得办理，之后才好乘船出发，前往东洋。旺儿自然是留在省城的，他才不稀罕到东洋人的地盘上去，旺儿的母亲——李妈第一个就不能答应。

怀远还带走了由母亲婉瑜捏的瓷花《一树寒梅》。母亲说了，横竖是个小物件，好带，留在身边有个念想，倘或真不想带，留在省城分号也能卖。事实上，后来怀远果真带上《一树寒梅》走了，这件瓷花作品自有传奇，此为后话。

一朝离别意，乡关何处望？天涯游子心，两处相思情。国人自古重别离，于今亦然。

4

雪清到底记挂怀远，不知他将于何时离开小城。

这几日她茶饭不思，嘴角常挂的笑意也凋落几许，无端地看云叹息，听风叹息，光是坐着凝望天井的绿芭蕉，也要呆住半晌，手上丝帕滑落裙底，也浑然不觉。

午后，差去探询的人给她带回一诗笺：

天光云影系心怀，好景良辰莫可待。

经年若是天下定，相思树下共徘徊。

落款俩字儿：怀远。

阅后，雪清兀自对着小阁楼轩窗偷偷洒了几滴莫名的泪，却叫偶然路过的兄长康延福瞧见了。康延福逮个丫鬟问，谁欺负咱家小姐了？快告诉本少爷，看我不打断他的狗腿！

丫鬟一问三不知，康延福纳闷了，晃着身子出了院门，心头起疑：莫不是我这妹子思凡了？

至于怀远远赴东洋求学之事，老爷交代了，不宜声张，因而怀远是挑了个寂寂清早离家而去，谁也不惊扰，一如他回来时的凡常，去也去得悄然。

而怀安送瓷晋京之事，却没法不让人知道。毕竟受命于衙门，得跟黎公公的人马一同上路。县里送行时各种烦琐礼乐自不必说，一行二三十人出了城门，上了官道，大老远直看不清人影了，沈家送行的人方才各怀忧郁，淡然回去。

尤其新婚不久的惠心，一路无语，却也不便在众人面前落泪。不舍的泪只能落在心内，面上却尽量不动声色。目今她是大少奶奶，在众人眼里得有个仪态，儿女情长谁都有，可她自婆婆婉瑜的风采里见识了何谓大家风范，她得依循着这种风范，从有模有样伊始。至于跟怀远情痴爱缠的男欢女爱，只许压在心底，仅供自己回味，断不敢有半点波澜。

归途中尚未抵家门，惠心的脑里心里装的全是夫君的模样，这才感叹，适才惜别，怀安在父母面前道了礼，对她却不敢亲昵，只能眼神意会。

这日薄暮时分，晚饭后，惠心打发人沏了上好的铁观音，正往婆婆屋里送。才至天井处，见婆婆一人倚在廊柱下，仰面望天井之上，不知正看什么。惠心怕惊扰到她，示意丫鬟放轻脚步。来至婆婆身旁，她温柔地扶住婆婆的一侧手臂，惠心也跟着仰面望出天井，目光越过马鞍墙的祥云瓦檐，掠过燕尾屋脊，却见微凉的天幕霞彩渐次淡去。

阿娘，站久了，喝口茶吧，解解乏。

婉瑜抚着儿媳的手，轻舒口气。唉，人说养儿能防老，这下可好，他们兄弟三个各自纷飞了，哪个也不记挂他们的阿娘。

阿公不是说了吗，他们需要历练。惠心说话声也轻轻的，生怕把渐次黯淡下来的夜幕惊散了似的。

待婆媳二人在厅堂的夜灯下坐定，品过清香铁观音，天色越发暗得快了。婉瑜不时看一眼东厢堂屋，那屋此刻自然已无灯烛，怪静寂的。

惠心不知婆婆心里在琢磨什么，也不便多言，只得静静候着。良久，忽听婆婆说了句，愿能早一日，听听东厢堂屋里再传出读书声，倘或是孙子的读书声，那才好呢。

惠心明白过来，一时羞得双颊微热，低首轻掩嘴角。

婆媳吃着茶，又闲说几句，姑且按下。

却说这日，车马足足走了一日，天黑透了，怀安一行人方才进了鲤城。他们自清源山南麓行至北峰路段，过朝天门入城。往南行，城中路径颇多青石，行走时车马丁当，声声铿然。

途经谯楼，怀安早闻此处约建于唐，依云榭筑州衙，衙前辟出南大街为市，此时抬头一望，灯火通明，竟十分高大气派。队伍再稍往前，行抵十字路口，怀安遇见前来迎接的紫云瓷坊鲤城分号的三五个伙计。

怀安便打马上前，来至黎公公车轿前告知一声，这便要折往西街的分号而去。黎公公有交代，次日巳时，全体于九日山集会，要在那举行出海前的祈风仪式，不可缺席。

当晚，怀安在分号并未见到二叔沈家弘。伙计说了，二爷出去应酬，未到夜里子时，多半不归。好在沈家弘事先交代伙计，倘或没把东家大少爷招呼好，仔细丢了饭碗。伙计自然不敢怠慢，连夜张罗大少爷的饮食洗漱，事无巨细，无不备办妥帖。待好生安顿了大少爷，他们方才松了口气，私下都说大少爷稳重随和，比二爷可强多了。

早闻西街热闹，怀安正待出去游览。奈何伙计说时辰渐晚，沿街铺面多半将打烊。如此说来，领略鲤城风情，只能留待他日了。毕竟车马劳顿一整日，怀安也觉身子有些乏，此时夜色渐沉，开窗放风，静心坐下，就着伙计端来的绿豆饼，自在品茗。耳旁传来数声琵琶，似远还近，稍后微闻女声吟唱，自远而来，声细绵软，听之便知是南音，呢喃软语，直入心腑。不知怎的，怀安竟想起白艳青的唱腔，兀自哂笑。

好景良辰，奈何离人不知前路遥遥。

遐思良久，蓦然惊醒，竟是因了夜深时分的一记钟声。声洪且清，并不突兀，反而与夜色十分相融，如梦潜滋，袅袅入心。怀安记起父亲提过，鲤城西街有一处坐北朝南的开元古寺，乃千年古刹，内有东西二塔，十分壮观。怀安打定主意，次日一早定要入寺一游。

夜里闻窗外风声，忽大忽小却清晰如在耳畔。怀安原本轻眠，醒后再难入睡，闻听风过窗，心头忆内人。此行不知何时方回，可叹新婚未竟乐，一朝隔远地。不觉间，忆起临行前的枕边话儿。怀远拥妻在怀，喃喃道，愿能早有一男半女，好给沈家开枝散叶。娇妻惠心羞赧浅笑，却不言语，只将头枕在怀远一侧臂弯上。怀远是闻着娇妻的发丝兰香入眠的，本是昨夜之景，此刻思来，竟恍惚过了许久。

果然，最是难耐青春寂寞愁，更哪堪，琴瑟合鸣今作休。

次日清早，卯时过半，怀安即已起来，稍作拾掇便出门。伙计悄悄说，二爷昨晚过了子时方回，醉得有七八分，此刻睡得正酣。怀安不便叨扰，说要到开元寺走走，兀自去了。出门方知，昨夜竟下过雨，天亮却又大晴，西街沿路青石湿润，映照天光，两侧早市的铺面已开启一日的营生，各种吆喝伴着甜香，沿街弥漫。

开元古寺自唐以来，香火鼎盛，千年不息。因是清晨，人倒不多。怀安入了寺门，眼前豁然开朗，甚是静谧。石埕开阔处，古木参天，鸽鸟信步，偶有一二寺僧路过，眉眼平和泰然，行动矜持有致。正中主殿，气魄雄伟，令人望而心生敬畏。莲宫梵宇，焕彩鎏金，精致处令人赞叹不已。怀安本非信徒，不觉也双手合十，稍稍行礼。他更关注大殿之上的佛祖法相，仔细观察了佛像的额头、眉眼、口鼻、双耳、圆肩和手型。毕竟自小练就眼力，但凡见着塑像，必于细节各处用心研品，加以比对，析其成像成形之特殊所在。

怀安绕至后殿，将十八罗汉一一辨别，竟觉各法相与记忆中的《一苇渡江》达摩塑像在神情姿态上有异曲同工之处。彼时，他尚不知开元寺中多有印度北传佛教痕迹，佛像眉目相似其实大有渊源。观音殿更不容错过，观音法相自是有别于其他诸佛，在瓷城瓷塑中一枝独秀。怀安细察之下，颇多感触。曾听阿公说过，何朝宗一脉传下的何派瓷艺，以瓷观音的神情更近于寺庙的观音法相，慈悲中不失庄严，而目今瓷城各家瓷观音各有偏差，多数将观音法相塑造得偏于柔婉，有的甚至显现媚态。怀远记住了阿公的提醒，瓷雕断不可媚俗于世，正所谓相由心生，心到手到，手底雕塑功夫再好，成品出来更见人品。

古寺中刺桐掩映，古榕垂荫，桑莲传说令人神往，东边镇国塔和西边仁寿塔在入夏盛放的火红凤凰花中倍显身姿伟岸。不少人在凤凰花树筛下的点点晨光中，吐纳练拳，晨光甚是宁谧，倘或不是树下落花与青石板上的潮光，谁能料到昨夜曾雨疏风骤？怀安无心流连于寺中草木风光，却在各殿佛像前再三深味，竟至忘时。

良久，忽闻身后一声佛号，转身方见一慈眉善目的老僧人正微笑看他。怀安躬身回礼，正待走开，却听老僧人道，施主慢行，老衲有言相赠。

出了寺门，便是西街早市，人间烟火，渐次鼎沸。空气中弥漫着面线糊、润饼、肉粽、鱼丸等芳香，连同叫卖声闹热非凡。但于怀安却充耳不闻。

耳畔仍是才刚老僧的赠言在萦回：

进道进德，克精克励。处众处独，宜韬宜晦。埋光埋名，养智养慧。随劝随静，忘外忘内。修行一切善，如是得度世。

七、祈风行

1

鲤城西南方，临漳门巍峨高耸。出了城门口继续往西，一条大道亮堂堂，车水马龙，城外人奔城中市集而来，城里人奔城外风光而去。

怀安与叔父沈家弘坐在车轿内，叔侄二人本无多少话，但不言语到底尴尬，尤其沈家弘一身酒气，宿醉未消，在大侄儿面前，颇不自然。

怀安素来瞧不起叔父，碍于辈分，只得隐忍。其实，底下伙计们早议论开了，二爷不是经商的料，充其量也就吃喝玩乐的主儿，素日里说好听是出去谈生意，拢关系，实则流连于勾栏瓦肆、烟花柳巷，今朝有酒今朝醉，不问明日几多愁。兴许，他骨子里憋屈，奈何境遇不佳。说到底，身为庶出，头上有个正房长兄压着，在老爷子面前，他压根抬不起头，好不容易长大成家了，娶的二夫人竟没熬过难产，只给留下个姑娘怀钰，竟撒手去了。沈家弘自此不稀罕再成家，免得大受羁绊，到外头随时眠花睡柳倒很自在。老爷子也拿他没法子，竟由着他去。沈家弘没给姑娘怀钰再找个后妈，怎料怀钰竟不待见他。

沈家弘自觉矮下一截儿，长兄家一溜地给沈家添了三个儿子，轮到他，只余下一姑娘，想想都憋屈，沈家偌大的家业，迟早也是长房的份儿，他就指望不上了。如此一寻思，沈家弘少不得心灰意懒，在家待不顺心，更不得自由，索性跟长兄讨了好，乐得到紫云瓷坊的鲤城分号，另摆道场。好歹离家远些，不至于成日被老爷子看着管着。姑娘怀钰自然不稀罕随他，便搁老家跟她婶娘过，挺好。

怀安对叔父的作为不是不知，只是连阿爹也不过问，更轮不到他来指指点点，这回亲眼见识，心内多半不舒坦。斜睨叔父一眼，见其双目无神，眼角耷拉，一副脑满肠肥的样儿，不见半点儿精神头，不知道的还打量他吸食"云土"，坏了身子，散了精气，其实要么纵情女色，要么醉心于酒，这二者无不伤身。怀安本欲劝叔父，合该留心身子骨，想想，却又忍住了。

沈家弘顾左右言其他，无非此地风土人情云云。怀安哼哈敷衍，自不多言。出了临漳门，在旁候着，且等黎公公的人马。此行，他们要前往距离鲤城以西十四里路的九日山。昨儿黎公公特地交代的，巳时须得抵达九日山，参与祈风盛典。

谁知二人在临漳门足足等了半个时辰，也不见黎公公的人马到来。末了，竟打发人来说，黎公公昨日晚间赴宴，去的正是九日山下的所在，今晨且在那候着了。

沈家弘私下跟怀安使个眼色，之后才偷偷笑道，这个老妖，专能找乐子，昨晚怕是等不及，提前到那附近吃花酒去了，省了今日的脚程，顺带在风花里沉醉过夜，也不耽误今日的盛典，真真一个花心大萝卜哟。

怀安心头暗喊一声，自忖，五十步笑百步，左不过一丘之貉。

路上，沈家弘倒还问起自家姑娘。怀安不叫她四妹，素来直唤其名，他说怀钰挺好，近日已习得不少字，越发识大体了，且还学了几手瓷花的捏塑技法，倒也有些天赋。

沈家弘不以为然，却道，女儿家识字再多，有什么用？像她娘，识再多字也不及一命强，命都没了，还顶什么用？依我看，老话说得好，女子无才便是德，能活着，也就够了。

怀安不接叔父的话茬，他能听不出叔父话里的刺儿？在家时，沈家弘早对怀安的母亲婉瑜不服。一个妇道人家，惯能操持家事，里外都是好手，滴水不漏，更叫沈家弘没处使坏心眼儿，干着急。奈何她是嫂夫人，她做主的事，自然没沈家弘吱声的份儿。沈家弘到底识时务，惹不起还躲不起吗？拍拍屁股跑鲤城来，天大地大，横竖远远的，你一个女人再能耐，也没有通天的本事吧，管我不着。再将个拖油瓶沈怀钰自小丢给她，由她这个做婶娘的来调教，累死她活该，看把她给能的！

叔侄二人有一搭没一搭的，话不投机，当即都闭了口。沈家弘自知没趣，歪着脑袋，倚着轿厢窗框也能睡过去，大概马车晃得厉害，让人易于困倦，不一会儿，他便鼾声大作，兀自睡得死沉。

九日山面海而立，繁树成荫。山上巨石遍布，多半经由匠人整饬过，并镌刻上历朝历代的祈风诗文。所谓祈风，源自何时已难考证，主要盛行于东南方海外交通要塞。

登上九日山，望向出海口，怀安倍觉心旷神怡，果如书上所言，"州南有海浩无穷，每岁造舟通异域"，诗句足见东南海运通达四方，由来已久。山间有处昭惠庙，敬祀"通远王"。据闻，海舟番舶无论来去，吉凶难料，因而祈求海神显灵庇护，以求逢凶化吉。

今日祈风盛典自是于此海神圣境开启。海风中，彩旗猎猎作响，各处人声鼎沸，香火缭绕，热闹非凡。

怀安于等候间隙，顺带赏鉴一番山崖石刻。彼时东南海上商舶发达，船只海运大抵依赖风力航行，每岁五月至十一月，便有地方长官和市舶司官员等时常为回舶或去舶的船队祈祷航行中风向顺利，平安抵达目的地。时日一长，九日山上的祈风石刻记载日渐丰富，蔚为壮观。

祈风台上已然布置好典礼所需物件，各方人员聚集，唯独不见黎公公和当地主事官员。按理，巳时已过，市舶司等重要官员理应悉数到位才是。众人直等到日头近午，仍不见官家露面。后来，执事者接到指令，仓皇操持典礼，祈风仪式草草举行，令人寡味。

怀安并不以为意，登高望远倒成了他心头一大快事。自九日山上远望，目下连接晋江水流，波光闪闪如耀金光，十分赏心悦目，故名金溪。倒也是一处富庶所在，沿溪两岸山峦起伏，民居密集，错落有致，足见当地物阜民丰。近处几只大小不一的舴艋小舟于溪江之上东西往来，十分应景。

自九日山祈风台往东南望去，不远处即是滔滔晋江水域，再往东烟波浩渺处，便是晋江入海口。远远地，能望见较大型的船舶，于水面缓缓游移。那便是一度闻名于世的刺桐大港，据说在宋代便已是世界第一大港，海运通达各洲各洋，将东方风物带往世界各地。

早年间，怀安听教书先生提过刺桐港，想到终有一见，心头不禁澎湃。要知道，养在戴云山麓犹如深闺中的白瓷，便是从眼前刺桐港出发，经由海路，漂洋过海走向各大洲，为世所知。

多好，倘或沈家的瓷塑也能自这片海域渡海而出，走向世界，沈家大名不就举世可闻了吗？据说，先前瓷圣何朝宗的瓷塑都能漂送海外，如今的沈家瓷塑也必定可行。怀安越想越激动，仿佛在眼前展开了一幅鸿图，巨型海船上载着沈家瓷塑正驶向异域他方……

远望海疆茫茫，近闻山涛阵阵，怀安不禁遐思万端。

2

一阵噼噼啪啪的鞭炮声破空而来，瞬时惊散了怀安的一卷大业蓝图。

祈风盛典已近尾声，一应琐碎，好在顺遂。祈风乃出海远航前的例行之举，千百年渐成定式，依惯例便能操持，纵无达官在场，吉时是断不能错过的，奈何今日无官家祭祷，多少欠缺了敬重和诚意，民众自有人窃议感慨，颇为不满，甚而多半失落慨叹，只是不便声张。

于海边渔家而言，尤其海上远洋作业之族，敬天敬地更要敬海之神灵。怀安偶然听闻即将同船出海的民众提及，今日祈风礼毕，另要择吉时，前往鲤城南门天后宫进香求佑。这还听不出吗？海民心内对天地抱有期许和依赖，言语里分明不寄望于所谓官家兵力了。

说到底，海运求财，谋生在外，末了须得求一字平安。离乡背井者，牵念不外于此。

下了九日山，自山门出来，跨过一条横卧内河的石拱桥，方才到得官道。恰在桥上，二爷沈家弘听见有人叫唤他，四下寻望，才在桥下水面一画舫船头寻见唤者。沈家弘顿时来了精神，说是遇见老友了，邀他过去喝几杯。

怀安自然不去闲凑热闹，眼见叔父抖擞几下便自岸旁水阶处邀来船家，片刻即登水中画舫。怀安立在官道旁，却听身旁随行的伙计嘀咕，这下不到晚间，二爷必是不醉不归。

怀安奈何不得叔父，正欲转身离去，目光一瞥，却见画舫上黎公公与诸位官员杯盏推迎，喜笑盈盈。却原来，他们在此间寻欢作乐，声色犬马，竟将九日山所约定的祈风盛典丢至九霄云外去了。怀安心生不快，脸色一沉，兀自离去。

午时过后，方才回至瓷坊分号，怀安倦意袭来，草草吃了饭，歇息片刻。他留意到西街固然热闹，所经营无非小家小业，倒也格外贴近民生。紫云瓷坊独立其间，稍显突兀，不售穿戴，不营餐饮，铺面货架分摆各类瓷雕，可不另类？问了伙计，打量分号生意必不如意，加之叔父断不是能用心经营之辈，怀安心内少不得忧虑。只不过，还轮不到他来质疑。偏偏他爹沈敬德从不质疑，竟至不甚过问，只道是鲤城分号按时对账，却不曾闻有过害利蚀本之事。这便怪了。

未料，伙计却说分号的生意一向大好，虽说二爷多半不在柜上盯着，成日出去花天酒地，偏他能把生意带进门。有道是，鲤城不少字画古玩一类的营生多半聚集于东街状元巷，西街卖艺术品的独有紫云瓷坊一家，按说没有绝对的竞争者，却也不是艺术品的真道场，能卖出个把件实属不易。市井百姓，没几个能看上紫云瓷坊的瓷观音瓷弥勒的，看上了也买不起，每件瓷雕的银钱要的不是一点点。这年头，哪有百姓愁着生计，还有闲散银钱能买瓷器玩赏的？

伙计却道，来买瓷器的多数非官即贵，他们或抱一尊瓷弥勒回去收藏，或请一尊瓷观音回去供奉，不差银钱。而非官即贵者，多半是二爷于花酒筵席之上笼络来的，人家花银子，图的是乐子，几十上百两银子扔出手，眼都不带眨的。

怀安这才明白，怪不得叔父不走寻常道，力拓人脉确实是商家所需。看来，还真不能小瞧了叔父，无怪乎阿公和阿爹均对之睁一眼闭一眼，不在眼前不烦心，放出门外倒省心，这招不为而治，果有妙处。如此一寻思，怀安念及形同被放养出去的二弟怀仁，多日不曾有消息，到底叫人难以安心，却不知要打发人到哪里打听。这小子放出去，爹娘只能对其不为而治，只恐他少不得兴风作浪，做兄长的却也管制不得，着实无奈。

正思忖时，店门口进来一汉子，头戴竹笠子，边缘压得低低的，进来稍作沉吟，便问，店内可有土地爷可请？

这话倒把店里伙计给问住了。伙计看一眼怀安，回头对客官说，本店主营白瓷雕塑，主要是瓷塑观音或弥勒，至于土地爷嘛，目前还没有。

汉子声音低沉，言语间并不抬头，兀自说，瓷观音瓷弥勒要价高，不是我们小百姓请得动的，我们至多只能供奉土地爷，你们因何不做呢？

伙计却笑了，白瓷土地爷还真不多见。

汉子叹道，连土地爷也无处可请，让小百姓如何安生哦？

汉子压低着头，自怀安身旁擦过，却一个趔趄差点绊倒，好在怀安迅疾扶住他。不料，汉子竟一把握住怀安的手，躬身道谢。怀安觉出异样，手心被塞进什么东西，手还被汉子用力捏了捏，正待问话，汉子头也不回地出了店门。

伙计笑说，这人怪哉，头一回遇见有人来买瓷雕土地爷的。

怀安背过身偷看手心，却见一字条，上书：戌时谯楼西见。落款一字：仁。

怀安大惊，冲出铺门，东西寻望却早不见了那汉子的身影。

午后异常燥热，转眼却天昏地暗，片刻间大雨突如其来，令人措手不及。整条西街一时之间乱象纷纷，有的手忙脚乱地收拾摊子，有的横冲直撞地找檐角避雨。大雨自天空重重砸下一般，之后竟有狂风席卷而过，西街顿时一片狼藉。

伙计忙半掩了铺门，片刻工夫，身上早被撞进来的风雨泼染了，忙不迭地抖动。伙计道，六七月的老天爷实在怪，变脸跟变戏法似的，上午还晴好热辣，下午就天地滂沱，谁能料得准？

怀安心下正不安，听伙计之言，更觉阴沉。毕竟世事难料，谁能说得准？前些日子，竟还有官兵追上门来讨人，说是抓革命乱党，二弟怀仁如何被扣上个乱党的罪名？大概也不会是子虚乌有，凡事必然有因。更兼此刻揣在兜里的纸条，更显得事情非同一般，否则二弟也不必乔装打扮来避开世人耳目了。想来，他必是在何处惹了大祸，正四下躲藏。这小子合该收拾，见到他，非得好好教训他不可！

伙计望着门外风雨，感叹道，今日预备要去南门天后宫祭祀，瞧这阵势，只怕也要误了。

怀安说，不过是雷阵雨，说停就停了。

伙计却摇头并意味深长道，未必，鲤城自六月天起，便不时有台风扑来，我听这两日的风雨声，怕是台风快到了。

怀安一早也闻听市井人声议论，说一早的天，晴得分外干净，不仅因了昨夜宿雨所致，更因今晨天空流云散得分外快。在九日山祈风时，也有民众议论，看天听风，怕是有台风临近。

但官家传下话来，不许民众胡乱猜疑，祈风时节一切顺利，并且还有天后娘娘庇佑，出航平顺，自不在话下。怀安知道，黎公公急欲乘船北上，他大概收罗了大量宝贝，原应小心出行，不知是何缘故，行动略急，竟对天象不管不顾了。

门外的风雨说停就停，也甚是怪道。人们抬眼望去，开元寺东塔直插云天，竟现出一道越穹彩虹。

伙计乐了，连连称道，天现彩虹，福佑万众，好啊，好啊！

伙计自去收拾了，约了三两个人说要一道去天后宫上香，还约东家少爷怀安同行，说天后宫近在鲤城之南德济门，那里望晋江海口出去，是鲤城的南边门户，那处城门之上还架设火炮，用以海防，比如防海盗倭寇。

怀安心内有事，到底没去。他怕一路来回赶，虽说都在市集内，怕回头错过了与二弟之约。

一场风雨降下了市集的暑热，入暮果然清凉许多。晚饭后，怀安独自散步，由西街往东行半里，无意欣赏甲第连云，便拐向北面再行半里，抬头便见巍巍谯楼于灯火阑珊之中。

越接近谯楼，怀安心底越发紧了，竟不自觉地回首望望身后，任何路人都不像刻意尾随的，方才稍稍平定心绪，于谯楼边上绕一绕，估摸着时辰，接近戌时便转至谯楼西侧。那里灯火稀疏，光线偏暗。怀安在楼角石条上坐下，四下却不见半个人影。

正纳闷，忽地被人捂住了嘴巴，双手被反剪至身后，正待叫唤，嘴里已被塞了布团，不及挣扎，身上已被捆住了。来的是两个人，黑咕隆咚的看不清面目。其中一名彪形大汉一躬身，将捆好的怀安扛至肩上，钻入楼旁黑暗中，往北直奔。

3

怀安打量自己被歹人劫了，苦于无法挣脱，心内着实焦虑，急出一头大汗，念及或因此错失与二弟的约见，只怕二弟要急坏了。

怪道是，往日无仇，近日无怨，何人绑他呢？倘或是遭遇盗匪劫徒，不图财物，却是为何？事到如今，只好见机行事了。怀安头朝下被大汉扛着，路上一度换到另一名大汉肩上。行走的均是狭窄小巷，奈何这般情势之下，怀安没法看得真切。入夜后的小巷，更显僻静幽深，格外便宜藏匿。也不知过了几时，七拐八拐，怀安只闻得门声吱呀，大约进了什么府第。在一间灯火幽微的小屋内，他被放下，未及站稳，径直跌坐在一把靠背椅上。

绑他的人蒙头盖脸，也不多言，兀自去了。怀安观察屋宇，干净整洁，不像险恶所在，倒像大户人家的堂屋。稍后进来两人，估计还是才刚绑他的两名大汉，仍旧蒙着面，一身夜行衣，只依稀看出身形。来人一把抽去怀安嘴里的布团，看架势没好气。其中一人粗声粗气问道，你叫怀安？

怀安心中有数了，对方既是知晓自己的名字，定是背后有人指使，可见绑的不是糊涂的票，分明有备而来。一时竟不慌了。

你们受何人指使？绑我做甚？

少废话！你到底是不是怀安？

我若说不是，你们只怕绑错了人，会放了我吗？

哼，绑的就是你，错不了。我们还知道，你们后日出海北上，船上有不少金银财宝，嘿嘿，绑你来就是想跟你谈个交易。

怀安反倒冷笑。凭这，如何谈得交易？直把人绑了，莫说谈，分明是强迫。

问话的大汉大概气极了，上前正待抽怀安一嘴巴，却被另一大汉伸手拦下。他只好放狠话，臭小子，别不识好歹，老子一拳便能把你废了知道不？

怀安果然嘴硬，明知此刻危险，弄不好没命回去，可心头一口气堵在那儿，倘要叫他求饶服软，那便错看他了。但见怀安脖子一梗，正色凛然道，别打量你们有拳脚功夫了不得，抢钱抢东西祸害百姓，几个能有好下场？当真有本事，合该去跟欺负咱们的洋人打，跟这逞威风，算老几？！

哼，看把你能的，一会儿将你剁了喂狗，看你还能耐到几时？若是从了我们，与我们合力将那狗太监的一船财宝夺了，兴许能让你捡回一条狗命，你好好掂量掂量。

怀安忽地摇头感叹，我终是明白了。

你明白什么了？

我明白，这世道因何会有所谓的革命党了，唉，眼见着这污浊混乱，是该改改了！

好——好——好——

连赞三声，却是适才一旁单看，闷不作声的另一大汉。此刻忽地拍手叫好，吓了怀安一跳。却见那汉子扯下蒙面黑布，露出真面目，灯火微明中，凑近一张俊逸脸庞，双目鹰觑鹘望。这不是二弟怀仁吗？

二弟？怎么是你？！

大哥受惊了！

那……这位是？

才刚凶神恶煞般问话的大汉也扯下蒙面黑布，分明一张硬朗偏黯的脸，他同时扯了头巾，却是个秃子。但见他双手合十，口中宣称佛号：阿弥陀佛。

怀安觉得他面善，却一时想不起在哪见过，正思虑时，那和尚说，修行一切善，如是得度世。

怀安恍然大悟，这不是今早在开元寺见过的那位老僧吗？老僧此时已躬身言道，施主受惊了。

怀仁忙道，他是我师叔，不是坏人，大哥莫怕。

怀安笑问，你们这是做甚？二弟自小爱闹，不怕把大哥吓出个好歹？

怀仁忙上前帮兄长解了绳索。大哥莫怕，都是我的主意，原是想试探试探你，看看咱家的风骨，长在咱亲兄弟身上是不是一个样儿？

嗯，现在你可看明白了？打量咱家就你一人骨头硬吗？！

怀仁不好意思笑笑。而怀安虚惊一场，边扔了绳索边问，你们这唱的是哪一出啊？

老僧也笑了，说出去给二位弄点茶，二位慢慢聊。说完转身离去，身形高大，却行动如风，分明深藏不露。

大哥，才刚跟你说的出海北上之事，你可千万别去。

怀安看二弟一脸正经，想是认真的，又听他接着说，我们已经盯上朝廷那帮走狗的财物，说到底，那也是老百姓的东西，我们预备劫了，充作革命党的物资。

你果然是革命党啊？那……那我怎么办？咱家的瓷还要上贡朝廷的。

哎哟，我的亲哥呀，都什么时代了，谁还管上贡那种破事？那个朝廷还能撑到几时？眼看快灭了，天下由谁说了算，将来还不一定呢，但一定得是咱百姓说了算。

怀安在二弟的眼里看到了奇异的光，炯炯发亮，分外有神。不得不说，二弟再不是先前的二弟了，他心里想的事，比沈家任何一个想的都多，他想的居然是天下的大事。这不是闹大了吗？

这时，老僧送了茶进来，只微微欠身，便又离去。

怀安也正色道，二弟所言，我也不大明白，咱家做小本营生，安能管得了天下大事？本本分分便好，尤其是你，自小就让阿爹阿娘不安生，莫说我没提醒你，前些日子官兵都找上门了，大呼小叫地要抓乱党，你可把咱阿娘吓得不轻。

怀仁抿口茶，接着说，没事，咱家就你和三弟金贵，都是撑天地的栋梁，我嘛，充其量是个混世魔王，这点我还算有自知之明。

废话！这话要是让阿娘听见，她还不得寒透了心？！

行了，不说那些，说正经的，才刚跟大哥说的事，的确是正事，我们的人盯上了狗太监的财宝，那可是他在东南一路搜刮的，不能便宜了那老妖物。

怀安叹声道，既是被你们盯上，还有你们办不成的事吗？咱家的瓷可如何是好？

怀仁附耳上来，如此这般一番讲解。大哥时而惊愕，时而皱眉，听罢已然吓出一身透汗，冲口而出一句，这不是反了吗？

话刚出口，忙又刹住，却见二弟笑嘻嘻，一脸不当回事的样儿，怀安寻思，这事倘或闹大了，沈家会不会遭殃？

怀仁还说，据说四年前，东瀛与法、俄签订秘密协定，竟将南满和福建定为东瀛势力范围，这事朝廷没解释，老百姓也不大懂。可满大街洋人遍地走，尤其是东瀛浪人横行霸道，沿海尚有东瀛人无法无天肆意妄为，你们大张旗鼓地出海航行，即便不被我们夺了东西，只怕也过不了东洋倭寇那一关。

闻听此言，怀安越发不敢将家里跟东洋人有生意往来之事告知二弟了，否则不定二弟要怎样义愤填膺地大加指责呢。

正寻思再说什么时，二弟怀仁已拍桌而起，一副胸有成竹的架势，说，就如此说定了。

趁着夜色，怀安在二弟的引路下踩着满地月光而行，隐约可见天空薄云飞速而过，只是二人并不懂天象，自然不在意。怀安回头望一眼才刚穿行过的石坊，月光映出依稀字眼：梅石书院。

怀仁轻声道，此间倒是个读书的好所在，在明代曾有状元郎罗伦在此讲学，才有书院之称，旁有石阵，依梅花形排列，故称梅石。

你倒是会藏，先前不好读书，遇事就躲在读书处，你也不嫌惭愧？！怀安嗔怪二弟时，二人已行至学府路口。

怀安在二弟的指引下，回程中一人独行路上，心内尚在反复寻思，怎地稀里糊涂竟答应了二弟？着实荒唐，分明胡闹！迎面忽地大风疾扫而来，打得怀安掩面而避。

好端端的，哪来的疾风？月光突然一黯，天心明月也被疾速流云暂时吞没。

4

是夜，突然风疾雨骤，教人心绪难宁。怪的是，风雨来得快，去得也快。天亮后，却又云消雨霁。

伙计为怀安送早茶时，不无忧虑道，听老辈人说，这天象该是台风要来的征兆。言外之意，在替怀安不日出海之行担忧。奈何官家决议之事，断不能听从一个小伙计的警告，生生将出海大事给改了行程。

怀安着实忧虑一宿，却非为此，而是懊悔应承了二弟交办的事。一者，所谓天下形势如何，与他怀安到底不相干，何必无端去蹚这莫名浑水？二者，他也非任何盟党之辈，更谈不上分派任务之说。偏偏这个行事乖张的二弟，莫名其妙地给他做大哥的发派了一项所谓任务，听起来竟事关重大。

斟酌再三，诱动怀安的真正念头，却是办妥此事，虽说北上无望，却可早日还家，以免家中长辈和新婚妻子挂念，至于事成之后，于世事将有何影响，那也无须他怀安忧虑。索性，怀安唤来伙计，如此这番交代。

伙计纳了闷，不禁问道，置办那些物件做何用处？未必上得了船。

怀安却道，先行置办吧，上不上得船，另行再议。

次日一早，怀安一行人抵达刺桐港，倒还及时赶上官家船号。大港进出，万千船帆，万千彩旗，各国船商云集，海岸人声鼎沸。

怀安早先也听闻了，刺桐港远在宋元时便已通达四海，东方的丝绸、瓷器、茶叶等物产在此装船出海，航线遍及南洋甚至抵达西欧各国。而海外物产诸如香料等同样也于此登岸，进入国内。只可惜，自天朝海禁之后，刺桐港较之前朝，竟没落万千，自不待言。即便如此，海港之壮阔，遗风依稀，仍可窥得一斑。

海风更比城中强劲许多，加之怀安赶路已是一身汗，至此更觉海风微腥中带着粘腻。望一眼海天，果教人胸襟为之开阔，倍觉天地之大，无怪乎古人常发感慨，言辞诗句无不尽道人生须臾，于天地宇宙间，到底渺小。海天之上，一半晴空，湛蓝清澈，一半浓云，堆如棉絮，倒是奇境。

正待登船，人群中一时骚动。几名东瀛浪人正围着两名船家发难，一言不合抬脚踢翻了船家才刚搬上海岸的渔筐。白花花亮闪闪的海鱼顿时滑溜满地，把两名船家急得俯身揽收，嘴里哀号不绝。东瀛浪人却哈哈大笑，扬长而去。

见此情景，怀安心中气愤不过，却不知如何是好。身后响起伙计催促，快些上船要紧。

回头一看，伙计后头还紧紧跟着一人。这不是那日到店里来，索要白瓷土地爷的那位大汉吗？那日，他朝怀安手心塞了字条，此时再行辨认，脸上络腮胡子纵横，防风帽下双目特意使了眼神，顿时叫怀安心下一惊。大汉却不多言，跟后头的伙计抬上行李，径直朝前去了。

一行人正待踏上船板，却被俩官兵拦住，例行检查。大汉亮出腰牌，让官兵核对名册，竟毫无悬念，顺利过关。怀安寻思，凭他的能耐，弄到一个伙计的登船腰牌，大概也不是难事。连同要抬上船的东西，一并过了关，自然少不得那名大汉三言两语一糊弄，还往小兵怀里塞了点碎银子。

怀安心内嘀咕，这算是再没回头路了，一脚踏上去，后头不定要怎样天翻地覆呢。这小子惯能闹腾，事到如今，只得听天由命。

他们登船良久，方见黎公公由一帮手下簇拥着抬在轿上，姗姗来迟。岸上列了各方官员，好一番揖笑送往，极尽媚态。此间地处东南，地方官要见着个京官实属不易，能见着个皇上身边的人，那得修多少造化，方才有此福分？都眼巴巴地，恨不能认作祖宗才好。虽说国运日衰，时局动荡，前路茫茫，人人能求自保已然不易，凡事都得悠着点儿，但凡上头来人，都得侍奉好了，半点也得罪不起。别看他们个个脑满肠肥，面上无限风光，其实仕途多艰，个中滋味怕也一言难尽。

船，总算在猎猎海风中出发了。怀安却满心煎熬，如舢板受着太阳灼烤，更得承受来往船员各种踩踏。焦灼中，他于船上各角落寻摸着，差点一头撞上出来吹海风赏风景的黎公公。

黎公公言语倒是客气，说怀安年少有为，将来必成大器。听着是好话，只是有点阴阳怪气。怀安忽地想起那日，白艳青提醒他，要仔细提防朝廷这一帮人。既这么着，他们也未见得安什么好心，也怪不得此时怀安心有异样了。

怀安自然不将黎公公的话当真，心头正不安地乱跳，目光越过黎公公肩头，一眼瞅见那名随他上船的大汉，正帮忙搬运货物。怀安寻思，这小子到底能不能成事？可别到时，大事未成，反倒捅了天大的娄子，丢了性命可就冤了！

怀安别过黎公公，蹭到船舱边，寻个无人留神之机，佯装看海，跟大汉低语，你怎么跟上船了？真要闹出什么，大海上的，安能活命？

忽地，船身一时颠簸，怀安未及站稳，竟颠到船边去。大汉赶紧上前一把扯住他，故意高声大气道，少爷千万仔细，风大浪急，可要好生照顾自己！

怀安点点头，不便多言。大汉闪身过去时，附耳道，过了前头东海鹧鸪巡检司，我自有安排，你到舱里躲着，千万别出来。

事情到底不如预想的顺利，才刚出了晋江出海口，尚未至东海鹧鸪巡检司，船就出事了。

彼时海风越发强劲，呼啸中叫人心头难安。一艘怪船不知从何处窜出，迅速靠拢，并响了火枪，吓得船上众人顿时紧张戒备。怀安在舱中开窗一看，打量事先说好的事，说来就来了。大汉俯身探头道，事情不对，先别出舱。不等怀安追问，大汉关了舱门，自己倒先去查探。

船硬生生被拦下。一伙人不由分说登上船来，三两个扛着火枪，其余腰里把着长刀，一脸横肉，全是东洋武士装扮，头顶仅束一把黑发，周边基本光洁，油光光地映着日头。为首的东洋人气势汹汹杵在前头，用生硬的汉语逼问谁是船上管事的。

船长模样的方才上前言语，却被对方一脚踢翻在地，挣扎中尚未爬起，东洋人中持火枪的便开了枪。船长顿时胸口洞开，饮恨身亡。一船的人都吓呆了，谁也不敢贸然出声。

东洋老大得意地环视众人，问还有哪个要出来说话的。

放肆！一声怒喝，自人群中分开一道，黎公公带着手下出来主事了。他们手上竟也挺着几把火枪，形势一时难决。

这是大清海域，岂容尔等东洋倭寇在此放肆？黎公公怒目而视，面不改色，被强劲海风吹乱几丝白发，竟有几分威仪。

此时，怀安早已偷偷出舱观察事态，对黎公公竟敢怒斥东洋人之举，惊讶之余，暗自赞叹。

大清有何了不得？还不是被我们打得跪地求饶？这片海域早已划归我东瀛，凡出入此处的船只，一律要接受我方检视。

东洋老大完全无惧黎公公的尖声呵斥，反倒论起理来。

其实尽人皆知，倭寇不过是在其国内混不下去，出海当了贼子，这年头，连倭寇也拿国事来撑腰，也敢骑到大清国的头上横行霸道，难道大清果真弱到只能挨打受欺的份儿了吗？怀安心内憋屈，恨得直咬牙。

一派胡言！前头不远处还有我大清的海防线，我东海巡检司更架设着足以炸毁你们船只的大炮，你们这帮倭贼若是不怕，大可前往领死。黎公公仍旧疾言厉色，素日里尖声细语的模样，此刻倒是一把硬骨头。

双方尚未多分辩几句，船尾处忽地窜起十几声穿天尖啸，抬头便见几道焰火带着浓烟钻天而去。东洋人见状大喊，不好，他们在发求救信号。黎公公也正纳闷，那信号是何意思？双方手下却已动起手来，船头一时火枪乱响，混乱不已。

其实，那信号正是跟随怀安上船的大汉所发，烟火也是怀安事先打发人买了偷偷带上船的。怀安知道信号已发，料定是二弟所拟之计提前了，因倭寇侵袭事出突然，他不得已而为之。只是未料事态越发严重，船上已纷乱难辨，刀枪齐作，哀声不断。

怀安正待趁乱躲回船舱，眼角瞥见黎公公仓皇躲闪，身后可巧一名倭寇举枪对准了他。怀安不及细想，冲上前一把撞开黎公公，枪响了。黎公公一时没站稳，再被横冲直撞的人接连撞上，摔出了船栏。怀安顾不得后肩突然剧痛，伸出手去拉黎公公，未料没抓着，身子也没控制住，一并摔出船身，扑入大海。

烟波浩渺，水浪滔天，一时海天之间，狂风席卷而来……

八、惊魂劫

1

旋即，天风海雨，乾坤混沌。

海天并无意掺和人世纷争，却何曾忘乎人之死生？四面八方，风雨恣肆，海水雨水已难分辨，船上海上哀声不绝。台风犹如天地神灵疯狂起舞，衣袂飘带无间翻飞，瞬时，巨浪滔天，倒卷天地。

能容数百号人的巨型福船，纵然再大，也大不过汹涌狂涛，大不过愤怒大海，大不过傲然苍天。

过后每每回想，在惊涛骇浪中死里逃生的怀仁少不得懊丧，悔恨不绝。那日，他乔装成帮工大汉，紧跟大哥上了福船。其实周边已暗中安插自家弟兄，预备于海路航行中秘密夺船，且势在必得。未料，才过出海口，竟突然遭遇倭寇。

怀仁情急之下，点燃烟花爆竹，那原是预备在夜间海上夺船时杀个措手不及而布下的，仓皇间只能趁乱起事，吓吓那帮不知好歹的倭寇贼子。想是海船上的枪火爆竹声惊动了入海口的鹧鸪巡检司，防范的炮火立时破空而来。

偌大的福船顿时炸开一大缺口，无论船员抑或倭寇都被炸得四下翻飞。而彼时突然的天风海雨，仿佛海神瞬时发怒，自天穹劈头盖脸，当头罩下，教人无处可逃。

怀仁一落海，便只想到大哥不知如何是好，早将夺船使命丢得一干二净，恐惧立时攫住他的心腔，暗恨自己一时糊涂，生生将大哥害了。如今海天翻卷，大哥安有命在？

又是三五记大炮咆哮着，奔命而来，自怀仁头顶飞过，虽未命中狂风浪尖上生死翻涌的福船，却于海涛之中炸响，如海鬼撕扯天地，前来索命。亏得怀仁有一身好水性，几下猛子扎入海水，心下悲从中来，哥啊……

再次钻出海面，怀仁身旁不断落下木箱杂物、尸身残骸，他张皇四顾，听见风雨中凄厉的哀号，眼见各处微贱人命被海天吞噬，他急得上下扑腾，一次次抹去脸上的海水雨水，一面躲着不时当头砸落的物件，一面抻着脖子扯开嗓子——哥——哥——哥——

于波峰浪谷间翻腾，不过几下，福船终究被万丈狂涛卷去身影。大概，海岸上的火炮此刻正傲视大海，一副凛然不可侵犯之姿，却不知多少无辜生命葬身于海天的烟波浩渺间。

倭寇贼船自然早已无踪，想来，在海天震怒之余，贼寇如何能逃出生天？必也是难逃天地之惩吧。

怀仁眼尖，瞧见一篮筐浮在水面，便扑腾几下游过去，扯了来，认得是自家装瓷的竹篾编筐，兴许大哥便在不远处。奈何四顾凄惨，想见又怕见到，不禁泪水混着海水雨水，恨得直击海面。经他一扯，篮筐竟散开了，怀仁只觉手劲一松，瓷器便从底部脱落。他一头猛扎入水，却见稻草四下浮散，黄绸锦缎包裹着的瓷器缓缓向水下沉去。

怀仁一急，心知那是大哥的心血之作《一苇渡江》，想也不想直往水深处潜游追去。不料忽地火光乍现，想是海面又炸响火炮，强大冲击力将四下物件撞开。怀仁一个不慎，被横撞而来的巨大船木击中，疼痛难耐，待得回头再看，那一点鲜黄绸缎已然没入暗黑深海。

怀仁绝望地回身上溯，急急钻出海面，长长吸气。

然而，风雨飘摇，连同怀仁的天地呼喊也一并吞没了……

那日近午，忽地风狂雨骤。

惠心在瓷花工坊捏着小瓷花，听李妈碎碎念叨，昨晚的风刮得邪性，一阵儿一阵儿地仿若小鬼往屋角各处缝隙里死命地钻，吱吱吱吱地叫，好比钻人耳朵，叫人好不闹心。

说话的工夫，头一阵急雨在屋瓦上像沙场鼓点一般猛打了一阵儿，仿佛无数兵卒操起各种兵刃在人头顶上敲敲打打。

李妈惊呼起来，坏啦，一早洗的衣裳还晾在天井里呢。她陡然起身，风风火火地冲出门去。惠心一时心绪散了，手心的瓷花才刚粘上的一片薄泥瓣忽地脱落下来。

恰在此时，不知打哪传来一声碎裂声，尖利地划破各处屋瓦下的宁谧。惠心一惊，连忙放下瓷花，一手撑着桌檐起身，"哟——"手心扎到了什么，竟是一朵瓷花样品被她仓皇之下压中，手心顿时钻心疼痛。

怀钰在旁提醒，嫂子小心，仔细桌上的篾刀。

屋瓦上紧接着又一阵万分密集的雨点敲敲打打，惠心瞅一眼手心那圈被扎出的血纹，耳旁偏又传来一声惊呼。

夫人——

惠心听得真切，不禁心头惊跳连连，顾不得手心疼痛，移身离桌，一路小跑，回头边嘱咐，怀钰别出来，外头雨大。说完，惠心冲出工坊，过了穿廊，直奔厅堂，见天井里雨势张狂，三角梅和含笑以及小盆花草都被雨点打得噼啪作响。地上散落着几件衣裳，却不见李妈身影。

惠心一急，边张望东西厢房，边叫嚷起来，李妈——李妈——

大少奶奶，快来啊！

急促的声音是从夫人屋里传出的。惠心双手捏了裙摆，小步频频，冲下侧廊石阶，闪过西厢房门厅，直奔夫人屋子，几乎一把扑上门框，往里一看，大惊失色。

阿娘——

惠心一头扑进屋里去。

天井里突然打了旋风，将晾衣绳扯得上下乱颤，水花迸飞。接连几盆剑兰、红掌白掌、万年青都被一一打下架来，砰砰直响，盆碎土散，花叶满地。沈家大院被一场急风骤雨打得人人不安。

说来也怪，敬德尚在窑场里监窑，没来由地，竟脚下一滑，从龙窑中段石阶上直跌了几阶下来。

随行的伙计一把没扯住，往前一探手，竟也跌滑下去。

恰这一跌，身后窑场边的侧方，忽地纷纷滚落断木，噼噼啪啪滚将下来，有的磕到阶上竟反弹起来，眼看便要击打在老爷头上了。那名伙计还算手快，跌坐在地上的工夫，不忘抬手挡开了一截断木，再有几截断木奔着往下砸时，势不吓人，没砸中人。可后头滚滚而来的断木眼看便要尽数压下，伙计急急一个纵身，扯住老爷径直往旁边大柱后头闪躲。

好险！他们眼瞅着成百的断木柴火自面前滚压下去，心惊不已。事后一想，心头尚有余悸。倘或躲不及时，被那几百断木当头砸下，非死即残。

惊魂未定时，风雨即刻铺天盖地而来，狂风在敬德和伙计身后猛撞，雨点横飞着打向主仆二人，顷刻间背后长衫已然湿透。

伙计扶着敬德忙问，老爷没事吧？

没事没事，你没事吧？

伙计摆摆手，捂着头脸往身后望去。远山迷蒙，风雨张狂，他不禁哇哇感叹。

敬德也未曾见识这般情境的风雨，不禁心头忽感不安，喃喃道，这风雨，着实怪哉。

伙计附和道，昨晚刮了一夜的风，倒像老辈人说的台风，只是多时不曾有了，咱也没留意。

是了，一早起来，老爷子还叮嘱我，说昨夜大风甚怪，莫不是台风到了。敬德说至此，一时急了，转身便要跨过那些横竖一地的断木。老爷子不知可还安好，我得先赶回去。

伙计帮扶着，一面听敬德几句仓促交代，无非是将窑场好生整饬，别叫风雨坏了这一窑。还有，怕是捆绑柴火的绳索坏了，赶紧打发人仔细查看并收拾，可别伤着手脚云云。

言语间，敬德已出了龙窑，顶着风雨便朝其他屋子奔去。伙计尚在后头忧虑，瞧这风雨，安能回得去？

2

那日早饭，婉瑜便感不适，头晕目眩，粥菜竟都没怎么动。生怕老爷子多心，她便不吭声，佯装陪老爷子用过早饭，待老爷子由姨太太扶起，二老回屋了，她才撑着，也兀自回屋。

敬德惯是粗心的，并未察觉夫人有何不适。自老三怀远求学远去，老大怀安送瓷晋京后，连日来，家里竟清静许多，连四姑娘怀钰也乖巧许多，不吵不闹的。众人均是不咸不淡地照常过日子，谁也不刻意去提少爷们出远门之事。

反倒是新过门的惠心，处处用心，言语得体，与上下相处皆十分妥帖，虽时日不久，却也不生分了，叫人看了心下自是欢喜。老爷夫人夜里枕边闲话，都道大儿媳最是可心，沈家人该有的亲切，她一分也不少，况且，也未见她因夫婿远行，有半点不适不妥，哪怕是面上硬撑着，不动声色地将自己贴合进沈家的日子，这是再好不过了。

倒是婉瑜多日不爱言语，想是心内记挂着远行的儿子们。敬德只晓得妇道人家爱子心切，少不得一时半会儿缓不过神，过些时日自然会好的，便也不絮叨，且由她去吧。敬德饭后自然是要到自家窑场例行查看的，素来风雨难阻。这日临出门，竟是儿媳惠心替他想在前头，将雨伞茶水等一应备齐了，送至他身旁的伙计手上，嘱咐千万留神天气，眼瞅着风雨便来。

敬德才至门口，回头还想交代什么，想想，没言语就出门了。

惠心是猜着老爷心思的，想他必是放心不下夫人。惠心原本今日得空，预备回娘家看看自家阿爹阿娘，见天上云墨压得低，四下树风飒飒，心下多少不得安宁，便打消回娘家的念想。

她预备了一碗温凉去火的银耳百合莲子羹，往婆婆屋里去问了安，见婆婆倚靠在床榻，神色倦怠，便将银耳羹放在床榻旁的小桌上。

阿娘，见您早饭时没怎么动筷子，怕是胃口不好，我给您熬了银耳莲子羹，您好歹喝上几口。

惠心言语熨帖，说话轻声细语，生怕惊了长辈。

婉瑜抬眼看看，微微一笑，好，一会儿吃几口便是，让你费心了。

听婆婆言语，轻声无力，惠心便伸手贴贴老人家前额，倒也没觉出烫，问了说身上也没哪里不舒坦，惠心寻思，必是老人家想念儿子了吧。

婉瑜强颜笑笑，说惠心竟比女儿还贴心，这不，膝下正缺个贴心女儿呢，好在上天见怜，给送了一个来！这话说得，一旁正在玩针线的怀钰不爱听了，嘟囔着说婶娘偏心，大嫂子长得可心漂亮，迷了大哥不说，一家子上下都叫她给迷了，这会子，连婶娘也不把她这个小丫头放在心头上了！

一席童言，说得婆媳二人哑然失笑。惠心笑过，便说，想是夜里风大，阿娘着了凉也未可知。

婉瑜摇摇头，却说这七八月正热头上，哪能着凉啊。

惠心却道，也未见得，人说热感也是难防的，我还听闻，西医提过病毒一说，大热天也能把人染上。

怀钰忙说，那可如何是好？婶娘一早上就不舒坦，也没法教我做针线了。

惠心安抚怀钰，一会儿跟我去捏瓷花，嫂子教你些新的，可好？

怀钰喜不自胜，拍手连跳着叫好。

婉瑜连连点头，说去吧，我清静一会儿便好，等精神了，也过去捏瓷花去。

惠心说，这便打发人去请大夫，总要听听大夫怎么说才好放心。

婉瑜摆摆手，说不必了，也没什么要紧，不过是昨夜听外头扯了一夜的风，没睡踏实，不碍事，眯一小会儿就好了。

后来，婉瑜果然眯着了，迷迷糊糊中，竟听见有人呼喊，像是天地混沌间无来由的呼喊。

阿娘——阿娘——阿娘——

啊，怀安——是怀安吗——怀安——

这一叫唤，婉瑜迷糊中竟伸手侧探，将一碗银耳莲子羹打翻在地，自己竟支撑不住，翻倒下来。

自窑场到沈家，不过五六里。往常，敬德均是乘坐自家的车马轿。

奈何这日风雨突如其来，慢说人人被唬得措手不及，竟连拉轿的马也惊着了，在狂风中一时不听使唤，一个劲儿往墙角里躲，任凭车夫顶着大雨怎么吆喝怎么鞭打，也无济于事。

敬德看情形，一时半会儿怕是使唤不动那马儿，心下焦虑，索性弃了车轿，撑了伞硬冲进雨里。不出十步，纸伞便被席地横扫的狂风扯了去，慌得敬德又折身跑回窑场大门檐下。

好在伙计眼力见儿好，奔过雨幕给老爷送来了一袭蓑衣，并一顶竹笠。敬德套上蓑衣，将竹笠下的绑绳扎得紧紧的，这才冲进风雨里。

纵是平日，五六里路也得走半个时辰，况是这般风狂雨骤里顶着前行，手扶着竹笠竟还须十分使劲儿，分明跟风较上劲儿了。穿着蓑衣行走，到底笨拙，加之风力强劲，又没个准向，一会儿东来一会儿西去，直打得敬德几番差点被掀翻在地，有时几乎蹲身下去，猫着身子才勉强撑过风头。路上哪里还能见着人？不时竟见着竹篮、衣物什么的，被风攘上空中，上下翻扯，更有被扯断的树枝树干铺了满路，横七竖八各种狼藉。

敬德越发焦虑，这般天地动怒，风雨无常，生怕家里有个好歹，不禁咬牙前行，无风时少不得还要小跑一阵儿。就着这股劲儿，他顶风冒雨穿行了一个多时辰，才远远望见家门。

隐约见管家李满堂在大门外檐下，躲着风雨又似在张望。敬德加紧几步，跃上家门石阶，把管家吓得一愣。

哎哟，我当是请的人来呢，怎么是老爷啊？

李管家过来帮敬德解下竹笠，拿衣袖轻轻拭着老爷额上的雨珠。敬德便问，如此大风雨，怎么在这？

等大夫啊，才刚打发个腿脚利索的去请，不曾想，老爷竟先回来了，可巧，赶紧进屋看看去吧，夫人她昏过去了。

啊？这……

敬德顿时更慌了神，竹笠也不戴，立时往院内冲去。李管家捧着竹笠，手头的伞也忘了撑，冒雨紧跟在老爷身后，门也来不及带上。

雨天多少有些晦暗，屋里点了灯。李妈跟惠心正伺候在床榻前，敬德一身湿漉漉地跨进屋门时，正见惠心往夫人嘴里喂水。

婉瑜！老爷轻唤一声，已至床前。惠心连忙起身，端着碗闪至一旁，让公公能靠近些。

婉瑜见着老爷，眼里闪着泪花。老夫老妻两手握到一处，只听夫人说，老爷，我觉着不好了，怀安他……我听见他……叫唤我呢，我真的……听见了……

自婉瑜嫁入沈家，为沈家生下并拉扯大三个儿子，敬德从未见夫人如此惊惶无主的模样，想是连日心忧孩子，忧心成疾了吧。此刻，因蓑衣未解，水珠在滴，一时顾不上，敬德只得俯身靠前，安抚夫人。

你要多宽心，孩子大了，自会照顾自己。

不是的，才刚……我恍恍惚惚……好似听见怀安……在拼命叫唤……他……

夫人，被梦魇住了吗？想是昨夜风大，没睡安稳，日有所思，心忧所致吧。敬德几句安抚，果然让婉瑜一时稍稍安静了些。

外头又传来脚步声，李管家传话道，大夫来了。这便让进一个满身湿气之人，背着药箱，过来跟敬德一揖，果然是素日里交往的大夫。

敬德这才让至一旁，在李管家的帮助下，解了蓑衣，眼里却不曾离开婉瑜的脸。

惠心瞧见两位老人家如此心心念念，不禁想起才走不几日的怀安，心下又有些戚然，加之适才听婆婆那番呓语，到底惦着同一个人，怎能不叫人忧从中来呢？这时，竟觉出手心被瓷花扎伤处隐隐作痛。

李管家提醒老爷，衣服已经湿透，先去换了衣裳吧，以免着了凉。

敬德摆摆手，说不碍事，且等大夫看了再说。

直至大夫开了方子，敬德打发人陪同前去抓药，这边婉瑜心气顺了，众人这才松了口气。一番忙活，众人竟都忘了午饭的时辰。好在李妈多了个心眼，提前将饭菜送至大院后头老爷子和姨太太屋里，说外头风大雨重，不好让老爷子出来，便在屋里吃了最好。

安顿好了老头老太太，这边还不忘嘱咐少不更事的小怀钰，叫她得有心眼，别没事跑阿公屋里去嚷嚷，再要将老头老太太吓出个好歹，可不好收拾。小怀钰倒也机灵，自然是听话的，她比谁都在意婶娘，那可比亲娘还亲呢，午后她就一直守在婉瑜床前，径说好听的话来逗闷子。

外头风雨直至天色将晚，才稍稍消停。喝了药，婉瑜才觉身上松快了些，只是，心头仍旧沉沉不安。

3

恍恍惚惚，门开了，光影晃动，有一人自光里走来。

模模糊糊，及至跟前，仿佛跟他言语，却又半点也听不分明。

又恍恍惚惚间，天地旋转，传来似曾相识的苍老声音：一苇渡江……渡的是自己……也要渡他人……还要渡世道……更要渡人间……唉，这人间……如何渡啊……

浑浑噩噩间，传来另外的声音：您说这些干嘛，他还听不懂……

一个干净的孩童回答道：不，我听得懂——我懂！

哗哗哗——哗哗哗——哗哗哗——哗哗哗——

水声哗啦哗啦，身子不由自主，仿佛在漂，在浮……

缓缓地，缓缓醒来，从无边虚无中泅渡出来，恍如隔世。怀安好不容易才看清纵横交织的屋顶，却什么也想不起来，眼珠子转了转，隐约瞧见两侧斑驳的墙壁，上头似乎绘着怒目圆睁的神将，却不知是何所在。

再缓一缓神，他试着转头，原来自己竟是躺着的，这一动不要紧，突然一阵剧痛竟自肩背处撕扯开，疼得他整个脑门都要麻掉。他咬牙忍住，又缓了一缓，待疼痛稍稍减退，却再也不敢动弹了。好在，能觉出身上盖着薄薄的布衾，想是有人家的。

耳力也渐渐恢复，四下倒是安静，能听见风声，仿佛，还能听见自远而来的阵阵涛声。他努力回想，奈何什么也想不起来，再要想时，甚觉乏累，且肩背上隐隐作痛，叫他丝毫不敢妄动。跟着，听见上头雨点繁密地打将下来，从嘀嘀答答到噼里啪啦，又到哗哗哗哗，不过一眨眼工夫，满屋子都响彻大雨的声响，原本清净的耳膜避无可避地被敲打被灌满，反教人越发地乏了，他便又沉沉睡去。

这一睡，却又不知过了几多时候，其间外头的雨停了又下，下了又停，一阵儿一阵儿地赶趟儿，是台风过境后的尾脚，他是全然不知觉的。其间有人来看过，在他身旁替他擦了擦脸，掖了掖被衾，还仔细端详他一会儿，他自然也是不知觉的。

直至天色将晚，雨果然消停了，连风也自觉不大闹了，天地复归宁谧，不知何处尚有夜虫唧啾，想是在对谁倾诉吧。

怀安在浑浑噩噩中，隐约听见人来，却怎么也睁不开眼，更不知身在何处，是什么时辰。只觉来人在他身旁，言语也听不真切，倒把他扶将起来，一阵儿凉风掠过他的脊背。

来人中一个女子说，伤口见着不大好，大夫给拿个主意吧。

一个苍老声音道，溃烂更比前日严重，须得挖取出里头的火枪铁弹，再晚就没救了。

一阵嘈杂的动静过后，来人再度扶起怀安，一个在前让他靠着，一个在后背替他抹着什么。

苍老声音又说，要挖取烂肉里的东西，他必会疼死，你可想好了？

女子说，都到这份上了，倘或真死，也是他的命，大夫仔细些吧，祈愿妈祖娘娘庇佑。

仅这一会儿的工夫，怀安是全然不明就里的，全凭他们摆布去了。孰料，突然一阵钻心剧痛自肩背撕扯开来，他突然惊嚎起来，瞪眼时却见墙壁上黑影幢幢，如见面目狰狞的厉鬼前来索命一般，在撕扯他的性命。

顿时绝望至极，痛到无以复加，张口猛地一下咬住什么。

另一声惊叫闷闷传来，那女子的手腕早被痛极的怀安死死咬住，却还全力撑住他身子，死死捏住他两臂。

这一刻，他瞪得眼眶爆裂，头皮要炸，那种剜骨削肉之痛，更觉命将休矣。

待来人终于取出他肩背上的火枪铁弹，他口劲一松，早已昏死过去，仿佛三魂七魄已抽离肉身，晃晃悠悠不知去处。

大夫说，小子命大，一口气儿还在，敷上药，退了烧，明日大概就能见好。

临走，大夫又问，他撑不过今晚便罢，若撑过了，万一……

女子手腕被咬出血来，此刻边缠布，边说，放心吧，果真活过来，也是妈祖娘娘见怜，倘或不是好人，妈祖娘娘自会收了他去。

一宿无话，次日天明，怀安果然回魂了，醒转后，觉口干舌燥，挣扎着，却叫不出声儿。肩背上仍隐隐疼痛，好在不似先前那般剧烈。

正思忖中，听见有人走近，脚步却是轻盈的，一阵香风扑至，来人已在跟前。她惊喜地看着怀安，一脸纯纯的笑。

醒啦，真是万幸！可喜万应公果然万应，在这宫庙里，你可是活转来的头一个。姑娘的声音甚是清脆，欣喜中轻轻将怀安扶起来，另一手便将一碗水送至他唇边。

怀安先是小抿，一小口直润得唇舌生香，直达喉嗓，如甘露润泽涸野一般，他忙不迭连喝几口，直把一大碗水全数倾尽。

慢点儿，仔细呛着！姑娘说完，抿着嘴笑，手上倒很配合，扶住碗，待怀安一气喝尽，她才松了口气。

忽又意识到自己不该将手抚在怀安后背上，便自对方腰际抽回来，已羞得满脸通红。

怀安这才意识到自己光着上身，自肩背往侧腰缠了厚厚的药纱。怪不得，空气里尚有草药香，想是昨夜大夫和姑娘帮忙敷上的。

只听姑娘接着说，这下好了，大夫说，知渴能喝，便是活了大半，一会儿倘或能喝下半碗粥，这命才算保住了。

说完，姑娘起身欲去，却又转过半身，问道，你叫什么名字？

怀安在姑娘清亮亮的眼里，看出了亲切和心善，正待说话，却一时噎了，呃……想了想，竟不知如何回话。

姑娘捂着嘴，笑而不言，微摇摇头，兀自去了。

这边，怀安愣愣地盯着屋顶纵横的梁木，半日也不曾想起自己的名字。我且因何在此？先前发生何事？不想不打紧，这一寻思，竟越发乱了心绪。

他倚着墙，四面环顾，想起姑娘才刚说的，此方是宫庙无疑，四面墙画着面目整肃鲜活的金刚，只是他所躺的并非宫庙正殿。想来也是，哪有人无论生死竟躺在宫庙大殿的，神佛也不能答应。空气里弥漫着香火味，夹着他身上的药草香，隐约尚有那姑娘身上的清芳。

日光自天井处漏下，铺开一处耀眼明媚，余光将四方屋舍檐角都映得分外亮堂，近午的炎热已四下蔓延，远处传来一阵儿紧跟一阵儿的海浪声。怀安一番审视一番聆听，倒觉出此间的安谧宁静，好歹一时无虞，且不管自己因何落魄。

不多时，姑娘回转了来，在怀安身旁放下一只小编篮，打开，自里头取出一小碗粥，并三碟清淡小菜，另有两只水煮蛋。

怀安果觉饿了，在姑娘的注视下，安心喝粥，还留意到姑娘手腕缠了药纱，想是受了伤。姑娘在一旁将两只水煮蛋去了壳，将滑嫩如莹玉的蛋直接放进怀安的碗里，目光示意必须得吃。

我叫小叶，番薯叶的叶。

4

海边，万应公庙。

怀安内心惴惴，不大好意思拿正眼瞧人家姑娘，心下寻思，这姑娘不过十五六的光景，却是一点不怯生，不像大户人家的闺秀，说话竟带几分天生的爽气。

小叶姑娘守在一张小桌旁，守着捡回一命、正在喝粥的怀安，像守着一个奇迹。

你真不打算告诉我你的名字？或者……

我……不记得了……

小叶姑娘先是一愣，再是一笑。还好，不是个哑子。

怀安吞了粥菜，才含含糊糊了说声，谢谢！

是了，想你在海上九死一生，有命活便是上天开了恩，哪里记得名字？那日，我将你捞起来时，只当是具死尸呢。

啊……你救了我。

小叶姑娘轻轻摇头，才说，咱们海边的讨海人家，没少见海上遇难的好弟兄，那日将你捞起来，我同渔家一道将你送至此万应公庙，只当与往日一样，不过让无辜殒命的讨海人在此暂栖，待万善爷纳了游魂，好让他们上路而已，不曾想，你竟尚存一口气。

怀安静静听着，见姑姑清澈的双目什么也藏不住，所言必定不假。

小叶姑娘又说，合该你命大，哪也没去，竟投到我们网里来了。姑娘一笑，接着说，起先我被唬了一大跳，后来渔家说你瞧着面善，我才敢上前细看，想必你在海上遇着什么歹人了，大夫说，你背上的伤不是刀剑所伤，竟是火枪打的，挖铁弹的时候，差点要了命吧？

怀安下意识摸摸自己的肩背，哪里够得着？这一歪身，倒把伤口扯得生疼。他不禁"哟"一声，把小叶给惊了一惊。

诶，别乱动！仔细伤口尚未好利索！

怀安不好意思地垂下头，手也不知放哪好。

小叶突然眼睛一亮，笑道，我倒替你想了个名字，叫海生。

怀安讪讪地看着她，见对方说得认真，却听她接着说。姓什么不重要了，横竖你从海上捡了命来，可不正是重生了？如此正好，便叫海生了，你看怎样？

还能怎样？怀安脑子一片空白，也只当自己是重生了。

自此，他便在海边渔村里凭"海生"这一名字过活，不在话下。

且说那日，台风不期而至，一场天风海雨直要了海上不少人命。官家福船横竖求生不能了，更枉论那满船的金银财宝尽数葬了海疆，还赔上贩夫走卒、跑船奔贾、官家眷属不少性命。想那心机算尽的黎公公竟也时运不济，且不论此行与人做了多少算计，末了，呜呼一命交给了风雨海疆，再也无人提及。

至若海倭贼寇，原本冒死讨生，以为夺得一船财富，便赚得一生买卖，奈何海天也不答应，尽数将之吞了去，几乎无迹可寻，亦无处申诉，一件公案就此断了。

却是怀了满心报国之志的怀仁，千算万算不如天算，不单将自己大哥搭进去成了冤大头，自己在风暴与炮火中几经挣扎，最后幸得同道兄弟相救，勉强捡回命来，草草潜回海岸。旋又匿于市井鼎沸之间，半月不敢声张，苦苦于悔恨之中怀想哥哥，更不敢奔家报信，浑浑噩噩，竟不知何去何从。

奈何这日，官家打发人到沈府，将前后海难及人员殒殁之事一并报了，犹如晴天霹雳打得沈府上下几乎离魂。

先是婉瑜听闻报信，当场昏厥，上下人手一时慌作一团。

再是因官家来人动静大，一时瞒不过沈老爷子。他叫姨太太打发人来问，谁料那小厮眼力见儿没到，不知好歹，回话竟一五一十丝毫不漏。可怜古稀老人，惊闻长孙殒命于海上，一时压不住惊魂剧痛，一口鲜血喷将出来，眼白一翻，昏死过去，把个姨太太吓得魂飞天外，号哭如丧。

至于怀安的新婚妻室惠心，更是魂离身躯，半日呆坐，问话不觉应，一口气压在心头，不闻哭声，却已泪流满面，如何也止不住。丫鬟将她扶回房去，犹如扶着一缕轻魂，待回至屋内，背着人去，她只将头埋进被衾内，生生嚎出来，闷闷地将悲鸣尽数咽下，竟不敢惊扰外人。

想那官家又是因何而知海难之事呢？却原来，那日出海口外，每日严阵以待的鹧鸪巡检司探得海上倭寇作祟，伴有炮火轰鸣之声，为慎重起见，开炮还击，不几时便将之轰碎于天风海雨中，竟按下不表。

隔两三日，海疆各处便有人来报，分三五处发现尸首若干，通告后便有人前来认领，凭腰牌等证物，各方辨认出是那日福船北上的一干人等，尚有若干无人认领的海倭贼寇。借此，官家便断定是福船遭遇倭寇，交火后不幸沉了，几无幸免，故发文通告各方。

同此事件，在东南海疆时有发生，不足为奇。倒是因牵涉黎公公等朝廷官宦，少不得有公人着文上报，惊动上头。然多事之秋，国事纷繁，内忧四起，外患频仍，哪里还指望皇家闲暇顾及？上奏的文书早不知流落何处，之后便不了了之，无人再予过问。

及至各方船客家室，损财伤命的，纵有冤悲也无处可申，再不自认倒霉，又能奈何？公人文书报至瓷城县衙，把个胡知县也惊得半晌回不过神来，踌躇再三，方才打发人通报予沈家，私下竟为黎公公悲叹不值。一则，好不容易哄得黎公公欢心，寻思着来日上头也有个依靠念想，目下竟是空欢喜一场，二则，念及天朝纷乱，哪怕位高权重，尚且未必能苟安度日，自己位卑于小城，且不知前程怎样，教人如何不忧虑？如此一寻思，也顾不及噩耗传报去，会闹得怎样凄风苦雨，不过兀自心忧，愁饮一番罢了。

　　沈家上下少不得绝望哀哭，连日灯火昏昏，茶饭不兴，人人泪难断，夜夜不成眠。

　　敬德左顾老父亲，右顾内夫人，偶时念及长子怀安，悲从中来，只背着人，向隅而泣。不几日，眼肿如桃，声嘶如沙，头发白了大半，脸色晦暗如霾，却还在老爷子和夫人面前强强撑住，一口气儿不敢散去。

　　管家李满堂和理家务的李妈，夫妇二人到底跟了沈家多年，已如至亲。今见沈家无端遭此变故，生怕再有大劫，连日来好生上下劝抚，奔了东屋奔北屋，奔了前房奔后院，坊店瓷窑各处活计少不得上下打点，一时倒不见生乱，但只无需老爷记挂便是。

　　沈老爷子命硬，待一口气儿顺上来了，睁着浑浊老眼，望空悲叹半晌，交代了一句：给怀安啊……好生……立个……衣冠……冢！

　　敬德"嗯"了一声，退出房来，好半天一手扶着廊柱子，一手捂住嘴，浑身颤抖着，一声哭都不敢松出去，只任浊泪满面。

九、难将息

1

先是向北，后是向东，漂洋过海，离乡十万八千里海路，也不知过了多少日子，方才抵达东洋岛国，一路还都顺风顺水，连日颠簸也丝毫不觉乏累。

单独东行的三少爷怀远下船之后更觉兴奋异常，到底年轻气盛，在一股闯劲的牵引下，前方纵然汤火满目，也必是阻拦不得的，总要勇蹈奔赴，方不负一腔热血。

尚在舟船劳顿时，凌波万顷，极目远眺，怀远早已心海澎湃，志不退缩。因一路往东，便想起古人所追慕的海外仙山——蓬莱、方丈、瀛洲。古人曾无限向往，然多半怀有消极避世之心，不像自己，却是为追寻天下至理而往，一念及此，便不觉家国远离之苦，所谓万水千山，不过等闲罢了。

凭一时破除混沌的念想，怀远于冥冥召唤中踏上东洋京都的土地。早些时候便读过盛极一时的学说，念念不忘，为此，他稍作安顿，便在同乡人的指引下遍寻各路盟会，见识各方救国图存之说。先前所言求学诸事，尽皆抛诸脑后。

不过十数日，他便觉出艰难来。倒不是所带钱资不足，而是从各方盟友的言谈间一并感到无边压力与惆怅。个个都在说革命事宜，个个都满腔理想一颗红心，奈何人微言轻，既感责任重大，又觉前路渺茫。不时传来国内各种革命消息，尤以广东黄花岗起义失败之事最为挫败人心。众人在反复煎熬中慢慢淬炼，又都亟待有伸展手脚之日。

相较于在多方理念浸淫日久的同道中人，怀远深觉，到得迟些，倘或早些加入他们，凭他的才学，或许早早跃上革命潮头也未可知。而因彼时，各方盟会活动尚未合法，只得于民间神出鬼没般进行，时日一长，怀远便知不能只一味如此，既是凭学生身份，便要有个正当学路才好。

因而好一番折腾，竟碰得灰头土脸。原来，怀远并非国内官方正式遣派的学员，乃自己钻空往前凑的，既是没有官方文书，东洋各学府自然不便收纳他。怀远早未料到是这般光景，只当人到了，交钱便罢，想学什么都一应齐备，未曾想，到底游魂一般，没个主儿，何人敢收他？

同乡盟友瞧不得国人落魄，自然是帮的，奈何也身在异国，要论根基，怎样也比不得当地人家。便有人替怀远想了一招，去寻个什么门路问问，可有与中方友好的东洋人愿意结亲招赘的，不如依附了去，到底得个安身。

不说还罢，一说这个，怀远气愤不过，当即甩脸子给人。哪有这等不要脸面之人，离了家国，竟连骨气也不要了，为图安身立命，敢将祖辈血宗都一并丢弃，这等数典忘祖、断子绝孙的勾当，他怀远是万万做不得的，哪怕刀架在他脖子上，也必定不干。

人家的主意虽是不好，却给怀远提了个醒儿。两个多月前在家时，不是可巧接待了一家东洋客商吗？叫什么来着，青木川田，哦，是了，当时当日还曾向他请教了不少往东洋求学的门道。想来，当时青木川田还甚是热情礼貌，倘或能在京都寻得他，虽说不是故人，毕竟一面之缘，或可解得一时之忧也未可知。

因而，怀远自箱中翻找，果在一本旧籍中寻得当时随手记录下的住址，如获至宝。隔日，稍作预备，便前往拜会。

京都之大，远超怀远想象。好在心心念念，总算不负有心之人，合该怀远能成事，寻了将近一日，天色将晚时，果然寻到了青木川田的住所。

可巧，家下人说青木先生这日因事外出，过两日方回。怀远多少有些失落，正欲返回，却被叫住了。但见栅栏内一少年跑将出来，怯怯地倚着门栏，望了怀远一会儿，忽地叫声：怀钰，怀钰！

怀远心头一惊，这小家伙因何叫唤自家妹子的名讳？

再定睛一看，哦，是了，这不是当日在沈家见过的那个东洋小娃儿吗？怀远顿觉亲切，却不好上前招呼，怕失礼惊了人家。

好在小娃儿的母亲闻声款步出来，彬彬有礼地跟怀远行一小躬，正待将小娃儿牵回屋内，怎奈小娃儿扯住门栅不放，口里一径叫嚷着：怀钰，怀钰……

那妇人听后不觉诧异，与孩子简单说几句，这才惊诧地抬头细看怀远。细瞅之下，便果真认得了。怀远也认出妇人，正是当日随同青木川田至沈家赏瓷的夫人无疑。

既是认得，便作远别重逢了。那妇人倒是热情，知怀远不是歹人，便将他迎入家中，即刻着人电话通知远在他方的青木川田。

怀远很是感慨，想那东洋岛国，彼时竟有电话可传千里之音，自己天朝大国却还不能够一时两地、千里瞬时对话呢。

当晚，青木家的妇人预备留下怀远，以待先生归来。怀远心知多有叨扰，恐坏了规矩，坚决辞将出来，惹得那个叫秋郎的小娃儿闷闷不乐。怀远便答应，次日必来静候先生，为抚慰小秋郎，便称愿教他学习汉字。一时，小娃儿乐不可支，直往怀远手心里塞糖果。

是夜，怀远甚是好眠，大抵离了家国，到了邻邦，头一遭睡得踏实。次日早起，倍觉神清气爽。收拾收拾，着一身洋装，将头发仔细盘好，藏在帽底，一出街市，基本无人看出他是异国小伙。

再登青木家门时，怀远更觉对方过于热情，几乎举家来迎，连家里下人等也都毕恭毕敬立于道旁，躬身行了大礼。纵然怀远在家也是少爷身份，竟不曾见过这等阵仗，一时颇有些尴尬，不知所措。

青木先生率家人盛装迎接远客，将怀远迎进家门，好茶好颜，热心热语地招呼，分明跟过节一般，把怀远感动得几乎泪目。离家两月，何曾受过这般礼待？不禁有些念起家国的好来。青木家的小儿，名唤秋郎的小男孩更是欢喜异常，毫不怯生，缠着怀远非要学汉字不可。怀远少不得临时教了他几字，拿毛笔写了三四帖，由他去临摹。秋郎竟出奇地静了，盯着怀远书写的俊逸汉字，愣了半日神，之后提笔即一笔一画依样临摹，口里尚念念有词。一旁青木夫妇看了，心下甚是欢喜。

是日，青木川田带上怀远，寻至一个好去处。到那一看，上书"东瓷株式会社"，果真是处好所在。处京都闹市，却独僻清幽，园木扶疏，颇有禅境，几处精心布置的桌柜，展出精致不凡的瓷件。令怀远甚为意外的，竟在里边看见出自沈家"紫云瓷坊"的瓷，竟是一尊仿何朝宗款的《渡海观音》白瓷像。

彼时彼地，怀远一时看呆了，盯着白瓷观音像，半日恍惚。好生亲切啊，那慈祥的法相，盯久了，竟似看见母亲的形容，倍感温暖，不觉间竟泪湿眼眶。

青木川田说，这件《渡海观音》是当日在中华瓷城沈家相中的，全家人均一致喜欢，无论如何当时必定要买下。带回东瀛后，一时倾倒无数亲友，都说这件白瓷观音在艺术上可谓冠绝天下了。

怀远连忙道，青木先生过誉了，家父曾言，这款仿何观音多有人做，其实百家瓷艺自有百家神韵，非独沈家最好，实是青木先生垂爱。

原来，这位青木川田乃东瓷株式会社社长，家中也是承袭祖辈瓷艺，素来仰慕中华瓷器工艺，自小早已心向往之。三月前因公干到得中华，几番追寻走访，更是机缘巧合，寻至瓷城，觅得三五件心仪瓷器。想来，中华泱泱大国，好物件有的是，哪里能够买尽？青木先生赞叹之余，颇为感慨，有心学瓷，奈何多有拘限，只得作罢。

一时间，宾主相谈甚欢，竟忘了月升日落。

2

异域他方，彼时昼夜奔忙，怀远自然不知家中变故，姑且不谈。

且说二少爷怀仁潜伏于鲤城多日，渐渐养回了精气神，却不敢亲自到西街紫云瓷坊分号探问，只得打发人偷偷去探听。

闻说家人早已知悉大少爷海难事宜，家中遭此变故，上下皆尚未缓过神来。沈老爷子硬撑着一口气，但已没法下床走动，不出十日，竟有下世的光景，只是还记挂另外两个远游在外的孙儿，一时咽不下。

夫人婉瑜挣扎了半月有余，在家人精心照料下勉强支撑，怎奈精气神也大不如前，时常忧戚间涕泪涟涟。至于老爷敬德，毕竟还得撑起一份祖业，不敢稍有松弛，里外兼顾，日夜操持，据说形容日渐憔悴，毕竟偌大家业没了长子相扶将，他又上了岁数，安能事事周全？

怀仁还听闻新嫂子惠心颇能撑持。想当日沈家长子大婚，有些仓促，怀仁并未到场，实是顽皮惯了，在外有所不拘，为了谋划大事，不拘小节。新嫂子未过门前，他是见过的，也甚是为大哥欣慰。只可惜，大哥新婚不久便遇海难，可怜新嫂成寡，岂非人间悲剧？只是，还由不得他来忧虑。

倒是那不争气的二爷沈家弘，凡事浪荡惯了，更将瓷城家中的变故不放心上。至多打发人回去，捎话安慰安慰，连人都没赶回家中，老爷子床前也不见他半个身影来侍奉，少不得姨太太絮叨几日，只得作罢。偏生这位二爷不省事，倒惹着怀仁了。

话说二爷沈家弘自打没了内室，越发浪荡成性，凭谁说破嘴去，他也不稀罕再娶一房，扬言自此不在家中受那束缚，乐得自在。老爷子见他不成气候，横竖沈家的瓷业也指望不上他，但只他不生出什么滔天罪过，便都由他去吧。沈家弘上头有兄长敬德压着，自然没他出头之日，因至鲤城的分号打理业务，说是帮衬，实为另立山头，营生是谈不了多少，凭空地管吃管喝，偶尔借着几多人脉交际，拉得一二生意，越发得意起来，账上支钱都不分早晚，也不管节制。敬德看在老爷子和姨太太的面上，对他不过是睁一只眼、闭一只眼罢了。怎奈这家伙时日一长，气焰见长，越发难以收拾了。

可巧这日，怀仁自开元寺出来，顺道往瓷坊分号店前路过，见店门前挤挤挨挨围了好些人，不知道的只当是生意红火。谁知怀仁近前一看，坏了，店里"乒乒乓乓"正闹砸什么呢。

只听来人在那叫嚣乎东西，指着手下人各种打砸，不问青红皂白，也不听人解释。分店的三两伙计上来阻拦，却被他们打趴在地，踩上几脚，只顾哀号。店外路人指指点点，都道可惜了，眼见着那白晃晃的各件珍贵瓷器被人一通乱砸，碎了一地残片，怎不叫人心疼？

怀仁一时气恼，按捺不住，早将弟兄们的千叮万嘱抛至脑后，从人群中硬挤了出去，大喝一声，如平地一通狮吼虎啸，将周遭人等震得脑袋一蒙。

来人回头见店门外大日头底下，立着一员大汉，戴着一顶草笠，一身布衣也未见得多了不起，却不知是哪个不识好歹的上来讨打。为首的冷哼一声，反问道，哪里来的东西，敢在这里叫嚣本大爷，嫌命长……

话未说完，却见怀仁脚尖一拨，飞起一片残瓷，破空而去。旁人也没怎么看清，却见为首那人还不及躲闪，唰的一下，他脸上竟划过一道血痕，惊得他慌忙捂住脸颊，瞪大眼睛不敢相信。

只听怀仁冷静说道，再不走，仔细你的两只狗眼！

为首的尚不知厉害，拿手一挥，手下三四人一齐拥出店外，将怀仁围住，眉眼示意下，二话不说，挥拳便打。怀仁自然不惧惮，或是闪身，或是格挡，见招拆招，不过三两个回合，便将三四人死死踩在脚下，叫他们哀号着根本起不来身。

众人多时不曾见过如此热闹的身手，一时都喝起彩来。怀仁倒是笑着向众人作揖，正不提防，身后为首的早已举了一只半人高的瓷瓶，偷偷冲出店来要当头砸下。怀仁听声辨位，不等对方近身，往后一脚来个龙身摆尾，不偏不倚正蹬在来人的下巴颏。

那人哪里防得这个，下巴一下被踢错了位，上下牙都飞出了几颗，早将手上的瓷瓶望空丢了上去，自己被那惯力带得望一旁柜子撞去，直撞得腰身几乎要散碎，弹回地上半日起不来。而怀仁迅疾一个闪身，伸手顺势接住当空跌下的瓷瓶，稳住身形，好不威风。

店外人群立时爆发一通掌声，无不大呼"痛快""漂亮"。

待将寻衅滋事的人轰走后，怀仁原本要避开，怎奈适才开口了，声音早被分店的小伙计认出来。他索性回至后屋，摘了竹笠，扯了络腮胡子，还了本来面目，好生将事情问个明白。

伙计正愁没个主事的，可巧二少爷从天而降。这些日子，分店的日子也不好过，姑且不说瓷城传来大少爷变故、老爷夫人各种惨淡之事，就说眼前且有跨不过的坎儿了。伙计小厮趁着二少爷过问，巴巴地将前因后果都一一抖搂出来。

事情果然坏在二爷沈家弘身上。这位爷不知何时起，染了赌钱的恶习，背着人偷偷各种赌去，赢了还罢，十有八九输了，回头将分店账上的钱随便支取，全凭心情。两月来，不时有讨赌债的至分店闹腾，拿的都是二爷开的白条。伙计们能怎样？谁也不敢说二爷什么，打发人回瓷城增补货物时，预备将实情跟大老爷报了，却叫管家李满堂给拦下，说大老爷精神头不济，千万莫再拿糟心的事去寒他的心，但凡底下人能将就的事儿，就势给料理了吧，再怎么要紧，也等过些时日再说。

终究难至什么程度了，怀仁也不大懂，只听伙计说，店里的生计真真走不下去了，三天两头老有人来讨钱，讨不到便砸，今儿这伙儿便是扬言来轰人的，说二爷这回输彻底了，把整个分店都给输出去，他自个儿没回来，也不知躲哪清净去，倒叫得了便宜的人直接来轰人，这话可怎么理论？

按说，不归怀仁来操这份心，偏他看不惯二叔的做派，打小就没将二叔放眼里，趁着这事，不如好好治他一治。一番寻思后，他便叫伙计把二爷通常的去处打听明白，他好见机行事。既是二爷惹了祸事不敢回，二少爷斗胆去将他揪出来，又何妨？怀仁可不管什么长幼尊卑那一套，他只管拿拳头说话。

浪荡魔头遇着混世魔王，二爷这回还真叫二少爷给拿住了！

3

二少爷怀仁岂是坐等之辈？依他性子，必是横冲直撞，非把该了的事儿立即结果了才肯罢休，因连饭也懒待吃，出了西街，到处寻那浪荡东西去了。

也该沈家弘触霉头，整日里只知沉湎于烟花柳巷，流连于勾栏瓦肆，享足了吃喝，日子倒也惬意，哪曾想到祸神自天而降，命里就该有个小辈儿的克星。

那夜，沈家弘尚在赌桌上杀红了眼，竟将才刚还搂着亲嘴的浪女一把推开，酒也顾不得喝了，血红的双眼只顾盯着面前的局，嘶吼得脸红脖子粗，周遭再怎样喊大喊小他都听不进，心里一味念着"阿弥陀佛"，老天保佑吧。

局面一开，顿时四下轰鸣，哭爹喊娘的，大喜过望的、指天骂地的、喜极而泣的，凡此种种，皆在几颗骰子上定了命。沈家弘一时瘫下去，趴住桌沿儿，彻底泄了气。

对面楼上窗内，三两个人兀自喝着闲茶，不屑地报以一笑，哼，看见没，不费吹灰之力，别说那家分号了，就他沈家二爷的贱命，也一并落到咱手里了，这回看他还能蹦跶几时，早晚跪着来求，那也不中用了，哈哈哈哈……

说话间，底下早已闹将起来。却见一人立在赌桌上，轻易便将沈家弘一把从椅座上拎起来，丢在桌上，指着他鼻子气哄哄地问，上天入地你没本事去，倒把家业拿这来糟践，脸面不要，连命也不要了吗？

沈家弘抬头看见顶天立地一大汉，初还未认得，可听声音，这不是二侄儿怀仁吗？尚不及赔笑，突遭一顿劈头大骂，他心自灰了，还得撑着硬气。

沈家弘爬身至一半，却被那大汉一脚又给踢翻过去。桌上的酒壶酒杯早飞落一旁，连那名陪着二爷的浪女也早尖叫着跑掉了。

你……

沈家弘捂着肚子，气不打一处来。输了瓷坊分号家当，那是手气背，这会儿居然跳出个晚辈来指着他鼻子骂，还敢踢打他，这不反了吗？沈家弘强撑起来，刚要大骂，不料左边脸被人掴了一掌，痛得热辣难耐，跟着右边也挨了一掌，又是火烧热辣一般，吃这二记打还不够，未待说话，左右又各来三掌，却没瞧见对方是怎样出的手，一时两眼昏花冒星，满脸火烫如炙。

旁人早已哄然笑开，都是瞧热闹的不嫌事大，恨不能再激烈精彩些才好。

沈家弘大着舌头，捂着脸面半哭半骂道，你……敢打我？！

却听那大汉笑道，我打苍蝇，你且认领了，岂不好笑？！

说着，左右又各用力掴去。原来他并非拿手掌去扇，却见他手上执着一把长柄的拍子，竟是各家各户用来拍苍蝇的家什，果然如他所言，忽左忽右均拍在沈家弘脸上。

沈家弘吃不了那痛，拿手捂了脸，不想对方左右拍打在他两手背，又痛得他撤下手，跳将起来。才刚撤了手，脸颊再又吃了两记，忙又拿胳膊挡，也不中用，拍打在胳膊上，照样痛得他直跳脚，最后缩作一团，瑟瑟发抖。

楼上看热闹的未料还能瞧见这一出，越发得了意，吹着口哨，帮着起哄。

座中一个年轻人趁乱，叫个下人过来耳语几句，那人便去安排了。赌场里比素日更是热闹异常，打人的事没少见，难得一见的是像沈家弘这类愣充大爷的家伙被人当狗打，纵然事不关己，却也瞧着好玩，还解气。甭管解什么气，只管打便是，瞧着便觉痛快，方觉苦涩无边的日子还有些许活泛。

四下里正起哄，不知谁喊了句，哎呀，官兵来啦！

话音刚落，赌桌上威风凛凛的大汉猛地一回头，却见人群中杀进两队人马来，不是官兵又是何人？只听官爷拿刀指着大汉高声大喝，来呀，把那革命党给我抓了！

那大汉狠狠一跺脚，将桌上赌牌、骰子、杯盘等物件一应震飞起来，顺脚朝官兵踢飞几样，先叫他们躲闪。大汉这才一个纵身，落在他们面前，这小子有胆有识，这时节却不急着跑，反倒送上跟前，二话不说，见人就打。

沈家弘呢，被打得有些糊涂，心知是侄儿大逆不道，却不好声张，丢不起这人，趁乱赶紧溜了。怀仁居然恋战，却不曾想有人设了套让他往里钻，这会儿早成瓮中之鳖了。他这番意气用事，大意孤行，没能及时跟进自己的兄弟团，成了离群孤雁，一时落了单，虽说拳脚还能见几下功夫，怎奈暗里早让人算计了。

扬言来拿他的几个官兵自然不是怀仁的对手，不过是权宜之计，赌场前后各处早已布下绊子，只等怀仁自行往里跳。过了几回合，怀仁才留意到场子突然冷了，一众人等皆没了踪影，心知要坏，赶紧寻思怎样逃出去。要打倒眼下几个，自然不在话下，怕只怕暗里有人放冷枪，那可就没得躲了。

正寻思，"砰——"一声，怀仁一个机灵，立时飞身往上，预备自窗口窜出去。孰料，竟当头罩下一张大网，将怀仁生生拖下，旁里早窜出三五个人，迅疾收网，一眨眼工夫便将怀仁团在网里，凭他如何挣扎，也无济于事。原来，那一声火枪却不为攻击他，只为吓吓他，好叫他急了乱窜，逼得只能跳入事先布下的罗网中。

早有人过来，拿刀把狠狠敲昏怀仁，三四人一齐将他连网抬了去，好不欢喜地预备去领赏。这时节，各处风声正紧，都在抓什么革命党，但凡有点异动逆举，均可安个革命党的罪名拿下，一时风声鹤唳，人人自危。

适才在楼上看热闹做局的，不是别人，正是与怀仁自小结了梁子的康家少爷康延福。此刻，他正得意地抽着烟土，喝着小酒，搂着娇娘，开着浑笑，兀自乐得赛似神仙。怀仁读书那会儿，为了给三弟作主撑腰，一度将康家少爷整得哭爹喊娘。少不更事的闹腾，倒把仇隙因果给种下了，今日果叫康延福逮着机会，来了个一箭双雕。

原来，康家的万福瓷业在瓷城也是响当当的名号，主营弥勒瓷像，兼营红釉瓷瓶与青花瓷瓶，并仗着素来与官家勾连，时有好处，家业逐渐大了。康家老爷康万州也知家业越往大做，越是不能拘在小小瓷城里，早已闻知紫云瓷坊在省城、鲤城和鹭岛均开了分号，营生响当当地传遍四海，因有心效仿，奈何一时找不到信得过的人。这才将康家大少爷康延福给支出去，远的不说，便派往鲤城去拓展营生，好歹给康家瓷业探探前路。

谁知康延福至鲤城一打听，人家紫云瓷坊的名号可响了，官商均只认他这一家瓷业，对其传统瓷雕可谓赞不绝口，近年更是连带将洋人也给哄得有口皆碑，哪还有其他瓷业的生路？果然，万福瓷业一时也没法在鲤城拓出新路子，却把康家大少爷急得直跳脚。

这话怎么说的？康大少爷一万个不服，天下瓷业这碗饭怎能叫他姓沈的一家独占了去？没这个理儿！他倒不曾想过从自家瓷艺上去琢磨，因不服这口气，索性使些招数，知道沈家二爷沈家弘不过是个绣花草包，好对付，不出半月，必叫他落得个鸡飞蛋打，早晚便要吃下紫云瓷坊的分号。

半路杀出个怀仁，康延福倒也一点儿不慌，来得正好，想收拾这个魔头不是一日两日了，可说打小就预备着，不来便罢，倘或他自个儿送上门来，逮着机会立马给他好看。这不，怀仁今遭可算栽在康延福手里了。

康延福得意了一宿，想着自己拐了几个弯，脸面都没露，轻巧巧地便从沈家弘那个怂包手里头将分店赚了来，偏巧又把个冤家怀仁戴个革命党的罪名，做了顺水人情交办官府，天下上哪找这等好事，一朝都齐备了，妙哉！妙哉！

4

适逢沈家多事之秋，人算天算，祸福难辨。

原不是工愁善病之人，偏遭打击，两月来，惠心每日浑浑噩噩，茶饭不思，想当日怀安未去时，多少温存嫌不够，未曾料兰因絮果，今日竟阴阳两隔，纵然再想，也不能够了。每每想起，心如刀绞，连坐也懒待，一并和衣倒卧床上，只顾以泪洗面，全没了先前的光鲜，竟瘦得几乎脱了形。

秦家老爷夫人怎能不心疼女儿，隔三岔五地打发人来，要接她回家好生休养，料婆家也不会阻拦。怎奈她半步也不肯离开新婚的屋子，只说屋里尚有怀安的气息，她若不在，一旦那气息散了去，可如何是好？便将来人一一打发了，少不得疼得老两口只能颠颠儿地跑来探望。

秦家老爷秦仲义在瓷城也是站得住脚的响当当人物，经营的瑞荣瓷坊虽说不是祖上传下的家业，凭着秦仲义的聪慧和人脉，倒也吃得开。主营各款瓷瓶，尤以秦仲义的一手国画见长，在瓷瓶上作水墨丹青，甚得人心，可以说在瓷城也是独此一家，别人再想作得瓷瓶上的画，怎样也不及秦仲义的功夫。

秦家跟沈家结了亲，因是两家素来交好，见着两个孩子一道长大，成其美事。秦家喜爱沈家长子怀安的稳重大气，是个能经营有担当的好男儿；沈家喜爱秦家姑娘惠心的秀外慧中，是个知书礼能持家的好女儿。原本一桩好姻缘，万里挑一的好亲事，一时也是瓷城美谈。怎奈天有不遂人愿的时候，好端端地把个姻缘给坏了，叫谁见了听了都不落忍。怀安去便去吧，留下个新寡的年轻媳妇，叫她日后如何打发青春年岁，又如何安守一生光景呢？

两家老人做了商议，出于疼爱，万不能叫年轻媳妇自此熬着苦日子，便有心劝惠心另谋高枝。老人们也知姑娘素来心性笃定，这事一时不便明说，只能慢慢开导。有几次，婉瑜强撑住，委婉劝说媳妇，回家散散心，在爹娘膝下好生静养，日子总归是要过的。惠心固是不肯回去，铁了心要待在怀安气息不散之处。

再后来，秦夫人寻至姑娘门上，差点哭晕过去，直怨闺女狠心，嫁了人连阿爹阿娘也不认了，但凡有点良知，也该心疼心疼老人家才是。如今白看女儿自己作践自己，倒叫两方老人跟着熬煎，倘或姑爷天上有知，安能放心呢？

好一番剜心说辞，直把惠心的心哭碎难拢，末了，眼泪汪汪地随母回家去，好生静养。公婆心上的石头方才安落，只是日子越见凄然。

这一日，秦家突然来了一门远亲，到的甚是奇怪，掩人耳目，关起门来说话。原来是秦夫人娘家那边的什么人，得了信儿，急忙打发人来知会。

来人说，官府拿住了一个革命党，往死牢里押着呢。有一个狱卒一听那小子姓沈，便多个心眼儿，打听说是瓷城沈家的二公子，确认无疑后立马将消息偷偷送出来，告知了秦夫人娘家人。缘何有此心呢？只因两家人结了亲家，可不成一条船上的眷属了吗？

秦夫人一听是亲家的二公子被官府拿了，这么骇人又要命的事儿，如何敢耽搁？想着立马打发人去报信，好叫亲家公快些想辙捞人。不想，正谈的事被惠心听见了。惠心在娘家养了些日子，到底缓过劲儿了，此时闻听婆家的事，自然多个心，不听则罢，一听着实惊到。

未等阿爹阿娘指派下人，她自己倒先说要去看看。秦家二老摇头叹息，姑娘大了，到底是人家的，遇着事，便急得只顾把那头当家，倒也无可厚非，便由她去吧。

惠心也等不及打发人备轿，索性在丫鬟的扶将下，跌跌撞撞地穿街走巷，直奔沈家大院来了。一路上，惠心的心里直捣鼓，沈家如今没了怀安，再不能没了二少爷或三少爷，一个也不能少，千万耽搁不得。心头越急，脚下越不敢怠慢，直奔得气喘吁吁，把丫鬟跟得提心吊胆，一则唯恐姑奶奶身子尚未养好，经不起折腾，二则恐她路上摔个好歹，不好交差，一个劲儿直呼慢点儿，反倒招来惠心责备。毕竟人命关天，要说人是下了死牢的，此时不救，更待何时？早一刻便多一分希望，晚一时便少一分生机啊！

奔进沈家大院，也不及跟谁打招呼，惠心气儿尚未喘顺，便呼叫"阿娘"。此时，婉瑜正在厅堂上喝着李妈送来的汤药，听见惠心叫唤，急放下汤碗，立身迎了出来。

阿娘，大事不好了！

一句话，立时将婉瑜的心给拎到嗓子眼儿。惠心也是急过了头，顾不得老人家不经吓，上来扶着婆婆的胳臂，大喘着气儿说，大事不好了……二少爷他……

怀仁？怀仁怎样了？他在哪？

婉瑜以为老二回来了，问得也急切，可看大儿媳的神情，知道没好事，越发急了。

他……被下到死牢了！

果然晴天霹雳，直劈得婉瑜心头一震，一个趔趄，几乎站不稳了。李妈一把扶住夫人，赶紧冲惠心的丫鬟说，快去叫老爷。

丫鬟扭身便跑出小院，没留神这头，惠心才刚说完话，一口气没喘顺，倚着厅堂上的大柱子，身子软了下去。李妈才扶着已然恍惚的夫人，回头一看姑奶奶软在了地上，吓得冲两边大呼，满堂，满堂，满堂，老爷，老爷，老爷……

几声惊呼，倒把才刚跑出穿堂的四姑娘怀钰也给震住，慌里慌张地不知如何是好。

李妈叫怀钰赶紧将姑奶奶扶起来。怀钰醒悟，三步两步冲上前，一面连呼嫂子，一面将惠心扶坐起来，却没力气让她站起来，只抚着惠心的脸，自己鼻子一酸，便哭了。

可巧，敬德和管家李满堂急匆匆进来，见两头都着急忙慌的，好一通忙活，才将两个家眷都安顿好。

约莫快半个时辰，婆媳二人才都回过神来。敬德便问到底何事慌成那样。惠心才知自己吓着婆婆，便踟蹰着支支吾吾。婉瑜忙叫她莫慌，把事儿说清楚些。

惠心这才将母亲娘家人得的信儿一五一十告诉了公婆。婉瑜听完，又抹了一回泪，忙问老爷可有法子救人。

敬德沉吟半晌，暗自思忖。他这两日方才得知鲤城分号被二爷沈家弘给赌掉的事，心头正堵，不敢跟家人提起，也听伙计报说见着二少爷在分号店里出现，后来便没信儿了，不曾想，闹出这等不可收拾的烂摊子，越发没了主意。

众人正等老爷发话，忽地，惠心一阵恶心，捂住嘴，歪至一旁，扶着柱子好一阵干呕，才刚直起身子，又没忍住，紧跟一阵干呕，脸色更不好看了。

婉瑜见这情形，担心媳妇才刚跑急了，伤着身子，赶紧吩咐李妈温些糖水来。李妈疑惑地看看姑奶奶的模样，再悄悄附在夫人耳畔言语两句。婉瑜眼前一亮，快，快去请大夫，快去呀！

李妈立时跑了出去，不在话下。

这边老爷正纳闷，心下正焦虑，且到书房去静一静，其实心头乱糟糟的，想起二小子怀仁，就气不打一处来，嫌他净给家里惹大祸。转而一想到长子怀安，心下悲怆难耐，都是儿子，一个没了，一个远赴海外求学，剩下这一个还莫名地下了死牢，安能不救啊！

突然，夫人扶住门框，一脸悲喜难辨，流着泪说，老爷，咱们……快有……孙子了！

啊——

敬德一时愣住，眼泪夺眶而出。

果然，大夫给惠心把过脉，旋即向夫人报了喜。算算日子，可不正是两个多月前新婚那些日子坐下的吗？

婉瑜望天落泪，悲喜交集，心说，天可怜见的，怀安，我的儿，你可瞑目了！

有道是，费思量牵肠挂肚，唯长情最难将息。

十、多歧路

1

闻听惠心坐了胎，分明一线之光，自令人窒息的封闭里透出，一时照彻沈家上下心房。

别的且不说，单说沈老爷子，自那日忽闻长孙噩耗，一口气血攻上心，没压住，喷了一地血花，已然元气大伤。在床上躺了月余，尚起不来，每日睁眼闭眼，出气进气也只剩弥留光景，委实不多留恋，心心念念只想着他最得意的大孙儿怀安，意识越发迷糊了，不时还冲下人直唤怀安，教人好心酸。

好在姨太太一向服侍得好，尽心尽力，虽说是老爷子当年的续弦，好歹给生了个沈家弘，儿子不争气，但自己与老人家多少是个伴儿。这些日子，亏得姨太太房前屋后地照应，没日没夜地守着，才勉强护住了老爷子一口残气。想来，姨太太也不容易，儿子没出息，恐指他不上，万一老爷子有个好歹，她也颇为后路忧虑。不管怎样，也是沈家最长一辈儿的，人人都敬她，尚不至于弃她不顾，但若没了老爷子，光景必然是大不如前的，哪怕吃穿再好，没个说体己话的人儿，哪里还能有好？因了，她便生生扯住老爷子，扯一日是一日吧。

这日，敬德和婉瑜比平日早些到后院来问安，两人说话的语气可比先前带着欣喜。敬德坐在床侧，一面握着老爷子枯瘦的手，一面抚着老爷子的心口，身子稍稍前倾，将声音放缓了，却仍旧清晰，他说，阿爹，今儿告诉你个好事，你且精神精神。

老爷子哼哼唧唧应着，耷拉的眼皮略微抖动，到底没睁开。

敬德鼻子一酸，仍旧小心着说，阿爹，您有重孙子了！

老爷子初时尚未有多大反应，喃喃地跟了句，嗯，重孙子……

忽地，老人家极力睁开眼，盯着敬德，目力浑浊，双手却使劲儿抓住敬德的手，越发抖得厉害，上下唇直颤，喃喃道，重孙子？

敬德点头称是，有了，有重孙子了，隔年春天就能抱上。

婉瑜拭了拭眼角的泪，拿手拍拍敬德的后背，说，轻点儿声，莫惊着老爷子。

敬德却道，不碍事，好事冲一冲，兴许身上就大安了。

可不是？大好的事儿，合该早来说与老爷子。姨太太在旁也是一边拭泪，一边拉着婉瑜的手说，这会子，她也好松口气儿了。

老爷子果然激动，只一时发不出声儿，嘴唇抖着，眼皮抖着，眼里渐渐有了光，渐渐地竟流下泪来，呜呜悲鸣，听着却叫人既喜也悲。都看出来了，老人家高兴呢！高兴！

这一道光果然一下照进老人家几近灰亡的心室，就着抱重孙的念想，当晚他便能进些汤水，睁着眼精神了好些时候，跟姨太太絮叨了好些话儿，后来也睡踏实了。

姨太太却有些后怕，生怕老爷子是回光返照，故打发人必得请大夫过来瞧瞧，才肯放心，为此，大半夜也不敢睡。

敬德和婉瑜也不是没想过这茬儿，暗暗自责不该太过唐突，将这消息一股脑儿道去，恐惊着老人家，倘或果真惊着了，怕吃罪不起。

大夫来瞧过，咦了半晌，奇了。老爷子脉象平稳，还比素日有力，想是高兴的事果然冲了晦气，身上果然好了大半，且等等看。

第二日，天尚未透亮，老爷子却嚷嚷要喝粥了。日头才刚穿过天井，他便支撑着要起来。姨太太拗不过，只得服侍他起床，整好衣裳，梳好头发，精气神好了许多。见外头没什么风，便往厅堂上坐好，还叫说要吃茶。

姨太太却要管着，说大夫千叮万嘱过，老人家肠胃尚未恢复，一时吃不得茶。老爷子两眼一瞪，姨太太尚未等他骂些生气的话，赶紧打发人备茶去。一时茶水上来，老人家不过抿一抿，有个意思便得了，仍旧端坐着，叫说把孙媳妇喊来，他要问问，且在那候着。

彼时，惠心才刚用过早饭，婆婆婉瑜亲自陪着一块儿吃的。多日不见媳妇，今见她果然气色好很多，饭也吃得香，婉瑜心下稍宽。

婉瑜两口子几乎一夜不眠，都因既喜且愁，一会儿因将得孙而喜，一会儿又因商议搭救二小子怀仁而愁。直议了一宿，也拿不出主意。想来，沈家素日不与官家勾连，更无亲友粘得官爷，倘或要打发人去疏通，少不得多花些银钱，能将人从牢里捞出来便好，多少银钱都舍得，多少脸色都愿领受。二人说着，话头起来，少不得将二小子素日的不省心又絮叨一回。可怜父母夜长无眠，几多牵肠挂肚，远游之人却只顾天下纵横，或一时念及双亲，也是鞭长莫及，怕只怕不知悔矣。

一早用过饭，敬德便急急出了门子，昨儿秦家打发人来说了，因有点门路，愿意做个引见，一起商议，看看还能有法子没有。

此时，婉瑜还牵着媳妇的手说，真是天可怜见的，能让怀安留下一儿半女，是他的造化，只是苦了你了。

惠心说，阿娘放心，我决计这一生便要伴着孩子过，绝不多做他想。

婉瑜少不得眼圈一红，赶紧拭一拭眼角，才说，难为你有这份心，只是委屈你，叫我们如何忍心？

阿娘说哪里话，这也是我的福分，怀安的造化，他且不叫我随了去，沈家不嫌弃我们母子便好。惠心又是那一副温婉的小媳妇样儿，着实招人怜爱，早把婆婆的心给化了，抚着她的手，心肝肉地说着体己话。

这时，姨太太打发人来叫孙媳妇。婉瑜唯恐老爷子有个什么不好，赶紧带上媳妇一同往后院赶，路上巴巴地叮嘱，可莫说漏了嘴，千万不敢将二小子的事叫老爷子知道，只管说怀安留下骨血的事，好让老爷子高兴，可千万记得。

惠心多聪慧的人儿，一一答应着。

说话已至后院，抬眼因见老爷子正端坐厅堂上，婉瑜紧着两步上前，道了安，说，阿公可莫吹了凉风，屋里说话吧。

老爷子摆手止了，却招手叫惠心至跟前儿来。惠心挪着小步，在老爷子跟前道了万福，正思忖该说什么。

姨太太见老爷子一个示意，她便上前扶他站起来。婉瑜和惠心不知老爷子要做什么，正待上前帮扶一把，却被他摆手又止了。待他在姨太太扶将下，站好了，在惠心面前，颤颤巍巍且泪眼汪汪，才说，我老头子啊……今儿……替沈家……谢谢你……

说着，双膝一软，便要跪下。顿时把惠心吓得不轻，赶忙伸手扶住老爷子。

可使不得！阿公折煞孙媳了！万万使不得！

惠心坚决扶住老爷子，万不敢受如此大礼！

婉瑜心头一紧，也赶紧上前扶住，忙说，阿爹小心，莫摔着！

再将老爷子扶回座上，姨太太拿帕子替他拭了两行浊泪。老爷子喘顺了气，才道，天不绝我沈家，天不绝我沈家啊……我可怜的怀安啊……阿公的心……几乎疼死……今儿……好了……他留下骨血来……我也能……闭眼了……

众人拭了一回泪，各有各的伤怀。

婉瑜忙道，快莫说伤心话了，阿爹可要保重身子，来年好抱重孙呢，媳妇也要看开些，将身子养好，才好给沈家生个大胖小子。

老爷子点点头，对孙媳妇说，好好的……啊，好好的……必要好好的！为了咱沈家……好好的……

直将老爷子劝回屋里，婆媳二人这厢也互相劝了好一会儿，才都止住泪，相伴着回至前院。

婉瑜叫了李妈来，亲自嘱咐，叫说预备各样伙食，每日每餐如何如何搭配料理，定要将媳妇的身子调理好。李妈答应着，自是跟其他下人吩咐去了。

惠心连忙说，阿娘且先不忙担忧我，快些帮衬阿爹，将怀仁救出来才好。

婉瑜叹了一回，才说，这个冤家呀，不如没生他的好！

说罢，兀自又抹了一回泪，婆媳二人巴巴地且等老爷回来。

2

怀安哪里知道家中因他而生出几多悲怆，此刻，他正坐于潮起潮落的海边礁石上，听凭海风吹拂，陷入几近虚无的回想中。

先是模糊想起，自己抱住一根浮木，死死不敢松开，在万顷海涛中不能自已地漂浮。如此说来，先前却又是如何落的海？他使劲摇摇脑袋，旋又加倍努力地想，风雨、炮火、肩背剧痛，以及耳旁不时传来哭号之声……再想，头便轰轰直响，着实难以承受，只得作罢。

他便往后一倒，躺在巨大的礁石上，索性闭了眼，听海风，听海鸟，暂得片刻安宁。

礁石下，传来声声叫唤。海生哥，海生哥……

怀安支起身子，朝下望，却是小叶姑娘叫他。快跟我回去，晌午前，咱们要到妈祖庙进香，你快点儿！

怀安起身，跳下礁石，踩过温热细软的海沙，跟上小叶姑娘，二人双双回渔村去。一晃三个月了，怀安幸得小叶姑娘悉心照料，伤已痊愈，他原本身体壮实，所挨火枪之伤好在只伤在肩背，竟历海难不死，实为万幸。他哪里想得起，落海之后，在纷乱之间，浪涛翻滚，他因躲闪不及，被一根巨大横木撞了后脑，一时忘了前事因果。

小叶姑娘原是村人捡回来的弃婴，自小生长在渔村，吃百家饭长大，因命贱，人们拿当地遍生的番薯叶为她取名。小渔村虽比不得城镇，好歹自给自足，靠海吃海，四时倒也安好。

因朝廷海禁，船只多半不能远航，渔民们不过在近海处捕捞鱼虾，日子倒也过得。又因不时有海盗倭寇滋事侵扰，故海防线上也布了防御工事。好在大事倒也不曾发生，据老辈人常道，过去有那洋鬼子的船舰会在海上来回叫嚣，数十年前，于省城马尾港外就曾发生过与法兰西舰船的海战，据说格外壮烈。如今也只是听说罢了，渔民们管不得天下大事，天下大事也轮不着渔民们操心，他们只管捕得小鱼小虾，过得小生计便罢。

小叶是全渔村的闺女，虽不甚漂亮，可天性乐观。跟全村讨海人一样，她也练得一身讨海本事，惯能操持船只，出海捕鱼。因那日在海中拉起网，竟见网着一个人，她先是吓得不轻，后来听渔民说没事，才壮着胆子上前一探，见怀安果然有一息尚存。

据说，讨海人少不得遭遇海难，若是打捞起海难中不幸身亡的人，切不可任其在海上漂浮，更不能曝尸荒野，便将尸身都寄在海边的万应公庙里，之后择机葬了，以积阴德。故那日，奄奄一息的怀安便是被安置在庙里，原以为他难以活命，兴许小叶姑娘一片善心感动上苍，或者，怀安命不该绝，横竖捡回了命。小叶姑娘之后常念叨妈祖娘娘的好，打量必是妈祖娘娘可怜见的，才让海生哥活了过来。对了，她还打量，必是妈祖娘娘冥冥中让她心头冒出个名字，就叫捡回命的这人"海生"。其实，小叶姑娘连"海生"二字都不会写，即便见了，也认不得字。

村里谨慎之人倒是几番向小叶提了警醒，救起这人后，必得早早打发他走才是，因不识得此人是善是歹，留在村中，早晚难以提防，岂不怕人？

小叶姑娘却大大咧咧地回说，哪有歹人生得这般端正？你看他眉眼之间，哪里有一丝邪气？我却是不信，横竖要害，也是先害了我，我好到妈祖娘娘跟前告他去。

听她这么一说，众人再偷偷观察怀安，见他身形壮实，眉目清朗，谈吐倒也体面，却像个读过书的人，确实不像匪类之徒。可众人又提醒，这人身上中过火枪伤，什么样的人会在海上跟人有生死争执呢，别是那传说中的什么革命啊贼寇啊一类的，万一再把祸害引到村里来，还有几条人命能枉送了去？可不冤大了？

这话却是小叶没法堵回去的，她便噘着嘴说，倘或果真那样，大不了，我和他离了这村子便是，纵然到处浪迹，讨饭也不敢回这村里讨，可使得？

众人见撵他不走，只得仔细提防。时日一长，见也没什么骇人的动静，再见怀安倒也安分，因而原先的戒备警惕也渐渐淡了，倒又生出些闲话来。都说小叶姑娘心野，村里多少男子想娶她，怎奈她一概瞧不上，但凡有人要强行抢她，她一度寻死觅活地要与人拼杀才罢，还说自己横竖是个野路子，野丫头，谁也嫁不得，甚而发愿，倘或嫁不得好人家也罢，便要随妈祖娘娘一世修行，也是无碍。

如今打海里捞个海生哥回来，小叶姑娘越发得意了，不顾村人各种流言蜚语，强强地非要跟海生哥一起过日子，愣说是天可怜见，妈祖娘娘的慈悲，赐了这么好的男人来与她，此生也是无憾了。

这些闲话也到得怀安的耳朵，他一时也不及想，只一味地努力追忆，哪怕能触及点滴前尘旧事也好，总该知晓自己从何处来，欲往何处去，因何落海，再不然，自己究竟是谁，总不能自此稀里糊涂过活，一辈子不清不楚的吧？合该自己命大，也该遇着好人，小叶姑娘救活他，是他的造化，横竖也须知恩图报。

他见小叶姑娘模样还好，虽不似大家千金那般娇美，却慈眉笑眼，娇俏可爱，又是能操持过活之人，他有什么可嫌人家的？姑娘不嫌弃他，不避讳他，就算姑娘的好了，哪有怀安嫌弃人家的道理？估摸着，怀安且在小叶独活的小家里安了身，因非夫妻，却似兄妹，相依为命，一时也不去管外人几多闲话。

这日，小叶姑娘非要带上怀安去拜见妈祖娘娘。非节非祀的，小叶说了，礼多神不怪，只管拜便是。

到那一看，山门好不气派，正中上书"德泽如春"，两旁小石门上书"风调""雨顺"，并有对联"霞映燕江四海安澜扬圣德，霖沐社稷一方靖境颂天恩"，再有一联"圣泽人间民共仰，母仪天下国长昌"。小叶姑娘挎着一只小编篮，里头预备了香烛金纸并各色果品，领着怀安径自进了"霞霖宫"。

进得正殿，小叶姑娘熟门熟路地先贡上果品，然后点香，还递了一整把香给怀安，拉他一道跪下，拜了几拜，口里念念有词：多谢天后圣母保佑，保佑海生哥……

怀安又留意到两旁石柱上的对联，上书"九牧花蕊永乐开，七妹跨海功复台"。他不禁左思右想，却是不解。再认真看着妈祖金身圣像，又觉很是眼熟，忽地被小叶打了一下胳膊，只得跟着她虔敬地拜了拜，随她起身，前前后后将各处香炉插上，再陪着她将大小金纸烧了，全程不敢多一句言语，生怕惊扰了神明，或有不敬。

出了霞霖宫，小叶姑娘比先前更活泛了，一路又是蹦又是跳，在怀安身前身后跟只花蝴蝶似的，采着小花儿，哼着小曲儿，忽地又停下，笑说，海生哥，妈祖娘娘会答应我的。

答应你什么？

不告诉你！

怀安因对正殿上的对联不解，拿来问小叶姑娘。小叶咬着嘴唇，琢磨了半日才说，听老辈儿人提过，霞霖宫的妈祖娘娘是湄州妈祖庙的分灵，据说有七处分灵呢。此处分灵原有一段檀香木，在海上化解了风暴，叫人捞了来，并得妈祖亲自托梦，村人才到州府上请人将檀香木雕作妈祖金身，并建了此宫供奉。哎呀，讨海人家，哪有不爱妈祖娘娘的？我还听说，海的对面，那处台湾，一样有无数妈祖的信众呢。

怀安想起妈祖金身圣像，倍觉似曾相识，为此，一路遐思邈远。

3

沈家的车马出了瓷城，过了县境，半日方才下蓬壶岭。

但见那山岭逶迤，官道旁林木森森，有些瘆人。敬德在轿厢内还在嘀咕，不让你跟，你非要跟，这一路颠簸，岂是娘们儿能受得了的？再颠出个好歹，儿子也不用见了，反倒先保你的命要紧。

婉瑜也没好气地回嘴，我不用你费心，这趟要是没跟上，难不成，连怀仁的最后一面也不得见吗？亏你狠心！

敬德心下也暗暗叫苦，得信来报的人说了，二少爷怀仁已坐实了革命党的罪，州府不日上报省府，等批文下来，必是秋后问斩的罪。目下身陷缧绁之厄，中间尚有时日，只需努力周旋，上下打点通透了，或有转机也未可知。

沈家历代朴实，哪曾有人犯过什么案子还判了刑罚的？真是脸面全无，敬德又气又恨。为此，此行半点不敢张扬，先得瞒着老爷子，只说出去处理分号的业务，外人更不敢与人知道，没得招人嘲弄。

婉瑜也是偷偷上了车马，怕老爷子那头掩不过，打发人去说，自己回娘家散散心。夫妻二人天不亮便出了城。已是十月临近中秋天，晨露重，山岚凝，多少有些微寒了。婉瑜不禁紧了紧披风，却被老爷扯过两手，握在掌心。

老爷当年自被削去双手大拇指，他便基本不捏瓷了，手便不像当年那般粗糙，此刻握住夫人的手，暖融融的。婉瑜顺势倚在老爷胸口，想到老夫老妻一把岁数了，竟还要为儿子去奔命，多少酸楚难以言说，唯有静默，心有灵犀。

车马一路晃着，婉瑜因早起，此时便乏了，微微睡去。

忽地一阵剧烈颠簸，将老两口直掀得歪至一旁，行李也散落开去。原来，前方马匹像是受了惊吓，忽地急刹又跳将起来，一阵惊悚的马声嘶鸣，如撕巾裂帛一般。

婉瑜被老爷紧紧搂在怀里，好在没磕着碰着。二人闻听外头有人言语，却是李管家和人说话，想是被人拦了去路。

敬德掀起车轿帘，一抬头，果见前方一字排开高头大马，数十名蒙面大汉来者不善。坏了，怕是遇着劫道的了。这山岭偏僻，时有听闻山贼出没，过往车马多半成群结队才好通过，今日匆忙，顾不得许多，只能见机行事了。

敬德作揖道，列位好汉，恳请手下留情，放我们老人家过去，赶着去救人啊！

有个大汉抬起大刀指着敬德问，可是瓷城沈家老爷？

敬德一愣，如此指名道姓，怕是认得他了，该不会成心拦路，要为难于他吧？

车轿内咳了两声，想是夫人暗示，让他仔细，别暴露自己的身份。敬德忙赔笑道，好汉说笑了，小可不过一介草夫，哪里称得什么老爷，不过做点小买卖，如蒙各位不嫌弃，我这里倒有些银钱，与各位买些酒水吃吧。

说着，预备自腰兜里掏些钱票，未料听对方冷哼一声，没多余话，直接挥手道，带走。

数十人围了上来，也不拿绳索捆人，直接拿刀逼着，将敬德逼回车轿内，再逼马夫把住车马跟在来人后头，拐了弯，直往林子深密处行去。

李管家见老爷夫人脸色也不大好，暗暗叫苦，却不敢多言，只得苦苦跟着。到了一处山脚，来人叫他们都下了车马，行李也叫不许拿，还上来三四人，将他们的头眼一蒙，扯着他们往山上爬去。

夫人哪曾受过这般登山走道之苦，直摔了两跤，吓得敬德大喝起来，要跟贼人拼命。不曾想，对方倒是预先料到似的，不知打哪取来一副担架子，将夫人往里一放，一路抬了上去。绑人竟还有这般厚待的，婉瑜心内七上八下，虽是害怕，却也没法逃，只得认命。都怨这年头，没给人好生计，生生把人逼得无路可行，才叫他们落了草，去干些伤天害理的营生。

走了约莫一炷香工夫，他们被人带入一处洞穴，阴凉之气扑面而来，叫人身上不禁瑟瑟。

敬德扶着两旁狭窄的石壁，直摸得两手湿漉漉，凉飕飕，心下暗道，这回可栽定了，如何能逃出生天啊？可怜家小无人照看，最后竟要落得家破人亡的地步吗？老天可开开眼吧！

又约莫行了半里路，想是入得深洞了，说话声都有回音。来人这才摘了他们的头眼黑布，话也不多说。

敬德忙过来自担架上扶起婉瑜，见她无碍，才抱得紧紧的，生怕被人抢了去似的。环顾中，发现这是一处天然溶洞，石穹高隆，站立处却又十分平旷，足可容纳几百号人，只是石面潮湿，定是有泉水流经。四壁插着火把，烧得哔剥直响，洞内到底阴森，寒气更是逼人。

这是贼窝无疑了。但凡落草山贼，找这般天然洞穴来藏污纳垢，是再好不过了。怪道是，在一处角落里堆放着一摞暗红色的小箱子，乍一看，还有些眼熟，再近细看，咦，这不是用来装运瓷器的木箱吗？外头包裹着红色绸布，上头绣着"紫云瓷坊"四个仿古字，敬德以为自己老眼昏花了，叫管家李满堂上前来看看。可不，正是"紫云瓷坊"四字不假。

这就怪道了。再往旁一看，嘿，竟还有一二尊白瓷雕像放在木箱顶上。敬德上前拿起一看，如来、观音竟都有了，后头钤着印章，也是"紫云"字样。这是何故？竟在此深山洞穴旮旯里藏着沈家的瓷雕器件，对方到底什么来头？又将做甚？

敬德心内直打鼓，越发不安起来。备不住，是什么年深日久的世仇吧？

忽地洞内跑出一队人来，脚步急匆匆的，吓得敬德等人不知所措，赶紧收了手脚，安立一旁。

来了？果真来了！太好了！快快快……

来人一径跑至敬德跟前，上下一打量，把敬德吓蒙了，只管抱紧夫人婉瑜。

为首的人高马大，上前一抱拳，其身后数人也齐刷刷双手抱拳，只听为首的说，沈老爷受惊了，多有得罪！说毕，躬身行礼。

敬德与婉瑜面面相觑，不知如何应答。

那人忽地回首大喝一声，快点，看座，看茶，你们都干什么吃的，把人吓成这样？！回头再收拾你们。

转过身来，又堆上一脸笑。沈老爷莫怕，我们不是歹人，兄弟们跟府上二少爷怀仁是师兄弟，我是他师弟，真的，你们莫怕！

转头又高声大喊，来呀，椅子呢？茶呢？

这才有人搬了太师椅上来，叫老爷夫人都坐定，早将温热的茶水也递到二老手上，直把二老给弄得一头雾水。李管家和马夫这才放下心来，早已吓了一身透汗。

那自称师弟的，赔着笑又说，多有得罪，沈老爷莫怪，我们这兄弟会都是一帮糙人，做个事只会粗手大脚的，想是吓着二老了，我先替他们赔个不是，二老请多担待！

敬德不顾抿茶，忙问，尊驾贵姓？

哎呀，免贵，姓罗，大家都叫我大罗汉，呵呵呵……一面笑，一面拍拍自己的脑门儿。

敬德这才看清，果然，大罗汉的头可不就光溜溜的吗？见此，敬德不禁也笑了，心下放松不少，洞中山风一吹，也觉才刚吓出一身的汗来。

4

多年前，敬德对那场逼杀到府上，强抢《一苇渡江》的那一夜和那一伙匪贼还记忆犹新。毕竟，双手大拇指叫歹匪削了去，那种彻骨钻心之痛，终生也不可能忘却。

如今被拘到这处山洞，安能平常以待？故茶水再好，也是半点也没兴味。见敬德不吃茶，婉瑜更是半点也不沾，神色上一直矜贵得很，她就这性子，越是瞧不进眼里的，索性越拿着，半点也不松懈。

目下，面前这位五大三粗的大罗汉，分明是个强人，都成贼头子了，还好意思说自己不是歹人。若非歹人，哪用这等方式将人拘来，还愣说是请上山来？！婉瑜冷哼中，都不拿正眼瞧对方。

敬德面上多少也尴尬了，笑也不是，不笑也不是，正不知说什么。那大罗汉倒先鞠躬赔不是。

实在有愧，让二老受惊了，我就是一大粗人，平日也干不成什么大事，但我和这帮兄弟真不是歹人，还请二老妥妥地放心。

大罗汉倒是能说话，自知理亏，会拿好话相慰。

敬德正一正身，正经道，好汉因何拿我们来？若是为了钱物，便请早说吧，能办的，我也尽力，还请早早放我们走，我们果真有急难之事。

大罗汉尴尬笑笑，才说，不好意思，一时还不敢放了二老，我们二当家的留了话，叫说好生款待二老，回头自然还将二老送回去，保证一根寒毛不少，还请多多宽心。

敬德寻思，还二当家的，听着分明是山贼匪类，如何偏说不是歹人？存心唬人吗？

嘴上却道，还有二当家的？那好汉您不是大当家的？

我哪有那本事？充其量混个三当家的呗，呵呵呵呵……大罗汉搓搓秃脑袋，笑得很是憨傻，却没了先前的威风。

婉瑜突然插话道，何不请你们大当家的和二当家的出来说话，总要把话说明白了，像这般不清不楚把人悬着，岂不耽误事儿？

敬德恐夫人说话冲撞了这伙山贼，正待示意阻拦。却听大罗汉笑道，夫人说得是，别嫌我们大老粗办事不牢靠，素日里大当家的也是这么教训我们。他说了，咱兄弟会与那些偷鸡摸狗的、占山霸地的、杀人越货的贼寇不是一类人，咱是匡扶正义、替天行道的正派人，可不能整得跟歹人似的，大当家的还说……

话正说着，忽地有人来报，说二当家的来信儿了。却见手下递了张小纸条给大罗汉，他展开一读，又笑得有些勉强，看得敬德和夫人好不自在。

大罗汉犹豫了方说，二当家的飞鸽传书，叫我等好生伺候二老，万不敢怠慢了，那边事情办妥，自会回来向二老请罪。

一席话，把敬德说愣了。这是怎么话说的？难不成，竟要囚住他们？

敬德想了想，又指着一旁那叠放好的"紫云瓷坊"的瓷器问说，因何这里摆放着我家的瓷？却是从何而来的？

大罗汉爽气地说，这个啊，好说，前些日子二当家的获知贵瓷坊的鲤城分号有了麻烦，变戏法儿似的，张罗着就给解决了，将好些教人骗赌了去的宝贝都给护送回来，先是怕吓着二老，只得暂放在这里，等事情有了眉目，自然送还府上。

原来如此，敬德越发摸不着对方的行事因果了，便又问，适才好汉说，是我那二小子的师弟，但问你们师门何处，师父却是何人？

大罗汉连连摆手道，这个……师父有交代，不能随便将其名号说与人的，还请二老多担待。

说罢，吩咐下人抓紧摆酒菜，预备要款待敬德。婉瑜却忽地站起来，正色道，这位好汉说的，我们也只听了大概，究竟有何关联，我们也不愿细究，倘有需要，来日再来拜会吧。请放我们下山，我儿怀仁尚待救援，你们若是和他好兄弟，便请依了我们，可莫耽误了才好！

说得义正词严，却也不伤人。敬德也是这个意思，想说还不及说，倒叫夫人先说了，想是她素性压不住，有话说话，断不肯兜圈子费时辰。一旁的管家李满堂从来叹服夫人的行事雷厉，言谈体面，今日这种尴尬处境，竟也半点不肯松弛，真真胆识过人。

大罗汉才听罢婉瑜的暗逼，心下思忖，面色为难，最后只得咬牙起身说，也罢，想是咱这洞府没福分，待不得大神，我这便打发人并亲自护送二老前去，来呀，飞鸽传书报与二当家的，我们即刻动身。

茶也未吃，饭也未用，上山下山如此一折腾，半日已过。大罗汉倒仍是不恼不火，仍旧打发人好生将二老抬下山去，自己在后头备了马匹一路紧跟，不分具细各种交代，生怕摔了二老。一路穿过茂林修竹，及至山脚，早有人将沈家的车马给预备好，安顿妥了，一队人马十数人，浩浩荡荡陪护在前后左右，出了林子，往官道上继续行进。

轿厢内，婉瑜却还生着闷气，为这一番没来由的折腾。她压低声音跟敬德说话，这都什么人啊，一会儿一个当家的，不是山匪又能是什么？叫个兄弟会权当是时兴了？哎哟，怀仁这小子招谁惹谁了，惹了白道惹黑道，叫我们两口子如何安生？真不省心啊！

敬德却出奇地淡定，反而哂笑道，你前儿还一径帮着他说话，由不得我说他半句不好，嫌我管他管得没道理，不如由着他的性子去，或能混出个名堂来，喏，你瞧瞧，看把他能耐的，没把老子吓死！你这会儿倒要埋怨起他来，他又几时能知道？这回倘或救他不得，也是他命该的。

婉瑜捶他两下，啐他一口，呸，再不许说丧气话，纵然赔上我这条老命，也要将怀仁带回家。

她微掀轿帘，往外瞅瞅，又道，话说回来，即便脱身回家，左右这些人的纠缠，日后不知要到几时方休，却又该如何打发呢？

敬德复又一笑，摇摇头说，罢罢罢，我看着挺好，若真是歹人，早将咱家那些瓷器典卖了私吞了，更不能一路护着咱们进城去。看在他们跟怀仁称兄道弟的份儿上，姑且不究，横竖还不到要命的地步，且走着瞧吧。

如此，又走了大半日，天晚方进了古城。

敬德原是要去拜会亲家的亲友，此时倒是不能够了，被人明着暗着裹挟住，想撇下他们也办不到，索性被他们牵着车马，一路带去莫名的所在。

看老爷兀自镇定，婉瑜也便不再牢骚，横竖老两口在一处，担惊受怕也是无益。车马在古城内七拐八拐，最后在一处僻静所在停下。彼时已掌了灯，来人将二老扶下车马，却见巷口早有人立等在那。

为首的上前一抱拳，朗声说道，沈老爷沈夫人受惊了，不曾远迎，还请见谅！

二老一惊，这声儿怎么那么脆朗，一看，竟是一位姑娘上来答话。二老身后的大罗汉早一步跨至跟前儿，赔笑道，二当家的，别怨我办事不牢靠，实在把我难为死了！

　　呸，没眼力见儿，早晚收拾你！

　　敬德和婉瑜吃了一惊，二当家的竟是位姑娘？

十一、费思量

1

所谓兄弟会，不过是几个习武之辈聚首集会罢了，尚成不了大气候。尤其瞧他们里外行事，到底够不上名门正派，个个身上还透着难以撇开的山野匪气。

这便是敬德与婉瑜心内的灵犀，不必明说，彼此一对眼，便意会了。凭那些人如何热情善待，总归隔着非亲非故的提防，亲近不得。故入了席，夫妇二人仍旧绷着个脸，实在堆不出怎样的笑来，心底暗沉沉的。

却是那个二当家的，大概因了姑娘身份，多少亲切些。她也识相，将闲杂人等一概屏退，单留下大罗汉陪话，与敬德夫妇把酒时，私密交谈。

举了酒杯，先干为敬，姑娘自表身份，姓傅名红琳，自幼习武，曾与师傅走南闯北，见不得人间疾苦，誓要为民伸张正义，为自古柔弱女子正名。末了，她飞红了双颊，浅笑说，小女子与怀仁师出同门，比怀仁师弟早六七年入的师门。

婉瑜正眼打量红琳姑娘，一听说她是儿子的师姐，更要端详得仔细。红琳不愧是自小习武之人，通身的气派自与闺阁女儿大不相同，身子骨架明显壮实，也丰腴，举手投足堪比男儿，颇有霸气。面相上倒也大方，算不得精致，眉宇间自带一股英气，却是小家碧玉所不及的。凭一条红绸巾绾了发髻，不戴任何珠翠，着一身玄色轻缎武服，朱红绲边，缀着鲜红祥云胭脂盘扣，腰扎一条枣红绸腰巾，缀上猩红丝绦，多少显些女儿姿态。外罩一件鲜红披风，行动如风卷流云，果然英姿飒爽，自然一段巾帼风流。

婉瑜也颇能识人，一番打量，心下暗赞不已。既是兄弟会的二当家，能耐上必是能服众的，要不，一个姑娘家，安能管住一帮大老爷们儿？别的且不说，单看她身侧那名金刚一般魁梧的大罗汉便知。大罗汉对众兄弟摆得了威风，却在红琳姑娘面前唯唯诺诺，乖得跟只小猫一般，大气也不敢喘。

二当家的尚且这般不凡，大当家的又将何等了得？怎奈左等右等，却总不见大当家的出来说话。敬德与婉瑜会意，打量这伙所谓的兄弟会，不过乌合之众，倘或指望他们一道去搭救怀仁，不定闹到怎样不可收拾的地步。到时，可别人没救出来，反倒拖累更多无辜的英雄好汉，再将沈家给拖死，岂不冤枉？

二位老人家的心思，早被红琳姑娘瞧出来。却见红琳姑娘放下酒杯，正色道，二老请放心，州府衙门里有我们自家的弟兄，怀仁师弟被关押八九日以来，却一日也不曾受得苦。

听罢此言，夫妇二人相视一眼，不知如何接话。大罗汉倒把话续下去，说有我们二当家在，兄弟谁也受不着苦，师姐出手，哪有办不成的事？二老还请放心，兄弟们定能把人救出来。

敬德抱拳感激，因问，你们预备如何救人？

红琳姑娘笑了笑，很是豪气地挥挥手说，我们决定，劫狱！

话音刚落，正好婉瑜才刚喝了口水，一下被呛得直咳了好一阵儿。红琳姑娘连忙起身过来，帮她轻轻捶着后背。

敬德实在忍不下去了，将酒桌一拍，丢下一句：荒唐！

立时起身，敬德甩手拂袖而去。大罗汉原要敬的酒，停手在半空，尴尬地看着敬德出了大门，到庭院里菩提树下站定，黑黑的背影好不骇人。

红琳连忙拿眼示意他，大罗汉方才嗯啊两声，赔着笑起身离席，颠儿颠儿地跟出院子去。

这边儿，红琳偎着夫人坐下，尽力亲切道，夫人您别见怪，我们江湖中人，行事比不得你们规矩人家，但我们断不能坐以待毙。怀仁师弟出事后，我们自然有法子救人，原打听得二老将会至此，故在半道上请了去，以便宜我们行事，奈何二老念子心切，自难阻拦，不论如何，人是必定要救的。若是依过去的老法子，拿些银钱去打发那些贪心不足的污吏杂碎，尚不知多少才算够，委实不值，反倒称了他们心意，咱们受了莫大委屈，只怕到时，人未救得，财丢大半，岂不两空？

婉瑜听罢，越发觉得这姑娘有担当，敢作为，能说出这番话来，早比一般人要高明许多，心下道是有理，嘴上却说出另一番意思。只听她说，这世道，人心难料，毕竟，哪有官家不爱钱的？哪个时候不是拿钱好办事？倘或钱能救得人命，再多也不怕，只怨我儿怀仁命里犯劫，自小到处惹是生非，我们也认命了。如今我们早预备去上下疏通，万不敢教你们弟兄们拿血肉之躯去拼杀，都是爹娘生养的，哪个不心疼？何必拿刀拿枪地去救一个不相干的混账东西呢？由着我们为人父母的去想辙儿吧，实在不敢劳动大家了，万一有个闪失，坏了哪一个，我们都担待不起，岂不罪过？

红琳一听，心自软了大半，心说夫人果然高明，几乎将她说动，心下暗自钦佩，却仍道，果如夫人所言，我们可是造次了，却不曾考虑周全，请容我们再行商议，如何？二老便在此住下，若要去哪里寻人疏通，我叫两个弟兄陪护左右，也便宜行事，免得受了委屈，我们姑且不妄动，二老行事若顺当便罢，若是不成，便依了我们行事吧，您意下如何？

婉瑜寻思，也只得如此，当晚便与老爷歇下不议。奔忙了一日，到晚自然乏了，二人只说次日必得去走动走动，上下多使些银钱，自然水到鱼行，万不能由着这帮不靠谱的人胡来，一旦坏事，可就悔之莫及了。

次日，敬德自去找人疏通官家，不在话下。倒是大罗汉寸步不离他左右，直说护着他，免得叫公人欺负了。敬德想推，又怕不敬，便罢，只得让他和管家李满堂一同跟着，横竖有个照应。

婉瑜却好生跟红琳商议，既是州府衙里有人，可否行个方便，先让他们母子见上一见，也好了了牵挂。红琳心知夫人不得不信任于她，更不敢怠慢，即刻打发人去探消息。不出半日，得了信儿，说午后官爷休息，疏于看问，便是探视的最佳时机。

婉瑜未料红琳说话这般管用，不费多大工夫，便纡迎缕解，将事都疏通好了，还真不能小瞧了他们，原打量少不得一番折腾。

红琳还要亲自陪护婉瑜去监牢，她说谁陪夫人去，她都不放心，那些人哪里知道好歹，又没眼力见儿，怎么也比不得她前后照应得好。婉瑜寻思，到底非亲非故的，这姑娘如此殷勤，真是少见，莫不是她对怀仁有什么念想？

如此一琢磨，越发觉得是了，因加倍留心端详起姑娘家，越端详越觉亲切。午饭也是红琳姑娘陪着吃，肉粽、醋肉、海蛎煎、润菜饼，全是古城特色美食，奈何夫人没什么胃口。可红琳姑娘非劝说，也不单为款待夫人才打发人去整这一桌美食，原是希望夫人吃好了，有力气，精神头好，如此，去看怀仁师弟时，给他一个盼头，别让他见着母亲憔悴了，反倒揪心愁苦起来，岂不可怜？咱得让他宽心，安心等着咱救他，您说是不是这个理儿？

婉瑜连连点头，果然吃了好一些，还夸红琳姑娘会疼人，谁若娶了她，便是一辈子的造化了，直将英姿飒爽的女汉子夸得脸腮绯红，才有了女儿羞态。

过午，也顾不得乏，收拾妥当，红琳叫了车马，扶上夫人，直奔府衙监牢。

2

话说敬德打定主意，兀自出去办事，后头跟着管家李满堂和兄弟会的三当家大罗汉，虽觉跟个外人，到底尴尬。因着急求人，也没空理会了，且叫他当个挑礼物的吧，将那一担礼瓷叫他挑着。

大罗汉脸上有些挂不住，奈何二当家的有交代，无论怎样，紧着用心，别叫沈老爷受了委屈。大罗汉便将一担礼瓷挑好，手下一个也不带，省得糟心。

因亲家的友人引荐，敬德跟人到了一家酒楼下，抬头一看，见那酒旗生风，闻那南曲袅袅，当中三个金光大字“醉仙楼”分外刺眼，心下虽是厌烦，却只得硬着头皮跟进。

友人说打听过了，闻听州府老爷并一众商儒雅客在醉仙楼吃酒，正是大好的亲近机会，倘或是到衙门府上，便不得好说话。敬德毕竟求人办事，只得依了。未上酒楼，友人先自上去探探，敬德只得在楼下候着。

友人去了好一会儿，却只闻得楼上曲儿正唱得婉转呢，唱的正是《直入花园》：

直入花园是花味香，直入酒店都面于带红，田婴飞来都是真于真阵，尾蝶飞来都真成双，冥阳岭上是好踨歆。

好——好——好——

楼上传来一阵喝彩，又是嬉笑劝酒声，倒不曾打断那依旧袅袅的南音，只听：

阮今过只冥阳都心欢喜，掀开罗裙都疾赶去，走得阮头茹都髻又欹，急急走啰，急于急行走到，市上共恁说道分明，六角亭上是六角砖，六角亭下都好茶汤，六角亭上六角石，六角亭前好栳叶，素香不如是茉莉香，尾蝶成阵都采于花丛，喡啊柳来来唠柳嗹来唠，脚踏草一个脚踏草嗳，真个好于敕桃嗳啊，真个好于敕桃嗳。

楼底下，敬德心下烦躁，只得忍耐。一旁的大罗汉早不耐烦了，搁下一挑瓷礼，将两袖一撸，待我上去瞧瞧是怎生了得的家伙，这等怠慢于人，看我不搅了他的局子！边说边抬脚踩上木阶，却一把被敬德扯住。

唉，算沈某求你了，再忍忍。

大罗汉横眉一竖，两眼一瞪，正待大喝，却见敬德一脸愁煞地冲他直抱拳，到了嘴边的吼声只得硬生生咽下，甩了袖子坐到一旁，兀自生着闷气。

又约莫熬了一盏茶的工夫，上头果然停了南音，想是友人得空报了信儿。不一会儿，果见友人下来请，敬德整了整衣衫，只带了李管家上楼，将大罗汉姑且留住。敬德哪里晓得楼上的玄机？

原来席上不只州府老爷，还有素日多半勾连的人物六七个，可巧万福瓷业的老爷康万州和少爷康延福也一并在席上，闻听紫云瓷坊的老爷来会，便知是何缘故，因与官爷告了假，暂且一避，便退至隔屏一侧。

待敬德上来，见过官爷，恭立一旁，却不知如何言语了。

只听官爷说，素来不曾见识，却早闻听紫云瓷坊是瓷城老字号，乃瓷艺大家，可有什么说道？

友人道，哎哟，亏得官爷抬爱，这不，给您备了几件他们家的珍品，您瞧着若好，他们也算有福了。

说话间，李管家立即招呼大罗汉将礼瓷抬上去。大罗汉心头不爽，上楼时竟将木阶踩得山响，震得仿佛楼要塌似的，酒席上的酒都给晃出些许。官爷不禁皱了眉，抬眼一看面前的大汉，只不好发作。

敬德打开礼瓷，一件《花开富贵》，团着大朵大朵的红艳瓷牡丹，果然雍容不凡；一件《五福临门》，却是一尊喜笑颜开的弥勒佛，四下围着五只俏蝙蝠；一件《马上封侯》，但见白马背上立着一只淘气的猴子，倒有些意思；最后是一件《步步高升》粉彩瓶，一尺见高，通身颜彩斑斓，花团锦簇，旭日高升，甚是大方喜庆。

官爷眼皮也懒待抬的，挥手叫人收下了，只说，添双筷子吧，来者是客，吃几杯再走。

敬德正待婉谢不坐，却被友人拉着入了席，少不得与众人都一一抱了拳。众人原不识敬德，倒听过紫云瓷坊的名号，也虚夸几句场面上的话，多少有些干巴。

少时，碗筷添过，官爷举了杯，众人赶紧应着，敬德惯不擅于应酬，这种场面难免不自在，举杯时稍有遮掩。官爷也不理会，兀自喝了，忙说吃菜，听曲，忙又命人再唱一曲南音。

敬德嘴上应着，却迟迟不伸手夹菜。众人不解，打量他拘谨，反是失礼了，忙又劝着。敬德见推托不过，右手食指勾着筷子，却怎么也勾不起来，哆嗦着，筷子反掉了。众人这才看清他的手，十分诧异。

敬德尴尬一笑，忙说见笑了。官爷方才吭声，难怪了，原也听过你们的旧事，却是那年你们不知如何惹了山匪，教人杀到府上，竟将你双手大拇指削了去，亏得拿出古董，是一件什么……哦，达摩是吧，与了山匪，方才免了祸患，是吧？

敬德头上沁出汗来，此番又提旧事，心下自然不痛快，少不得硬扛着不敢发作，只得点头称憾。

官爷忽地仰头大笑，说，这有何丢人的？早拿了宝贝出去，不就保住你那吃饭的手了吗？古董宝贝再好，也不过是个物件，哪有你一辈子手艺重要，依我看，你也是艺高人呆了。

敬德连声说是，脸上实在挂不住。众人哂笑一回。那大罗汉在旁早看不下去了，气轰轰地几次三番要上来叫嚣，却被李管家硬扯回楼下去，不在话下。

见敬德被官爷挖苦，友人赶紧圆场。趁着南音曲子唱得正好，众人正入迷，请官爷借一步说话。三人便至另一角的临街窗下，吃起茶来。

有了友人在中间引话，官爷自然知道敬德此行的由来。官爷放下茶碗，幽幽道，这世道，谁没有个难处？事儿呢自然不是好事，可也不难办，少不得要打发人，看在你的面子上，我这头倒没什么要紧，只是我上头还顶着七八个大人物呢，怠慢了一个都了不得，拿什么奢侈瓷器去孝敬他们，那些物件比不得金银珠宝，管什么用？明眼人都晓得，他们原不过吃些银钱，便好说话了，倘或使得，便是死罪也能换了天去，革命党什么的，那都是些浑人造出来的事由，咱这种小地方，哪有什么革命党稀罕来搅和？便是有，三五个不成气候的混混，官家哪有怕的，你说是不是？

友人应和着，敬德自然也是躬身在侧，点着头，得空回话说，我家二小子素来爱闹腾，少不得开罪了人，可是让人栽了祸事与他，他哪里应付得来？又没什么见识，就凭他那粪桶般的脑袋，何曾懂得什么革命大事，没得叫人耻笑，只怪我教训少了。这回官爷拿住他，他也必是知道世间的厉害了，若能侥幸活命回来，往后我便往死里管住，再不让他出来丢人现眼的。

官爷听罢，又冷笑一声，要说捏瓷土的手艺人，真真不必去管什么天下大事，革命这话可不敢叫上头听了去，越不懂事理的偏越爱乍乎，末了，倒将自己的命给革没了，怨得了谁？

友人和敬德又奉承了一回，都说官爷才是真有见识，多早晚帮着教训子弟，也是积德造福了。

官爷已有几分醉，眉眼看出乏了，且叫他们回去等信儿吧。

友人便跟敬德使了眼色，二人告了辞，说不日定登门拜谢。说话便出来，辞了众人，方才不尴不尬地离了席，出了酒楼。

酒席一时半刻没散，那躲在隔屏另一席的康万州父子出来，与众人又说笑一回，说沈家流年不利，大儿子遇了海难，二儿子戴了革命党的罪，往后，且有的是好戏呢！

酒并小曲，说说笑笑，多少酬唱，笑里埋刀，几人能料？

3

车马过集市，耳畔传来市井各种吆喝。

卖月饼啰——莲蓉馅儿、栗子馅儿、桂花梅干五仁馅儿咧——豆沙馅儿、冰糖馅儿、白果肉松芝麻馅儿咧——卖月饼啰——

恍在沉思中的婉瑜，猛一听吆喝，心下一惊，呀，中秋月饼都上来了，怪道心里总惦记个事儿，如何竟将这事儿给忘了？

红琳见夫人掀起轿帘，急切地朝外张望，便问，夫人想是要给怀仁带月饼吧？

婉瑜回头诧异地看着红琳姑娘，未料这么点儿心思竟也被看出来，只得说，正是呢，姑娘好生厉害，瞒不过你。

红琳便从随身包裹里取了三五个月饼出来，一个个码在婉瑜手上，都各自用油纸包裹好了，上头写着各种口味儿。这才笑笑说，我替您想在前头了，只是不知哪种口味才合他的意，便每样都买了，虽比不得自家做的，因匆忙，先这么着，也好让他知道，您远道而来的心意。

婉瑜眼圈一红，不知说什么才好，瞅着手心的月饼，一鼻子酸楚。

红琳又将各色月饼都收入包裹里，将口袋扎好，才说，夫人别见外，我们跟怀仁毕竟师兄弟，不是外人，但只夫人是细致人，不嫌我们这些人粗野才好。夫人也别当我们跟怀仁尽日里做些不值当的事儿，我们兄弟会的人真不是山匪贼寇一类的，不敢说英雄好汉，却都是热血正义之辈，将来，您必能看出来。

婉瑜苦笑着，说，姑娘说笑了，别是我们怀仁这小子带坏了你们才是，他能有什么出息？打小就只知上蹿下跳，没个能管住他的，家里不过是捏几件瓷的手艺，他也不屑干这个。早晚跑出去，惹是生非，没得给你们添麻烦，还指望你们多多教训他才好，像这一遭罪，只要活得命出来，也是好事，管教他日后再不敢乱嚷嚷，你说好不好？

红琳笑而不言，却听婉瑜接着说，亏得你替我想周全，不过两日便是中秋，先前端午时，他未曾回来吃我包的粽子，我还心心念念呢，如今老糊涂了，竟连月饼也没先给他预备下。

红琳说，您大老远奔来瞧他，不知他有多高兴呢，越发知道要好生活下去，再没比这更好的了。

二人说着，车马已至州府监牢外头，早有人在那儿接应，正是兄弟会的内应，带着二人顺利进去。

毕竟是监牢，阴森冷气自然不是外头可比，光见着那各处铁栅、铁链，一并各式铁器刑具，再听闻得几处哀号，几处叫骂，疯疯傻傻的、撕心裂肺的，无不教人心底生寒，后背发麻。红琳扶着夫人，觉出夫人的颤抖，不禁加倍握紧她的手，才刚过了几道门，却有两名狱卒把路拦了。红琳正待理论，婉瑜却早从袖里掏出几个散钱，与了对方，求对方给行个方便。

两名狱卒将婉瑜拎着的包裹扯去，打开看了看，见是月饼，还掰了两块，兀自咬着吃，把红琳气得捏紧拳头。好在让过了，只是不许红琳陪着进去，只许夫人只身去探视。

红琳气得两眼一瞪，不待说话，婉瑜便说不要紧，便留下红琳，只身跟了狱卒要进去。红琳忙扯住夫人，低声交代，让他先紧着吃那玫瑰馅儿的，晚了就不新鲜了。

婉瑜意味深长地看了一眼红琳，倒把姑娘家看得脸色绯红，她便明白了八九分。

引至一处单人监牢，狱卒没好气儿地喊了声，喂，好歹有人来看你，赶紧的，半炷香，别磨蹭。

婉瑜谢过那人，便望见牢里铁窗下，一个身形高大的男子正望着窗外，还听他呵呵正笑呢。

怀仁？我的儿？

那人急忙回过头，却把婉瑜唬了一跳，但见他披头散发，脸色晦暗，胡子拉茬，衣衫单薄，手脚均被铁链锁住，哪里像个青春正好的孩子，分明一个腌臜乞夫。

那人扑过来攀在铁栅上，喊了一声，阿娘！

听声儿没错，再定睛细看，那眉眼哪里还有错，可不正是夫人心心念念好些日子不见的那个混世大魔王——怀仁啊？！婉瑜立时滚下泪来，隔着铁栅，抖着手却早一把被儿子抓在手上。

阿娘，您怎么来了？

我若再不来，只恐这辈子再也见不着你了！

铁栅里外，婉瑜泣涕涟涟，儿子不禁也流下泪来。抚着儿子那沧桑到脱形的脸，这么个没法形容的模样儿，怎地会是那个自小便淘气到教人又爱又恨的孩儿呢？

他们打你了吗？给你上刑了吗？你哪里受了伤了？快告诉阿娘，让阿娘好好瞧瞧，可把阿娘吓坏了，你个坏小子啊……

婉瑜一连迭地问着说着，泪也顾不得擦拭，正寻思说些什么，手上一松，怀仁却跪了下去，兀自哭得好不伤心。

婉瑜忙蹲下，只听怀仁抽噎道，大哥……大哥……他……他……

婉瑜早哭得浑身无力，几乎坐下，抓着冰冷的铁栅，咬着牙说，我的儿啊……我的儿……怀安他……

阿娘知道了？

婉瑜又是点头又是摇头，早说不出话了。

怀仁不由地抽起自己的嘴巴，哭着说，都怨我！都怨我！

都怨我！大哥他……是我害的……我害的……

婉瑜咬着牙，将孩子扶起来，说，先别说那些了，不管你惹了什么事，我跟你阿爹正想法子呢，你且好生撑住，别做傻事，我和你阿爹再也经不得吓了，晓得吗？还有你阿公，七老八十的人了，他如今没了长孙，心已死了大半，再不能没了你，你可千万听进去，等我们救你出来……

阿娘，别说了，你们只管回去，我自有法子。

说什么呢？你那些兄弟……哪有什么法子救你，他们……

婉瑜突然意识到什么，四下看看，生怕说漏了嘴，到底没说出来，只又哀泣两声才说，咱家要是再没了你……阿娘定是活不了了……你且听阿娘的可好？你阿爹正上下使钱呢，一定会有法子的，一定会……

说着，将怀里的包裹递进去，说，先前你没吃上阿娘包的粽子，眼下中秋，瞧我老糊涂的，竟将月饼也忘了，亏得红琳姑娘预备了月饼，交代你先吃玫瑰馅儿的，晚了怕不新鲜，隔两日会再来看你，你要好好的，好好的！

您见着我师姐了？

嗯，她果然是好人，只是……

正待接着说话，狱卒过来赶人了。婉瑜只好泪汪汪地边回头边往外走，口里只能嘱咐，要好好的，要好好的……

匆匆一面，回去的路上，婉瑜拭着泪，竟然问了句话，若是劫狱，有几成把握呢？

红琳吓一跳，未料到看上去柔弱的夫人竟改了主意，她立马坚定地说，十成，我们兄弟会从不做没把握的事儿，夫人只管放心。

婉瑜一路再无别话，默默地抹泪，想着自己的心事儿。

二老回到住处，碰面时已是掌灯时分。红琳自然吩咐备了酒菜，给二老压惊。各自说了今日行事的苦楚，把大罗汉气得直嚷嚷，若不是红琳按压住，依他那虎豹似的暴脾气，指定不顾一切地杀过去，大闹一场才肯罢休。今见二老垂头丧气，一个受些委屈，一个再伤一回心，更觉酒气苦涩了。

红琳心中有事，不便明说，只得拿些好话来劝慰，明知无果，也只得如此。待二老回房歇息，她才如此这般地吩咐弟兄们，大约得了上头指示，不日即将举事，要确保万无一失。各人领命，兀自去安排，不在话下。

当晚，监牢里的怀仁背着人，掰开玫瑰馅儿月饼，在里头得一纸条，大意是说某月某日某时，大事将举。他吃着月饼，心头得意，知道时机快到了，暗暗铆劲儿。

4

别管外头官民闹成什么样儿，海边小渔村仍旧是原先的光景，该出的海还得出，该撒的网还得撒，该捕的鱼还得捕，该拜的佛还得拜，该过的日子还得过。

这不，小叶姑娘一早叫起隔屋的怀安。她声音脆生生的，比一早的阳光还要明媚，只听她吩咐，海生哥，喝了锅里的番薯粥，跟我出海去，我先到海边将船上物件预备下，你出来时，顺带捎上门口晾着的渔网，可别忘了。

怀安从木床上坐起，一夜的碎片梦，东一榔头，西一榔头，仿佛转了好几人生轮回，醒来，却一片光影也拼不齐全，丝毫不相干。重新活过的这些日子，常有这种事，往往夜里也睡不安生，好几回夜半吓醒过来，满头满身的冷汗，倒将隔屋的小叶也惊着，打量家里进了贼呢。

虽是独活的家门，毕竟男女有别，况也没个正式名分，即便懒待管外头人怎么闲话，关起门来到底有些尴尬，便依小叶姑娘安排，两人隔了屋，分睡两头。这原也有说道，且不说小叶姑娘是黄花大闺女，尚未正式婚配，如今屋里收个大男人，早该被人的唾沫星子淹死了。好在没个长辈能管她，村里管事的也拿她没辙。再者，捡回命的海生，什么来头尚无人知晓，虽说言语倒是本国的，别是海上东洋倭贼浪客一类的才好，看他一头辫子也必是中华之人无疑，多半放心了。至若他的身世如何，哪里人氏，可曾婚配等，别人一概管不着，小叶姑娘也不稀罕，横竖一问三不知，总比捡个白痴要强。

倒也有人愿意撮合二人，因小叶姑娘瞧出对方不以为意，这事姑且搁下不议。索性，二人一门，分睡两屋，情同兄妹，清白自知，如此倒也相安度日。其实，小叶姑娘安能不知对方心事？但见他素日平静，心内焦虑，想是反复追索记忆，试图找回自己的来路，便无心起儿女他念吧。

小叶姑娘也曾劝过他，何苦这般折磨自己，权当重新活过，未必不是人过的日子，过去纵然荣华，或是卑贱，一应都丢进大海里，眼下的生计才最是要紧。怀安领会，唯唯诺诺般，跟在小叶姑娘后头，将家务收拾出来，将捕捞的鱼虾挑至市集上卖，倒也过得。

因而，每每藏在心头的追忆只在梦里跳脱出来，少不得吓自己一吓。小叶姑娘奔过来瞧他，心下半是同情，半是忧虑，这岂不跟守着个病人一般？白天还见他安生些，晚间却要闹鬼似的吓自己，日子久了，如何吃得消？

这日，喝过番薯粥，精气神也养足了，怀安出门后将门掩上，到横木前将前日晾晒的渔网收下，卷好，扛上肩，顺手将门边一只鱼篓子捎上，便出了那处小破院儿。那实在算不上一处房子，原不知是谁弃了不要的废宅，虽不至瓦灶绳床地步，茅椽蓬牖也已东倒西歪，多半年久失修，加之海风台风肆虐，已扭至不成形。怀安还说过，得空就将这屋子修一修，总得有个家的样子。这话小叶姑娘爱听，女人是持家的，可不就得由男人来修房子吗？有男有女，早晚会有家的模样，倒也不必急。

怀安来至海边，早知小叶姑娘的船泊在何处，径直朝那儿走去。半月前他还没敢出海，一上船他一准惊恐不安，没等渔船走出浅水区，他便要翻身滚下前浪，扑腾几下还惊魂未定，总想起当日在海上逃得一命的破碎光景。

小叶姑娘见他那般后悔模样，自然怨不得，索性叫他回去，不必勉强。可怀安心里不落忍，成天让一个小姑娘家驾船出海，那多危险啊？万一有个什么事儿，也没个照应的。他好歹是个大男人，别光是一副高大的空架子，竟比一个女子不如，怕了船也怕了海，这如何说得过去？于是，他好几回战战兢兢上去，又跌落下来，再爬上去，又挣扎着要下来，如此反复，倒把小叶姑娘给气的。

小叶姑娘说了，照你这般折腾，我这日的鱼都不必网了，光在这看你笑话得了。一句话倒把自己逗乐了，却叫怀安羞得不知如何是好。

小叶姑娘还说，我们这的女儿家不比别处的女人，别处的女人有多金贵我不知道，我们这里的女人可比男人厉害，能持家、能捕鱼、能雕石、能养娃，你也瞧见啦，担心我什么？别是到了海上，你再掉到海里，还要我再救你一回不成？说着，便咯咯地笑个不停。

怀安一咬牙，撑上船去，发誓再吓到跌下海，便让他变成海里的大王八。一句话，小叶姑娘差点儿没笑岔气儿。

如此，怀安在颠晃的渔船上怕了一阵，磨了几日，渐渐也就压住了恐惧，再后来，竟还能帮小叶姑娘把好船，扯网抓鱼什么的也不在话下。正如小叶姑娘说笑的，越怕什么，越要迎上前去，老是躲，老是避，多早晚才过得去呢？

怀安越琢磨越觉有理，心内越发觉出小叶姑娘与别个不同。

往常捕捞到的好鱼好虾，小叶姑娘大抵没舍得吃，紧着拿去市集上卖，她可想多攒些银钱，好将那不像样的屋子修缮修缮。自捡回一个海生哥，她便觉日子不同往日，好鱼好虾也要留些给他吃，说他大难不死，旧伤才愈，须得好生补补身子骨，别落下什么疾症，到老了可不好整。她都一眼看到老时的

175

光景了，好像真要跟海生哥一起过一辈子似的，自己便先答应了。

某日暮色中，怀安原还看着门口的渔娃们来回嬉耍，愣笑了一会儿，忽地见一个女娃摔着了，手上一个小泥人摔出老远，早坏成几瓣。女娃哭得可怜，怀安出门将她扶起来，安抚一阵儿，再将那碎了的小泥人拾起来，看着看着，便有了主意。他不过在旁边沾了些水，顺手就捏塑起那小泥人，胳膊腿脚都修补好了，再看小人的脸面，除去塌坏部分，实在没什么眉眼可看，因折了一根小树枝，在那泥人面目上勾勒出眼睛、鼻子、嘴巴。还别说，经他一拾掇，原本模糊的一件泥人竟似有了活气一般，眉眼有了，连嘴角都弯出一丝浅笑。

怀安觉得顺手，索性将泥人身上的衣饰也加几笔润饰，如意回纹的衣襟儿绿边儿，祥云盘绕成的花样胭脂扣，连衣线都划出了流畅状。才几下功夫，便活脱脱一件人偶出来了，把个女娃欢喜得直蹦跳，一旁的顽童也都凑过来看稀奇，好不羡慕。

怀安索性自海边捡了块扎实点儿的石头，让小泥人坐在石头上，这便有了个底座，此举，分明化腐朽为神奇！孩子们个个都闹腾起来，争着嚷着要海生哥哥为他们捏泥人儿。

一时便在渔村里传开，都说海生哥哥会捏泥人儿。有心之人留个意，私下琢磨，兴许他原先便是干这个营生的也未可知；无心之人知道也就罢了，并不以为意，不过捏个泥人，算得什么手艺本事。

小叶姑娘却琢磨，他的手别是能点石成金吧？唯怀安自己，当闲时耍耍，并不在意，照样回屋缝补那件救过他一命的破渔网。

十二、惊天变

1

清，宣统三年的枪声，改了天，却没换了地。直至后来，敬德和婉瑜再想起那日的情形，还只顾替二小子怀仁担心，哪曾料到果然换了天呢？

那日晨时，鲤城下了一阵小雨，秋意阑珊，桐叶落了满地，错季晚开的紫荆受了雨打，多半也凋了，少不得教人惆怅。好在气候还算温和，一早的鸟鸣缀了周遭满树，兀自叽喳欢闹着，毕竟不识人心深处的清寒。

晨起，敬德尚觉心头抑郁，茶也懒待喝。一则，客居别处，总不自在；二则，为二小子怀仁的事，连日奔忙，费了好些银钱，却只见着州府官爷一人，至于他提及的上头，竟是连面儿也不曾见得，只得干等省城下批文。也不知花那些钱，找那些人，管不管用，心下并未水落归漕，但只孩子一日未出监牢，他的心便一刻不得松懈。三呢，还总记挂着家中老爷子，出来这些时日，少不得隔三岔五地打发人，来回报信儿，并早早将管家李满堂遣回去，唯他在家，敬德才能放心。

他也想叫婉瑜早些回去，毕竟儿子的面儿也见着了，妇道人家，只会凄凄哀哀，不中用，没得叫爷们儿心烦，倒不如叫她早些回家去。一则还能帮衬看护身怀六甲的大儿媳，二则女

177

人出外抛头露面总归不好。谁知不说还罢，这厢方提起，倒招了夫人一番涕泪难息，兀自絮叨半日，碎念起她如何命苦，老大怀安如何去得不明不白。目下，怀仁尚在牢里受无妄之灾，怪为娘的没本事救他，倘或能以命抵命，她便要抵了去。只他一日不能归家，为娘的便一日送着牢饭，即便死，也要一并去了，这世道，还有何可恋？

一番悲言戚语果然招敬德烦躁，少不得责备她几句，素日里是个明理的，怎么在怀仁的事情上竟没了分寸？在外人面前说些糟心的话，没得让人耻笑。

婉瑜也没好气，仍旧忧戚道，耻笑便任凭耻笑吧，我哭儿子，与他们什么相干？倘或孩子们个个都好好的，我也犯不着丢这脸子，唉，还有那个漂洋过海去的怀远，这会子也不知怎的了，大半年没个音信，真真把人折磨害苦，怎样才好啊？！

那都是前夜的枕边话，今早，敬德坐在廊前微雨里，心下正没个着落。婉瑜晨起也懒待梳洗，只那愁容收拾了也没意思，不禁歪在窗前，看微雨天色越发叫人惆怅。

怪道是，客居的这院子，怎地一早也安静得有些不同往日，左右竟一个人影都不见。茶是早备好的，早饭也是预先备下的，且还都温热，怪只怪，房前屋后却没个说话的人。敬德和婉瑜因了心事，初时并未在意，时辰一长，四下里静得出奇，不得不出来转悠，寻思起来。

"砰——砰——砰砰——"忽地几声尖厉的枪声不知何处传来，生生撕裂古城清早的宁谧，将各处古榕上的鸟儿们都惊得扑棱怪叫，四下逃散。

婉瑜不禁揪起心，慌忙碎步小跑，找见老爷在廊下张望，忙跌跌撞撞扶着墙奔去，问怎么了，出什么事儿了？

敬德指着大门说，才刚听见外头有人跑动，但不知何故。

二人相搀扶，悄悄挪至大门侧，偷缝往外瞧，却见大门外不时有一二人影跑过，有人还惊呼：革命党来啦，大开杀戒啦——

闻得此言，二人唬得脸色霎时变了。

敬德恍悟，才道，坏了，难不成……他们果然劫狱去了？

婉瑜拿帕子捂住嘴，生怕吓出声儿来，眼神早慌得四下散逸，心头忙念着佛，菩萨保佑，菩萨保佑，保佑我儿怀仁，千万别出事儿啊，菩萨保佑，菩萨保佑……

忽地，一阵儿马蹄声自远而近，越来越近，越听得马蹄声的杂乱，还夹着几声吆喝。来人在大门前停住，再是一阵杂乱的脚步声，奔了此间而来。

敬德早扯着婉瑜躲回屋里去，也不知来人是谁，心内祈望不是官兵来拿人才好，不禁暗暗叫苦。

只听外头有人言语，大当家的，别慌，都在呢，别惊着二位老人家。听声儿，却是红琳姑娘的。

二老诧异，偷眼往外瞄，可巧，正见怀仁冲在众人前头，进了院门便四下找寻，很是着急，更不住高声叫嚷，阿爹，阿娘，阿爹，阿娘——

婉瑜心头一热，不管不顾即刻开了门，颤颤巍巍奔出去，一把抱住儿子，止不住涕泪齐下。怀仁红着眼圈儿，还替阿娘拭泪，说，孩儿不孝，吓着阿娘了！

婉瑜只顾将他的头发，抚他的脸庞，话音抖得厉害，我的儿，我的儿啊……

众人围拢，只在一旁笑中带泪，不敢出声扰了他们。怀仁正安抚母亲，抬头见父亲铁黑着个脸，立于门内，一声不吭，只把两眼怒瞪着他们娘俩儿，想是又爱又恨，正不知如何是好。

怀仁弱弱地唤了一声"阿爹"！

敬德大手一挥，过来便要打他，早被众人拦了下来。婉瑜赶忙护在儿子身前，一时顾不上言语。只听众人劝道，打不得，打不得，打不得啊！

敬德恨恨地问道，我打儿子，如何打不得？

他是我们大当家的！

婉瑜吃了一惊，转头盯住儿子。敬德被噎了一下，他不信，指着怀仁说，凭他，还大当家的，你们可别唬我！

大罗汉抢说，真真的，他是我们大当家的，您老可别打了！

不说还罢，敬德越发火气上冲。甭管他当什么，他一日是我儿子，我便打得！

众人反倒尴尬时，敬德抢了一步，又要上前打去，仍旧被众人生生拦下。不料，后头却响起夫人的声音。只听婉瑜正色道，让他打！

众人一愣，回头见是夫人发话，一时都怔住。

未料，婉瑜竟又含泪说，不管清浑皂白，他都该打！说毕，转身，一掌掴在儿子脸上。

怀仁也愣了，没提防这个，愣愣地看着母亲。众人都愣了，只听婉瑜颤声道，这一下，我替你阿公打了，你可知他在家日盼夜盼，早晚却没个孙儿在床前服侍，你不该打吗？

怀仁咬牙，一声不敢吭。不料母亲抬手又给他一巴掌，众人颤了一下，又听婉瑜说，这一下，替你阿爹打了，为了你，他受尽多少羞辱委屈，人前人后，他只一人默默吞咽，我若不说，你如何得知？

众人看看这边，回头看看那边。敬德侧着身子，却闭着目，眉头早拧成疙瘩，想是心头揪得正紧。

婉瑜忽又扬起手，正待打第三下，却被众人一拥上去，拦下她的手。然而，怀仁不声不响，跪下去，脑袋低垂。众人见状，只得缓缓放了手，知道拦不住夫人的打。

婉瑜高高扬起手，却轻轻落下，捶在儿子的肩头上，流泪道，这一下，是为娘打你的，自小没打过你，如今，你大哥不在了……阿娘的心，几乎疼死……现如今，我不指着你，指谁去啊？你前儿差点把命丢给人家，可曾想过阿娘，啊？

这时节，大雨下来，豆大的雨点如千军齐发，打得周遭冷气森森，哔哔剥剥掩住夫人的无力悲泣，直打得众人浑身起寒……

2

那日，敬德仍以为，兄弟会的人不该劫狱，虽说将儿子怀仁平安带回，但不消说，那也是犯上作乱的事。加之前因种种，敬德一时气不过，眼见婉瑜倒真打了儿子，哭得也乱了心绪，自己竟不好动手了。

他哪里知道，当日兄弟会早谋划好的，应了各地的呼吁，打响了革命的枪声，联合各处同盟，择了良机，杀进州府，却不只为救人，只因举国大势，别处早已扛旗起义。天朝呼啦啦如大厦之倾，颓败之势已不可逆。只是一般百姓尚不得知，连日来各地号外倒是将辛亥年的这场惊天动地之举散发出去，各地一应纷纷举事，不过两日，已成燎原。

红琳和众兄弟正是得了信儿，精密谋划，与州府里头安插的兄弟，连同怀仁来个里应外合，杀他个措手不及，把个朝廷残喘的地方残势一举拔除，杀了几员地方小吏，正式扛出革命的旗号。先前在醉仙楼上对敬德打了半日官腔的官爷，连同一众僚属尽被兄弟会的勇士砍了脑袋，高悬于府衙大门外，凭此只为明告百姓——大清完了。

这便是那日一早的枪声，惊世骇俗，一朝改了天。

敬德安能知晓这些？直到儿子怀仁跟众兄弟得手归来，他读了号外，方才知道事情果然变到难以想象的地步了，却还没缓过神，尚不知如何自处。

临了，怀仁还执拗地跪到雨中去，好似跟老天爷赌气似的，谁劝也不起来。屋内，二老枯坐，一个闷气，一个冷眼，红琳和大罗汉见这般情形，只得好生劝着。

大罗汉道，打也打了，骂也骂了，求老爷夫人看在我们兄弟会的面上，饶了我们大当家的吧，他这模样，叫兄弟们看了，笑话去。

敬德冷哼一声，他有什么本事当得兄弟们的主？依你们所言，就为了你们了不得的革命大业，他先前将我大儿子也卷进去，把人给害没了，我沈家的主又该由谁来当？

婉瑜听闻此言，不禁长叹，附着雨后潮气，好不凄凉。

红琳道，沈老爷此言差矣，我们兄弟会干大事，少不得有牺牲。大少爷的事，我们无比悲痛，自知再无补偿可能，如今我们大当家的侥幸回来，外头天下早变了，你们且不知，他将来必是做大事的，何必在这节骨眼儿上，让他过不去？不信，二位且看看。

红琳将印有革命大事记的号外摊给沈老爷看，上头登着"辛亥之役""武昌首义""共和成立""民国肇生"。敬德头一回看到"民族危亡""独立民主"等字眼儿，好生纳闷，百思不得其解，才道，这些事儿我一老头自是不大懂的，只知道自古纲常伦理，上有君王，下有臣民，彼此安生度日便好，若要闹得提脑袋过日子，沈某人却是无心参与，不知也就罢了。

婉瑜却问了句，外头到底怎样？我怎么觉得到处乱哄哄的，怪怕人的！

红琳正色道，天下换了，皇帝自然也别想做，什么君民纲常的破规矩，再也不兴提了，日后必是百姓的天下，人人独立，个个民主，这些可都是我们大当家的素日里教我们的。

敬德质问，哼，凭他信口胡诌，你们也信？他那底子多少深浅，我最了解，自小没学几多学问，还爱摆谱，惯会扬言大话，根底浅时自然便原形毕露，你们且等着瞧他的愚蠢吧，哼！

红琳也不知是无心，还是故意拿话来激，反说道，沈老爷这话又差了，他虽是我师弟，但他也颇有些见识，横竖比那些温饱思淫、名利熏心之辈要强百倍。他还知道有天下，知道要带大家一起干些经天纬地的大业，更比那些终日昏昏、骨子里认定奴才命、只管过安生日子的小民更要强上千倍万倍，我们百十号人还就服他。

　　敬德早听得脸色越发难堪，不知老脸往哪搁，却不好拦着红琳姑娘话赶话地侃侃而谈。一旁的大罗汉倒还识得脸色，见敬德阴沉，因在后头偷偷扯红琳衣襟。孰料红琳姑娘一扭头，将气撒在大罗汉身上。

　　你扯我做甚？话还不让我说吗？现如今，皇帝也被拉下马了，天都换了，谁还敢不让我说话？我就说能怎的？再不说，还怎么教人明世理，怎么教人辨是非？真是岂有此理！

　　红琳姑娘说完，一扭身便出了门，兀自去了，估计也是气不打一处来，眼见怀仁一人在外头淋着秋雨，十分替他委屈，英雄好汉一条，安能叫那些没来由的委屈压弯了膝盖，她非要为他叫屈不可。

　　敬德安能听不出来？那二当家的姑娘分明句句都向他扎去，越听越如坐针毡。待红琳姑娘甩手而去，他索性起身，大踏步跨进雨里，三步两步来到跪着的儿子跟前。

　　婉瑜生怕出事，随即颠着小脚跟出来。大罗汉慌了，赶紧打了伞护住夫人。

　　敬德即便在雨里，话语仍旧掷地有声儿。怀仁你听着，咱沈家不过是捏瓷的，从未出过什么经天纬地的英雄，也不奢求沈家子弟哪个能大济天下，只求根骨洁净，如瓷如玉。还有，你可听好了，无论到哪儿，可千万别辱没了祖宗，千万要有铁骨铮铮，你若果真丢了人，竟再也别回沈家的门！听见了吗？

　　听见了！

　　大点声儿！

　　听见了——

　　再大声儿！

　　听见了——

　　敬德兀自去了。婉瑜蹲下，抚了抚儿子被雨打湿的脸，也自去了。

当日，二老收拾好便起程回瓷城老家，眼见儿子活着便好，再多天下大事也轮不到他们掺和，且由别人去吧。不在话下。

至于兄弟会闹出此番动静，并非无有缘故。

早先，怀仁自离了家门，往邻县习得白鹤拳，自以为会些拳脚，便随了一帮仁人志士四方游走，骨子里的正气却不曾变，对时下发生的大小事倒也能辨得是非黑白。幸得在省城时得了神秘指引，识得一众敢为国民争命的同志，其中尤以意洞兄令其钦佩。

他一度听意洞兄讲些新学，竟与弟弟怀远所识不差，以至西欧诸国之社会制度、男女平等，也知当抨击愚昧教化，学些民主革命思想，甚或偷偷读过《民报》《苏报》《浙江潮》等进步报刊，越发知晓天下大事，习得新进思想。

某日在省城某秘密爱国社活动上，听闻意洞兄讲演《挽救垂危之中华》一文，见他拍案捶胸，声泪俱下，更觉自己合该走一条有希望并共同打拼之道。虽脑子不比他们好使，但手脚上毕竟有些气力，更有意参与他们的武装斗争，因紧紧跟随意洞兄，并于宣统三年春，一路护其奔走于香港与广州之间。后来方知是护送一批批预备起义的人士，彼时大有"山雨欲来""大厦将倾"之势，连他都能敏感地预知出来。岂料，后因意洞兄深夜托付，为其紧急护送信函回福建，竟不知是意洞兄有意要留他性命。

之后，果然广州起义落败。怀仁于多日后得知，意洞兄竟已就义，为后世所敬重的黄花岗烈士之一。事后多年，怀仁方知那年迢迢远路冒死替意洞兄送回的，竟是一封情真意切并情动天下的《与妻书》，此为后话。

那时，怀仁自是懊悔未能参与彼时革命壮举，也不知意洞兄因何于战前关键时刻将其遣回，不论怎样，他心内的革命之火早已燃起，自然是不甘于后的。因速速与素日里学拳脚的弟兄们结盟成兄弟会，凭自己学得些皮毛的新思想教与众人，竟被推选为大当家的。

怀仁根本无意当所谓大当家的，听之便觉如山匪贼寇一路，怎奈弟兄们暂时只认这一号，尚不识何谓革命军，也罢，留待日后得遇良机良人再议。奈何后知后觉，得知中秋过后的武汉起义，竟已半月有余，他们一咬牙，如法炮制，仓促起事，以为乘天下大事之东风，清廷如风中残柳般不值一提，果然将古城拿下，一时好不痛快。

他随一众兄弟敞开了大块嚼肉，大碗饮酒，以为便是成功反掉封建君主了，便是革命成功了，然，此后呢？

此后……竟一时不知何去何从。

到底年少，怀仁但凡再有些阅历，或可避了后头的惨烈也未可知。曾有一时半刻，仿佛又听闻意洞兄讲演，又见其捶胸拍案、声泪俱下的模样，倘或他能生而见此光景，岂不快哉！意洞兄曾言，中华尚处垂危存亡之际，因有吾辈儿郎，必有希望。

怀仁深信不疑。

3

且说怀仁和一众兄弟认定要打天下，信念已然坚定。时有童谣唱道，新礼服兴，翎顶补服灭；剪发兴，辫子灭；爱国帽兴，瓜皮帽灭；天足兴，纤足灭；阳历兴，阴历灭……果不其然，怀仁先于兄弟，铰去好长一条粗辫子，剪成短发，顿觉清爽自在许多。

可惜清爽不多时，便又节外生枝。

那日，他们里外应合，拿下了州府衙门，手刃数名官爷，原打量即此拿下当地掌管权了。何曾想，因料事不周，各路人马各怀心思，到底松散，没个凝心聚力的，更未知往后该当何事，竟都观望等待。

市井布衣多半不懂发生何事，能躲则躲，管他再大的事，横竖不比保命重要，难不成，天会塌吗？待那阵刀枪闹腾过了，该过的日子照样得过，谁还去理会无关生计的事。反倒年少一辈的还都热衷瞧热闹，不过两日，街头巷尾都兴起了男子铰辫的风潮，女子们要么松下发髻，摘了荆钗，去了裹脚，日子因而生鲜起来，各处兴奋异常，都说天下变了，皇上也干不得了，由不得人不信。

什么？连皇上也不管用啦？日后，谁来管百姓死活啊？老辈在惊诧之余，少不得早晚摇头叹息，尤见不得年少一辈诸般糟蹋代代传下的规矩，只说如此造孽，多早晚要遭天谴的。无奈，但凡责骂也都无济于事，更感时日乖张，难以捉摸。

果然，风云难测，城里闹腾没多少日子，某日，又不知打哪响了一阵枪声，再滚过尖厉的敲锣声和撕心的喊杀声，将市井人家又都吓得把头缩回各自门窗内。怎么说的呢？有完没完啊？

自然是没完的。原来，怀仁带的兄弟以及其他各路人马因没个主心骨，各方只管张罗各自的势力，又都彼此不将就，一齐在清廷旧衙驻地闲散自在了几日，除了吃喝，并不知有何下文。

这日，众兄弟在府门口逮了个人，丢至红琳面前。兄弟说，这人鬼鬼祟祟，探头探脑的，恐是清廷走狗。

红琳朝那人瞄一眼，见他五短身材，敝巾旧服，头发松散，脸色晦暗，亏得一身衣裳尚能辨出非是俗货，仿佛哪家落魄大爷似的，要不，真成讨饭的了。再见其目光狎然，透着贼气，当即生了几分反感。

未待问话，那人忙不迭凑上前，咧出一口老黄牙，呵呵笑道，我找你们大当家的，我是他二叔，我叫沈家弘，是瓷城紫云瓷坊的二东家，真的，烦你们通报通报，谢了。

红琳一听，认真又打量一番，心中暗道，怎么一窝生出凤与鸦来？此人自报是二东家，与沈老爷的气度可差了不是一星半点儿，面相上略有几分相似，却又不似，既指名了求见怀仁，想也不敢吃了豹子胆来讨打的。

　　彼时，怀仁正在后院领着一众弟兄练拳脚，晨起练了一个时辰，汗已出透，正洗手预备换衣衫，因接到红琳打发人来报，说他二叔登门拜访。

　　怀仁笑得将水一拍，这老东西是没怕的吗？我当他躲到阴沟里，再不敢出来丢人现眼了，这会儿倒有脸出来讨打，我便给他个痛快，哈哈哈哈，叫他别怨我六亲不认！

　　说话间，换好衣衫，扯起前襟往腰间一别，大踏步虎虎生风，过了穿堂，径自到了前厅，故意将下巴抬得老高，不拿正眼去寻，却问迎上来的红琳，哪个指名找我啊？

　　问罢，往厅上太师椅一靠，曲起一脚，踩住椅面，伸手接过弟兄递的茶，兀自嘬着壶嘴。

　　红琳瞧他这架势，跟素日里不同，想是故意装作怠慢样子，必不把来人放眼里。因说，我说哪个吞了狗胆的敢冒充你二大爷呢，你这侄儿当得，再不体面些，该叫外头人笑话去了，随便什么人都眼巴巴地来认你的亲，你可自己瞅瞅吧！

　　话说得不咸不淡，她也兀自抿起茶。却没个打发人给厅下自称二叔的沈家弘上茶，让他好不自在。度此情形，沈家弘自觉不尴不尬，心内暗骂，嘴上却赔着笑说，怀仁啊，是我，二叔啊，你怎么能不认得呢？

　　哦？哪个二叔？哦，想起来了。怀仁一面放下茶水，一面掸一掸鞋帮上的尘，斜乜一眼方说，前些日子，听闻我那了不得的二叔将家当都赌光赔净了，把我们沈家的鲤城分号都给败光了，前儿我这拳头也认不得人，没将他打成王八，这会儿从哪钻出来，倒敢来认起亲了？

　　怀仁啊，千错万错，都怨我这手背，但凡有个好彩头，万不敢把咱家的分号给抵出去，怎么说才好呢？那几日吧，我竟是赶上晦气了……

没等沈家弘说完，怀仁将桌子一拍，震得茶壶茶杯一并跳起老高，唬得沈家弘哆嗦一下，差点没忍住一泡老尿。

胡说八道！这会儿知道沈家分号了？早干吗去了？我阿爹阿公和沈家的伙计们没日没夜地捏瓷土，拿血汗烧制的瓷器，你当是给你白白耍赌的资本吗？别说我没告诉你，且不管你今儿来找我所谓何求，我这儿不收窝囊废，也别说我不尊老，看在我妹子怀钰的份儿上，我姑且给你个体面，自己琢磨去，看如何回家跟老爷子交代吧。

说罢，半句也不想听他理论，兀自起身回了后院，走时使了个眼色，红琳意会，即刻打发人将沈家弘硬请了出去。

沈家弘如何受得这气，也顾不得体面，杵在府衙门口一通叫骂。沈怀仁，你当打发要饭的不成？竟敢对长辈这般无礼，告诉你，别得意太早，多早晚叫你们这帮混混不得好死，再没处葬身去，你且等着！

骂骂咧咧地走了，拐不过几个巷道，毫无防备地让人给扯进一间黑屋子里。沈家弘又经这么一吓，打量是碰上讨赌债的，忙不迭地连声告饶。那伙人逼问他，目下占着州府衙门的是谁？里头有多少人？若不说实话，便要立时捅了他。

沈家弘到底怕死，也恨着二侄儿怀仁，便都招了，说大约不过几十号人，还有个女革命党头子，看着都不好惹，其实也没什么要紧的本事，不过一伙乌合之众，能有什么出息，至多吓唬人罢。

不说还好，果真让人听了些要紧的去。待他们拿刀架住沈家弘脖子警告他，想活命趁早滚远点儿，倘或敢去报个信儿，立时拿刀抹了他脖子。沈家弘哪敢去报信儿，早跌跌撞撞跑没影儿了。

那伙人不是别个，正是潜伏多日的康家大少爷康延福等人。他们得了信儿，不日将有清廷余势得令南下，预备来个蓦然反扑，领军的正是他素日交好的哥们儿——原瓷城知县胡向春的儿子胡少杰，毕竟是康延福的姑表哥。待胡少杰使了不知多少银钱，通了省府里的关系，捐了个军中小将，康延福便改口叫他军爷了。

时局难以预料，是夜，清廷余势反扑突袭，正规军毕竟训练有素，竟轻易再夺下州府，原先占据不出半月的乌合之众一时便作鸟兽散了。

清廷余势重又夺了古城管事权，杀得一二领头的所谓革命党人，拎着人头满大街敲锣警告，不许人们私藏革命党匪徒，一旦查明抓获，一并获死罪，并鼓动民众举报，凡铰了辫子的也一概不追究。

如此角力，一来二去，竟跟儿戏似的，昔时只在戏台上看过，近年也曾风闻或在号外上读到过，不曾想，身边日子里竟也演上了。市井百姓絮叨了一回，热闹了一阵，便又盆盆罐罐地过自家日子，门外不相干的事多半不予理会。

那日，怀仁将兄弟会的百十号人分遣三列，自己率一列弟兄厮杀突围，未消半日杀出城去。待到约定之地，屏息隐在林中，奈何时辰已过，弟兄个个满身污血带伤，不死已是万幸，却苦苦等不来二当家的和三当家的。

怀仁隐约预感，坏事了。

4

向东，向东，身处茫茫东海的岛国异邦，怀远竟迅速得闻国内惊天剧变。

"点燃革命之火""武汉之形势""列国之态度"等充斥在东瀛报纸上的字眼儿，足足让怀远兴奋了好些时日。书也不好好念了，满心满脑的民主革命和民族前途，加之留学生们为此聚会庆贺等，个个为亲生于历史变革时代而心潮澎湃。

　　怀远原是抱定为国民新生之未来而背井离乡求取真经去的，未曾想，竟因之错过惊天动地的变革。他半是欢喜半是惆怅，恨不能背生羽翅，"水击三千里，抟扶摇而上者九万里"，恨不能立时飞回正在热血革命的国土，亲身投于革命之列，哪怕尽绵薄之力，亦不枉大丈夫赤子之心。

　　此前，好在寻得青木川田，怀远方于东瀛岛国觅得一席之地，托青木川田之福，入京都帝国大学就读。当日，在选择专业方面颇为踌躇，他留心其他留学生的选读方向，其实五花八门，却均有道理。

　　如入了工学部攻读建筑学、物理工学、工业化学者，志在学成后为工业发展救国贡献力量；入了法学部攻读政治学或民法学者，孜孜不倦皆以为国内颇需法制与政治上的扶持；而入了药学部攻读药学或制药化学的，入读医学部攻读基础医学或临床医学者，无不深感先进医学或药学亦是救民于水火的利器；至于入了农学部攻读者，更是坚信泱泱中华两千多年的农业根基正亟待革故鼎新，方能养育水深火热的子民。凡此种种，竟使怀远越发茫然，一度不知做何抉择。

　　怀远原想进入综合人知学部，攻读人类历史科学，或进入教育学部，攻读社会学。他一心想习得当前各国人类或社会之发展演绎知识，好纵横洞悉中华之沉疴宿疾，预见未来之变革风向。孰料，仅此一念，竟招致其他留学生质疑：你大老远漂洋过海，不学些实质技能，竟学些虚头巴脑的过去未来，三五年不是白耗了去？

　　正当迷惘，幸得青木川田点拨。那日，二人在青木川田的"东瓷株式会社"里品茶论道。茶器属青木川田自行研发，据言参鉴了中华的建盏工艺，天目釉杯深得东瀛各层人士喜爱，竟连茶叶也是仿自中华的铁观音或岩茶工艺，不过，最后也研磨出自己的路数，并称比中华的茶道更为精致。

　　对此，怀远不置可否，亦无心深究，心内唯有天下大局，却无半点眼前工艺小器。也不怕青木川田哂笑，并不接对方话茬，句句却都往国民存亡之道上引。

青木川田且品且笑，任怀远高谈阔论，不时抬眼看看。青木川田不过四十出头，见眼前少年不过十五六，分明懵懂的孩子，又见其双目炯炯，俊采生辉，天庭开阔，白净可怜，不禁心生慈悯，那人小鬼大纵论天下的模样虽好笑，也着实惹人暗赏。

茶过三巡，东瀛秋寒渐驱。青木川田微而笑言，如怀远君所言，当今各国纷纷称强，试问各国因何而强？

怀远思来想去，以为各国敢远路迢迢跑来欺负中华，要么身强力壮，体质上优于国人；要么交通强大，尤其海运船舶实力惊人，不单远航无虞，更可将大批货物与人力输送海外；要么火药枪炮等军事力量发达，仗势欺人，可谓艺高胆大，素来谁的拳头大，总好横行挑事，没个敢不服，纵然不服也不敢吱声。

青木川田点头称是，为他续过茶水，方说，怀远君颇有洞悉世相之能力，然仅仅摸得表象，未及深层肌里，不妨再进一层。

怀远冥想片刻，再指出一样，各帝国均来欺负中华，所求绝非锥刀之利，想是中华朽戈钝甲好欺负。这也罢了，他们竟像约好了一般，明里暗里沆瀣一气，凭此一丘之貉勾当，足见利益攸关，必是相辅相通，却不知如何才能破，学哪种本事能破。

哈哈哈哈，怀远君果然聪慧，问及点上。青木川田仍旧不急不躁，为其续茶，手上缓缓，像一位慈祥老者，并似沉浸其间。

怀远越听越急，满面红光，一时按捺不住，将一杯茶水一饮而尽，却无心咂摸是何滋味，便按住榻榻米上的桌案，亟待对方解惑。

青木川田暗暗好笑，倍加欣赏如此俊朗少年。咂摸咂摸口中的秋茶余香，方才缓缓道来。适才怀远君析出各国能远路来袭，个中实力必不可小觑，然背里实际之力，却只一件。

怀远目力精聚，均在青木川田颇为深味的双目，才听对方清晰吐出二字——经济。

经济？经济？

怀远口中喃喃，手离桌案，挠挠学生帽下后脑际，眉头锁起，若有所思。努力而不得，方说，不知做何解释，愿闻其详。

这模样却叫青木川田看了又要暗笑，到底尚有几分稚嫩啊，天然可爱。青木先生知道若再不点破，只怕眼前少年便要拍案而起了，笑笑说，凡有心力越过本国边境到异国他方攫取财物的，无不是因了本国的土地物资人力等均达至一定境况，再难突破或提升，并凭自己优于他方的经济实力，以作坚实后盾，以势压人，掠取更多所需财富，以饱国之巨腹啊。

哦，是了，好比欧洲人等身强力壮，自认胜过亚洲人种，他们国力经济强大，便好来扑咬国力经济落后之国，且十分轻易便占上风，原是如此道理啊！

怀远果有所得，却听青木川田沉吟后又做了补充。

怨不得他们都来欺负，欧亚人种自来有别，欧洲人种思想较为开明放达，且天生喜好冒险，因而敢于闯荡天下，且带有攻击性；亚洲人种素来偏于含蓄保守，安于现状，因而鲜少突破与冒险，此为不足。

青木川田言罢自嘲，啊，真是荒谬，不知何故竟胡言乱语了些怪论，愿怀远君莫笑。

怀远却仍笑道，先生过谦了，真是一语惊醒梦中人，《周易》有言，"探赜索隐，钩深致远"。先生所言，于晚生有如醍醐灌顶，如此，晚生便选择攻读经济学如何？好好研究一番世界各国之经济渊源，探一探其间奥妙，对我中华将来或有启发和益处，也未可知啊。

青木川田满意颔首，不觉因面前少年而心旌摇荡，情不自禁开怀畅笑。

经此畅谈，怀远心明智启，又因青木川田扶持，得以收心攻读，闲余，偶至青木川田宅邸，或教青木长子秋郎研习汉字，或与青木川田纵论天下，鲜少涉及陶瓷艺术。

青木川田见小儿甚是喜欢怀远与中华文化，心下欢喜，一再推却各种俗务，多与之欢晤。

然自辛亥年剧变事件传至东瀛，怀远心内便又燃起熊熊烈焰，恨不能早晚回归，投身革命洪流。越是显露少年急躁，越加被青木川田阻拦。青木川田劝得也颇有道理，倘或此间回去，时局未定，恐无处伸展，不如好生研学，待来日情势明朗些再回也不迟。

天末风凉，星霜屡移，怀远果然安心向学。偶有片刻，忆起远在故土的康雪清，念其娇嗔灵动模样，只能遥望东方既白，心有戚然。

十三、红颜铩

1

话说那日遭遇官军反扑，怀仁等一众弟兄兵分三路冲杀，最后只他一路杀将出去。

藏身于城北五里外清源山西南麓的密林里，却苦等不来红琳与大罗汉的人马，他便知事情要坏了。果然，远远瞧见一骑绝尘而来，尚未到林地便一头栽下马去。两位弟兄眼尖，见无人跟进，便迅疾出去将来人拉起来，架回林间。

怀仁上前扶住细看，果然是兄弟会的死士，只是水已灌不进，身上诸多窟窿怎么也堵不上了，眼皮也抬不起来。怀仁附耳过去，只听死士兄弟喃喃两句，尚未听清，气便没了。

怀仁心知大事不妙，残余的弟兄们都嚷嚷着要折身回去救两位当家的，他心已大乱，暗暗责怪自己疏忽大意，不该分头行动，反倒削弱自己的力量，坏了二位当家的。一想到师姐红琳凶多吉少，他恨不能立即返身去救人。

正当此时，又远远来了一骑，仍是杀出重围的弟兄，到得怀仁面前，竟顾不得浑身刀伤，顾不得喝水，悲悲切切只说没法救了。

原来，他们兵分三路后，怀仁一马当先，往西北方向率众杀出。

而红琳一队人马往北冲杀时，遭遇极大阻杀。一时羽箭穿飞，刀枪齐出，红琳一把大刀左右砍杀，早已杀红了眼。一个不慎，被人截了马，她自马上跌落下来，左右枪尖瞬时刺到，她不得不就地翻滚躲过，再起身时，火枪响过，她左臂中了一弹，才躲过右边刺来的长枪，右腿却又中了弹，一个趔趄没站好，单膝跪下去，右后背又立马被长枪刺中。

　　却听长空一声大喝，大罗汉骑马冲杀过来，到近前一个飞身下马，一刀劈了那名刺中红琳的清兵。红琳反手将长枪拔出去，却早已乱了气息，身子也站不稳了。

　　大罗汉正待上来扶她，却又要忙着挡开四下里刺杀过来的长枪。火枪又接连响过。大罗汉才刚伸手，尚未够着红琳，背后连中七八弹，正对着红琳，目光渐散，鲜血自口中漫涌而出。

　　红琳大声惊喊，俨然不中用了。她扑上前，尚未能扶到大罗汉，见他已向前扑倒，后背血红一片。大罗汉吃力地伸手，不停颤抖，却被斜里杀出的一把朴刀一下砍中。

　　红琳大惊失色，向天哭喊着"不——"，却被数把长枪架住了脖子、腰身、大腿，再难挣扎，眼睁睁看着大罗汉气绝身亡。她最后两眼一闭，昏死过去。

　　落入狼窝里，哪里还有生还的可能？清兵并未对红琳痛下杀手，只因背后早有阴谋。

　　残余清兵多年窝囊，难得一日得势，早杀红了眼。至于小地方瞎闹腾的乌合之众，到底经不住正规军的剿杀，几乎殆尽。些许漏网的小喽啰，官家下了死令，一个不留，尽数赶尽杀绝。

　　古城霎时愁云惨雾，常人轻易不敢上路，以免横遭流弹或乱刀，成了冤死鬼。

　　城区一时半会儿是进出不得了，各城门盘查死卡，侥幸逃得一命的，早远远躲了去，哪里还有回头往刀刃枪口上送的？正所谓"留得青山在，不怕没柴烧"，得亏众兄弟强强拦住怀仁，否则他必定杀回去。

依怀仁的虎狼脾性，轻易不好拦，无奈，众人只得在他背后猛敲两下，将他击昏，抬了偷偷潜入密林深处，横竖不能让他白白去送死，未来可期，以图东山再起。也因了这一番耽误，怀仁几乎抱憾终生，此为后话。

可怜红琳姑娘，革命未成，独陷狼窝，抱定死心，便无所畏惧了。

清兵将她关押后，打也打了，刑也上了，差点挑了她的手筋脚筋，却仍无法自她口中得出半点东西。及至几名丧心病狂的清兵预备将她玷污时，却接到指令，不得不悻悻地放下待宰羔羊，将其丢进死牢。

红琳姑娘倒不自怨自艾，挣扎起来，理理衣裳，端坐如常，手臂与大腿的火枪伤任其溃烂，后肩处的刀枪伤也不管了，横竖烂命一条，只求速死。

既然虎落平阳，何必哭闹，终究一死，留着一口残气，不过让她留恋些过往罢了。倒也不指望谁来救她，她甚至以为怀仁或已杀身成仁，一度义薄云天的兄弟会毕竟潇洒同行，惩奸除恶过，将来必有人会记得他们，青史上也必留名了，如此活过，总比浑浑噩噩、碌碌无为过尽一生要鲜亮得多吧。

夜凉如秋水，残月上中天，不知哪里竟传来袅袅南音，只听得：

> 孤栖闷，懒怛入绣房，房空青清，床空席冷闷煞人，昨宵于一梦，梦见是阮三哥于情人，来在房中于哀怨，诉出伊人千般于苦痛，醒来寻思于无人，想来算去，想来算去，越自割阮肠肝做寸断……

越发听得心头生寒，红琳姑娘眼前浮现往日情景，不禁泪洒寒窗。往日里，怀仁指着白瓷雕像，向她细细讲解，那时节那番光景何等温情脉脉；往日里，大罗汉前后殷勤，嘻嘻笑笑，任打任怨，总一笑向天；现如今，怀仁生死未卜，音讯全无；现如今，大罗汉身首异处，曝尸荒野；现如今啊，红颜无惧生死场，却向流年问芳华。再听南音：

伊是官荫于人子，为咱荔枝，为着咱唇荔枝，即会发配崖州城市，自君于一去，阮今废枕于忘餐，值曾识去画眉于照镜，颜容哀损，暝日怨身于切命，早知会误君，早知会误君，何卜当初来于出世，也免今于旦受尽倒颠于做人，为伊，为伊人，减玉容损冰肌，即知恁相耽误，恨煞当初投荔枝，君恁若是官司了离，须着回乡归故里，听见杜鹃于声啼，忽然听见杜鹃叫声悲，更深花露滴，星稀月明时，满腹愁闷恶说起，除非着见君一于面，诉出真情，说拙真情，即会改得阮只心意，即会改得阮只心意。

人之将死，素日里以为分外矫情的南音，此刻闻之，竟觉异常亲切，情浓意深，久闻，更觉心头柔肠百结，千万言语都付一腔唱词，婉转多情，绵绵不尽。久之，竟忘却身体伤痛，恍惚大限将至。

正在州府中赏听南音的，是本次带军反扑完胜的军爷胡少杰。

古城民反之后，官军几乎被杀个措手不及，有那腿快的，快马加鞭至省城报了信儿，上头自然要派人来剿杀，只是非常时期，举国风云四起，谁还有心思管下辖地方乱党。可巧，凭着先前胡知县为其铺就的青云之路，谋得一处官军闲职的胡少杰正愁没得立功呢，逮着机会，主动请缨，带了兵马一路南下。

到底叫这位爷捡了便宜，正值革命大势未及，草民大众无有高人指引，胡少杰带人突袭，一朝得逞。一向与之沆瀣一气的康延福得了信儿，前来依附，便将之前他所获知的兄弟会情况一并报知。

素日正愁没把柄，这下可逮个正着，因党豺为虐，剿杀怀仁时可是下了狠手，奈何叫他脱逃了，因而对其手下弟兄更不能手软，单单留了个红琳，却只因了康延福的淫心。

康延福说，女革命党可是稀罕物，姑且留着受用，不愁大鱼不上钩。

2

留着一口气不死，红琳不是贪生，只为等一个确信。

如若怀仁已杀身成仁，她也无意苟活，早晚咬舌了断，因只默默数着日子，过了秋分，倘或再无音信，便死了那份念想，只当他已去了，天上地下，必去追随。

也因了一缕执念，白日的烙铁，夜晚的凌辱，身心所受折磨一应不以为意。痛至极致，便想着怀仁，苦到无边，便念着怀仁，好歹熬过了一日又一日。

那日，寒潮来袭，伤痛倍加深重。红琳几乎奄奄一息，近于游离。来人将她从牢里提出，一路拖至一处雅室，将其手脚绑在一架十字木上。

胡少杰与康延福二人在旁设了酒席，叫人温了小酒，自酌对饮几杯，再叫人硬给红琳灌了几杯，权当发发慈悲，好为当日的行乐做些前戏。

兴致上来，胡少杰突然有了主意，笑说，好歹康家亦是瓷塑名门，但不知康少爷可曾学得瓷雕真本事，今日不妨露一小手，让大伙儿见识见识。

康延福坏笑道，早猜到胡大人有此雅兴，恭敬不如从命了。说完，命人在那十字架前设了桌案，取了事先预备下的瓷泥，一应竹篾、纱巾、杯水等都齐了。他打了个响指，便有两人上前，将红琳的单薄衣衫撕碎，褴褛披挂着。

胡少杰一口烧酒差点喷出，笑言，康少爷岂不荒唐，既要做个西方受难的神主，也该是个爷们儿，眼下难不成要雕一尊圣母？哈哈哈哈……

康延福两眼在红琳身上来回逡巡，见其乱发披拂，瑟瑟发抖，冷笑一声才道，原是能塑一尊仕女像的，可惜啊，坏了天资，如今这德性，颜面全无，却有几分阴鬼之气，索性塑一尊《山魈》吧。

于是，康延福自腰间拔出一把匕首，移步至红琳面前，近身上去，暧昧道，天可怜见的，妹妹何苦呢？

"噗——"红琳几乎用尽气力，将含在口里的一口酒，连同唾沫一道喷了康延福满头满脸，倒把康延福唬了一大跳，直退了三五步。

胡少杰在旁已笑岔了气，指着康延福说不出成句话，一面扶着酒桌，一面直拍大腿。

康延福一抹脸，又将邪笑挂出来，咬牙逼上前，叫人将她松下来，将手脚筋断处缠了纱布，免得鲜血污染，再将她搁至一方长榻上，摆出个慵懒斜倚的姿态。

康延福于桌案前坐定，照着红琳的模样，一寸一寸地捏塑起瓷土。

旁人看了，不时夸几句，都说头一回瞧见瓷塑手艺，竟然这般神奇，不过一堆毫无是处的泥土，在巧手捏塑下，寸寸都仿佛活了。

胡少杰捏着酒杯，过来瞧瞧。在瓷城自然没少见捏塑瓷像的事儿，像今儿这等对着真人，现成捏塑，还真头一回见识。不禁与康延福打趣几句，说即便他将这件瓷像塑出来，摆出去，哪个敢买啊？

康延福边捏塑边说，都说军爷见多识广，中西艺术也没少见识，怎么今儿反倒掉价了？

红琳手脚无法动弹，寒痛侵袭，早气得几乎昏厥，迷糊中听不清他二人在说些什么，只听得一阵阵淫笑，恍惚里像是歪在心上人的怀里，依稀飘忽如魂魄离身而去……

仿佛回至当日见师弟初入师门的样子，他那生涩狡黠的笑里，带着初生牛犊的天真；仿佛又见师弟甩起拳脚时的笨拙，反被师姐扫倒在地的可笑憨傻；仿佛又见师弟痛打恶人，一副天不怕地不怕的架势；再又见师弟长个儿了，衣裤短了尺寸还破了洞，红着脸叫师姐受累给补补；还记得他率领众弟兄，高呼大丈夫当以天下为己任，不甘于慵碌，不屈于权贵。那时节，几多豪迈，义薄云天，热血满腔，也岁月静好，倘或能重头来过，该有多好！

不知不觉地，红琳竟模糊了视线，泪水滚落下来，动了动舌头，预备要咬舌了断。怎奈，竟无力到连咬劲也全无了，全然一个废人，只剩思绪还在游走，只剩泪水自行涌流，分明活死人矣。

胡少杰发觉到什么，悄悄上前，哎哟，阿弥陀佛，女侠居然流泪了，女侠居然会流泪？！怪道哉，我还当女革命党是铁打钢铸的一般。

又不知过了几时，康延福基本完工，众人围观，啧啧赞叹。康延福不无骄傲地说，假以时日，再经细细打磨，送入窑炉里煅烧两日，去了素胎水气，出来再上几层清釉，点缀些颜色，再行煅烧两日，出窑只要不裂不薷，不垮不塌，便成了。

可怜一代温陵女侠，残命凋零，天地同悲，有诗云：

> 霜寒酒冷凤凰泪，魂散魄离天地悲？
> 香消玉碎山魈问，玄衣女侠尚有谁？

密林深洞，高僧守护，怀仁一个激灵，于石床上惊醒，望空叫唤"师姐"耳畔却只有清清泉声，隐隐鸟鸣。

高僧双手合十，宣了声佛号，才道，施主醒了，可是被梦魇住了？

怀仁不知所措，颓然坐下，口中喃喃，师姐……只怕……

却听高僧朗朗宣道，阿弥陀佛，生而有命，天地慈悲，一切皆有定数，善哉，善哉！

山岚过处，怀仁立于清源山一处石岩上，见天地开阔，望古城渺渺，任秋风劲扫，听树声飒飒，悲从中来，不能自已，泪下沾襟，泣不成声……

3

隔日，省报记者潘安尔突然闯进州府衙门，嚷着要见管事的。

天下闹泱泱的，先前时兴的号外，到处搜写文字者，人称访事员，目下，改称记者了。

彼时胡少杰烟瘾上来，歪在榻上，扶着烟枪，靠着灯火，抽得云里雾里。下人报说来了个女记者，看架势很有来头。

胡少杰一时没听清，女记者是什么玩意儿？

下人回说，不是什么玩意儿，就一女的，指名了要见大人，乍乍呼呼的，不晓得要干什么。

胡少杰好半日才打起精神，嘟囔了一句，女的？该不会又是个女革命党吧？胆肥啊，还敢往这自寻死路？走，瞧瞧去。

伸了懒腰，趿拉着鞋子，跟跄着移步出屋，迎面踅上康延福。

胡少杰哼笑一声，说，快随我一同瞧瞧去，倘或再来个活腻歪的女革命党，又有好戏看了。

二人一前一后往堂上去，走出一看，呵，见过。

安尔大大咧咧，将一纸文书往桌上一拍，努努下巴，眉毛一挑，说，自己看吧，倘有不识的字，姑奶奶也没空教导你们，自己瞧着办。说罢，径自往里走，一副目中无人的样子，兀自从康延福面前晃过去。

下人们看胡少杰愣愣地，再看这位大记者那架势，想是有来头的，也不敢拦，没得触到霉头。胡少杰拿起文书一看，怪道哉，省府下的批文，准了这位大有来头的记者到访，一概人等不许有任何怠慢。

康延福上前说，这位，不正是上回瓷王争霸赛上，那个扛着摄魂机这拍那拍的家伙？我当是什么了不得的人呢。

胡少杰恍悟道，坏了，快追上去。

二人追上安尔，却见她这瞧瞧，那看看，好似在找什么，随时都可能停下来，再将那机子一架，预备拍照。二人忙上前拦住，立马赔了笑。

我说，女大记者因何要到我这来消遣呢？这是官府办案的所在，哪有什么值得你琢磨的？胡少杰想探探对方的口风。

安尔没笑，一脸正经道，我正琢磨呢，听说你们抓了个女革命党，省府对此格外重视，民众也相当关注，我呢，也想看看女革命党到底有多可怕，有多了不起，因此得了批文，便来了。但愿没来晚，你们没随便把人处理了吧，我可等着采访些新鲜东西，上头的官爷也很想了解了解，革命是什么魔咒，竟能将女人也迷得宁肯舍命。

安尔话音刚落，那二人早出了一身透汗，便问，采访？是不是写些文字，登在纸上，拿出去到处叫人看去？

安尔点头称是，那叫新闻，现如今满大街到处散发的号外，二位不会没见识吧？

胡少杰与康延福二人相互使一下眼色，都在心内说不好办，便背着安尔附耳嘀咕了几句，才坚决要将安尔请去吃酒。二人你一句我一句，好话说尽，说必要好好款待一番，毕竟大老远从省城赶来，又是为上头官爷写文章，累了乏了都不合适，先休息妥了，再办事，两不耽误，岂不美？

安尔心里亮着呢，瞧二位那嘴脸，什么歪心思可都挂脸上了，谅他们也不敢把自己怎样。只是倘或态度过于强硬，惹对方不满，再处处难为自己，只怕什么也别想采写到，不如顺势来个绵里藏刀，姑且先将就对方的路子，待他们松了戒心，再瞅个机会暗中采写，或可得些真材实料。

如此一番思忖，安尔脸上便露出笑来，迎合二人，答应接受他们的接风洗尘。

当晚酒菜一上来，二人便急着敬酒，向安尔大献殷勤。一个说潘记者天姿国色，远非市井村姑可比；一个说潘记者才华惊人，上回瓷王争霸的新闻写得天下皆知，大大长了瓷城的脸面，算得是瓷城一大功臣。再来又说，潘记者得省府器重，女流之辈不让须眉，真叫男儿汗颜。

这番虚与委蛇的说辞，聪慧如安尔哪能听不出来，不过逢场作戏耳。她见多了，也不打嘴，一一都收了他们的奉承，却一口不吃酒，心下自有盘算。

如此吃到晚些，安尔便称有些乏了，要好生休息，便在胡少杰打发人安排的房间歇下。门外少不得两名士兵把守，声称是保护潘姑娘的。

安尔也不在意，待那二位爷悻悻地去歇息后，她估摸好时辰，开门出来，好言哄骗两名守兵，说只要他们带她去监牢里看看，她采写好新闻，必将二位小哥写成剿匪大英雄，往报纸上一发，管叫人们都来夸赞他们。省府的官爷看了，说不定一高兴，还能将二位小哥往高处擢升也未可知，横竖胡军爷不知道，回头悄没声息地升了官，岂不妙哉？

说着，再往二人手里塞了一把银钱，早将两名守兵哄得心花怒放，悄悄地趁夜带上安尔探了一回监牢。

古城从不缺妖风，近日更因寒潮来袭，不分白昼与暮夜，妖风四下乱窜，教人无处藏身。夜寒已令人深感难御，夜入监牢更让安尔彻骨生寒。纵使她裹了锦毛大衣，踩了长膝棉靴，到底还是没来由地冷。

两名守兵只肯送安尔到监牢外，便借口躲风，自行快活去了。安尔一脚跨入吱哑齿涩的铁牢门，暗处影影绰绰，闻之酸腐腥臭，纵然见过不少世面，此刻安尔也少不得后悔。但若即刻回头逃去，岂不叫两名守兵看了笑话？她便拿帕捂了嘴，小心踩着湿冷的泥地，硬着头皮往里走。

旁里暗处忽地发出哀号之声，如地底恶鬼撕裂心肺，仿佛直冲安尔而来，把她吓得浑身筛糠一般，几乎没站稳，扶着墙，腿软了一半。忽地见前面半墙上挂着个人，已半死模样。安尔吓得大气不敢出，却听狱卒说，那家伙该死，竟是革命党的内应，昨儿夜半想救女革命党，被逮个正着。这不，被胡军爷下令折磨，这会儿只剩半缕魂了。

见这般惨象，安尔撑不住一阵干呕，勉强压下后，好不容易凭幽微的火把前引，哆嗦着抵达最里层的一间牢房前。

因打点了好些钱，狱卒才肯让安尔靠近看看。安尔原打量会见到一个铁骨铮铮的女革命党，甚至预备迎接对方一顿臭骂，以便采写到鲜活的故事，好让世人知道藏在明里暗里的厮杀究竟是怎样的。

然而，隔着冰冷的铁栅，她只看见躺在暗处的一条白惨惨的背影，才近前一步便闻见几乎令人作呕的腐臭。

她死了吗？安尔不禁颤声问道。

狱卒那怪异的神情，仿佛无可无不可。安尔壮起胆子，请求让自己进去问问话。狱卒见四下无人，也知女死囚被挑断了手筋脚筋，料也无妨，因行了方便，放安尔进去。

扳过那具枯瘦的身子骨，松软如皮囊，冰凉如死人，才转过来，那苍白失血的脸上，一双冷寒如霜剑的眼睛直直阴狠地盯住安尔，仿佛一下扎进她心里。安尔直惊得一颗心要蹦出喉咙，赶紧捂住。

不知何故，安尔再看向那双阴狠决绝的眼睛，隐约有泪花闪动，自己便一时没忍住，哭出声来。人间竟有如此惨象，浑如地狱，教人如何不痛哭？

安尔只觉自己快被什么撕碎，不住颤抖着后退，之后跌跌撞撞，狼狈至极地逃出暗夜里的监牢，只觉身后厉鬼声声嘶叫，追着她的耳根跑。才至门外，迎面撞上扑身而来的阴森夜风，再想起那白惨惨的皮骨，泪晃晃的冷眼，恶腥腥的腐臭，一阵恶心再也压不住，哇的一口狂吐出来。

她扶在墙角里，直呕了半日，身子几乎软了，再也提不起气儿往前一步。

忽地一阵怪风扑到她身后，她来不及回身，便被猛敲了一下，身子终于软下去，被一高大黑影就势扛上，闪身躲进了夜影里，不知去向。

妖风又在夜的古城随意肆虐，像极了无处申诉的厉鬼阴魂。

4

夜探死监的安尔是被谁一把掳走的？非是别人，正是满腔愤恨的怀仁。

乔装后的怀仁已在监牢外守了一日一夜，想到近在咫尺，奈何救不得红琳，不知她在监牢里受着怎样非人的折磨，几次按捺不住要冲杀进去，均被弟兄们强强拉住。他再是勇猛，怎奈清兵人多，一旦鲁莽，无异于送死。

至夜，他竟见一女子偷偷往监牢里去，依稀眼熟，也想混了跟进，没找着机会。在寒风中守了一阵，才见那女子慌里慌张跑出来，躲至墙角一阵作呕。怀仁思忖，管她是哪个，能有清兵在前恭敬指引，还穿得那般贵气，必不是死囚眷属，先掳了去问问，若是官家之人，好拿她做个筹码以交换。

一不做二不休，便趁四下无人，将她打晕，掳了去。回去丢屋里灯下一瞧，哎哟，这姑娘认得呀，还是救命恩人呢。她叫什么名儿来着，寻思了半日，才恍然想起，诶，她不是访事员吗？一介女流，夜探死监，难道……

怀仁一面暗暗责怪自己鲁莽，一面还在忧虑牢里的红琳，正在左右为难之际，他叫人好生看住安尔，自己一咬牙出去。

再到那监牢外头，已是下半夜，瞅着一机会，把个巡监正躲在暗处小解的小兵掳了来。

天微亮时，安尔醒转，看着四下陌生的屋子，想想昨夜自己被人敲晕，心下琢磨，必是胡少杰和康延福那两个狼心狗肺的东西干的。他们竟将一个弱女子折磨成不人不鬼的模样，现如今事发，被她夜探死监看清一切，估计怕她把文章写了，昭告天下，恐要坏事，因掳了她到这荒郊野地来，企图神不知鬼不觉地灭口吗？

安尔待要发作大喊，但她心思缜密，转而寻思，倘或他们要灭口，在那死牢里便可轻易结果了她，何必如此大费周章？当然，前提必是他们再不将上头省府的官爷放在眼里。谅那两个跳梁小丑还没那样的胆识。

正思忖，那破屋门被打开了，进来的人一见，两人一愣，一个说"你醒了"，一个说"怎么是你"。

怀仁已铰了头发，理了个清爽的短发，却因连日痛苦，胡子拉茬，看上去，俨然慵夫懒汉，但模样还是让安尔认了出来。怀仁拉过凳子，坐下便问，你跟那帮清廷残狗是什么关系？

要你管？！

那好，既然你是他们的人，我便叫手下不必手软，把人剁碎了，丢去喂野狗吧。

怀仁说着便起身要走，却听安尔冷哼后说道。

好个家伙！我当你是多大的英雄好汉呢，原不过是个忘恩负义的东西！

怀仁心内不痛快，也不多言，转身往门外走。安尔急了，喊道，你是为死牢里的人吗？

什么？怀仁一个急转身，扑上来紧紧抓住安尔两臂。你说什么？

死牢里的……女革命党……

是，正是她，她怎样了？你快说！快说！

安尔被捏得两臂生疼，正待说疼，却见怀仁那血红的两只眼里滚着泪水，便明白了，才后悔不该早说出来，只得喃喃说着。

她……她……

快说啊——

怀仁粗鲁地摇着安尔，将安尔的头发给摇散了，任其头上的发卡掉到地上。

安尔被那用力的几乎捏碎她的手劲给吓着，强强挣扎着才没好气地几乎吼道，她快死了！

怀仁呆住了，血红的双眼瞪着安尔，仿佛安尔就是刽子手，瞪得安尔心生恐惧，不禁颤抖起来。

怀仁手劲儿一松，颓然坐下。安尔又暗怪自己说错了话，怎地如此不经吓？不对，都是因了这个男人，在他面前，在他眼里，自己总莫名地没了分寸。这便是人家所说的冤家吧。她心头一软，正待安抚对方，话未出口，见他忽地站起，一阵风般冲出屋去，浑身虎虎地满是杀气。

安尔毫不犹豫，立即跟了出去，一直跟到一处天井，见那边站着四五名大汉，个个都凶神恶煞般，她才止了步。这才发现，天井的某根柱子上绑着个清兵，看样子，已吓尿了裤子，此刻正缩头缩脑、贼眼溜溜地这瞅那瞅。

怀仁当面坐下，正待问话。安尔跟了过来，立在他身后。众人一看安尔，正纳闷呢，怎么大当家的将官家的女人掳了来，却如此随便放着，究竟几个意思呢？见大当家的不解释，他们也不便问，再偷眼看看安尔，倒不像那些庸脂俗粉的官太太，正疑惑时，怀仁发话了。

问出什么了？

回大当家的，这狗碎的说，咱三当家的已被他们砍了，二当家的……

怀仁拿眼一瞪，那兄弟把头低下，不敢说。

怀仁脸色不好，勉强装出镇定，点头拍拍兄弟的肩膀。说吧。

二当家的……更惨……

怀仁咬咬牙，拿手一指，去，拿刀来！

左右应一声，拿了大刀就要上前，早把那清兵吓得魂飞天外，哭号着求饶。经这一吓，他可将知道的都招了，自那日清兵人马反扑，杀入州府，逼走怀仁等人，到围剿中用火枪扫射大罗汉，最后砍下大罗汉的脑袋，再到活擒温陵女侠傅红琳，对其用何种手段折磨等事，无一不漏。听得众兄弟全都泪流满面，牙根咬碎，若非怀仁未发话，早上前将那清兵千刀万剐了。

安尔也是听得浑身一阵阵发寒，倘或不是扶着怀仁的椅背，怕也支撑不住，未料到清廷官家竟干出这等惨绝人寰的勾当。她眼前又浮现昨夜探死监所见情景，那白惨惨的无一完好的肉身又令她五脏六腑一阵翻涌，忍不住扑至一旁大吐，却因早没什么可吐的，只得一阵要命干呕。

而怀仁，闭着眼睛仿佛看到那不堪的一幕幕，浑身战栗，最后忍无可忍，操起身旁一把大刀，脱手甩了出去，一下扎中那清兵的下身，断了他的命根儿。随后，在那人的哀号声里，缓缓起身，如魂游移，飘进旁屋，却扑通一声，栽倒在地。

在怀仁昏迷的时辰里，众弟兄一刀结果了那名清兵，再也按捺不住无边愤恨，商议今晚必去将二当家的救出来，哪怕死，也不能让她凄惨地死在那里。

安尔知道这帮热血兄弟愤恨至极，再难阻止，只说一句，这时候去，恐落入他们的圈套。一句话，果然提醒了大家。众人再看安尔，见她已镇定不少，却不知她是何身份，正待问时，怀仁醒了。

怀仁安排大家吃了饭，才坚定地下令，晚些时候，一道去将二当家和三当家都找补回来，死也要找回来。

安尔见拦不住，倒出了一个主意，由她回去，设法拖住胡少杰和康延福，给众人空出机会，好去救人。怀仁只道声谢，兀自闷闷地坐天井里磨刀去了。

入夜，安尔大摇大摆地走进州府大门，消失了一日一夜，什么也不交代，只说有事要找胡少杰和康延福，打发人通报后，兀自在花厅候着。她心内早已五味杂陈，这一日一夜的所见，是其所见人性之极恶，何苦眼下还要去面对那极恶之人？心内委实不愿，但又少不得同情怀仁等的遭遇，只好勉为其难。

花厅酒宴已摆好，别看灯烛奢华，酒食鲜美，然毕竟身在险境，且思及二人那副嘴脸，安尔实在半点食欲也没有，强打起精神，只想着不露痕迹拖住他们便是。

彼时，怀仁率众兄弟摸黑到了监牢外，怎奈造化弄人，为时已晚。

夜寒风号，风灯明灭，却见门墙之上，悬着两具白惨惨的尸身，正是二当家的和三当家的。英雄一世，却落得任人宰割的下场，乃天下之大悲！

众兄弟强压怒火，摸上前去，暗里偷偷抹掉一个又一个看守，砍了绳索，接了尸身。怀仁拿大衣裹了红琳的身躯，硬撑住才没哭出声儿，叫人偷偷抬了回去，好生守着。

怀仁这回抱了必死之心，趁夜摸进州府。明知有陷阱，已将生死抛开，满心早被仇恨填满，哪还有家国之念？

十四、酒阑珊

1

听闻女记者潘安尔在花厅备下酒菜，正在雅室继续雕塑《山魈》的康延福不禁哂笑。一旁站着旧友李长庚，这日正好来瞧热闹，正为错过太多好戏而懊悔不迭，好说歹说求康延福带他一道去耍。

李长庚打小就是康延福的小跟班，这会儿从瓷城跑鲤城来混。凭他满嘴胡说的本事，说人家万福瓷业正指望康延福少爷到鲤城发展分号呢，自家可不能落在后头，便哄得他爹李修儒也将聚鑫瓷场开分号的指望交他去办。李长庚这才颠颠儿地直往康延福的地方凑，以为多少能讨些好处。

这会儿，康延福正对李长庚笑说，可巧有女记者请吃花酒呢，不去白不去，什么了不得的记者，打量能识字断文便是新女性不成？学什么古人摆鸿门宴，凭她一不会武二不会枪，哪怕真拿住我等什么把柄，又能奈我何？

瞅着面前基本定型的瓷塑《山魈》，康延福眼里一会儿浮现红琳的肌肤，一会儿浮现安尔的脸蛋，不觉嘴角一扬，且去会会，最好再有什么乐子好耍，便越加有意思了。想毕，亲自捧了泥稿《山魈》前往花厅，后头自然少不得李长庚颠颠儿地跟着。

路上，闻听胡少杰大人正忙着布兵设局，预备捉拿自投罗网的革命党呢，花厅之酒就不喝了。康大少爷暗暗寻思，这不小题大做吗？革命党什么的不过是秋后的蚂蚱，早已死的死，散的散，哪还成什么气候？就他能耐，巴巴地想着立功，好再往上爬吧。想归想，却没跟李长庚明说。

花厅的酒已温好，菜已上齐，康延福和李长庚来的正是时候。安尔一见，多了一人，也不在意。二人笑吟吟地在安尔身侧坐下，挨得近些好说话。

安尔见康延福手上捧了件泥塑，却不知是何物，想是有缘故的，倒也不急着问。待他将那物件放置在旁几上，坐定后，替他二人斟了酒，才说，等了半日，怎么胡军爷没跟二位一块儿来？

康延福往安尔眉目上寻了寻，没见出什么怪异，却觉出几分媚来，便笑道，依潘才女的意思，我和胡军爷是"焦不离孟，孟不离焦"吗？

安尔哼笑一声，康大少爷真打量自己是了不得的英雄吗？拿古时英雄来自比，想多了吧？

哈哈哈哈……康延福且不去管安尔话里的意味，但见今晚的潘姑娘竟与昨日大为迥异，其间必有缘故，且待慢慢磨她，看她究竟葫芦里卖些什么药。故此兀自哂笑开，才说，胡军爷剿革命党有功，他可称得上一方英雄，区区康某人，不过一介草民，不求功名，但求人间极乐。

李长庚赔着笑，不多言，只管喝酒吃菜。嬉笑间，康延福大大咧咧将手搭在安尔的香肩上。安尔故作一笑，身子一扭，肩侧一躲，将对方的手滑脱，立即捧杯上来，笑迎道，康大少爷说笑了，前儿在瓷城也会过，今儿就算旧相识，来，饮一杯。

康延福眼不离安尔的脸，侧手举了杯，一饮而尽，忙又将杯子递上，等安尔给续酒。

安尔心内早无数遍骂杀，怎奈记挂着怀仁的行事，不知如何了，却不见胡少杰前来，必是背里动作，怕只怕设了陷阱专等怀仁等前来，那便如何是好？

心下暗忖，脸上却另一番光景，满面春风转而与另一侧的李长庚也劝了三杯下去，直夸爽快。回身又给康延福斟满酒，并说，趁着胡军爷此番剿匪作为，康大少爷何不捐个军中职务当当，也算上你的功劳，我便替你写几句好话，英雄还不好当吗？全凭我几行字的事，还不必出生入死，岂不便宜？

嗨，我要那英雄之名何用？不如……千金一醉，美人在怀啊！

说着，康延福斗胆再又伸手去搂安尔侧肩。安尔岂容他无礼，把手一挡，故作笑说，当着人面，还请康大少爷自重些才好！

李长庚自知没趣，放下酒杯便说，不知胡军爷因何许久未到，待我去请他吧。

李长庚便要起身，却被康延福一声喝住。只听康延福说，今夜够胡军爷忙活的，早将革命党的尸身挂了出去，来个守株待兔，要引余孽前来自投罗网，这会儿，他哪有空喝酒？不如咱们坐等他的好消息，待他拿了余党，归来好为他庆功，岂不痛快？来，咱们再饮三杯，预祝咱们的胡军爷捉得那些不知好歹的兔子吧，来，干！

安尔心头一惊，暗道不好，果然有诈，只恐怀仁等一时气不过，仇恨冲昏头脑，一头栽进来，便没得逃出生天了，须得想个法子，作一回乱才好。

此时，康延福与李长庚对饮过，起身拿过适才那件泥塑，摆在酒菜之中，请安尔一鉴。安尔心下正乱，见着面前的《山魈》泥稿，竟吃了一惊。只因这件作品是一女子，慵懒斜倚，媚态十足，分外羞人。

安尔故意遮起脸来说，康少爷这是何意？也太无礼了！

哈哈哈哈……李长庚和康延福均肆意笑开。康延福随即不

无意味地说道，不曾想潘才女竟也会作羞态，这件瓷塑名为
《山魈》，虽是女子之像，却是山间鬼魈之态，并非人间能见
啊。哦，你且不知，这是以那女革命党为人体原型捏塑的，真
真难得一见，你道如何？

听闻此话，安尔心下一惊，忙问，果真以那女革命党为原
型？

骗你做甚？哎哟，你是没瞧见啊，啧啧啧……

安尔再定睛一看《山魈》泥稿，眼前不禁再又浮现死监中
所见那白惨惨的肉身，一阵儿恶心旋又翻涌上窜，反被呛着，
咳了两下，安尔忙捂住嘴，硬压了回去。

当下，康延福忙过来抚住安尔的手，殷勤问道，潘才女不
会是染了风寒吧，见这气色，待我好好看看……

话未说完，便硬将安尔揽过身来。安尔嫌恶，脱口而出
叫他放尊重些，奈何挣脱不得。忽地又计上心来，故而佯装
一怒，操起桌上酒杯，将酒一泼，尽数泼在对方脸面。待对方
吃惊之际，忙挣脱起身，奔至门边，开门便喊，来人啊，非礼
啊……

李长庚被眼前变数惊着，正不知所措。

安尔才刚要跨出门外，却忽地被人一把拦腰挡了，嘴也顿
时被捂住。她大惊，却见拦住她的，是一黑衣蒙面大汉，目光
刹那相对，她便看出是谁来，便收了叫喊。

黑衣大汉迅速将安尔往旁边一推，一下送至隔屏后头，回
身将门一关，却听李长庚一声大喝，来者何人？

彼时，康延福正抹掉满脸的酒水，才刚起身，突见面前一
名黑衣大汉，唬得后退一步，倒踢了椅子。

黑衣大汉已就近踢飞一把椅子，直向李长庚撞去。亏得李
长庚躲闪及时，直缩到酒桌下藏住。康延福惊得脚下正跟跄，
再想躲，已不及，脸上早被人一把盖上一盘菜，顺势被拍倒在
地上。

那大汉早骑了上去，坐实了对方胸口，左手扼住脖子，右手抡拳，好一番痛揍。

一连迭的哀号声，吓得酒桌下缩着脖子抱住脑袋的李长庚直哆嗦，大气也不敢出。

安尔心头惊诧，心知是怀仁无疑，听得康延福哀哀号叫，生怕外头人听到后赶了来，她立即扑至门上，将门闩插上，返身顶住，眼睁睁瞅着面前地上的打斗。

黑衣大汉也不言语，索性拾起地上一只大鹅腿，死死塞进康延福嘴里，接着只顾猛揍，左右开弓，每下都揍在他脸面。康延福满脸的酒菜油腻糊着鲜血，却哭不出声。揍了有一二十拳，黑衣大汉忽地自靴子边拔出一把匕首，"突突"两下便戳向地上的人。康延福早痛到半死，黑衣大汉却还未完，扭身往地上人的下身猛切两三下，一时便切了康延福的命根子。

康延福痛不欲生，囹圄哀号几声，便昏死过去。

黑衣大汉恨不能一刀扎入他心头，但若让他死得太快，尚不足以解心头之恨，就此弄残，好生生折磨他，日后再取他性命，以祭弟兄。故此，他便起身，再连踢上几脚，转身将酒桌一脚踢飞，见蜷作一团的李长庚浑身战栗，便上前朝其脑后猛砸两下，将其击昏。

事罢，黑衣大汉抬头，但见安尔倚着门大惊失色的模样。

这时听得外头有人喊话，便知已惊动官兵。安尔还算机灵，嘘了一声，指指门外，示意他快走，然后兀自倚着屏风软下身子，假意昏死。

黑衣大汉稍一迟疑，伸手正要取桌上那件《山魁》泥稿，花厅之门却已被踢入。黑衣大汉操起酒壶往桌上泥稿丢去，因仓皇却丢偏了。火枪一响，桌上酒菜喷溅起来，将黑衣大汉逼得连退数步，一个纵身蹿出窗外。

待胡少杰率人赶到时，黑衣大汉早已遁得无影无踪。

来去干净利落，除怀仁别无他人。合该手刃胡少杰的，奈何形单影只，只得放弃。

两日后，怀仁立于晋江源头水岸边，见那满目江霭沉沉，江天渺渺，远帆点点，白鹭双双，再忆起兄弟会慷慨往事，不禁泪洒江畔。忆起三当家的大罗汉，豪情盖世，一身正气，大碗喝酒，高歌向天；忆起红琳，温陵女侠，巾帼豪杰，侠肝义胆，英姿多情；忆起兄弟会百十位好汉，群情激昂，心怀天下，出生入死，肝胆相照……

有道是，人生实难，大道多歧，千言万语尽付杯酒，怀安将红琳、大罗汉的骨灰洒向江海，唯愿英雄与天地同在。

算来路，驽马钝剑，应事举义，咬金嚼铁，不过三两月，秋尽冬残春欲来，江腾海啸风不息。

然，隔年开春，省城便宣布独立了，应和全国各省的大势。清廷果然再无回天之力。

2

民国初年，冬。

这年冬天竟下了许久不曾见的大雪。瓷城因地势较高，夜里极低的气温袭来，雪花悄然落了一夜。一早，冻了一夜的人们开门望见黑瓦上、田丘上、芥菜上以及满路都铺上了厚厚如棉的雪绒，像极了白瓷将瓷城粉妆玉砌了一般，越发见出小城的宁谧娴静。

这时节，瓷艺人基本是不捏瓷的，哪里挨得起霜雪天的冰冻？多半自大雪节气后便不再捏瓷土了，毕竟瓷艺人的手是金贵的，一旦冻坏，来年还如何雕塑呢？然为了生计，一些女工坚持捏些小瓷花，也是有的。天寒地冻时，男人们多半窝在屋里，大的瓷件也不去雕塑，果然比不得女人们耐苦耐寒。

女工们挤在一处，屋里拢一二炉炭火，一齐捏些大朵小朵的瓷花，扯些东家长西家短的闲话，好似一处取暖。各人桌案前摆了各类未粘盘未开色的瓷花，要么是一朵朵单瓣梅花，小巧玲珑；要么是一大朵牡丹，挺阔大气；若论工程繁复，要数瓷菊最难将就，单一朵瓷菊所需的花瓣，长长短短粗细有别，不下七八十瓣甚或一二百，捏出一瓣来且要讲究弧度宽窄；若论整朵成花布局，却无一瓣相似，并要讲究呼应搭配，方能成其自然。因而，倘要捏塑一朵瓷花，所耗心神各有不同，却不是人人捏得来，非有三五年功底不成。满屋子女工有师傅有学徒，有母亲有女儿，有婆婆有媳妇，有姑嫂有妯娌，凡此便似满桌瓷花一般，多的是亲昵与芬芳。

惠心抚着渐渐成型的肚子，一脚踩进到瓷花作坊，先跟夫人婉瑜问了安，再将带来的花生和糖饼分与大家。婉瑜身旁的春桃也笑盈盈地过来扶惠心，直说，大少奶奶可仔细些，大冷的天，千万别冻着。一句话，倒提醒了惠心。惠心忙转头吩咐丫鬟，再给两边火炉添上些炭火，把炉火拨旺些才好。丫鬟答应着，自去料理。一时众姊妹说说笑笑，好不热闹。

惠心格外提醒大家，带着火笼的可要提防火星子迸出，仔细烫坏衣服。有姊妹纷纷从脚底、裙下或两膝之间取出各自的火笼看看，也安心些。其实，多半晓得火笼里的火炭时有不安分，少不得迸些火星子，便都在火笼之外罩上自制的布兜儿，既防火星子，又保暖，还不烫手，再好不过了。

婉瑜才刚捏了十数朵梅花，果然觉得手冻入骨。她也学着大家，待指尖冻到僵住，甚或有了钻骨之痛，便将手放在桌下屉里的火笼上，捂一捂，才又伸出来继续捏瓷花。如此冷热交替，委实不好，媳妇也劝她不必如此折腾，大冷天的窝在屋里，何苦为那几朵瓷花冻坏了手，也不缺那点银钱。

婉瑜却道，这天寒地冻的，咱也没催着她们，你瞧那些姑娘婆子们到底还是要挤在这屋子里，捏花儿倒在其次，却是大家在一处，才好暖和，我来啊，不过听听大家说话，好打发日子，也没别的。惠心知道拦不住，后来也便不提了，不时炒些瓜子花生，捎点甜饼果子给大家解解馋。

婉瑜问儿媳，前儿老爷吩咐下今年的炭火，好让大家随时添取的，可预备下了？

惠心点头说，早预备下了，这不，才刚还打发人拾了一筐，搁在门角边儿，也已知会众姊妹们，任凭添取，管够。

婉瑜点点头，手上又拼出一朵梅花，仔细安放在桌案上。惠心见她才刚歇下手，便说得取出那只火笼添添火炭。婉瑜会意，自桌下屉里取出那只火笼来，交予儿媳。

桌下屉乃是惠心打发人特意打造的，作坊里的操作台底下均如此设计，原是惠心想在别人前头，有心叫师傅给预备下，说素日里堆放些姑娘家的手链手环手镯手包什么的都使得，尤其冬日里还可放火笼，以免女人家把火笼放在两膝间，烫坏衣服不说，还怕烫着手脚，有了桌屉，各人便安全些。

这会儿，惠心将婆婆的火笼去了布兜，拿小铁钳稍加拨弄几下火炭，再将预备好的新炭又添了三四朵进去，好生拢好布兜，交予婆婆。

只听婉瑜说，我这边不要紧，你自己好生回屋里歇着吧，莫进去出来地，万一受了寒，可不是小事。

一时众婆子嬷嬷们也都附和，都言太太说得极是，这边儿人多，早晚有人照应，不必大少奶奶一趟一趟地冒寒来，仔细自己的身子骨，不替自个儿想，也该仔细些，护着肚子里的宝贝才是。

一通话，羞得惠心脸色扑红，嗔怪也不是，便自噘着嘴，打了一回趣儿，在丫鬟的前引下出了瓷花作坊。身后女人们的笑声还是那般满满暖意，便不惧门外寒气有多凌厉了。

路过天井，惠心瞥见那株满树上下积了好些雪花的含笑，墨绿里托着一丛丛雪白，格外静气，不知何故，眼里竟冒出怀安的身影。那时初夏，他在那株含笑旁择了两朵开得正好的含笑，过来放在惠心的手心里，可好闻了。此刻，惠心鼻子一酸，抚了抚渐渐隆起的肚子，小心踱着，回屋。

屋里倒还暖和，她拎过自己的火笼，双手抱住，往梳妆台前一坐，见镜中自己的脸，比先前圆润了许多。虽这几月来，因有了腹中胎儿，日夜少不得辛苦，但家里紧着给她做好吃的，鸡鸭鱼肉各种滋补汤煲不曾断过。娘家那边不时也送些她自小爱吃的，她一日更比一日吃得多，竟觉一人果然吃得两人份，也知公婆见她能吃能睡，定是好生养的儿媳，也都为即将抱得孙儿而高兴。为此，少不得也坚强地尽量吃些。

她拉开妆奁小屉，自里头取出两个小瓷娃儿，放在手心上，好生喜欢。那是出嫁时母亲替她备办的，塞在嫁妆里，期望她过了门能早早生个大胖小子。如今想来，老辈人竟很有先见，并得上天垂怜，虽她新寡，幸得珠胎早结，令她虽不能随夫君而去，此生方有了存活的缘故，感谢上苍啊！

忽地，觉出肚子上动了一下，她心内陡然一惊，以为错觉，再小心地去安抚一番，不料又觉出腹内被踢了一下。惠心吓坏了，不知如何是好，紧张之下，大声叫唤丫鬟，嚷着快去请大夫来。

这又少不得惊动夫人婉瑜。婉瑜闻讯，急急放下手中瓷花，围裙也顾不得解，在李妈的搀扶下穿堂过道顶着冷气往儿媳屋里赶，到了一看，儿媳好生躺在床上，只是神情颇为紧张忧虑。

婉瑜听了儿媳的说辞，长舒了口气，心下暗笑，到底还是孩子，不知怀着身孕是怎样一回事。自己生养了三个儿子，自然清楚不过了，便安慰儿媳几句，且等大夫来瞧瞧便是。

未至晌午，大夫便一身风雪地进来。春桃忙替大夫拍去身上的雪花，上了热茶与他祛了寒气。屋子里的炉火也拢得暖和，等大夫歇好了气儿，这才隔了帘帐替大少奶奶把脉。

之后，大夫向夫人报平安，说一切安好，不必多虑，之后渐会有胎动迹象，孩子健康有力，是大好的。

惠心这才放下心上石头，背着帘帐偷偷抹了一回泪。大夫去后，婉瑜又抚慰一番，叫儿媳不必太过忧虑，将身子调理好，对孩子也是好的，过于忧虑或谨慎，反倒不利于腹中胎儿，自己是过来人，多少知道些。

这边安抚定，婉瑜嘱咐丫鬟好生照看，便携了李妈和春桃往后院去，要与老爷子商议备办年货的事。

望窗出去，雪花稀疏了，年却更近了。

3

听闻惠心有身子后，喜酸，娘家人欢喜着呢。秦夫人特地打发人给女儿送了两大筐新鲜的柑橘来，说在家时，每近年关，姑娘偏爱吃这个，如今有了身子，必是少不得这口的。

谁知丫鬟剥了个大的递给惠心，她才嚼了一瓣，便不吃了，说太甜。其实，她心里想的是别的事儿。那日，在瓷花作坊里，惠心见着捏瓷花的众姊妹和婆子们手上均长了冻疮，有些手指肿得跟胡萝卜似的，有些疮口紫黑肿烂了，好不叫人心疼。

惠心情知捏瓷花最是伤手，女工们天寒地冻里也不肯歇歇，多捏一朵是一朵，只求贴补家用。在家时便听阿娘常常说道，偏女人的气血不顺畅，冬日里最难暖和，再要捏那冰冷的瓷泥，冰肌玉骨的如何吃受得起，只得忍着。哪怕屋里添了炉火，也不能够根上解决，到底叫她们手脚都冻伤了，少不得长冻疮。这冻疮算不得什么了不起的病，却很折磨人，跟肌肤被毒蜂臭虫叮过一般，肿得紫红紫红的，遇着暖和时越发痒得厉害，禁受不住便要去抓挠，越挠越痒，再抓便又阵阵生疼，实难对付。

好在人们想出各种法子，拿滚热的水加了盐巴再加茶叶来烫，还有加了醋和白酒的，直烫得人龇牙咧嘴又疼又痒才罢，左不过十天半月，等肿疮黑了，消了脓，方能好些。但只天不见暖，这冻疮便不会断根，一处才好，另一处便要发肿起来，防不胜防。下地干活的贫苦人家哪里还能去讲究疗治？更不能拿盐茶酒醋来糟践，不过任其溃烂结痂罢了。

这日，惠心吃着柑橘，便想起这事，早闻听大夫说过，柑橘皮用来泡手脚，最是能治疗冻疮的，这岂不来得可巧？因打发人将两大筐柑橘抬了送至瓷花作坊，尽数分给了众姊妹和婆子们，特地嘱咐吃了柑橘，断不可将皮丢弃，拿回家去用热水浸好，用来泡手脚，或可疗治手脚上的冻疮。

众姊妹和婆子们高兴得直夸大少奶奶最是有心人，这么点小事儿都记挂在心，将来必是有福报的。自她们知道大少奶奶怀上遗腹子，别提替她多高兴了，都说沈家自来捏塑观音，哪能不得菩萨庇佑的呢？

捏瓷花的女人们虽不比在外头干活的男人苦累，毕竟手脚娇嫩，冬日里没有不长冻疮的，多半还要干裂。好好的嫩手，愣是在手指关节处像被风刀割开一道道口子，怎么都难愈合。老辈人说，怨不得天冷，实在那瓷土厉害着呢，素日里成天捏塑不觉得，但凡天气一冷，瓷土竟格外吃水，便能咬人的手，非要咬开人手，吸上人血方才罢休。要不，怎么说捏瓷雕塑的手艺再厉害，却未见有一把好手的呢？都叫瓷泥给咬坏了！

惠心是吃过这等亏的，小时候也见阿娘等一众女工们捏瓷的手有多粗糙。女人的手，是女人的第二张脸，手上要么冻疮，要么皲裂，男人见了少不得嫌弃。想到这些，惠心越发心疼那些大冷天里捏瓷花的女人们。她便拿些自己的体己钱，打发人多买些甘油和珍珠银脂。甘油是省城里产的，倒也容易买得，就只珍珠银脂较为罕有，托人至鲤城几经转手，才从家族里有下南洋的番客那儿倒手买得。惠心也是心灵手巧，将甘油和珍珠银脂都重新做了处理，分别归置到各种小瓷杯里，拿油纸封了口子，才一一发送给众人。这一手是跟娘家阿娘学的，虽是小贴心，却很得人。那些得了这点子好处的姊妹婆子们心内自然念着好，隔了年必定还跟这来，轻易不换东家。

这么些琐碎事,惠心并未跟婆婆请示和邀功,悄悄便做了。因见公婆连日为家里家外奔波劳碌,受了多少委屈,有些事他们无暇顾及,自己又帮衬不上,也不必拿些小事儿去叨扰,自己悄悄地将没要紧的事儿办了,省却他们多少工夫,这便是好的了。

婉瑜后来听闻捏瓷花的姑娘婆子们念叨媳妇的好,才知这媳妇有多让人省心,听众人夸赞,心下自是欢喜极了,默默念佛。过后,拿些自己的体己钱要给媳妇,佯装说叫媳妇帮着多买些珍珠银脂。惠心早将给婆婆的珍珠银脂预备好了,哪里能要婆婆的银钱,只有孝敬才是正理儿。

转眼年终,敬德给紫云瓷坊里的学徒师傅们均发了赏钱,还说按旧例,该多发才是,怎奈过去一年艰难。众人也瞧在眼里,素日里爱护紫云瓷坊,才甘愿坚持守下去,那是瞧得起沈家,但只沈家的瓷器有在的一日,便有大家吃饭的一日,大家共担待!

众人谢过后,道了万福才散去,只待来年。

这日除夕,沈家上下在敬德的率领下,祭了祖宗,发了红包,放了爆竹,煎了鱼肉,蒸了年糕,年夜饭便开席了。

三个孙儿辈的都不在席上,多少冷清些。惠心身子越发重了,仍是硬撑着坐在席上,见一旁放着一副空碗筷,心下便明白,那是为她可怜的夫君怀安预备的,心下凄楚,面上却浅浅笑着,不可让长辈们替她忧虑。

席上,敬德说,接省城分号颜掌柜的信,说远在东瀛的三小子怀远来过信件了,没说什么大碍,倒是很替沈家争气,进了什么京都帝国大学读什么经济,说是将来能挣大钱的,过年没法回来,问阿公和姨嬢嬢好呢。

沈老爷子嘀咕了一句,跑至洋人的地界去读书,咱们国中难道就没什么好书可读了吗?唉……

婉瑜岔开话说,也不知二小子怀仁如今在哪鬼混,年也不能回来问个安，真是白替他操碎了心。

正说着，沈老爷子撑起身子，在姨太太的搀扶下，举着一杯酒，颤巍巍地走到天井处，冲着正在飞雪的暗沉沉的天空，嘶哑地说道，怀安啊……我的大孙儿……你可好好的啊……好好的……在那边儿……等我……

说罢，将手中的酒洒向天井的雪地里。众人无不唏嘘，惠心更是没忍住，热泪涌出，捂着帕子偷偷拭去，心内满是酸楚。

正在这时，却听得院外有人敲门的声音。初时不大真切，只婉瑜听见。再后来两声，闷闷地响，婉瑜心头一动，便打发人去看，是不是有什么人没领着工钱，大过年的来讨。

这么一说，管家李满堂亲自起身过了天井，出去开院门。门外哪里站着人，白茫茫的雪盖了满街，连半个人影儿都没有，正待将门再掩上，却瞥见门侧下有个暗影，李管家心下疑惑，伸头凑上前看看，倒像是个人。这大过年的，还大雪天儿，怪可怜的，怕是哪个叫花子无处可去，躲门槛下来避寒讨吃，不想，那人一头栽倒在那儿。倘或能叫醒便好，赏口吃的好打发，若是昏死在门前，岂不晦气？

李管家无奈，只得出来扳动地上的那人。掰过一看，满脸乌漆麻黑，替他捋捋头发，再一细看，哎哟，可了不得啊！

李管家当场没管住自己的嗓子，在门外就嘶哑地惊呼起来——快来啊，快来——

你道那人是谁？却是那位最不让人省心的混世大魔王——怀仁啊！

4

怀远却是头一回见到满世界的大雪，竟一点也不惧惮，与青木一家在雪地里痛痛快快地，耍得极是放肆。他哪里知道，这年冬天格外冷，东南老家竟也下起纷扬小雪。他只告诉青木川田，自己从小到大竟不曾见过漫天飞舞的洁白雪花，这回可算见识了。

青木川田索性携夫人的孩子，邀上怀远，一并到雪地里好好戏耍。怀远到底也算半大的孩子，一到野地雪中，竟与男孩秋郎一道狂奔起来，几个打滚，将雪团抛抛洒洒，玩得忘乎所以，以至所戴的留学生帽丢至一旁，一条大辫子竟滑脱了出去，一时好不尴尬。青木川田的夫人和下人们见状，都捂着嘴笑开了。男孩秋郎童心大发，一把扯住怀远的辫子又嚷又唱：支那人，大辫子；猪尾巴，好笑死……

毕竟童言无忌，青木川田意识到什么，立即上前阻止孩子的嘲弄，但为时已晚。怀远愣了愣，粘着雪粒的脸上越发冻得通红，粗气直喘，他索性走到自己的背包旁，把素来放着防身的一把匕首抽出来，吓得青木川田家的人都一时噤了声，不敢言语，更不敢发笑。

青木川田忙问，怀远君欲做什么？

怀远粗气未喘顺，也不答应，自脖子后头扯过那条长辫子，拿刀来回划拉几下，硬将头发给切断了。他恨恨地将那根辫子丢在雪地里，没好气地说，都革命了，还要这劳什子做什么？！

风吹过，扬起他齐耳根的半长发，越发显得模样怪异。他见众人不言语，只恐自己坏了气氛，颇有些尴尬，便将头一扬，甩甩半长的头发，自嘲道，这下脑袋轻松了，自此便作野马脱了缰，岂不更好？哈哈哈哈……

一路仰天，癫狂长笑，在雪地里飞奔而去。

青木川田微笑着摇摇头，手上一松，儿子也跟着边笑边追了出去。两人一路扬起碎玉琼花，好不洒脱自在。

午后，怀远与青木川田照旧茶话，其余家人自避去，给二人留下清净空间。怀远已索性剪成短发，自觉格外清爽，见该处庭院颇为雅致，倒与雪天、茶香很是熨帖，庭中一株青松傲然高挺，在雪地里独擎一身雪寒青衣，倍增禅境，不禁玩赏半日，茶已过半，炭火仍暖。

二人聊些怀远在大学所学的世界经济之论，由此纵横捭阖，大论天下各国经济起源、经济支撑、经济之道等。其间如何关联，如何高妙，又如何了得，均有推演，直至户外雪花簌簌，也未能打断二人的谈兴。

青木川田越发见出怀远的天资聪慧，深感这位少年郎未来无可限量，心下便越见怜爱。一时话又引出不日将至的一场国际盛事。原来，青木川田预备开春之后参加东瀛首届瓷艺大赛，近日正在思索创作中，尤其自中华带回的瓷器上获得颇多灵感。怀远说起年前自己从省城赶回，见证了长兄怀安参加瓷王争霸大赛之事。青木川田听后，格外有兴致，催促怀远将情况详说。

怀远便将当日长兄怀安意外将一件仿明代何朝宗款的《一苇渡江》送评之事道来，并说当日该件瓷雕震惊满场，一举夺魁，获封青年瓷王。清廷公公、各路官宦并瓷城各路瓷艺高人皆赞叹不已。

一番感慨，话至深处，怀远更道出个中缘故。只因原何朝宗款的《一苇渡江》瓷塑世间仅存一件，本由沈家收藏，后于光绪年间被山匪横夺，不知所踪。当时兄弟三人年幼，二哥怀仁从不喜管教，更无心于瓷艺，而排行老三的怀远却因年岁太小，不甚记得光绪年间的事了。好在长兄怀安正经习得祖辈瓷雕技艺，竟在山匪逼迫夺瓷当夜，深深记下《一苇渡江》的模样，长大后竟凭记忆重新仿制出来，安能不震惊全场？

后来呢？青木川田一面品茶，一面追问。他倒真想知道夺得瓷王的沈家，是否在瓷城更是春风得意。

后来，某些人趁机大献殷勤，借官家下了指令，要我紫云瓷坊将该件瓷雕上贡朝廷，为老佛爷贺寿，还令我长兄亲自护送，晋京祝寿。再后来，我便辞了家人，远道来此，多时已不知家中情况了。

青木川田闻之，意犹未尽，若有所思。怀远愣愣地看着庭院中的雪压青松，想起什么，喃喃道，临行前，我阿娘送我一件瓷花，名唤《一树寒梅》，想让我对家里有个念想。今日见那庭中雪松，不禁想起，压在箱底，多时未曾取出，改日带来，请前辈品鉴品鉴，如何？

再好不过了！青木川田喜之不禁，恨不能当场一见，光听名字便觉必是好物件，心下便记住了。

当晚的清酒助了兴致，雪花添了雅趣，友人暖了心窝，怀远便觉人生竟有几分得意几丝清欢，不禁念及藏在心中的远乡佳人，趁着桌案现成的笔墨，题诗一首《佳人忆》：

岁寒方晓流年易，清酒不知夜梦回。
竟把天涯比星海，何时锦书作云飞？

题罢，将笔一搁，醉卧暖窗之下，闭目养息，只感胸中热血翻滚，满脑沸腾，脸红耳赤，想是清酒上头，后劲逼得紧些，一时竟有些昏昏然。

有个柔柔的女人声音在他耳畔呼唤，来人将他扶住，轻轻说道，要为他添床被褥。不知何故，那声音听来有些熟悉，模模糊糊中，仿佛见着康雪清，在身旁顾盼浅笑。怀远一时把持不住，伸出手去，撩一下对方的头发，摸了摸对方的下巴。

"不料，啪的"一声，手竟被对方拍打一下，对方竟起身匆匆离去。也不知昏睡了几时，想是天色已晚，也没人来叫唤他，怀远便沉沉睡去。

次日，怀远醒来，恍惚记起昨夜酒后失态之举，不禁惴惴不安起来。见四下无人，一番找寻，但见男孩秋郎独自在堆雪人。怀远试着问男孩，怎么不见他父亲母亲。

青木秋郎闪烁着清澈的双眼，仿佛一眼望到人心里，倒让怀远有些不自在。只听男孩说，昨晚母亲依父亲吩咐，要给怀远君添被褥，却不知何故竟跑回屋里，还遭父亲训斥了。

怀远一听，心下越发慌乱，想是昨夜酒后一时难以自抑，有了对不住夫人的举止。这还了得，不只丢人，分明伤了前辈友人的尊严，可如何是好？

惊慌之余，他草草告辞，并未当面与青木川田夫妇辞行。此后，连日惶惶恐恐，寝食难安，竟疏忽染了风寒，一头栽倒了。

只身在异域远乡，怀远不禁越发念想家中阿爹阿娘素日的好了。

十五、错情会

1

且说怀远在青木川田家因酒后失态，冒犯了夫人之后，心下惶恐，回至住地竟一头病倒，连日不曾到学。

只身海外，也没个知冷知热的亲朋，房东是不大理会的，只管收钱，至多送些热水。所谓同乡，也同是天涯沦落人，各自难保，谁还顾他？见他那般不争气，躲还嫌不够远呢，只怕被他带累，再将风寒症给过了，岂不冤枉？因而，连日来，竟没几个到近前看问的。

日子仍天寒地冻，屋内，怀远蜷缩于被衾下，瑟瑟发抖，咬牙硬撑，体内忽一阵发热，忽一阵发寒，竟似冰火两重天，以至迷迷糊糊，另加咳得厉害，到底没法睡踏实。

浑浑噩噩正不知怎样，隐约听见人声，觉出有人将手背贴了贴他额头，再又给他添盖了被褥。好似跟他言语两句，怎奈自己却答应不来，想是堵了嗓子眼儿，喉咙也痛得要紧。过不多时，那人过来扶他坐起，喂他吃了些汤药。正是及时，且不管是何汤药，只管热的便好，怀远才缓过气儿，神思凝聚些，撑开眼皮，恍惚看见人影，竟是青木川田前辈。

怀远心头一热，硬撑出话来。前辈……怎么来了？

亏得我来，再迟一日，只怕你把命丢在这儿，也没个人知会，你旷了学，早有人告诉了我，我们家小秋郎还寻思，你怎么近日不来家了，嚷着叫我来看看，哪知你病成这样！

青木川田将药碗往旁一放，仍旧将怀远扶好躺下，替他掖了被子。那一刻，怀远竟觉前辈有几分阿爹的气息。喝了热汤药，身子果然暖和些，便又昏昏睡去。

次日醒来，怀远精神些，才刚坐起，竟又咳了几下，觉得心口发闷，便要寻水喝。可巧，便有人将水递至面前。他抬头一看，竟还是前辈。只听青木川田温和道，一夜没好睡，又咳得厉害，恐发汗脱水，且将温水喝了，一会儿早饭后，便要继续喝药。

不知何故，前辈的话竟有几分威严，教人不好推辞。怀远惶惶地将端至面前的瓷杯拿好，触手果然透着暖和，便将满满一杯温水喝净，才觉口舌喉咙及至心口都润泽舒坦些。

前辈打发人备了清淡的早饭，特地让人熬了米粥。怀远见不是常日里必定要勉强为之的东洋饭菜，竟是中式米粥、青菜、豆腐、煎蛋，并有甜汤，果然一时有了胃口。青木川田在面前慈爱地看着，怀远也顾不得许多，兀自埋头吃，偶尔咳几声，引得前辈偶尔皱眉。

饭毕，原是要喝茶的，青木川田却只备了一杯水予他，连自己也不吃茶。怀远尴尬说道，地方简陋，没得招待前辈，连茶也没得吃了，实在不好意思。

青木川田笑笑说，你过会儿且将汤药喝了，保管好大半，随后与我去一个好所在，我便叫你今日病全好。

怀远心下甚是惭愧，嗫嚅道，前几日，晚生……

正待硬着头皮致个歉，却被前辈的爽朗笑声给打断了。哈哈哈哈，前几日你回来，竟不留个口信说几日再到寒舍，直把我那小儿想得天天吵嚷，不认得的字也没人教他，可把我们急坏了，你说可怎么好呢？

怀远见前辈如此爽气，想是好心有意掩饰，给自己留个体面，倘或自己无知，再提前事，怕要冲撞了他的胸襟气度，再将此刻的气氛给坏了，岂不可惜？思忖及此，便将先前的话咽下不提。

喝了汤药，怀远心底越发舒坦些，才听前辈说，吃了这汤药，才只一半，还有另一"汤"必须"吃"。见其说得有些神秘，怀远心下疑惑，却不便追问，只得撑起尚有些乏累的身子，随他前往。

外头风雪已停，只是积雪未化。青木川田将自己素日里的锦裘大衣给怀远裹上，并一顶貂裘锦帽替他罩上，才将他带出。临到门口，竟又拦下。因发现怀远穿的学生皮鞋不保暖，踩在雪地上少不得跑雪进去，倘或脚再冻着，岂不病上加病？于是，不论怀远如何婉拒，青木川田非要他穿上自己的长靴。

青木川田还责怪道，你这孩子，竟如此执拗，不知多少病症是自脚底窜入的，如此再冻坏，可还有命回去？

争执不下，前辈竟然蹲下身去，强强替怀远穿上，把怀远惶恐得不知如何是好。出得门来，车马早已候在门外。青木川田伸手扯了怀远便往外拉，话也不多说。怀远见他竟只穿了白棉袜子，就踩在雪地上，一面走一面指着雪地正待言语，却因吸了寒气，一时又咳起来，直被前辈扯上车马去坐好。

马车在雪地上走，四下甚是安静。怀远等一口气儿喘稳了，才说，前辈不穿鞋便踩雪地，仔细莫把脚冻坏了。说着，伸手便要脱靴子予他。

哎呀，有什么要紧？我们国民自小受训，三五岁小儿即敢光脚踩雪奔跑，目下这点算得什么？

听青木川田说时，见他伸手只拍了拍白棉袜上的雪珠，一脸坦然爽朗模样，看着怀远笑，还补了一句，怀远君到底是孩子啊，背井离乡，尚不知如何照料自己，日后不妨多到寒舍，当自己家便是，不必拘礼。

一番话，说得怀远直暖至心窝，心下寻思，没什么可答谢的，回头不如将带来的那件《一树寒梅》送予前辈，再不然，得人家如此热心照顾，如何说得过去？

心内盘算着，不过须臾，车马便到了地方。掀起帘子一看，那地方写着"风吕泉汤"，却不知是何所在。

青木川田跳下去，仍旧直愣愣踩在深雪里，看得怀远心头直冒寒意，心下钦佩不已。

进屋脱了鞋袜，踩了木屐，早有人上来热情招呼，在前引路，曲里拐弯，过了一道"男汤"垂帘，便将二人领至后头一个僻静处，推开隔屏，却见一处直冒热气的池子。

屋里倒是暖和，怀远脱了帽子和大衣，还觉舒适。一道茶毕，服务生送上两套和服，两套长短毛巾，叠好放置在旁，便自去了。怀远还在揣度，不是说吃汤药吗？难不成还要换装？

此时，青木川田放了茶杯，起身取了和服，招呼怀远一并到隔屏后头。至那，却见地上摆着小凳，早有两桶热水放置在前。青木川田三下两下脱了衣服，露出一身强健，兀自坐在小凳上，叫怀远也快点，别磨蹭，仔细受了寒。怀远才知是要沐浴，心内直为难，眼角余光瞧见一丝不挂的前辈，竟觉尴尬，只好别过脸去。青木川田早已拿毛巾兀自搓洗了，还再三催促怀远，见他踌躇，又起身过来替他宽衣，把怀远臊得真躲。最后还是遮遮掩掩地朝向另一边，尴尴尬尬地洗着。

不多时，青木川田起身道，快点，别像个娘们儿，快到温泉里泡着。说话便伸手扯起怀远，直往隔屏前的温泉池里走去。前辈率先入了水池，回头却见怀远侧向捂着身子，羞臊得不敢挪步。青木川田笑问，还要我去扯你下来不成？说着，便在池里站起来，吓得怀远连连摆手。

可算下了水，在前辈的指导下，先用长柄杯勺舀水往自己身上浇，果然在温热泉水的冲洗下，渐渐适应，才将身子浸入水里。水汽氤氲中，嗬，好不舒坦啊，周身上下全泡在温热里，只觉气血翻涌，脑门发热，额上竟出汗了，呼吸也顺畅了，百骸无一不畅快，一时竟有些沉醉。

只听青木川田缓缓说，泡过这温泉，将体内寒气逼出，你的病保管能好。说着，从旁取了毛巾过来擦拭怀远满脸冒出的汗。

怀远惭愧，伸手将毛巾接了，尴尬笑笑，转过身自己擦拭。正当此时，青木川田竟凑上前，自后头伸手将他环腰抱住，把脸凑至他耳后，厮磨亲昵起来。

这还了得？！

怀远陡然一惊，夺水撇开前辈的手，从池里仓皇起身，稀里哗啦一阵水响，他吃力地踩上池边，捂身往里便跑，抓了衣服躲至角落里哆哆嗦嗦地穿戴，之后冒冒失失跌跌撞撞便往外逃，也不管冲撞了店里的伙计，直直地夺门而去。

在雪地里跑出了直有半里，才扶着一棵枯树瑟瑟发抖，忽觉双脚犹如刀割一般，低头一见，两只光脚早冻得黑紫了，一时间，冰冷刺骨。跟着，一阵撕心扯肺般地狂咳。

2

此后三月，怀远再不曾踏进过青木川田的家门，慢说登门，连想起前番光景他都要浑身不自在。好不容易撑过冬天，怀远的风寒可算好了，人又精神抖擞起来，赶着将先前落下的功课尽力补上，再不去想那没趣的事儿。

某时和同窗喝茶的工夫，偶有人问及因何竟日里再不去那前辈友人处了，他便有些难堪，少不得遮掩过去。温泉男汤那件羞耻事，断不敢与人提，之后细细寻思，素日里前辈对他的好，竟似别有用意的，只怪自己年少无知，因混沌而看不出人心深处藏匿的意图。一如先时在家，阿爹阿娘多有教诲，世上但凡无故频献殷勤者，必有不纯动机，今时想来，果不其然。

怀远思前想后，心有余悸，并愤愤不平。我堂堂中华男儿，在你这东瀛岛国，竟被视作什么了？难不成，因我有求于你，依赖于你，便要做你掌中的玩物不成？倘或果真别有所求也就罢了，偏他竟稀图这个，岂不教人无地自容？怀远越想越觉受到莫大的羞辱，决计不再与青木川田见面，自此断了念想便好，越发不敢再与青木家有半点瓜葛。

如此又撑了半月，樱花开放的时节，岛国一扫寒冬肃杀，顿时各处又闹热起来。同窗相约去赏樱花，一行人疯疯癫癫玩玩闹闹地去了，看那樱花簇霞，锦重重地开了满园，一时游人如织，怀远早将先前的不快忘得干净，放了性子好生耍去。

未料，竟在某处樱花树底下，一个小娃儿穿过人群，直直上来抱住怀远大腿，朗声叫唤哥哥。怀远低头一看，竟是青木秋郎。因过了许久，小娃儿乍一见更是亲热，扯住怀远的手便不撒开。怀远环顾之下，才见不远处，青木川田一家正在花树下，乐呵呵地瞧着这边。怀远顿时臊得不知所措，见躲不过，只得牵了小娃儿秋郎，上前问礼。

尴尬中有了生分，青木川田脸上收了笑，只是礼节性地点头，严肃了许多，只问怀远近日课业是否重了，身体可好。怀远早已羞红了脸，见其夫人在旁，脸色也不大好看，更不敢拿正眼瞧，只微微一笑，支吾着说都还好，谢谢关照。说话间，将目光别向他处，怎么也不敢与之相对，并借故与秋郎说话，说些小家伙又长高许多，汉字可有长进了之类，不过敷衍罢了，心里委实别扭。

同窗在远处花树下招呼，怀远正巴不得，立时仓促告辞，飞奔而去。

这日过后，怀远一见樱花，便心烦不已。回至住处，将一向深藏的瓷花《一树寒梅》取出，不知怎地，竟觉阿娘捏塑的这件梅花，虽是瓷器，却比樱花来得有意境。樱花开得如霞彩满天，挤挤攘攘纷纷扰扰，见多了反令人心气浮躁。而《一树寒梅》只三五根枝丫，七八朵白梅，梅蕊微粉，枝丫也伸展得别有意味，止而不止，延而未延，见之让人忘俗，心室静了许多。

自国内带出这一件，原是阿娘另有用意，除了念想，万一有难处，好拿这物件去疏通。之前原想将之送予青木川田前辈，以谢他的诸多好处。奈何今时不同往日，怀远惆怅了一会儿，自知没趣，再度将瓷器收好，不在话下。

且说怀远所带银钱先时早已用光，也曾写信回家求助，只是一时半会儿还接济不上，加之全然不晓家中各种变故，也未曾探问。之后，因得了青木川田扶持，学业不愁，伙食有济。倘或一向顺遂也还罢了，可目下，因主动不与青木家走动，便不好再受对方的好处。青木川田倒曾继续打发人送钱物鞋袜一类的来予他，竟被他一一拒了。不知道的，倒有人笑话，只当他清高，受不得人好处，他也不予理会。

后来日子果然窘迫，同窗也没得接济，怀远铁了心，断不肯再上青木家求助，只得自己生生扛住，后经人引荐，到一家居酒屋做了服务生。上居酒屋吃酒的多半是男客，自然由女服务生作陪，怀远便到后头刷碗洗盘，倒也自在，并不觉苦，相反，自己挣钱，心里竟敞亮许多。

某时想想，倘或让阿爹阿娘得知他在东瀛沦落到靠刷碗洗盘度日，岂不把他们心疼死？堂堂沈家三少爷，竟这般凄惨，说出去怕是要让人笑掉大牙的。那又怎样，时代总要变的。

他还一度担心会在居酒屋遇见青木川田，那得有多难堪？！其实，一次也不曾遇见。想来，前辈是株式会社的堂堂社长，轻易不到居酒屋消遣，这便放心了。如此，也过得半年有余，其间，怀远接到国内省城分号颜掌柜的接济，压力顿时消了，日子尚过得去，课业也顺遂，心下便也踏实了。

只是这世间之事，人算往往不如天算。怀远原打量靠自己总归能顺利学完课程，毕业是不成问题的。哪曾料，时局竟越发敏感纷乱起来。先是京都里的中华留学生不知何故频频受人排挤，斗殴事件时有发生，并伴有中华留学生莫名失踪或被害的消息，一时闹得人心惶惶、人人自危。学校里竟也发生了打架事件，原与怀远不相干，只是却被告知，为了岛国子民的安全，中华留学生一律被停课，并被禁足，只待事件调查清楚方能罢休。

其实坊间流布各种说法，因中华留学生中太多参与革命党事宜，无论中方原朝廷，抑或岛国当局，均有所忌惮，并无缘无故派人追查扫荡，唯恐危及岛国安全事务。如此欲加之罪，更无端生出许多说辞，到底难以教人信服，只是怀远觉出周遭一时愁云惨雾，少不得嗅到些不安气息。比方说，他照例到居酒屋当班，进出间竟觉身后有尾巴，明里暗里盯得紧，却不知何故。

当日，居酒屋便出了大乱子。老板忽地将大门一关，令伙计们聚齐了好训话，却不是素日里说些业务，竟说居酒屋里出了贼，莫名丢了好些钱，官方这便要来拿人。果然，不知打哪冒出三五个官差，装模作样，叽叽咕咕，有意无意瞟几眼怀远，说话便将怀远绑了，任凭怀远如何申辩都无济于事。

怀远直至被打进牢房里，心内清楚得很，分明是栽赃嫁祸，只恐是拿他来杀鸡儆猴的。最可畏惧的是，他很可能冤死在异国他乡，却连个体己话也没人可递，又找谁求救呢？他第一次感觉到极度靠近危险，若果真死得不明不白，犹如一片融得无痕无迹的雪花一般，此生岂不白过了？

纵然到了这步田地，他也绝不开口找青木川田，没得自找羞耻。

3

尚在年前，怀安随小叶姑娘上了几回县城市集，左不过搭把手，将海里捕捞上来的鱼虾卖了。

毕竟大寒天，海上风寒水冻，也捕不得什么鱼来，倒是素日里攒着晒些海鲜干货，好买得很。像海带、紫菜、海虾、虾米、干贝、鱿鱼、巴浪鱼、带鱼、墨鱼等，在年前备办年货的市集上大受喜欢。

得了钱，交足地保的保护费，小叶姑娘便带怀安找了家裁缝铺子，要给他扯身新衣裳。她的话由让怀安没法驳回，一则，一年辛苦到头，年节除了吃些好的，必定要穿得体面些；二则，海生在海上捡回一条命，留着这命得好好享福，不能亏待了自己，否则便是辜负上天和海神妈祖的怜爱了。

约莫半年，怀安也深知小叶姑娘的脾性，她认定的事，别人再是不能阻拦的，便由着她去。何况，小叶姑娘发觉出怀安的另样能耐，巧手竟会捏塑雕刻物件，想是先时学的手艺，这会儿并未丢，这可倒好，她便有了主意。

原来，那日自海边晚归，怀安随手帮邻里小孩儿捏塑了两个泥人，十分像模像样，旁人看了无不称好。比小孩儿捏着玩的物件要好太多，但见泥人捏成一男娃一女娃的模样，不单身上衣裳纹理各色，连细处花纹褶皱也刻得精致，凭泥人脸上的鼻子眼睛嘴巴，竟似真人缩小一般精细，神采奕奕，好不生动，叫人没法不赞。

小叶姑娘在旁看得真切，真真见着他一点一点捏塑起来，拿根树枝都能将人物的眉眼削刻出来，这哪里是随手的功夫，非多年练就的真本事不能够。此后，小叶姑娘便留了心，知道这个男人不是普通人，只是不知多早晚想起事来，怕这小渔村便留他不住了。时而想到此，姑娘家少不得惆怅，面却不敢露出半点儿，仍旧"海生哥"地叫着，一屋里住着却不逾越规矩。

年前忙够了，为他扯好新衣裳，小叶姑娘便将怀安领至一处人家院前，进了院子方见里头别有光景，却是外头不得见的。但见满院里堆放着各色石头，都雕刻出千百种模样，多的是佛祖、观音、弥勒，余下些丹顶鹤、天鹅、飞鹰、奔马等，大的足有二三人高，小的也有半人高，满满地挤在场院里，别有趣味。

　　来人带他们见了这家石雕作坊的掌柜，落座吃了茶，方谈事情。掌柜姓王，年纪已近天命之年，却吃得脑满肠肥模样，见着小叶姑娘，竟半天揭不下眼珠来。小叶姑娘虽不自在，奈何有求于人，姑且忍了。小叶姑娘说，自家哥哥因手上还有几分手艺，便寻到这家石雕作坊来，预备年后来此凭手艺讨个生计，还望王掌柜给个活路。

　　掌柜的见这二人不像夫妻模样，倒由女子主事说话，称的却是兄妹，心下正纳闷。再打量怀安一番，见他人倒是憨，面相不坏，身子还壮实，是个能干力气活的，想必没什么正经出路了，至年关还来问生计，怪可怜的。

　　再打量说话的小叶姑娘，别看小模小样的，却生就伶俐可人。原来，小叶姑娘想让怀安到这家石雕作坊干点石雕的活计，这原是正经的。她盘算过，倘或日日让他陪着出海捕鱼，也不是不可，只是海上风险大，多早晚再经些骇人夺命的事，也是少不得的，毕竟靠天靠海吃饭，小命来回，横竖没个准，到底不安。见他手上既有些未显出来的能耐，不如到石雕作坊里试试，倘或因此发迹也未可知。

　　小叶姑娘才说了几句，那王掌柜几乎眼不错珠地盯着她看，连她说话样子也觉少有地动人，心内早惦记上了，因嘴上答应着，打发人带怀安去各处走走看看。

　　怀安站在场院里，抬头细看雕刻好的佛祖、观音和弥勒，倒看得分外仔细。不知怎地，脑子里越发浮现出各种影子，晃过来晃过去，倒像在哪见过一般，努力细想，竟似见着越加精细的塑像面目，眼睛的神采、鼻子的高挺、法相的庄严、身段的讲究……怎么都似曾相识？他恍惚了一阵，兀自坐在一旁石凳上发呆。

　　小叶姑娘好容易摆脱王掌柜的纠缠，出来寻他，见他坐在风口处愣着，上前唤他。

　　哎呀，海生，石凳上多冰冷啊，怎么傻坐着发呆呢？

说着，便扯他起来，却听怀安喃喃道，这些观音像、佛像，我却似在哪见过的，只是一时又都想不起。

小叶姑娘知道他又在绞自己的脑筋了，便安慰他，费这脑子做什么，横竖年后就到这儿来讨活计，早晚能想起的，有什么要紧？这会儿咱们先回吧，还赶着天黑前备办些年货，晚了只怕店门也关了。

二人出了石雕作坊，怀安仍旧一路默默走着，却听小叶姑娘好生盘算开。她说，石雕活计其实也不容易，辛苦是必然的，钱多钱少倒在其次，只不必到海上担些风险，便是好的，倘或身子吃得消，便在这里做踏实，如若不愿意，别人也强求不来。

怀安原想着海上鱼虾的营生倒也自在，才刚定了性，未曾想，这会儿年关在即，小叶姑娘却又提出这新鲜的玩意儿，听着也颇为在理，横竖是重新过活的人，什么活计不能干呢？左不过是女人家希望他免去海上惊怕，实在是为他好，才谋这路子，拒了反倒不好。

既这么着，怀安便应了。另则，他眼见那石雕玩意儿倒也有意思，心下好似有什么要醒来一般，似近还远的，眼前晃着，心里惦着，总觉快抓着了，却又倏忽而去。果然手上能沾上雕刻的玩意儿，或可找补些什么回来，也未可知。

这年倒过得安稳妥帖，不过天气比往常略冷，海风一向大，他和小叶姑娘也不大出门，在家缝缝补补，将旧衣裳补了，再将破渔网也补了。素日里不舍得吃的海味，多少也留下些，好生做了来吃。偏生怀安吃不惯海味，倒是咸菜萝卜干并番薯米粥很得他喜欢。小叶姑娘不依，哪有大男人净吃些不长力气的食物，没得坏了身子骨，年后到石雕作坊，少不得干些力气活，再不好好攒些力气，别到时吃了亏，却怨不得谁了。

一番话，说得怀安只得服了，再吃不惯的腥臊海鲜，也只得硬着头皮咽下去。其实，这半年来，小叶姑娘倒把这个男人养得越发壮实，虽不管外人如何说道，她心内自然是认定的，自此必是依靠他了，只差一层纸说破的事。

年后，择了日子，怀安便到那家石雕作坊报到了。也没行什么拜师礼，这行里纵有师父带学徒，怎奈年景动荡，正经的师父不好寻，主家随便寻些能敲石的、能把钎的、能雕型刻字的便勉强开张，哪里顾得上什么师徒之礼啊？王掌柜将怀安领至作坊内一间样品室，打发他先盯着架子上几尊观音好好琢磨，心里先得塑出个模样，定了型，日后好开样儿。

怀安一见那几尊观音，立时呆了。

架上一溜摆开滴水观音、坐岩观音、莲台观音、立莲观音、送子观音等，一色的白瓷塑像，竟眼熟得很。怀安呆了半日，其实脑子里影影绰绰，先时的光景依稀可见，却又碎像纷纷，怎么也拼不出个完整清晰的来，末了，只得作罢。

他斗胆上前，取了一尊观音，好生摩挲，倍感瓷质亲切，心下温暖，再见瓷像后头的钤印，却是不认得。正纳闷，倒被王掌柜吼了一声，差点将手中的瓷观音吓掉。

混账东西，这些宝贝只许看，哪个准你取下亵玩的？！反了！

此后，怀安得空便去望着那些瓷观音发呆，再不敢动手去摸。

4

听说外头变了天，皇上也被人拉下马了，县城里管事的官爷走马灯似的接连换了几波。

这日便有人满大街敲锣吆喝，叫男人们都将早晚拖在身后的辫子给铰了。这下倒好，男人们果然异常兴奋，迫不及待赶着铰掉辫子，个个乐得一头清爽松快。

这日，怀安从县城回来，一头短发倒把小叶姑娘看傻了，多俊朗啊，一下扫去先前的老成模样，倒嫩了二三岁似的。怪道她吃饭时还一味地笑，笑得怀安竟不自在起来，想是她一时看不习惯吧。为挡住她笑，怀安便挑城里听来的事说与她听，说如今天下变了，男人不留辫，女人也不缠脚了，可怜那些缠了脚的女孩，多不值啊。

小叶姑娘越发笑得厉害，一面说，看我多好，天生地养的，只认妈祖娘娘，自小也没人逼我缠脚，别个还嫌我脚大呢。我却走路带风，山上爬得去，海里出得去，到哪都不怕跌，可不好？

说得正是，姑娘算是赶上好光景了！

怀安说着，自怀里掏出一个小物件，竟是一方帕子包着，展开，里头是一把翠色欲滴的翠玉梳。怀安将翠玉梳推至小叶面前，却没多言语。小叶一看，惊喜又带羞涩地笑了，拿起翠玉梳左看右看，甚是欢喜，直接别上鬓角，才又冲怀安笑笑。

怀安只说好看，便腼腆地低头喝粥。小叶姑娘放下碗筷，兀自拿了碗去盛汤，脚底生风，轻快得仿佛每一步都生出花来。

怀安如何能不知女儿家心事？他倒是想挑明，怎奈羞于开口，没个正式的人帮着说亲，两人这么当面锣对面鼓的，岂不叫人笑话？再者，自己必是要报她救命之恩的，只是如今自己境况飘零，究竟自己是个什么身份，不明不白地也不好过这糊涂日子，只得将儿女情长之事暂且压一压。如此，恐叫小叶姑娘徒增伤感了。

不然，又待怎样？怀安私下寻思，倘或一辈子不再想起什么便罢，何苦去琢磨？不如好生赚些钱，和小叶姑娘安生过日子，方不负再活一回吧。

怀安自小渔村到县城，每日须得半个时辰。不过两月，他对石头雕刻便上了手，很是熟稔起来，一下便将作坊里原先的帮工学徒们都给比下去了。王掌柜心头自是欢喜，工钱给的自然比别个要多点儿，逢人便说，好容易得了个巧手的伙计，别看着憨，心里眼里可聪慧着呢，一见着那些瓷雕塑啊木雕塑啊，直愣愣跟丢了魂似的，你道他是为何，竟是打心眼里在算计呢，不消半炷香工夫，他便能将所见的雕塑识记在心，之后自己动手雕刻，出来的物件几乎一模一样，你说，上哪找这等巧匠去？

怀安原对石雕的一应工具觉得不称手，怎奈石头毕竟是硬家伙，比不得泥土和了水后好捏塑。对付石头，要一刀一刀，要一钎一钎，每一下都得使上力气，还得是巧宗，使的是寸劲儿。力气大了，要坏事，力气小了，不中用，再要眼力一个不慎，一钎子锤下去，坏了大半石头，再好的石像也补不得了。

时间一长，怀安的手心起了厚厚的茧，毕竟左手把钎，右手抡锤。那茧起了又破，破了又结，自己不以为意，倒把小叶姑娘心疼坏了，后悔将海生哥送至那吃苦力的地方去。

怀安每日家去，吃了饭，先帮小叶姑娘将鱼虾等海物归置好，自己才到屋后头挖些黄泥巴，找一处角落，将黄泥和了水，便在那捏起来。小叶姑娘知道他在追想什么，便不好打搅，任凭他玩去。不过数日，屋后头的木架上，端坐了几尊黄泥像，却不是别的，竟和怀安所见到的几尊白瓷观音一个样儿。黄泥巴到底黏性不如瓷土，泥质粗糙，怎么也归整不匀称，细处难免粗粝，放干了之后容易开裂，但凭那几尊造型，多少也能看出怀安的能耐了。

怀安出门后，小叶姑娘端详着那几尊黄泥观音，心下越发惆怅。一则，心知这个男人在苏醒，只是不知多早晚便能想起先时的光景，也不管是好是坏，他未必能禁受得住吧；二则，倘或他果真想起自己的来处去处，势必便要离了此处，去寻他的好处，至于小叶姑娘，却不知他将置她于何处了。每思及此，小叶姑娘不免忧虑，偷偷地到霞霖宫，与妈祖娘娘倾诉一番才罢。

适逢三月二十三，妈祖娘娘诞辰。各处妈祖宫举行诞辰庆典并天香巡境等盛事，县里村里各处人声鼎沸，热闹非凡。

这日，小叶姑娘也不与人出海捕鱼，怀安也不进城上工，二人说好了前去拜妈祖娘娘。霞霖宫内外早已挤得水泄不通，香火缭绕里的善男信女不计其数。人们拜了天妃，看了踩街表演，对那踩高跷的戏子、嬉笑的火鼎公火鼎婆、摇头晃脑的拍胸舞等无不喜欢。小叶姑娘最喜这样的烟火日子，比年节更要兴奋，扯着她的海生哥这钻那跑的，生怕海生哥没见着世面，错过好玩的。

不知哪一方的大善人捐了大钱，请了一个小戏班子来唱戏。戏台子便搭在宫庙正前方，既是唱给天妃听，也是唱给黎民百姓听。台上唱的是一出《桃花搭渡》，却不是正戏，淘气的桃花正与摆渡的渡伯对唱着俏皮活泼的歌谣，惹得台下观者一阵阵笑并一阵阵叫好。

小叶姑娘最喜这般闹热的光景，早扯着怀安一块挤至台前，看得直欢蹦。怀安怀里捧着水煮花生，供一旁的小叶姑娘剥来吃。小叶姑娘边吃边笑，不单自己吃，还剥好了往怀安嘴里送，众目睽睽的，她也不避嫌，倒是爽气。

戏台后头，正戏的角儿们正上妆呢。有个丫鬟一脸疑惑地蹭到正装扮的正旦旁，嘟囔道，怪道哉，怎会那般像呢？想是眼花了？

正旦问她，什么事值得神神道道的？快将金钗替我插好，再将珠钗也布上，一会儿，我还要吃口茶的，这边场子风大，嗓子也该润润。

丫鬟一应照办，一面还说，才刚我见着一人，越看越像，却又不大像，奇了怪了。

正旦对镜顾盼，兰指轻拢，十分娇羞，随口道，这穷乡僻壤的，何曾有你的相好？可别有那心思，正经些吧，仔细班主不饶你。

丫鬟扯起正旦说，你且随我去瞅瞅，想是我错了也未可知。

谁呀？既没什么相干，何苦拉我去？

看看吧，先别管是谁，到时，你只说像与不像便是！

说话间，正旦被丫鬟拉至台侧，往前一望，但见台底下高高低低远远近近错落着许多乡民，与素日里赶场的没什么不同。丫鬟指着人群，提醒正旦看仔细了。

却见那人群闹热之中，一个惠女装扮的女孩笑着正往身旁一位高大个的俊脸后生嘴里丢花生米呢。再细瞅那后生，那眉眼，那脸型，那气概，不是吧？天下竟有如此相像之人？

怀安？

几乎脱口而出，正旦慌得忙捂住嘴。但见那人虽剪了辫子，额前发丝拂动，竟比先前越显俊郎不凡，那眉眼无论怎么看，是怀安无疑却是怎么可能呢？传说上一年夏天，他与黎公公等坐的福船在晋京海上便遭遇海难了，可是有官府确切通告的。

再不然，天下长得相像之人也是有的，却也不能如此相像吧？

正旦心头怦怦直跳，上年与怀安相见的几面情景一一浮现，不觉此刻心头酸楚，眼眶湿润。丫鬟在旁急切问道，像与不像，你说呀。

正旦尚未说，身后乍起班主的断喝，白艳青，你们在这浑做什么？还不快去上妆，一会儿可就开场了。

白艳青跟丫鬟慌忙转身而去，身后还传来班主的絮叨，一个个的都不让人省心，唉！

今儿唱的这一出戏名叫《孟姜女》，白艳青可是唱得战战兢兢，却不为怕，只为又惊又喜，连泪都是真真地淌，在台上几次三番将目光皆投向那人身上，一唱三叹，却只为向对方倾诉，怎奈台下那人恍若无知，无动于衷。

倘或上天可怜见的，便将他还给我吧！

白艳青把泪抛洒，但求老天开眼，那个心心念念的人儿——怀安，是你吗？是你吗？是你吗……

十六、意难平

1

只一来二去，不过一日，白艳青打发去的人便将一切打听清楚了。

这日，戏班子结了账，上了香，戏班班主便要携班子归去。白艳青特地向班主告了假，说留下预备去探个亲戚。

班主原不乐意，打量过两日还有别处的活计，不许白艳青耽误，为免到时候得罪了善人与宫庙神灵，谁都担待不起。白艳青却满口许诺，绝误不了事，还指望多挣几个钱呢，哪能错过，至多一两日便赶去下一家，跟戏班会合。

班主寻思，白艳青好歹也算个角儿，全仗她撑住台面，一时还真不好难为她，多少得好言好语哄着，希图她还能在这班子里再唱上个三年五载。倘或得罪了她，叫她给辞了去，一时半会儿竟真找不出能顶她的角儿，也罢。

如此，白艳青得了空，将自己最好的衣裳取出来穿上，好一番精心打扮，走出去俨然一位出身名门的姑奶奶，携了丫鬟，一路乘轿，奔小叶姑娘家去。

打听事的人都告诉白艳青了，连同小叶姑娘的出身，她何以为生，她如何偶然在海中救得那个叫海生的，还有这个海生又怎么忘却前尘旧事的，以及二人如何守本分过日子等，无一遗漏。白艳青心内咬定了七八分，如若所言，他将前事尽忘，岂不甚好？只还得亲自去探个究竟。

到的时候，可巧小叶姑娘正抄了鱼篓渔网等，预备出海。小叶姑娘见着一位打扮华贵的漂亮贵小姐站在自家门口，面生得很。白艳青倒笑吟吟地上前道了礼，见小叶姑娘怯生生的，心内更有了主意。

这位是小叶姑娘吧？啊，叨扰了，我是鲤城沈家的，因得了信儿，特地到您这儿，有件事想要问询，可否借一步说话？

小叶姑娘心有不安，见对方大方体面，却也不敢怠慢，便让进屋里。白艳青只身进入，为便宜说话，丫鬟也没让跟进。她打量了那破房子以及各类陈设，心内不禁一阵酸楚，眼圈儿便红了，幽幽道，这么说，大半年的日子，他竟是在这里过活的？

说话间，见到后门外木架上摆了几尊基本成型的泥像，倒也能看出观音弥勒的模子，心头暗喜，这便错不了了，能捏塑出这等泥像的，除了真正的怀安，又长得一模一样，再无别个了。

小叶姑娘心头一咯噔，难不成，这位是寻海生哥来的？

这位姑奶奶，您不是找我吗？

白艳青却很坦然，拭去眼角的泪渍，勉强挤出一抹笑，仍旧轻声道，小叶姑娘真真是上天派来的活菩萨，你可知我们找这位爷可费了多大的劲儿吗？半年多前，我们这位爷奉了官家指令，护送一批宝物预备晋京，官船走的是海路，后来听闻官船在海上遭遇贼寇……

白艳青话到此处，竟真的抹起泪来，连小叶姑娘递上的水也顾不得喝，抽抽噎噎好一会儿，才勉强接着说。听得海难中侥幸生还的人说，我们爷落了海……十有八九不得生还……家人闻听后如遭雷击，可怜我……我才过门不久，便落得个丧夫新寡的下场……

244

又是一番悲伤抹泪，直把小叶姑娘哭得愁肠百结，竟不知如何安慰，心内早明白了，莫不是上天有眼，叫海生哥的家人寻了来？她竟不认得白艳青是前日在戏台上见过的正旦，毕竟唱戏的上了妆，平常模样示人时，不识者自然未必认得。

白艳青自小学戏，唱了这许多年，什么悲情戏没演过呢？这会子不过信手拈来，只差嗓子一亮便要唱上。不过将话说得真真的，泪水倒也真，只因心内早有了怀安，更恨昔日无缘，落下无边苦楚，如今竟一股脑儿全奔了出来，断断续续好一通哭，倒哭得真真切切，好不愁煞人。

好容易止了泪与声，白艳青才说正经的。前儿有人到此参加妈祖巡境盛典，有人瞧见我们那位爷了，急急地回去给我们家送了信儿，我便打发人来打听，才知上天见怜，我们这位爷竟叫姑娘救了，我才说姑娘是活菩萨啊，今儿家里让我寻来，一则，要我好生谢谢姑娘的救命之恩，二则，也好将这亡命在外的爷给请回去！

小叶姑娘听傻了，尚未吱声，已听对方叫了外头的人，一下子三三两两抬了好些东西进来，摆了地下桌上都是，有衣裳、有银钱、有油肉。小叶姑娘一时头有些蒙，正待问问究竟是谁家的，对方却已体面地告辞离去。待小叶姑娘清醒过来，追出去，早不见了那乘轿了。

小叶姑娘左想不对，右想不对。既是对方探得了海生哥的真实身份，因何不等他在家时来查证，且也并未说清海生哥的真实姓名，地方宅邸是哪里？既是大户人家，也该敞开了门户大大方方地说，何必独一姑奶奶抛头露面，还躲躲闪闪地避人耳目来说话？再者拿这么些钱物来答谢，竟不等海生哥回来与我见面似的。如此一寻思，知道坏了，她飞奔而去，直奔先前海生哥去往的石雕作坊。

到底还是晚了，待小叶姑娘赶至那里，人早被接走了，究竟何人接走，接去哪里，竟无从得知。小叶姑娘没头没脑地四处打听，什么信儿也得不到，直寻了一夜，第二日又撑着再寻一日，终究未果而回。

不料回至家中，因出门匆忙，未闭门户，先时人送来的银钱等物早不知被何人窃了一空，竟半点痕迹也不曾留下，回想昨日光景，竟似梦幻一般。出门问人，也没谁留意过昨儿乘轿来的美娇娘，也问不出谁将钱物窃了去。

小叶姑娘心下凄怆，有苦难言，回至空荡荡且四壁漏风的屋子，直哭了一夜，昏昏睡去，天亮竟爬不起身。只听得外头风声海浪声，自空里来，到空里去，屋里哪还有海生哥的声音，竟似不曾有这个人来过一般。

过了半晌，强撑起来，喝了凉水，踉跄着扶出门去，歪歪地跌坐在门槛上，呆呆望着远路依稀的人影。就这么一日，两日，直等了许多日子，身子越发瘦弱下去。

邻里到底看不下去了，素日里好的姊妹媳妇婆子们无不来劝的，都说救人原不图报，何苦在这类无情人身上耗掉性命，委实不值，竟白操了那份心，叫妈祖娘娘看着，安能不心疼？

一句话，点醒了几乎死心的姑娘。小叶又偷偷抹了几把泪，到底将邻里捧的番薯粥喝了，回过魂来。横竖对负心的人没指望了，拔下歪在鬓边的翠玉梳，塞进箱底，自此只一心侍奉妈祖娘娘，不做他想。

且说怀安那日在石雕作坊里正专心雕刻石头，有人来报说有人专程来请，却不知为何。来人二话不说，热情地扯了他上了一顶车马轿，吆喝着便去了。跑了足有半日行程，下了车轿，才见是一处客栈，打量是什么人请他吃饭，还猜想，兴许是要说合他与小叶姑娘的村里有头脸的人物呢，倘或果真如此，也算好事，却不必推诿，便坦然进去了。

谁料想，在客栈屋里左等不见人，右等不见人，满桌的酒菜都没敢动。夜色下来后，正等得不耐烦，怀安抬脚要走，屋里掀帘进来一位光鲜的女子，环佩叮当，未等问话，她倒先叫唤了一声——怀安!

那声音里的温柔,竟似久别重逢一般亲热,尚未看清她的相貌,她却几步一下扑上来,直扑至他怀里,早已嘤嘤抽泣起来,两手抓住他双肩,直泣得怀安心头早乱了。

怀安?我叫"怀安"?

2

既到了跟前儿,白艳青越发确认这个高大的男子必是怀安无疑。

想当初,自己将心系在他身上,虽说不敢言语,更不敢让人知道,只偷偷在心里念着,奈何没有缘分。几次交集,少不得多看他几眼,早将他那眉宇间的气度,那剑眉星目的神采,那宽额挺鼻的大气,一并都铭刻在心,时时回想,多少女儿家的柔肠百结唯有自知。不想今日再见他,虽铰了辫子,散了发丝,却越发青春俊朗、神采不凡。白艳青心下早没了分寸,恨不能只投在他怀里,自此,纵使浪迹天涯,也应是良辰美景。

怀安惶恐,一把推开白艳青,早慌得手足无措,站也不是,坐也不是,直退了三五步,生怕身上的石头粉尘脏了眼前人。

白艳青未语泪先流,才平静下来,指着椅子叫他坐。见桌上酒菜一应未动,便叫了小二和丫鬟再行备办,该撤换的撤换,该热的热,先将上好的热茶与姑爷送来才是。

那丫鬟抿嘴偷笑,平白多了一位姑爷,她安能不懂?也不白跟主子多年,早明白主子的情肠了,应声扯了小二出去备办不提。

这边,白艳青斟了热茶,亲自递到怀安面前的桌上,双目脉脉,深情款款,却叹了一声,戚然才道出缘故。

半年多前,你奉前清官爷之命,晋京献瓷,原本是光宗耀祖之事。谁料,你方出行半月,家里便接到惊天噩耗,因有海难侥幸逃得命的人说，官家福船在海上遭遇贼寇，沉了，一船子人死了十之八九，说你……

白艳青说到此，又滚下热泪，却是真泣泪，想起那些日子听闻此事，心下着实痛过一阵，也哭自己命苦，戏子之身，人尽可戏，却无一真情。眼前人是心上人，却似近还远，不禁悲从中来，泣涕涟涟，好不伤悲，倒真唬住了怀安。

怀安嗫嚅了一句，想是真的，我落海之后，被人救起，捡回一命，只是……先前之事，竟一概不记得了，这……

白艳青赶紧抹了泪，正经说道，正是呢，前儿有世家友人打发人来说，在那什么渔村里见过你，初时还不大敢认，后来打听说是海上救起你来，你还会捏塑些泥像，那人便越发确认了，即刻来告诉我，把我吓得不轻，立即奔去，不敢声张，恐惊着你，只得暗中查探，果真的……是上天可怜我……倒让你也活了下来，我……我……

话又噎住，再度落泪。怀安听着不像有岔，慢慢打消心头疑虑，他比谁都更念想有家人寻他，但只目下，脑子不记事，却如何也记不起眼前的美娇娘是何人，听她言语，见她亲切，竟与自己十分亲热，难不成……

白艳青见已稳住对方，且他也明说海难后受了重伤，先时物事已尽数忘却，岂不是天赐良机吗？白艳青心内打定主意，面上却忧戚着，慢慢言语，生怕一句不慎再将他吓走了。

不料你竟忘了前尘旧事，忘了也罢，竟连我也忘了吗？

听白艳青这一句，怀安心头一热，见对方早哭得双目红肿，眼里泪光点点，那般真切，十分可怜，想是多时心伤，安能不怨自己忘却她呢？怀安心下愧疚，低头寻思，倒把热茶吃了一口。

唉，你原是瓷城人氏，家里主营瓷业，你原本会捏塑瓷像，好一手瓷雕手艺，先时也是官家相中你的瓷雕佛像，征去献与前清的，哪知人算不如天算，生离死别半年有余，如今天下竟换了，你这模样……却与当日大不一样。

怀安想起什么，盖了茶碗，因问，那家里……

白艳青早料到有这一问，将脸别过一处，望向窗外，幽幽道来，自你遭遇海难，家中日子一时再好不了了……公婆二老料不到……你先他们而去，都撑不住……一病不起，不过两月，先后……去了！

怀安听罢，滚下泪来，捂住脸，只恨自己什么也记不得。却听白艳青接着说，可怜只余下我一人，送了公婆，无依无靠，不知如何度日，只得重操旧业，再将当年的戏文拿出来唱，少不得抛头露面，只求活着，原打量这辈子没什么指望了，不曾想，竟盼得再见到你……怀安……你可知……

说到此，白艳青回过头来直直盯着怀安，恨不能将自己一下摁进这个男人的心窝里去。

也不知白艳青生就几个胆，竟想着，只天知地知，不如偷偷将心仪的人藏起来，哪怕过一时，是一时，能过一世，便是此生造化，纵然少活几年，也值。

听闻至此，怀安大致明白了些，虽心内尚有些模糊，也只怪自己脑袋受了撞击，想不起事也是有的，一时也急不来。听如此说，眼前必是自己的妻室无疑了，天下竟有这等好事，捡回了小命不说，竟还能与发妻死别之后再聚首，岂非三生有幸，祖上积德？老天得多慈悲啊！

一时，热酒热菜上来，白艳青整了妆容，引着怀安喝酒吃菜，再说些琐碎话，果然将怀安哄住了。是夜，打发人替怀安备了沐浴热水，换洗了干净上好的衣裳，在一屋里一床上，却各向一旁。

怀安到底觉得别扭，又有些漠然，因一夜不敢妄动，另心里记挂小叶姑娘，到底左右为难，却不知如何才好，直愁了一夜至天青发白。

白艳青可是豁出脸面了，自己有什么名分名声可言，无端担了许多虚名，倒不如今日跟定此人，往后的日子便是怎样也不去理会，戏上唱道，只羡鸳鸯不羡仙，她道是，有了他才算是人间眷属的好日子呢。然而，既说了是他的妻室，到底未实，隔着被衾，白艳青也不敢动弹，直侧了一夜，几乎无眠。

天亮起身后，怀安却道，既这么着，少不得跟她回去，只是救命恩人那儿还得告知一声，总不能就此不明不白地抬脚走人，颟顸了事？断没有如此无情无义之理。

白艳青也算准了有这一步，故意扭身坐在窗前，话也不说，兀自抽泣起来。

怀安心内过意不去，只得问怎样才好。白艳青不无抱怨道，想来夫妻一场，情分早定，倘或不是你脑子撞坏，何至于冷漠如此，那位救你性命的姑娘，我也是知道的，早打发人去请，人家也是识礼的，知道你有妻室，哪里还肯跟来？难不成竟要叫她委身于你，你倒捡了大便宜，却何曾考虑过我？即便你要报恩，带了她来，我也能容她，若她果然愿意跟你，你竟委屈了她，又如何是好？

一番话，问得怀安无言以对，竟没了主意。再见白艳青，一早尚未梳洗，面容憔悴，却仍旧清秀动人，换作旁人，倘有娇妻如此，夫复何求？怎奈心内委实放不下小叶姑娘，也该上门辞谢才是。正待说，白艳青扭过身来，一本正经道，昨儿我早打发人，带了好些银钱厚物，送至小叶姑娘家了，你是我的人，我不得不跟她明说，这会子也顾不得她如何难受，除非你竟忍心休了我，我才放你走！

怀安颓然坐下，早茶也没心情吃。末了，白艳青幽幽道，人世间，多的是难两全，十之八九，有一好，便难有再好，安能强求？不过将就罢了。

怀安哪里知道白艳青见惯风月，不单戏唱得好，言语里多的是戏文深味，一旦搬弄出来，多半容易被她唬住，况怀安这般心地憨厚之人，此刻竟深信不疑。

一时，怀安心下虽落寞，却也没奈何，只懒懒地梳洗毕，见白艳青收拾了各色物件，备办了车马，必是要带他家去了。既这么着，心内再放不下小叶姑娘，也只得待日后另寻机会，再作道理。因随了白艳青上了车马，以为家去。

事实上，白艳青哪里肯将怀安放回瓷城沈家，不过将他哄骗走，一时也没别的去处，偷偷带往鲤城，安置在自己先时购置的一处小宅院里。自此，二人便过上寻常夫妻的日子，竟连婚事也不曾办得，外头也无人得知。底下三四个服侍的，只道无可无不可的，得了白艳青的银钱好处，只当戏子难嫁，如今偷养个汉子，人也不容易，何苦多嘴坏人好事？因按下不表。

如此，倒也一时安生。

3

但只瓷城沈家的这年，过得十分不安生。

只因重伤卧在雪地里的怀仁拼尽最后一丝气力敲开了家门。

那时，尚在除夕夜，年夜饭之际，管家李满堂一声惊呼，叫破了年夜的宁静，叫得老爷夫人、沈老爷子、姨太太和怀着身孕的惠心等人，个个心头发颤。可不吗？多不安生的一年，可千万别再出什么乱子才好。

雪夜里，家家灯火红，户户人守岁，却只沈家上下乱忙活，满桌的好酒好菜、好鱼好肉都没顾得吃，全都张罗侍候满身血渍的二少爷。大过年的，好不容易偷偷将大夫请了来，重重地给了红包，一来谢意里更多含着歉意，二来稳住大夫，千万守口。这年头，外头多少乱象是小地方人所没见识的，少不得大惊小怪，没事则罢，万一人多嘴杂，一传十再十传百，后头有多少坏心眼等着瞧好戏，可真不好揣摩。

直忙至夜半，大夫竟通身出了大汗，可算将满身伤痕的怀仁给救了回来，说，明儿若醒转来，便性命无虞，将养些日子，必又是好汉一条。

沈家上下千恩万谢，幸得素日交好，大夫才没大惊小怪，且早知这位爷自小偏好惹事，此番必是在外头惹了大祸，只看他那腿上、后背上的刀伤枪伤便知，再晚一步，几乎丢了性命。大夫也深知里头的厉害，不必沈家千叮万嘱，自然半句不相干的言语也不敢多，好歹要防着连带沾染上，谁知后头更有怎样的厉害且等着呢。

自怀仁身上挖出两颗铁弹子，众人纵是不曾见，也猜出那是何物。外头偶传沈家二少爷干了与革命相干的事情，连没见识的人也知那是要掉脑袋的，一旦说话带出半字，都觉出怕来，敢跟官家动刀动枪的岂是儿戏？单看那钻进肉里的铁弹子便知，稍有半点偏差，血肉之躯有几条命可供搓弄？

婉瑜见着那两颗铁弹子，尚裹着猩红的血渍，又怕又疼，打发人赶紧丢了去。转而一寻思，这东西特异，随便一丢，倘或叫外人寻着并发觉，岂不要坏事？因立即将人叫回，命他将铁弹子埋进天井处含笑花底下雪泥里，必要做得妥当，一点痕迹也不能有。此后，方觉安心些。

怀仁在家养伤，头里还不大清醒，约莫烧了两三日，说的胡话自然没人听懂，一会儿嗫嚅着"可怜你，不能白叫你丢了性命"，一会儿又嚷着"天杀的，天下谁能饶你"。亏得为娘的婉瑜前后亲自照看，没得叫别人听去，纵不被吓着，也怕落人口舌。背里，婉瑜将这些话一一告诉敬德，二老少不得感叹一番，却又不能怎样。敬德还愤愤地说，吃些苦头也好，叫他知道外头哪有那么好混，咱这小地方到底村野乡莽，天下大事哪由得着他掺和？倘或白丢了性命，倒叫你白疼他一场。

一席话，说得婉瑜心疼肉疼，却觉有理，想着自此便好了，再不许他出去到处疯，只管在家，哪怕做个白吃饭的，好歹早晚在跟前，也放心些。

待怀仁确乎清醒了，未等跟阿爹阿娘陈述重伤缘由，他倒先提出必须尽快离开，只恐给家人招来什么祸害。此话却是真的，先时受人追杀，重伤后几经奔命才得以逃出生天，躲到家来也是万不得已。目下一寻思，只怕不妥，若不早些离去，恐后果不堪设想。

婉瑜断是不肯放他出去，一则，究竟重伤未愈，二则，外头既有险厄潜伏，倒不如藏于家里安全。敬德几经思虑，打量目今家里上有老爷子病弱，经不起吓唬，下有儿媳养孕，更经不得折腾，怀仁又身怀重伤，倘或任凭他去，何异于白送命？

因左思右想，不如索性将他藏到自己知晓，旁人未必寻得的所在。

元宵未至，家里择一夜半，套了车马，将怀仁偷偷转移出去。为免走漏风声，只二老知晓，连出行也只老爷一人亲自操办，不在话下。

此后，有关二少爷归家之事，家里上下无人敢透露半字，倒还一时平静。

年后，春天如期而来。也就这年春天，省城里突然爆出消息，宣布独立了。

百姓们多半不懂何谓独立，只知道换天了。先时的皇上不管用了，现如今改叫民国。据说都听大总统的，横竖谁也没见着，也不多作理会，该过的日子照过，只是越发不好过了。

自打敬德掌管紫云瓷坊以来，今年是头一回在开春后未开张。先是因了怀仁，一时还得小心谨慎些，后来因省城分号的颜掌柜来信，说省城那边气氛异样，不知多早晚要出事，便诸事暂停，以观其变。至若鲤城分号，因先时被二爷沈家弘给败得差不多，只得草草收场，连二爷的影子也不曾见着。鹭岛的分号也光景不济，多半凋敝。

敬德尚不敢将鲤城分号和弟弟的事报与老爷子听，生怕一个气头，再将老爷子气出好歹来，岂不错上加错。故年关时，连二爷沈家弘未露脸之事也随意搪塞过去，老爷子自己身子不受用，横竖不记挂，倒也乐得不过问。

因世事动荡，瓷城各大小瓷业均受波及。安身立命还都未有定数，谁还有心思买卖奢侈品类？陶瓷物件自然也没了市场，渐次低落。果然瓷艺人的生计越发不好讨了。

一段时日以来，惠心避回娘家养着。明知二少爷归家，多少有些不便，更见他伤重垂危，家里公婆早已乱了分寸，倘或另要腾出空来照管自己，倒叫她心里十分过意不去。不如趁这会子，回家避一避，一则，家里阿爹阿娘更知道如何疼惜她，必是好吃好喝地紧着她养好身孕，二则，也能叫公婆专心于怀仁疗伤之事，不必因她而分心，岂不两全？

两家同在一城，来往倒也便利，惠心在正月里回娘家，走时连同小姑子怀钰也哄去，恐她在家给公婆添乱，倒不如带去省事，便打发人来与公婆言明了，也不耽误。婉瑜心内实在放不下，儿媳怀的可是怀安的孩子啊，一日不在跟前，眼没见着，哪里能够安心？怎奈家里放着命在旦夕的二小子，果然照管不过来，便只得由儿媳去吧。素日知道这孩子的脾性，料不是耍什么性子，得在娘家也能料理好，待这边的事妥了，自然还要接了她来，早晚守着她肚里的孩子，才能放心。

却说怀仁究竟被送往哪里呢？不是别处，正是沈家自己的瓷窑。位于离城五六里的云溪瓷窑，乃沈家祖上置下的产业，专供本家烧制陶瓷。那里依山而建一处龙窑，旁有两处平房，或住人，或放置柴火与陶瓷。彼时春节方过，请假归乡的伙计都尚未上工，敬德便悄悄将二小子怀仁带进瓷窑西面一处房子后头。柴房深处竟藏有一个地窖，将人藏在那里。里头被褥、照明、干粮、茶水等一应俱全，却是当年老爷子自遭了匪劫后私下偷偷备办的，以待来日不时之需。如今，好歹将怀仁藏住，不怕外人发现，也不怕他再跑出去，妥妥的。

敬德出来，却将那地窖上头的盖门锁了，心下才稳当。此后，隔三岔五的，要么自己夜里来查看，给儿子换些衣物干粮等，要么打发旺儿来照管。

旺儿自来照管的是三少爷，陪他读书，自三少爷去了东瀛，他便留在省城分号，跟着颜掌柜打打下手，年节方回。白闲着也是闲着，倒是信得过的人，机灵勤恳，凡事一向办得妥帖，倒叫人十分放心。

只是，毕竟年节后各方瓷业不济，城里商铺几多寥落，连紫云瓷坊也开少关多，但沈家却有意无意地打发人到自家尚未点火开工的云溪瓷窑，少不得惹人起疑。

自有那素来紧盯，伺机寻衅的人早暗中查探，不是别个，正是那些不容怀仁的一干人等，如春虫蠢动，早已按捺不住了。

4

说到底，这年冬天的瓷城雪下得稀奇，不仅是多年未见，且来得没半点预兆，加之时运不宁，因而整个瓷城多半凋敝，年也甚是寂寥。

万福瓷业的康家原本财雄力厚，一时尚能撑些，只是突然出了一档子事，年也几乎过不下去。这便不得不提前话了。

论起来，康家瓷业并非延自祖上根基，掌柜康万州原是一方财主，某年置买山田宅地，架不住好运气，意外买得一处山脉富矿，却不为耕种租赁，只因该处正是蕴藏上等瓷土的所在，其后，瓷城大半瓷业的泥土出自该矿。合该康家发迹，原本守着瓷土矿，发的财也一时无尽，偏康万州不稀罕只靠挖泥土换钱，以为那都贱卖了，因想法儿拢了些瓷雕手艺的老匠人，仗着先时的积蓄也做起瓷雕的买卖。虽说自己没那手艺，任学也不会，到底能折腾，把个门面撑得有模有样，老匠人们捏出的瓷器也不差。至后来，横竖比不得老字号传统瓷业，便由先时捏塑传统佛像转为烧制各类瓷瓶，尤以红釉瓶和青花瓶深得人们喜爱，一时风头无二，果然一发不可收拾，在瓷城也占得一席之地。

况康万州本人善于上下周旋，多大的事都笑脸迎上去，惯与官家表里亲近，不过数年，人脉早已通达省城，可谓左右逢源。连老婆也娶得倍儿值，正是前县太爷胡向春的亲妹子胡丽华，生得一双儿女十分齐全，日子简直羡煞无数人。

怎奈一双儿女虽是同一肚皮出来，竟有云泥之别。先说女儿康雪清，并无惯养娇生，反倒聪慧灵秀，十四五的光景即出落得既可人又大方，自识字后说的话、谈的事更与别个不同。动辄古今变迁、名门英豪、家国大业等，竟比别家的男儿更通晓文理世事，大有满腹经纬之才，只可惜生就女儿身，转眼即到婚嫁之龄，她却越发有自己的主意，凭你怎样也糊弄不了，愣是不嫁。

却是作哥哥的康延福没造化，自小不说厌弃读书习字，仗着家里衣食无忧，上有爹娘呵护，下有仆从吹捧，竟养成了好逸恶劳的性子。成日吃喝玩乐，到处游逛，无人能管束得了，越发得了意，自小还跟姑舅表亲的胡少杰一同嬉耍，将这世上多少祸害之事都不以为意，哪里想过竟埋下祸根。

且说自暮春初夏时，康雪清见过沈家三少爷怀远后，女儿家的心思早早萌动。先时还因机缘拿些书报来读，知道些天下大事，再者见过怀远，听其谈吐，倍觉不是寻常男儿，愈加心驰神往，恨不能随其出海求学去。心下的隐秘爱慕竟半点不敢与人言语，深深雪藏，只等来日。

果然，秋天时节便得了机会，康家瓷业也要往鲤城求发展，康雪清虽知原没她什么事，料定阿爹必是不放心将家业交给不成器的哥哥，因求阿爹带她一同去见识见识。康万州倒不是那种迂腐顽固之辈，不信奉那些个女子就该守在家中做些女红针线便罢的道理，却是极欢喜女儿有过人之处，特地准了女儿随他去见世面。

康雪清求之不得，可谓一朝出樊笼，自此上青云。康雪清何等冰雪聪明，一面敷衍些家里所谓的瓷业大小事，倒也应付得来，好歹比她哥哥要强些，只是志不在此。一面偷偷留意外头风传的天下时事，不过几月，便寻得同好，竟瞒着爹娘秘密参与。半年后，她直接弃了家，只留了字句，称要出去见识世界，自此不知去向。

康万州气得直骂儿子康延福不中用，连个妹妹都看不住。

康延福哪有空管这事，乐得家里没这个晦气妹妹，素日里被她那一腔正气的辛辣性子给刬得没法受，这回倒清静了。他只一味跟表哥胡少杰厮混，也不稀图什么官阶钱物，只图快活。在得了线报，知鲤城地界明里暗里的革命人士里，有一号叫怀仁的，心眼儿更对上针眼儿了，天生的死对头。

那会子所谓的革命正闹得满城风雨，可巧表哥胡少杰得了好处，自省城拿了权，率了人马杀下来。康延福正愁没得刺激呢，上赶着搭进那股反扑的厮杀里，得了便宜又卖乖，好好把怀仁的人给拾掇了，尤其把那位人人叫好的"温陵女侠"给作践死，必要让冤家对头怀仁痛得撕心裂肺，仍嫌不够。

怀仁必是恨他恨到骨子里的。可怜康延福哪里留神，终究玩火容易自焚。果不其然，他没杀着怀仁，终落在怀仁手上，被他挑去双眼，竟还被切了男人的命根子，活着已成个废物，岂不是自作孽？

康万州原打量到鲤城置办了新房子，预备过个好年，孰料人算不如天算，万万没料到一双儿女竟将好端端一个家给祸害了。明珠宝贝似的女儿康雪清一声不吭地干革命去，姑且不管也使得，女儿终究是别人家的，去了只是一时的痛，过了便罢。最是又气又恨的竟是儿子康延福让人给废了，竟叫康家绝后。那日见儿子成个废人，被胡少杰打发人抬进家门，康万州还打量他小命丢了。真要是丢了命，也不至于康家的老脸上挂不住，偏偏成个废人，一时叫天不应，叫地不灵。天杀的啊，时局纷乱，竟连个说理的去处也没有。夫人胡丽华当下便昏死过去，再救醒后自此一病不起。

康延福只剩下苟延残喘的小命，整日躺在床上不言不语，与死何异？

一边是夫人自此卧床不起，一边是儿子吃喝拉撒全要人伺候，真真把人琐碎得要恨死，一时家不成家，康万州恨得咬牙切齿。其间少不得当夜捡回一命的李长庚在旁鼓唇弄舌，更依胡少杰所言，明知是沈家人所为，怎奈没证据，恨不能立时杀进沈家，一命赔一命也未必能解心头之恨啊。

胡少杰只得拦住舅舅，言明事情厉害，此时不能明干，倒可暗里进行，惟今只一时没寻到怀仁，一旦寻得，定要将之碎尸万段不可。毕竟姑表亲，胡少杰见如今康延福的惨况，心下暗忖，当日若自己一时疏忽，今时废掉的必是自己。留一个怀仁竟是留了无穷祸患，必要除之而后快，若不然，这一世都别指望安生了。

故趁着自己尚有些手段，加倍派人四处摸查，果然在入冬后摸得怀仁一众残党的藏身之处，将消息报与废在床榻的康延福后，二人秘密谋划一番。

最后，胡少杰亲自带人乔装成山民，悄悄潜入怀仁位于蓬壶岭深山的洞穴，见其所剩余党不多，竟趁夜杀他们个措手不及，况还带了火枪，倒真把怀仁逼得在山里四处逃窜，一路被追杀中还身中两枪。

胡少杰和手下均亲眼所见怀仁跌落山涧，只是再去寻时，竟不见踪迹。回至洞穴，见藏在洞穴里一堆未及处理的瓷器，认得是沈家紫云瓷坊的瓷，不由分说，打了一通火枪，尽数毁掉，这才罢手而去。

胡少杰方回，可巧父亲胡向春撒下瓷城官事，前往鲤城瞧妹子一家。得知前事，胡向春反倒斥责胡少杰等人胡闹，到底少不更事，凡事没个周全。一则，剿革命党之举过于仓促，未能一网打尽，是为大错；二则，既杀到贼窝，更打草惊蛇，恐后患无穷。胡向春比康万州有谋算，他说既在贼窝寻得紫云瓷坊的瓷器，不该尽数毁掉，原该拿来作一由头，倒把这事安给沈家，好治他们个死罪的。胡少杰后悔不迭。

康延福只恨自己瞎了，没得亲眼见到怀仁死在火枪之下，他疑心对方未必就死了，故暗暗遣人再查。明知怀仁九死一生，料必逃回沈家躲藏，虽一时未找出破绽，料定沈家多早晚终会露出马脚。

他们早将沈家位于云溪的瓷窑暗暗围住了，只等瓮中捉鳖。

十七、芳菲痛

1

人间四月，瓷城芳菲正盛。

草木不谙人世沧桑，不因之荣枯，反兀自葳蕤，最是无情。惠心望向天井处的那株含笑，出了好一会儿神。

想这近一年的光景，竟恍惚如幻象，怎生惆怅，流光容易把人抛。今日春光和煦，恰恰遂了草木春心，想来，那株高过一人的含笑颇能撑持，去冬岁末一场多年不遇的大雪竟未能将之冻坏，今春越加容光抖擞，吐蕊传芳。一时间，沈家宅内，自天井周边十步左右皆能闻见那沁人心脾的含笑芬芳，着实醉人。

只是，沈家上下脚步匆匆，除却临盆在即、不便行动的惠心，无人在意一株草木的荣与枯，一如草木不问人事悲喜。倘或怀安在便好了，他倒是个有心的，自惠心进了沈家门，两人缱绻不多时日，怀安却是知道惠心喜好花木。某日还说，天井处宽敞，除了那株上了年岁的含笑，大可再辟出一角，闲时种些其余花草，岂不好？

一念及此，惠心心头刺痛，眼前依稀，恍见怀安立在含笑旁，指指身后左右几丈见方，等着惠心拿主意。这角落日光好，种些戴云兰，就从戴云山上移栽，连盆都替你想好了，得用咱们云溪窑旁边人家的红陶盆，透气还雅致……

彼时的惠心高兴得直拍手，更指着怀安身后的影子处，说那几处种上胧月和紫乐最好，将家里几株成老桩的移栽一二来，花盆得是自家窑里烧的，得是造型独特的，高挑又适宜长成悬崖老桩的才好看。二人说说笑笑，怎奈后来未能如愿，一晃，时光飞度近一年，而那日言语竟恍如昨日。

几时泪水挂在腮旁，惠心浑然不觉。却是跑进天井的怀钰瞧见发呆的嫂子，轻声唤醒她。

嫂子，衣裳掉了。

惠心惊觉，低头方见披在膝上的长衫不知几时滑至脚下。她想俯身拾起长衫，因肚子凸起，身形臃肿，甚是吃力。

嫂子莫动，我来捡！怀钰三步两步跳上石阶，伶俐地拾起长衫，小心披在惠心膝上。抬头见惠心脸腮上有泪痕，竟不动声色地拿出帕子，替嫂子拭去。

这小丫头，人小心大，明知惠心必是想念深了，不便提及，便也不提她脸上的泪，兀自笑笑，拿手上的瓷玫瑰来岔开惠心的念想。

怀钰格外喜欢嫂子，原本家中三位兄长没一个愿意陪她玩。女儿家少不得失落，自嫂子进门，与她分外亲近，亲如姊妹，尚可悄悄说些女儿家的私话，打发了好些闺中寂寞，再好不过了。虽家中接连出事，大哥意外海难，二哥受了重伤，在小怀钰的心里，自然由大人们去扛，她横竖不懂。再者，自小，亲生父亲便没怎么待见她，倘或不是阿公阿嬷和姊娘疼她，她倒比外头人家的女孩可怜见的，人家好歹有阿爹阿娘疼。

惠心果然对这小姑子很是喜欢，一日带她做些女红针线活，也带她一道捏塑瓷花。生长在瓷业人家，不能不会点瓷塑的活计。最初见小怀钰能将一团团的瓷泥捏出瓷梅花、瓷牡丹、瓷菊花和瓷水仙，惠心甚是惊讶。听闻是婆婆有心栽培的，心下便知婆婆对怀钰不外道，手艺活正悄然传承。惠心索性也没什么藏掖，便教授怀钰捏塑些其他瓷花。怀钰果然蕙质兰心，一点即通，多时竟也能帮上家里的瓷花活计，全然不输与一名娴熟女工了。

此时，怀钰拿在手上的瓷玫瑰正是惠心前些日子教她的。她便拿着花朵问，如何将花瓣拼接处粘好，还能不坏了凹处的造型。惠心自然讲些其中的手法奥秘，末了，还夸怀钰聪明细致，细处不草率，不含糊，比一般女工要强些。

怀钰乐得蹦跳几下，直说自己老捏不好瓷玫瑰，如今可算明白了。其实倒也不难，却是那些女工们的粗手活计，明明多思考便能解决，偏她们不乐意，草草将易散的花瓣粘些稀泥。打量是糊住了，其实到窑里一烧，十个竟有八九不能成，要么开裂，要么脱落，少不得惹老爷不开心。

惠心已许久不曾动手捏瓷花了，她如今是家里最最宝贝的，上下无不尽心呵护她，要她好生将养着身子，毕竟沈家第一血脉孕育在她身上，是为沈家大幸。连身子骨日渐凋残的沈老爷子也硬撑着一口气，不为别的，只说非要撑到见着曾孙子，方才肯闭眼。

年后很长一段时日，敬德忙于整饬沈家紫云瓷坊和云溪瓷窑的事。婉瑜顾着家里上下，上有沈老爷子要照看，下有一家子一日三餐要料理，另要帮忙照看瓷花作坊那头的事，也是每日忙得不得闲。惠心身为长媳，本应搭把手，怎奈力不从心。

因了怀仁突然重伤逃回家，连着两三个月，沈家分外忙乱。虽说开春后，迟了许久，才按旧例开工烧窑，那也不过是做做样子。一则，且不管战乱时期瓷业如何凋敝，老工人的情分犹在，不能弃之不顾；二则，也好掩人耳目，让那些好事者看不出端倪。

至若怀仁藏在何处养伤一事，沈家上下严守口风，滴水不漏，只老爷夫人和管家以及跑腿的旺儿知道，就连惠心和怀钰、沈老爷子和姨太太全然不知。

这日，敬德归家得早。惠心和怀钰二人尚在天井处说话，听见大门外头脚步匆匆，随后便见老爷夫人一并进来。一眼就能看出，老爷一脸的黑，不知在生谁的气，大踏步直往里走，头也不回，一时搅碎满院静气的含笑花香，吓得怀钰都不敢叫唤他。

婉瑜走了几步，急急刹住，叫身后的旺儿先出去，吩咐作坊里的女工们点好今日的工件，便可早些散班。旺儿答应着便去了。

婉瑜走过惠心身旁时，老爷已回至屋里，将门关上。那门仿佛也关不住一股气，直愣愣地扑出来。婉瑜行色匆匆，拿手帕一挥，招呼惠心。惠心啊，你去跟李妈说一声，叫厨房预备晚饭。

也不等惠心答应，婉瑜因推门进去，返身将门关好。

惠心跟怀钰对视一眼，见怀钰淘气地吐吐舌头，只得会心一笑，将早先摘在手心的一朵正芬芳的含笑簪上怀钰的鬓角，瞅了一瞅，这才满意地牵起她的小手，往厅堂后头的厨房去。

怀钰悄声嘀咕，准是我二哥又惹大伯生气了。

惠心脚步有些缓慢，吃力地跨过厅上通往后头的槛儿，忙竖指嘘声，冲抬头望她的小怀钰摆摆手，示意她不可多言。怀钰眨着明亮的双眸，不以为然地撇撇嘴，小心扶着嫂子。

怀钰没猜错，老爷敬德正是被二小子怀仁给气的，恨不能拆了那小子的骨头。关起门来，敬德便不管不顾地对婉瑜数落那小子的可恨可气之处。

先前闹革命的事尚未教训够，这回中了枪弹逃得命来，一时还骂不得打不得，藏在不得见人的地方，将养了两三个月，伤口反复感染，偷偷央人至省城讨了些西洋药回来，这会子方才见好些。又口口声声闹着要出去，问他招惹了什么祸端，却只字不提，只说他自有去处，横竖不带累家里人。

敬德气得直捶桌子，只恨不敢大作声张。婉瑜听得出老爷心口压住的火气，要不是这事微妙，恐素日里稳重持成的老爷也要站在院子里好一顿呵斥才罢，故而不上前去触这霉头，只静静坐在一旁。

敬德压着声音数落几句后，屋里静了一会儿，他诧异地问，怎么不给我茶？

省省吧，没得再叫你摔一只好瓷杯！

婉瑜的话出奇地冷静，倒把敬德给噎得没话了。

2

一直在暗中查找怀仁的，还有一个对他念念不忘的人——潘安尔。

不过，此刻潘安尔尚未进入胡少杰的视野。胡少杰正暗暗遣人盯紧了沈家，不只盯住沈家宅院，还秘密观察沈家位于云溪的瓷窑。

但胡少杰没能得到准信儿，明明看到沈家老爷、跑腿的旺儿不时两头跑，却从未发现什么破绽。架不住时日一长，百无聊赖，渐渐地，胡少杰便松了心，疏于理会，连同手下也不时懈怠，有一搭没一搭地敷衍，两个多月后索性时常躲一边喝小酒去，管他什么乱党不乱党的。

那时节，乱党一说也不怎么骇人了，上头变天了。有人还嘲笑胡少杰犯傻，他老子连县太爷都没得做了，被取得胜利的革命政府抹掉了，横竖前朝的官，此时不管用了，他胡少杰也蹦跶不出什么名堂。

胡少杰也觉窝囊，耳旁禁不住康延福几句冷言冷语。康延福已然废人一个，眼睛瞎了，也逛不得烟花场所，吃不得花酒了，这辈子到底完了。可满心恨念尚未冷透，没摸到怀仁的尸骨，他怎肯死心？他便缠着胡少杰，风凉话说了一车又一车，倒真把有头无脑的胡少杰说动了。他正庆幸，亏得当日怀安没将他舌头割了。

依康延福所言，管他谁坐天下，到哪一世道，只有银钱管用。现在是革命政府管事了，管的还是那些事，管的还是天下的百姓，少不得用钱，只管拿钱去使，上下没有不通的，多早晚的事，便要什么没有呢？

一句话点醒本就不够聪明的胡少杰，细想想，往年家里全仰仗坐镇县衙的老子，往上能巴结到朝里的公公，往旁能结交各路官爷。虽说如今改朝换代了，前朝那些人脉自然不管用，可家里的银钱却是白花花错不了的，不使白不使。

不几日，胡少杰果真拿家里的银钱打通了省上的新政府。不只给家中那个失魂落魄的老子谋得国民政府县长一职，另给自己谋了县警察署的美差，摇身一晃，换下前朝的兵服，换上严肃挺阔的黑色警服，腰里再别上手枪，带着一队荷枪的警员，大队伍浩浩汤汤开进瓷城，照样住进了原先的县衙，不过是换成了国民政府和警署两块牌子而已。

眼瞅着身穿警服的胡少杰高头大马地在瓷城大街上招摇过市，人们傻眼了。不是说换天了吗？怎么先前是他们掌了权，如今仍旧他们管着地方呢？原还想着可有出头的日子，如今看来，不过空欢喜一场，由着新旧一任的胡县长辖制，再加上一个惯会兴风作浪的胡少爷来当地方警官，瓷城的大小事还不仍旧是姓胡的说了算？谁保谁平安还不好说呢，往后唯恐也不得安宁。

正如沈老爷子说过的，自古官家，哪有好鸟？

往前倒十数年，那夜山匪公然来劫沈家的家传达摩像。过后，尽管官家获悉，却并未站出来替沈家主持公道，背里甚而传言，是官家明着不好强要沈家的《一苇渡江》，便借山匪闹了那么一出。沈家只愿息事宁人，懒待求证，便不了了之。

老爷子闲说过，祖上传下的那尊达摩瓷像，确属何朝宗款。"一苇渡江"的故事，所知者不在少数，真懂内里真味的，兴许不多。老爷子琢磨了一辈子，也没想明白，姑且寻思，达摩他老人家当年渡江，一心为求渡化世人，可世人何曾接纳他呢？拒绝他上渡船，好在达摩并非凡人，折下一根苇草，往江上一扔，飞身踩上去，稳稳地，却不是飘然而去，竟是借着苇草之力，渡至江中，救起从船上落水的孩童，这才飘然远去，留给世人一个玄妙无边的背影。流传后世的所谓"一苇渡江"，什么意思啊？祖上大概是告诫咱们，渡人渡己皆是渡，若渡不得自己，谈何渡人啊？还是先管管自己吧。

无事便好，敬德凡事总想着，先将自家管好才是，管他外头天地如何折腾。乱世纷纭，避之唯恐不及，哪有上赶着往上凑的？小民小业小日子，只恐惹着腥啊臭的，不好收拾。

果不其然，那日自街角路过的敬德，见胡少杰带着人马耀武扬威的模样，心知要坏事。偷偷去见怀仁时，又问起先前缘故。怀仁哪里按捺得住，明知自己惹的祸不小，早晚要祸及家人，依他性子，谁拿五行山都别想压住他。一时急了，也不顾身上枪伤未痊愈，竟发狠说要出去，早晚结果了恶人性命。不想，被敬德好一顿臭骂。

别打量你干的好事我不知道，我可都打听清楚了，康家少爷让人给废了，传言都说是你怀仁干的好事。哼，还好事呢，好事者都等着看咱沈家的好戏！多少人在背后巴不得咱沈家败得越快越好，越惨越好。目今那个本就不好惹的胡少杰当上县里的警官，手里有枪还有兵，谁也料不到人家多早晚来报仇，看你惹的这祸，你让阿爹阿娘怎么躲？家里还有你老迈成病的阿公，还有怀着你大哥孩子的嫂子，你让我们怎么办？要怎样躲？躲哪去？你说啊，你如何不说了？你不是成天叫嚣着自己特有理，特了不起吗？你说啊！

敬德骂得直拍大腿，怀仁却似一尊佛般呆然不动，看不出他内心正在翻滚什么。

真要到那时，你让我怎么去跟祖上交代？哦，说我敬德没能耐，养出个祸害儿子，由着他的性子到处惹是生非，天下没打下来，倒把自家赔进去了，多少家业够你去败啊？你索性先将爹娘都气死得了，再去干你的天下大业吧！

敬德好一通大骂，自己算是出了一时的恶气，出来将门反锁上，也不管怀仁在里头怎样憋屈，多看一眼都嫌烦。一路上，敬德垂头闷想，不禁想到大儿子怀安，倘若大儿子仍活着，多少还能帮衬这个家。瞧二小子一副心生外向的模样，天生脑后比旁人多长了反骨，这份家业必定指他不上。老三怀远许久没音信，那一个只怕也够呛，唉，沈家在瓷城算不得大户，怎么求日子安生竟成一种奢望了？

并非敬德的担忧多余，摇身一变重获力量的胡少杰早又蠢蠢欲动，正跟躲在暗室中的康延福秘密谋划。放眼全城，最不安分的自然是沈家那个不知生死的二少爷，如今不是要拔眼中钉这么小的事了，该是借这由头，整一整沈家，唱一出杀鸡儆猴的好戏，往后的瓷城还不是胡家康家说了算吗？

二人如此这般一番密谋后，胡少杰信心满满地秘密活动开了。

而隔离了两三个月的怀仁，身体不在外头折腾，心内却折腾快疯了。少有的一段静养，除了伤口反复以外，竟还养出了心病。一向不知伤春悲秋的爷们儿，透过隐在山丘草木后头的小窗，竟会望月叹息，听雨不眠了；一向落拓无梦的洒脱儿郎，竟会在梦里揪着傅红琳的披风悲泣，醒来早已泪湿枕畔；一向听不进阿爹阿娘唠叨的浑小子，竟会在阿爹斥骂之后默默沉思，陷于无助虚空。

这还是那个发誓要铲奸除恶、叱咤疆场的怀仁吗？还是那个意气风发、义薄云天的怀仁吗？连他自己都怀疑了。那日，阿娘夜里偷偷来看他，他竟求阿娘将从他身上取出的那两枚铁弹珠给他，好让他记住那种夺命之痛。阿娘拒绝了。阿娘说，阿娘已经没掉一个孩子，不能再没第二个，哪怕将孩子关在山里关一辈子，再不许孩子出去丢性命。

阿娘说的孩子，没掉的自然是指老大怀安，想关住一辈子的，自然是怀仁。阿娘还后悔了，将老三怀远放走，像一小朵蒲公英，飞到不知去向的地方，落没落脚？回不回来？全然不知！

仁儿啊，你要记住，阿爹阿娘都是本本分分的人，咱沈家也是本本分分的人家，虽不至于像死磕黄土求活命的人家那么艰难，捏塑瓷土靠手艺活吃饭，只求安生，不求富贵，管他天下是怎样的天下。天下再大，能大过时间吗？此一时，彼一时，阿爹阿娘这辈子只愿跟儿孙安生过，过了此生，还有没有来生都不重要，余生再不想担惊受怕，余生再不想失去任何孩子！

婉瑜对二小子怀仁真是掏心掏肺，恨不能把心呕出来，只求儿子能安分些。

怀仁替阿娘拭了泪，才知，原来心酸如此伤人！不经意地，婉瑜问了句，怎么不见你提红琳姑娘？你那兄弟会可还好？

不提还罢，婉瑜抬头更见怀仁眼含热泪、欲言又止模样。怀仁滚下泪来，一头栽进阿娘怀里，低低地嚎了两声，抽噎道，红琳，没了！

婉瑜抚着怀里的儿子，愣愣地望向虚空，仿佛看到红琳姑娘回眸一笑，那样英姿飒爽，那样青春洒脱！

婉瑜悲戚地自喉咙深处挤出声儿，儿啊，我的儿……

怀仁把脸埋在阿娘怀里，自出生以来头一回哭成泪人。

3

虽说到民国了，瓷城山高路远，纯属毫不起眼的小县，山还是那山，房子仍旧是那些房子，人也还是原先那些人，不知怎地，原先微妙的越发微妙了，原先暗藏的越发深不可测了，更多时，凡事越发不可捉摸了。

敬德总觉周遭明里暗里有什么在潜伏、在涌动、在嗅探。

随便出去走一遭，身后大老远都要拖一条小尾巴，别看一个山高路远的小县城，总有些居心叵测的人，未必会讲些家国大道理，未必行些天下苍生大事，哪怕图些小财，保不准就会出害命的招。

那日出门，一切同往常无异，敬德哪里想过，差点就没命再踏进家门。他和管家李满堂一道奔赴戴云山下的瓷矿区，去采购新一批瓷土。瓷土是第一环节，土质尤为重要，半点错不得，倘或稍有不慎，差之毫厘，失之千里。敬德多年跟着老爷子摸索下来，深谙其道。在老爷子不理家业之后，敬德更是严把此关，每每必躬身前往，亲测亲试。哪怕瓷土运至瓷坊瓷窑，也必一一检视，丝毫不敢大意，因而紫云瓷坊从未在瓷泥土质上出过纰漏。

也因了敬德多年经验和亲手把关，深知戴云山中所藏瓷土矿脉所在，哪里土质白度纯正，哪里泥中掺有杂质，均谙熟于心。原是本着传承之意，要将这份本心交由老大怀安来接手，哪知世事难料，不想今日，敬德仍要亲自奔走。

算将起来，瓷城离戴云山也有五六十里行程，骑马来回料理，也得用时一日。敬德临行前嘱咐夫人，看好门户。留下腿脚麻利的旺儿，好前后有个照应。

戴云山绵延数百里，即便登至最高点，身前身后但见云雾蒸腾，不见首尾。敬德与管家李满堂直奔老主顾，山中早有官道，不难行进。到那已近午时，矿主却道颇有难处，带着敬德二人到采矿区验看。只因年岁不宁，采矿人难请，多半停采了，矿是好矿，奈何无人能采，白着急。

三人在瓷矿区的棚户中商议时，不知何故，毫无征兆，一声巨响自他们头顶山坡轰开，吓得三人心胆俱裂。一时间，山石滚滚而下，泥石滑坡顺推下来，直直将瓷矿区的棚户掩埋住了。白土弥漫，半日未散，早不见了三人踪迹。

那一声巨响在异常宁静的深山里过于突兀，竟不知何故，却吓着官道上行进的一队人马。被惊到的马匹一时惊恐嘶鸣，将马背上的人掀了下来。

那人身手倒还敏捷，顺势翻滚至草丛中，才没摔伤，被手下扶起后，气得心头火起，派人速速前去查探。不过翻个山坡即到了瓷矿区，于白土弥漫中尚看不出什么光景，却听得有人唤声叫唤，分明是求救的。

亏得这队人马来得巧，可算救得一命。你道是谁人带的人马，可巧是省城下来执行任务的潘安尔。彼时，她已是国民政府的一名特派专员了。

然而，话表另枝，沈家大院这回触上大霉头了。大门被拍得山响，婉瑜听出不对，立即叫旺儿先守住大门，随即叫上惠心和怀钰，由李妈带着，先隐在后门处待命。瓷花工坊里的女工们闻听风头不对，一时挤挤攘攘不知何去何从。婉瑜还顾不上她们，正待迎出门去，却被旺儿拦住。

旺儿机灵，自门缝处望出外头，见来者正是一身警服的胡少杰，身后跟着一顶暗沉沉的轿子，便知来者不善，赶紧跑回内院报信儿。

婉瑜知道他们必是冲怀仁而来，若是从前，她倒敢出门挡一挡，今日却有些不得劲。一则，儿媳惠心临产在即，经不得吓，更不敢出错；二则，老爷子重病卧床，也经不起折腾；三则，老爷远行未归，今日来犯之人必不肯善罢甘休，势必吉凶难料。思来想去，婉瑜决定今日不宜硬碰硬，惹不起还躲不起吗？

于是，婉瑜匆匆赶往后院，直面沈老爷子和姨太太，讲明事情紧急，必须先躲出去。

老爷子轻咳两下，睁开眼，竟十分精神，话也说得明白。告诉婉瑜，不必惊慌，是祸躲不过，今儿这遭早晚的事，料得是时候了。老爷子说着，竟硬撑着起来，在姨太太的搀扶下，强强下了床。

婉瑜以为老爷子想通了，即刻要随她躲出去。不料老爷子竟说，你先带着她们躲出去，越远越好，家里的事，由我这糟老头子去应付，没什么大不了的，快去吧。

姨太太也叫婉瑜快去。婉瑜哪里肯听，执拗地要带老爷子走。老爷子又咳几下，责备她，再晚的话，该把我这老头子先急死才罢吗？这是我家，我自出生到现在，就没想过要离开，我不走，不走，不走……

李妈急匆匆过来，跟婉瑜耳语两句，吓得婉瑜脸色突变，急得额上大汗都出来了，眼泪扑簌直落，怎样求也不管用。只得嘱咐老爷子，无论外头怎样，都不要离开屋子，好生待着，等敬德回来，料想他们也不敢对老人家怎样。

既这么着，婉瑜才在万般无奈之下，离了后院，奔后方小门而去。远远便看见怀钰扶着惠心，压着声在哭。冲近一看，惠心满脸痛苦，抚着肚子，罗裙洇出血渍了。

婉瑜大惊失色，不知如何是好。可巧李妈推了一架小板车过来，上头铺了被褥，两三人手忙脚乱地将惠心扶上小板车，悄悄地出了后门，抄巷道惊慌逃去。

沈家大院的门经不住众人轰撞，里头只一个旺儿拼力顶住。就在几乎顶不住时，瓷花工坊的女工们竟都跑了过来，一齐顶住了大门。旺儿都哭了，不知是害怕，抑或感激，咬着牙硬撑住。

怎奈，外头胡少杰加派了警力，更多身强力壮的警察一齐轰门，终于还是将沈家大门轰开了。旺儿和众女工被撞倒在地，尚未及爬起，就被冲进来的警察各种警棍一顿好打，一时哀号连连。

旺儿好不容易爬起来，嚷着，快跑！快跑！快跑！于是，女工们尖叫着纷纷四散溃逃。

旺儿转身也要往里跑，砰的一声枪响，惊得又是尖叫四起。旺儿突然僵住，好一会儿才觉出那一枪并未打在自己身上。他缓缓回身，见胡少杰骑着高头大马缓缓踩进了沈家大院，手里扬着一把手枪，方才那一枪，正是他朝天放的。

旺儿随即被冲上来的两名警察抓住，反扭了手。他恨恨地瞪着胡少杰，大口喘息。

胡少杰不屑地瞥一眼旺儿，傲然道，瞪什么瞪？一会儿先将你眼珠子挖出来，当炮踩，看会不会响。

旺儿知道随后抬进来的那一顶黑轿里，必定是沈家的大仇人。果然，自轿内传出怪声怪气的话，既然来了，就别白忙活，挖地三尺，也要把怀仁挖出来！

旺儿突然大笑。我当是谁呢，原来是康家那个废物啊！怎么，男人当不成了，偏到这耍威风，竟把自己当成宫里太监了？哈哈哈哈……

胡少杰在马上扬起鞭子，啪啪两下各抽在旺儿的脸上。旺儿的脸左右立时被抽翻皮肉，顿时血淋淋。

哼，先将这小子的舌头剪下来喂狗！

黑轿子里恨恨地丢出这一句后，以为真会有人照做，偏在此时，内院里传出话来。

慢着……放开那孩子……冲我……咳咳……老头子来吧！

老爷子被姨太太扶着，颤颤巍巍地扶着墙，往外蹭……

4

这年瓷城的春光，天儿好得没任何预兆。

城内几处钟花樱最是无情开放，满树妖娆，远看，犹似平地起烟霞。捏瓷花的女工们说，都是因了去冬突如其来的雪，想是带了灵应的。

云溪瓷窑外的官道上仍带些前夜的雨泽，道旁不知谁人栽种的钟花樱比城内开得早，深红处浓郁，淡红处轻绡，在微湿暖风里，任飘飘落英润出遍地诗行。

纵使这般光景，官道上的皮靴、马蹄、车轮一应不予理会，轻易踩踏，碾压过去。行进的队伍中押着一辆囚车，里头颠晃着两位相拥的老人，正是沈老爷子和姨太太。

飞落的钟花樱穿过队伍和囚车，随处落定。老爷子颤巍巍地捡起面前的一朵，眼神不好，不大能看清花朵的模样了，却将小花簪上姨太太的鬓角，两人相视笑笑，仿佛多年一闪而过。

当年，你在这条道上唱山歌，花也是这样开的。

老爷子今日眼里的精光竟比先前要亮些，言语也清晰多了。姨太太听后笑笑说，还提老掉牙的旧事干吗，要不是这满路的花呀，我还看不上你呢。

两人兀自说笑，全然无视囚车旁的人。老爷子问，你不怕吗？不知他们要带咱去哪？

姨太太抬手拂去老爷子肩上的花瓣，笑说，咱俩在一起，到哪都一样，有什么要紧？

囚车后头响起叫骂声，却是旺儿被赶路的警察嫌慢，鞭了几下。旺儿被反剪双手捆住，嘴里也被破布团塞满，两腮翻出皮肉的鞭痕越加狰狞，眼里含着泪。脚下泥泞，一个没留神，跌到泥地里了，被抽几鞭后拖起来，身上的春泥还沾着几朵钟花樱。

骑马走在队伍前头的胡少杰仍然傲慢，满脸的横肉都关闭了毛孔，拒绝春风里微甜的香。最后头还跟着那顶暗黑小轿，四个精壮汉子早抬得满头臭汗，前襟大敞，沿路呼哧呼哧。偶有一二声老鸦哀叫，刮破春山。

山头另一侧，早一步逃出的婉瑜正拖着小板车，后头是李妈咬牙吃力推着。怀钰在前头开路，这条道素日鲜有人走，正可避开官道上的人。怎奈羊肠山道原本蜿蜒，女人更是步履维艰，何况还拖着一架小板车。

惠心的裙裤已然湿透，羊水混着血。她咬住一块叠齐整的丝帕，死死撑住，不敢叫出声，钗发散乱，冷汗涔涔。终于到了一处低矮的平房处，无人看守。婉瑜竟拿了钥匙叫怀钰去开，说是自家屋子，莫怕。三人手忙脚乱地扶惠心躲了进去。

进了平房，惠心有些恍惚，却还隐约看到地上、窗台上摆着些红陶花盆。迷离中仿佛看见怀安拿着红陶花盆，冲她笑。不知怎地进了一处暗道，光线时明时暗，惠心被李妈和婉瑜扶着，怀钰在前头打着火把。好几次，惠心疼到快死了，眼里不时晃过怀安的影子，满脸潮湿里混着泪水和汗水，疼至实在受不了，到底低声哼叫出来。

不知过了几时，终于到了亮光处，有一个男人接应了她们。惠心已然昏迷，心内还响着一个声音：怀安……孩子……

怀仁正在倒立，听见墙壁内有动静，放下身子，靠近细听，却是几只木箱后头传来的。才挪开那几只木箱，竟显出后头一道暗门，传来敲击声。

藏身在这地窖三个多月，竟不知另有暗道。怀仁心头一惊，心头警惕，再细听，竟听见阿娘叫唤。打开暗门，果见阿娘狼狈地扶着惠心出来，随后李妈和怀钰也一身透汗出了暗道。

来不及解释，不省人事的惠心被他们扶上床，自她口里松落的丝帕飘到一角，竟不知几时血红了。

见阿娘和李妈忙来忙去，怀仁傻站在一旁，不知如何是好。怀钰却吓得小声抽泣，扯住二哥的胳膊，看着脸色煞白如纸的嫂子，浑身不住颤抖。怀仁只好握住她冰凉的手，权作安慰。

李妈颤声问，夫人，大奶奶会不会死过去了？

别瞎嚷嚷，怀仁，快过来帮忙！

婉瑜一向遇事冷静，这会子竟有些慌，忘了怀仁的叔子身份，只觉叫他到身旁来，自己心内有底，好歹不那么慌乱。

怀仁上前靠近床沿，面前的嫂子于他尚有些陌生，一时不知如何是好。

婉瑜抬头时，已泪流满面。仁儿，你嫂子好不容易怀上你哥的孩子，你哥不在了，这孩子是咱沈家的香火，千万不能坏！你快想想法子！快呀……

怀仁陡然一惊，冷静下来，顾不得叔嫂男女之别了，抓起惠心的手，摸到脉，又轻翻眼皮查看，心下有数了。未见怀仁如何动作，手指在惠心脑际做些活血疏通的摁压，顺至耳后、脖颈。不一会儿，惠心竟缓过气儿，睁开眼来，有了意识，更觉出身下阵痛，不禁痛苦呻吟。

婉瑜悬着的心才放下，一把拭去脸上的汗与泪，上前言语。

惠心，你再忍忍，好歹将怀安的孩子生下，往后，咱娘俩就都有靠儿了！

阿娘……我看见……他……了……

阵痛袭来，惠心两手死死揪住被子，口里喊着怀安。

怀仁赶紧退至一旁，让阿娘和李妈去忙活。恰在此时，怀钰自隐蔽的小窗处看出去，发现一队人马在远处依稀掩映的花树下行进。小姑娘害怕，忙叫二哥看看，是谁在靠近。

几个月来，怀仁半步不得走出此间秘境，全凭一方小窗观望外界。小窗隐于离云溪瓷窑数十丈远的坡上，外头树丛遮蔽，根本不易被发觉。怀仁朝外望去，第一眼就看出队伍前方骑在高头大马上的胡少杰。

早听阿爹提过，胡少杰谋了个警察署长的职位，一晃成了国民政府下辖县级的长官，专管地方治安。说到底，不过虎穴换了狼窝，这是怀仁当初参与国民革命始料不及的。

眼下，看阿娘带着临产的嫂子仓皇于秘道逃来，想必沈家出事了。怀仁热血一冲头，捏紧拳头，正一眼看到胡少杰身后的囚车，里头不正是年迈的阿公和姨太太吗？

怀钰惊得几乎叫出声，却一下被怀仁捂住嘴，惊恐得大气不敢出。

不可惊动他们，否则，咱们一个也逃不出去。怀仁低沉的声音不容置疑，怀钰眼里闪着泪，指了指窗外，意思定是指阿公和姨太太落到恶人手里，受苦了。

我阿爹呢？

大伯一早和满堂叔一同进戴云山，去选瓷土，要晚间才能回。

你们怎么逃出来的？

怀钰简略说罢，怀仁心知大事不好，胡少杰此番动作，必是冲自己而来，大致也猜出自己藏身于此。不管如何，自己惹下的祸端，合该自己出去摆平。他转而求婉瑜。

阿娘，我再不出去，今日之事必成大祸！

不行！今日纵然阿娘拼死，也不许你出去！

阿娘，您去看看，阿公被他们抓住了，那群畜生更不知会怎样待他！

你要敢踏出此地半步，阿娘立时碰死在这里！

怀仁呆住了。

惠心正被分娩阵痛撕扯，一时痛苦呻吟，吓得怀钰赶紧捂住耳朵，蹲下墙角。李妈拾起方才地上的血丝帕，甩了甩又叠齐整，在婉瑜的示意下，仍旧让惠心咬住。

婉瑜靠近惠心耳际，耳语几句。惠心只得硬生生将极度痛苦的喊叫一一吞住，只觉浑身正一点一点坍塌……

十八、生死祭

1

云溪瓷窑祖传窑火，打从沈老爷子记事起，几乎不曾断过。其间历经几多磨难，唯有岁月和一代代沈家瓷塑传承人的白发和骨血可知。

老爷子白发稀疏，勉强结成辫子，在已剪成新式短发一众人前，多少显出另类。他见瓷窑火光掩映，比先前夜里来探窑火时要明亮许多，甚为壮观。瓷窑长年所雇窑工，或与老爷子一般岁数，连胡子也斑白稀疏，因了长年劳作，身子骨倒还硬朗。众人见老爷子身子单薄，又见不速之人个个面目不善，且不知今晚又要闹什么，因而掩不住惊恐，欲问又不敢问。

老爷子眼力不济，夜色下越发辨不清人影，只得亲切地扫视众人。眼前光景，倒让他忆起十数年前，尚在前朝光绪年间，山匪来袭之夜。那晚，霜寒大地，长子敬德被匪徒硬生生削去双手拇指，最终也未能保住传家之宝——明代何朝宗款达摩白瓷像《一苇渡江》。

而今夜，春回大地，天却变了。老爷子不禁老泪纵横，念自己一生奔忙，只希图沈家安宁，祖业旺达，未曾料，时运不济，遭逢变局，沈家瓷艺几乎在自己手上葬送，今后将有何变数，更不堪想。

春夜微寒，老爷子身子不禁哆嗦。姨太太任劳任怨地搀扶，二老于晚风潮润中瑟瑟发抖。

窑火仍在煅烧，炉内是开春后由东家敬德亲手送入的开年第一窑瓷。每年开春第一窑，成败至关重要，窑火接续上年，重燃岁岁福愿，须得是送入开年最具祈福意义的瓷器，佛祖、观音、弥勒等传统瓷塑均为上上之选。

胡少杰听罢康延福一番老谋深算，把沈家老爷子拿到沈家烧瓷之地，意欲将藏在暗处的怀仁逼出来。更扬言，倘若今晚拿不住革命乱党，索性一口气夷平云溪瓷窑，让沈家紫云瓷坊自此在瓷城销号。

老爷子闻听此言，不禁哂笑。区区瓷行，盛则盛矣，衰则衰矣，销号一说若是当真，也太把自己当回事了。自古捏塑瓷土，且不敢声称化腐朽为神奇，不过凭手艺吃饭，养家糊口罢了。到头来，人人心中有杆秤，天地可鉴，捏瓷人原该一心坦坦荡荡，仰不愧于天，俯不怍于地，但求身正心洁，如瓷之白，根骨干净，如瓷之魂。

一番话，铮铮然，响彻众人之心，洞穿春夜之幕。数十丈外隐秘的野坡地窖里，怀仁和怀钰闻听阿公一番慷慨之辞，深为震撼。尤其怀仁，记起十数年前，年少时与阿公亲历的那夜霜寒，此时回想，竟似有所悟。

未及细思，瓷窑边传来怪笑声。那顶暗黑轿子帘布一掀，颤悠悠扶出一人，在头顶火把的辉映下，白森森的面具着实吓得众人不禁一缩。

那人还得由人搀着，挪至胡少杰身旁，说话虽中气不够，阴冷中却还有力。他说，冠冕堂皇的说辞惯会蛊惑人心，哄住一般小儿尚可，要充圣人言论，也不自己掂掂分量，少不得被人耻笑。

即便别人听不出白森森面具下是谁，怀仁却不会认错那阴冷的嗓音。不是康延福，还能是谁？被怀仁切了命根子，男人的颜面尽无，加之被戳瞎双目，难怪躲在白森森的面具下，再不敢示人。

姨太太见之，身子一紧，躲在老爷子身侧，更觉不寒而栗。老爷子牵住她手，回头装作不知底戏，只道，这个妖物好生奇怪，明明人样，偏要藏在一张白脸下，平生若非干了见不得人的勾当，也不至于惨到身残破相，既是不敢以真面目见人，劝你赖活不如求速死吧。

哼！康延福白脸一凛，直逼老爷子。你别得意猖狂，横竖今夜要打发了你，瞧瞧，瞧瞧，来了这大半日，你那龟孙子怀仁如今只配当王八，缩在暗角里不敢出来，哈哈哈哈，他若知道沈家也有今日，倒不如当初一头碰死得了。

怀仁远远听得真切，恨得几乎咬碎牙关。怎奈身后嫂子临盆在即，倘或此时自己暴露，杀出去逞一时痛快，只怕无暇顾及阿公、阿娘和嫂子以及即将出世的孩子性命，真到那时，岂不铸成大错？

怀仁恨得浑身骨血将崩，耳畔绕着嫂子声声痛苦的低吼，直把拳头捏得咯吱作响，可恨身不由己，眼睁睁任外头恶人张狂。他忍无可忍，上前求婉瑜。

阿娘，让我悄悄潜出去，不会暴露这里，我若再不出去，阿公他……

婉瑜专注于惠心的临产之状，恨不能替媳妇承受痛苦，哪还顾及怀仁此刻的心思。只一味安抚惠心要撑住，一定要撑住，为了怀安，为了怀安的孩子，怀安在天上看着，他会保佑孩子的。

阿娘——

怀仁头皮几乎要炸了，正待给阿娘跪下，却听李妈惊呼起来。

夫人，不好了，大奶奶快撑不住了，您快看看吧。李妈话里惊恐万分，婉瑜原本揪紧的心再被一拎，真要死过去的感觉。

婉瑜也没法子了，回头对怀仁说，这孩子要是有个好歹，阿娘绝不苟活了，怀仁，你快想想法子！

怀仁咬咬牙，到床畔看看气若游丝的嫂子，心知人命关天，此时心乱不得，便极力收敛心神，回想自己练拳中所学的人体气息血脉之理，集中心念，揉撋惠心头部前后以及颈部气血之穴，为之疏风散气，好一阵忙碌。不知怎的，脑子里却浮现大海上的天风海雨，四处烟波浩渺，却不见大哥踪迹……

惠心再次强撑一口气挺过来，用尽力气微抬手，被婉瑜握住。惠心喃喃言语，如果……我死……孩子……叫……沈……念……

婉瑜的泪珠瞬时滚落，滴在惠心手背，她用力抓住惠心手臂，一字一顿把话嵌入惠心的心里。

一定要活着，你和孩子都得活着，为你自己，为孩子，为可怜的怀安，你们都得活，都得活……

又一阵巨大的撕裂之痛袭来，惠心知道外头凶险，不敢喊出声，一声一声吞咽着低吼，眼前模糊，一幕幕闪过怀安的脸庞。

她默念，怀安……放过我……放过……孩子……放过……我们……

春夜的云溪瓷窑，终于闻见了血腥。

康延福打发人问遍烧窑老少，无一人知晓怀仁藏身所在。胡少杰更不耐烦，提议道，不来点狠的，小王八是不会自己跳出来的。

怎样个狠法？他瞅了瞅那群没见过世面、素来安分守己的窑工，冷笑着说，每隔半个时辰，丢个人到窑炉里，横竖他们无知，合该为无知付出代价。

众窑工闻听此言，吓得浑身筛糠一般，纷纷跪地，不住磕头，乱哄哄地求饶。

老爷子气得吹胡子，直瞪胡少杰，一口气喘不顺遂，剧烈骤咳。

妙哉！妙哉！康延福仰天怪笑两声，望一眼炉火橙红的瓷窑，意味深长道，这窑倘若拿活人去祭，往后沈家子孙再也别吃这口饭了。

2

活人祭窑，不知起于何年何月之说，出处更不可考。

先时曾说，新窑落成，未开活路，必得拿活人之躯去喂，方能保千秋窑火。此说因无人敢试，未有证实，更被官方严令禁止，百十年来再无人提及。往后更有异说纷纭，言说倘若拿人性命去祭窑，魂之所系，便能将该窑精气废了，此后再不能烧出上等瓷器。

此刻，康延福一言惊住众人，个个面面相觑，不知何去何从。性命关天，自来何曾见人拿性命祭窑？况又不年不节，谈何祭窑？

老爷子心知今日之祸躲不过，反问康延福，坏了我沈家瓷窑，是否从此你们便消停了？

康延福冷笑，那倒要看看如何个祭法了。顿了顿，又说，面前要是怀仁，杀他一万次，我都嫌不够，至于别的嘛，替他垫个背尚可。

老爷子点头，今日不给你个交代，怕是你也过不了自己一关，也罢，我老头子姑且与你合计合计。

康延福不知老头子葫芦里卖的什么药，也不管胡少杰应不应允，今日这私仇总归要报的，横竖怀仁不死也要遭罪，从他至亲开刀，不过是个逗乐伊始。

却听老爷子正色道，今日，且拿我这条老命去祭我沈家窑火吧。此言一出，四下皆惊，姨太太更抓住老爷子的手臂，未语泪先流。

老爷子安抚她一番，仍旧正色道，自家瓷窑我知道，在此出生、长大，在此老去，见过的要比各位自然多些，我老头子这辈子都跟这窑好，此生只愿魂系此窑，我……自愿入窑。

话音才落，众人色变，唯有康延福冷笑道，不妨成全了你，好让怀仁知道，我成心不让他好过。

老爷子环视众人，眼里渐渐看清沈家一众老少窑工，点点头，颤声道，老朽只求一条，拿我一人性命，换其他人性命……除了……怀仁。

众人不解，连藏身在地窖里的怀仁听后也不解，个个都惊异地盯着老爷子。

老爷子却从容道，我的孙儿我知道，他若在场，必是好汉一条，敢做敢当，一人做事一人当，断不肯叫任何人陪他受罪。今儿，我替他担了这罪，但求你们守诺，放过我家人和无辜的窑工们，往后，你们要能遇着我孙儿怀仁……便叫他……听天由命吧！

唯有风声，唯有火焰之声，唯有静到心声可闻，并在云溪瓷窑之春夜，洞彻人心。

怀仁闻罢已知，阿公意在救人，更意在警醒惹祸的孙儿。一向不落泪的怀仁，眼眶一热，噙了泪。

自古再无孙儿犯了事，由祖辈担责之理。怀仁急出一身透汗，又不能大声嚷嚷，兀自转了两圈。却听怀钰低泣道，我要阿公活着，我要阿公活着……

怀仁转头又求阿娘。婉瑜只应了一句，你要敢出去，我立马一头碰死！

外头，窑工们纷纷跪下求情，连姨太太也去求胡少杰和康延福高抬贵手，放过老人家吧。一直被捆住并塞住嘴的旺儿在旁看了许久，一肚子恨意如腾腾烈火，无处发泄，瞅个空档只身顶撞上去，竟一头撞到康延福肚子，将其撞退好几步远，自己也摔得不轻。

康延福正在气头上，气急败坏地呵斥，先将这不识好歹的小子丢进去喂了窑再说，快！

手下犹豫，迟迟不敢动手。也难怪，都是瓷城人，拿一条活命去祭瓷窑，岂是常人敢为？谁也不敢做这等败德损阴之勾当。

康延福毕竟眼瞎了，见不到面前尴尬之状，侧耳听了听，没听见什么动静，知道手下没人应和他，气得扶住胡少杰，强强夺过胡少杰手上的马鞭，踉跄几步上前要给没眼力见儿的手下各来几鞭，不慎竟将自己的白面具碰落，一时慌忙拿手遮掩自己的脸。

啊，面具……面具……快给我面具……快给我……

连胡少杰都看不下去了，怕他再当众出丑，只得叫人捡了面具给康延福。众人皆已瞧见康延福那两眼瘪塌的模样，着实被惊骇到。

胡少杰见其狼狈，不得不打个圆场。叫你别急，偏不听，祭窑是个好主意，哥哥替你办了便是。

胡少杰不慌不忙地指着旺儿，说，至于这只小跳蚤嘛，原该捏死，这会儿丢进窑火里看看，还能不能爆出响儿来，且依了你吧，来人！

慢！

老爷子仍旧一脸沉稳，须发在春露中渐湿，却比先时越发精神，坦言，且别为难一个小厮，方才老朽说了，拿我这老头祭了窑火，放他们一条生路，你们也积点儿阴德，给自己留条后路，咱们……各安天命吧！

胡少杰却不搭理康延福，不耐烦地发话。真费事，本警长今日且依了！大伙儿也开开眼界！

说罢，转身至一旁找椅子坐下，等着看好戏，另叫人将慌手慌脚戴面具的康延福牵到一旁好生安抚。

老爷子再度环视众人，见他们个个神情伤悲，眼里尽是祈求，便笑而坦言。各安天命吧，谢谢大伙，为我沈家尽心尽力许多年，我沈家没能助你们发家富贵，实在惭愧！

老爷子向大伙深鞠一躬，方才转身，面朝自家瓷窑。但见一脉龙窑沿山而上，伸向夜色，窑火烈焰，百年不熄。老爷子眼里火光闪动，缓缓说道，自我接手云溪瓷窑，兢兢业业，经手瓷雕不计其数，今日，终于轮到我自己了，呵呵呵呵！

康延福冷不丁冒了一句，要死就痛快点，少废话！

早有胡少杰打发的手下守在窑门口，等着开启窑门。窑火未熄，开启窑门是为大忌，要么走了火气，散了满窑热度，瓷器多半毁损，要么窑火难测，坏瓷事小，伤人性命事大。

此时，老爷子决心已定，点点头，缓缓移步。众窑工号哭一片，姨太太上前要扯住，却被人硬扯开去，再难挣脱。只听得老爷子声沉音重，自说自话。

这窑里，烧出过达摩瓷像《一苇渡江》，一苇所渡，非是渡江海，而是渡人世，更是渡人心……

已至窑门外，老头子抬头望望壮观的龙窑，微微一笑，向上看看天，缓缓转身，又看看众生各异的脸庞，除却坦然，再无挂碍。

数十丈外，地窖小窗内，怀钰强捂住嘴，惊恐之中哭得不知所措。怀仁正抓住窗棂，狠狠要攥下，低吼着，不——不——

忽地，眼前一黑，怀仁最后模糊的一眼，是窑门大开，窑火通透，阿公缓缓而行……

怀钰惊恐地看着怀仁倒下，在怀仁身后，婉瑜颤抖着，双手握住一把橛实木凳，之后丢掉木凳，趴在小窗上，望向不远处的瓷窑。在一阵哭天抢地的哀号声中，唯见老爷子最后背影，随着窑火大门缓缓关上，自此消失。

婉瑜已然忘泪，失魂落魄地望向火光，不管不顾任凭怀钰趴在地上摇晃怀仁，耳旁各种声音交织，身后惠心的痛苦低吼声，身侧怀钰的惊恐叫喊声，窗外各种撕心哀号声……铺天盖地压至婉瑜身上……

忽地几声枪响，破空而至，异常凄厉，随后纷纷攘攘，惊恐慌乱，哭喊喝令，叫嚣骤突，搅碎了整个春花之夜。

"砰砰——砰砰——砰——"

"哇……哇……哇……"

一个新生命出世了！

3

那夜的春寒仿佛侵入怀安梦里，铺开依稀久远的影像，裹挟着鲤城数里之外的腥风海气。

影影绰绰间，火光摇曳，一位面目模糊、身形佝偻的老人在火光前言语，隐约听见，《一苇渡江》……一苇所渡……非是渡江海……而是渡人世……

又似浮光掠影，转眼在春光明媚里，缤纷花树下，一位女子抬头望满天飞花，转头似笑似忧，看不真切，也不作声。未待上前，光影又流转……

却是旧时庭院，石桌圆凳，孩童环坐，中间一长者长须微拂，似在指点什么。桌上几处泥像，隐约难辨，却又听闻言语。一苇所渡……非是渡江海……而是渡人世……

再要往下听时，光影闪烁，仍是火光明灭，眼前分明，一道人影却越发渺渺，向火飘去，消弭而逝……

夜半惊起时，雕窗洞开，海腥潮气散漫满屋。怀安见帐幔轻扬，夜光依稀，梦里光景竟觉真实，不由心头悸动，气息难平。枕畔人儿白艳青，青丝柔婉，眠中安然，并未因怀安惊起而察觉。

怀安悄然掀衾下榻，先去掩窗，再斟杯茶水润喉。于桌前坐定，发了半晌呆，不知何故，心头隐隐痛楚，鼻上微微酸涩，竟莫名欲泪，悲从中来。

接连数日，怀安起坐恍惚，竟似丢了魂魄，时时呆坐，不知晨昏。一时听不见白艳青招呼，惊醒时便心头乱跳，眼前昏黑，一起身几乎要一头栽倒。

至白艳青发觉怀安形影异样，已是数日之后。怀安躺落榻上，浑身乏力，目光游离，问之，却又说不真切。白艳青倒也有心，想起前几日怀安提及梦中见人投火而去，当时并未在意，今时想来，莫不是中邪？

自打白艳青在惠城海边将怀安带回，好话哄着，前后编了数不清的故事，才算让怀安信了与她有姻缘，放下早已模糊的前尘旧事，安下心来，在白艳青费尽心思购置于鲤城的宅院里过起小两口的日子，也才安宁不过数月。

虽是数月，百来日子，于白艳青已如神仙般惬意。她戏也不唱了，一应戏服妆奁锁至箱底，外头任凭各方达官贵人盛情邀约，一律不予应酬。戏班传言她自此退隐江湖了，专心养汉子，把班主气得直骂她白眼狼，好不容易捧红了她，如今倒自命清高，嫌戏子难当，回头想过安稳太平日子了，也不打量自己还干净吗？

白艳青倒也不计较，任凭坊间猜度，自己只管守着怀安，但只身边有怀安，她豁出一切都甘愿，都觉得值当。戏里唱的"只羡鸳鸯不羡仙"，求的莫不是这般"执子之手"吗？姑且不论能否共白首，外头世道越发乱了，现如今，过一日算一日，便是赚了。

白艳青也是历过风月场的，素来自视资质玉洁，奈何身陷沟渠，若非上天垂怜，让她得遇怀安，此生不知将寄何处。如今好了，小家小院像模像样，男欢女爱恰如寻常，不求富贵闻达，但愿年岁静好，此生足矣。

合该白艳青落着好，上月竟坐了胎，打量自此再稳当不过了，男人是她的，孩子也是她的，岂不是上天眷顾她吗？白艳青喜得连日到附近的开元寺、承天寺、天后宫等一一上香，既谢恩，也祈福，愿日子越发顺遂为盼。

却不知何故，好好的怀安一觉起来，竟白日离魂一般，先是茶饭不思，坐立难安，隔日神思恍惚，不言不语。查之颜色体温，像是风寒邪侵，不料三两日后，竟水米难进，卧床不起，恍恍然不省人事。

这下真个把白艳青吓得不轻，着急忙慌请了郎中来瞧过，但说不管银钱多少，只管把人瞧好。郎中尽心，看了诊，开了方子，熬了药，让白艳青且放宽心。奈何人未见清醒，白艳青到底不能宽心。可郎中说了，不是什么怕人的顽症，不过风寒罢了，祛寒散气的药下去，自然管用，但只这病症瞧着，更像心疾。

白艳青不解，好好的，何来心疾一说？

郎中自然不知个中缘由，兀自言语一番，诸如心头瘀塞，灵窍关闭，神思不通，自然躯体懒怠，血脉缓滞一类的，最后也未能道明所以然。白艳青越发听迷糊了，待送走郎中，左思右想，再又想起前几日怀安提及梦里见人投火之事，想必那便是邪祟症结所在了。

如此，白艳青也顾不得有孕在身，重又将附近几处寺庙观宇再一一拜过，无一不虔敬，无一不心诚。倘或因自身冒天地之讳，扯谎骗得男人，但求上天降罪于己身，若是男人命里该有劫数，恨不能替其受过，哪怕折寿减岁也是甘愿，只求天怜地悯，切勿让如此无辜蒙受颠沛之苦的男人再受无妄灾病折磨。

许是白艳青的虔敬上达神灵，许是怀安的灾厄期满，更或者，几帖汤药祛走邪侵春寒，怀安在天暖花开时日，回过心神，缓过气血，竟似重新活过一般。连他自己都觉奇怪，病来如山倒，来势莫名之急，浑浑噩噩，不知心之所向，仿若到了不知何处。后竟似有人扯住他一般，不让他无依无凭地游荡，便又于缥缈迷蒙中寻光而回，心智因之渐渐明朗，竟似魂归本位了。

听怀安一番述说，白艳青心下了然，必是自己心诚祈福，上苍垂怜，将男人还她了吧。

　　经这一吓，白艳青更知得来不易，倍加呵护这般哄来的光景，生怕一个不慎，便要碎了满地。如此，白艳青连哄带骗，不准怀安随意出门，叫他大门不出，二门不迈，成日只守住家里，侍弄花草，填些字画便好。

　　怀安不知何以自己先是遭遇海难，捡回一命，后又平添病症，大病如死过一回，才刚缓过气，精气神竟损了大半，自然听女人的呵护。

　　白艳青倒也不纯粹吓唬，说的也都是百姓眼里的时局动荡。外头比先前越发纷乱，动不动就变幻城头，改旗易主，今日来一拨人接管地方，明日又换另一拨人来，叫嚣之中便将前一拨人驱赶出去，严重时还出人命，越发搅得人心惶惶，不知听谁信谁。自古以来，但凡舞刀弄枪的，胜者为王，近一二年，各种闻所未闻、见所未见的多了。前朝说灭就灭，人们尚未回过神，见扛枪带兵的又进城管事，便唬得再不敢吱声，唯恐多问半句便无端丢掉性命。

　　怀安听了白艳青所言，早觉出这女人不简单，非是一般女子见识，甚是有胆识、有见地。且不说她只每日烧香礼佛，似心有所寄，原来心头竟比谁都明白，怪不得灵秀风流，却还能操持日子。渐渐地，怀安习惯了白艳青的稳妥安排，也跟街巷里的人家一般，打发"半城烟火半城仙"的日子，初一十五，初二十六，勤佛礼佛，心也静了许多。

　　某时想起惠城渔村的小叶姑娘，不知她如今怎样。怀安心底惦念，却不好在白艳青面前提及，悄悄地打发人去打听并问候。几日后，怀安得了信儿，说那小叶姑娘知道怀安归了家，放心了，也不多言语，只是常去妈祖娘娘面前守着，再无他心。

　　怀安虽觉忧戚有愧，至多只能潜藏心底，以待来年。

　　暮春时节，怀安扶白艳青外出散心，见一家瓷器店挂的是景德镇招牌，兀自纳闷，年下兵荒马乱，瓷器营生如何做得？

进到里间，在寥落展架上流连，无意间觅得一件青花瓷瓶，通身只一画像，所画正是达摩祖师"一苇渡江"。

盯住青花达摩画，霎时，怀安脑中某处竟似电光一闪，一幕幕竟鲜活起来……

4

五年后，上元节。

鲤城街巷游人如织，花灯如昼，夜放烟花千树，满城人声鼎沸。

某处戏台子上正唱得热闹，一出官兵追贼打斗的戏，惹得场下喝彩连连。戏台后头，白艳青正上妆，一应戏子来来往往，各人忙活各人，忙中有序，繁而不乱。怀安抱着静儿挤过人群，穿过戏帘，撩开戏服，可算到了白艳青身旁，将白艳青惊得有些手忙脚乱。

白艳青嗔怪怀安怎可将孩子带至后台，只会添乱。未等怀安作答，已能言语的静儿竟抢着替父亲叫屈，奶声奶气地说，不怪阿爹，是静儿非要来看阿娘的。

白艳青挂着妆，将孩子揽入怀里，亲亲宝贝爱不够，又听静儿夸她。

阿娘像仙女一样美，静儿也要像阿娘一样扮上。

白艳青无奈地把脸一虎，一旁戏班众人却都笑开。怀安反倒笑得不自在了。锣鼓铿锵过场，铁琶叮咚上扬，笛声悠悠颤颤时，班主在前头喊话，该白艳青上场了。

白艳青将孩子塞至怀安怀里，一再叮嘱他带孩子别处玩去，再不许添乱。说罢，匆匆上场。

依白艳青之意，她素来不愿让孩子瞧见她在戏台子上唱戏，生怕静儿自小学了样儿，将来怎能出息？白艳青必然不愿女娃儿步其后尘，唱戏终归是取悦他人的活计，抛头露面、四处奔走不说，一日有，十日无，有一搭没一搭的，到底不是正经路子。何况，唱戏之苦，非是梨园中人难以言说，外道人只见得鲜亮，哪里晓得个中苦楚？

白艳青可是铁了心，决计不许女儿学她模样，素日里再三再四警告，把孩子唬得提都不敢提。今日趁着过节热闹，静儿央求阿爹带她去看阿娘唱戏，想着人多，又是节日，阿娘必不责骂。说到底，白艳青哪里舍得责骂，一大一小全是她命根儿，爱且来不及，如何骂得？

白艳青诞下女儿前后一二年，戏是不唱的，也打定主意不再登台。奈何居家度日，总没个进项，安能长久？先前购置房子，经年积攒几乎用尽，再靠着零碎银钱勉强撑住，因瞻前顾后不敢让怀安出去露面，一段时日坐吃山空，终无良策。

怀安如何看不出窘况？三番五次念叨要出去谋点营生，大男人不能窝家里吃软饭，不奔前途，也须得为妻儿谋福祉。

有这一说，也就够了，白艳青但求一份熨帖，哪能让这个哄骗来的男人果真为三五银钱出去受风摧雨磨？白艳青最怕怀安到哪跟瓷器粘上，再将前尘记起，岂不坏事？她早早打发人到瓷城打听沈家的事，听闻沈家当年遭逢大难，目下早不在瓷城了。犹如天助，白艳青心头更添一份安稳。但只怀安不想起跟瓷器有何关联，大抵是无碍的，孩子未出世那年，怀安买回一件青花瓷瓶，看着上头一幅达摩祖师"一苇渡江"图，又怔怔地发了几日呆。问他，竟说早在海上被救起后，曾一度记起自己先前会捏泥塑像，还捏出过泥胎佛像，看着那图，越发觉得熟悉，好像曾捏塑过达摩像。

那时一说，惊得白艳青惶惶多日，后趁怀安不留神，偷偷将那件青花瓷瓶摔了丢弃，待怀安再问起时，搪塞了事。自此，怀安再不提及捏泥塑像之事，随着女儿出世，均将心思聚到孩子身上，倒也相安无事。

家里多了孩子要养，白艳青心中忧虑，却不愿劳动男人，因开箱晾出看家本事，说服男人，这便又重操旧业了。好在怀安不迁不怨，却对白艳青辛苦养家深表感激，时时体贴，带好孩子，如此又过了二三年。

今夜花灯满市，怀安抱着女儿沿街去逛，点数街巷两旁高悬的灯盏，每见一盏新鲜特异的，必要好好品鉴，父女二人倒也乐在其间。

人头攒动中，远远传来异常喜庆的阵阵锣鼓声，循声望去，竟是踩街活动开场了。父女二人可巧立于街沿高处，且不必与人摩肩接踵，怀安将静儿扛至肩上坐稳，更将街心景象尽收眼底。先是一群涂脂抹粉的高跷舞着水袖过去，后头跟上一群光膀子的大汉，上来就左一下右一下地拍胸脯，直拍得噼啪作响，无惧寒冷，甚有阵势。伴随扭腰甩胯，步伐摇摆，挤眉弄眼之际，甚是逗趣，把游人逗得直乐。静儿也乐得拍拍小手，咯咯直笑。

随即晃过一对老夫妇，演起火鼎公火鼎婆。但见火鼎公上身反穿黑羊裘，下着宽筒黑绸裤，裤脚紧束，脚蹬圆口软底布鞋，腰束大红长绸巾，手执竹制长烟枪，作"破衫丑"诙谐状，抬鼎在前；火鼎婆也是有趣，身穿镶边大襟红衫，下着镶边宽筒大红裤，脚蹬绣花公鸡鞋，通身色块大胆跳脱，更胜年少一辈，头顶云髻高高盘，手中圆蒲扇子翻飞如蝶舞，作"家婆丑"风趣状，抬鼎在后。公婆一前一后，脖上长绸吊抬起中间的四脚架，内燃木柴火鼎。火鼎中的柴火能持续不灭，却是公婆身后跟着"女儿娇"，青色大襟衣，镶边宽筒裤，绣花软底鞋，肩挑一副小竹篮，紧随二老身后，乖巧妩媚，不时往火鼎里添些柴火，再逗得旁人大笑。一家三口表演，好不鲜活谐趣。

怀安问静儿好不好看，静儿笑得来不及擦拭口水。踩街表演才过，前方宽阔地方传来一阵噼噼啪啪的炮仗齐鸣声，随即人群便往前涌动。有人高声喊道，攻炮城了。

静儿早被那阵突如其来的炮仗声吓着，捂住耳朵直往阿爹怀里钻。攻炮城的阵势料想如其名，只知民众往高处一只大灯笼里丢掷炮仗，须是点燃后往里丢，能点着里头的千响炮，方是攻得炮城，拔得头筹，官方必是有赏的，吸引无数人前往一试，以期讨得一年好彩头。

怀安恐静儿被炮仗声吓着，也着实逛累了，带静儿七拐八拐地摸至金鱼巷，寻小吃去。但见一溜小吃沿巷摆开，吆喝土笋冻的，直说沙虫美颜；吆喝浮粿醋肉的，直嚷爽脆鲜香；招呼四果汤的，讲究清热降火；招呼海蛎煎的，大话当日海鲜。父女二人驻足在一家金凤汤圆店外，上元节哪能不吃汤圆呢？

怀安正付银钱，转身却不见了静儿，大惊，四下急寻，却见静儿不知几时走至巷子对面，定定地看着一个提着灯笼的小哥哥。

怀安急呼静儿，抬脚便要穿巷过去。忽然砰的两声尖厉之声破空而来，比之遥遥炮仗声更刺人耳膜，分明是枪响。怀安吓得一怔，身侧忽地窜过三两个人，将他撞到一旁，朝前方暗处一闪而去，恍惚还丢下话，散开，分头走……

怀安立即爬起，扑身过去，一把将静儿抱在怀里，便听见后头追杀之人破嗓高喊，快，别让他们跑了，活要见人，死要见尸，快！

猛然追赶的十几个人哗啦啦冲杀过去。怀安侧眼看见，那小哥哥慌了神，正待逆向人群冲出去，怀安没多想，一把将他扯回，也抱在怀里，护着两个小孩儿，蹲在墙根儿下，半晌不敢动弹。

一时间，小巷里脚步慌乱，人人躲闪，不时尖叫。忽地又听接连数声枪响，不知是前头逃命者回的枪，还是后头追杀者开的枪，惊得街巷里的人越发慌乱跑动，四下躲藏。

小哥哥手上的小灯笼不知几时滚落出去，燃了大半，早被人踩烂。

等过了一阵儿，四下里稍静了，偶有人蹑手蹑脚躲闪而过，生怕沾上什么不测。怀安看看静儿，一双无辜又害怕的双眼尚在闪动，好在有惊无险。

再看那位小哥哥，兀自爬起来，忧虑地四下张望，像在等，又像在寻。

怀安上下打量他，见他还弯腰去捡拾那只被踩烂的小灯笼，于心不忍，帮他拾起。

小兄弟，你怎地一人在这儿？你阿爹阿娘呢？

小哥哥看着怀安，怯怯地只回一句，念儿没有阿爹。

不知怎地，怀安见小哥哥面相，似曾相识，却又说不上来。恰在此时，不远处传来急促的呼唤声：念儿——念儿——念儿——

小哥哥机灵一抖，大声回应，阿娘——阿娘——念儿在此——阿娘——阿娘——

小哥哥的阿娘来了，惊慌失措奔过来，一把抱住孩子，口中"念儿、念儿"地念叨。

你怎地跑这儿来了，吓死阿娘了！才刚那么乱，你怎敢到处乱跑？吓死阿娘了！

怀安将静儿护在臂弯下，惊慌地看着来来去去吓坏的人们四处逃散。

叫念儿的小哥哥说，是这位阿叔救了我，才刚念儿都吓傻了，多亏了阿叔。

念儿阿娘慌忙起身，仓促欠身谢过，不经意抬头，瞬间惊怔了！

四下惊声逃窜，不时零星枪声破空而来，惊险中有人向念儿母子二人撞来。怀安眼尖，一把将母子二人扯回墙根处，闪过冲撞之人。

惊魂甫定，未及言语，却见对方怔怔地盯住自己，怀安也跟着发怔。

怀安？！

念儿阿娘眼中惊骇，声音全变。怀安？你……怎么……

怀安也觉她面善，却一时语塞，但见对方双眸星转，泪涌而出。

怀安，你……是你吗……

十九、春宵恨

1

仲春时节，刺桐花如火如荼，凌空花欲燃，犹向春风俏。

敬德带着念儿，在鲤城古玩市场流连，无意间发现一尊白瓷塑像《一苇渡江》，霎时惊到几乎昏厥，以为自己眼晕，勉强撑住，细细端详，一时愣怔了。

自那年在戴云山瓷矿轰塌下被埋获救后，敬德便时常犯晕眩之症。但不知是在矿难中被砸伤脑壳，还是因后来侥幸归家，惊闻老爷子以身祭窑的噩耗，心胆俱裂以至当场昏死，之后留下病根。可怜，残命一条，时时恍惚，原先的精气神竟垮去大半，眼神不好使了，脑子也不灵光了，心气儿越发淡漠了。倘或不是一口气还残喘，膝下尚有老大怀安留下的一根独苗，敬德竟不知岁月该如何安度才好。

先时接连变故，反倒不好在瓷城立足了，敬德索性封了云溪的瓷窑，关了闹市的瓷坊，将老宅一闭，携了家眷，弃了故土，奔他乡而去。自此，沈家隐入鲤城老巷，于寻常巷陌、烟火人家的市井喧嚣里，名随市人隐，心与古佛闲，但求安宁度日。

这日，意外发现那尊《一苇渡江》后，才安生几年来的日子一瞬间如银瓶乍破，水浆迸出。

年方五岁的沈念见阿公盯着一尊白瓷塑像愣怔了好一会儿，正纳闷，喃喃自语道，一苇渡江，达摩一苇渡江……

敬德闻听天籁般的童音，才自愣怔中醒转，不禁蹲下问孙儿。念儿，你才刚说了什么？

小小沈念天真地指着《一苇渡江》，笑说，念儿认得，那是达摩一苇渡江，阿娘教我的。

一时眼前恍惚，敬德仿佛见着老大怀安小时候的模样。那时，怀安也才这般奶声奶气时，便能捏塑几件小玩意儿，跟着沈老爷子认得了《一苇渡江》，如今细细思量，不过二十多年光景，恍如昨日。

此刻，敬德将念儿揽入怀中，打量自己是真老了，不禁潸然。

店家见敬德抱着孙儿，流连在那尊《一苇渡江》前，以为相中了，便来周旋。客官好眼力，一看便知是根底深的，识货，这件白瓷确实为上等品。

敬德已有了迎风泪，拭去后才问店家，这件白瓷从何而来。店家打哈哈，自然是淘来的，只等有缘的识货之人，方才请得回去。

敬德又问，店家可知这件白瓷的年代，或出自何人之手？

店家一时被问住，尴尬赔笑，只问敬德既是行家，买是不买？

敬德无奈浅笑，便道，这件白瓷名为《一苇渡江》，原款出自明代何来之手，何来亦即何朝宗，是一代瓷塑名家，被誉为瓷圣。

店家心底有些不乐，只讪笑道，客官果然行家，倒叫我学了一课，你只道买是不买便罢，何必如此费事？

这时，敬德膝下的念儿嗲声道，阿公，听闻何朝宗的《一苇渡江》存世仅一件，早不知去向，阿公可见过？

店家一听，脸色越发难看了，便欲转身避开，仍被敬德叫住。敬德倒是谦卑，和气再问店家，能否告知这件仿作出自谁人之手？

店家初时没好气，问说，客官不是来砸牌子的吧？

敬德便道，店家误会，沈某愿买下这件白瓷，烦请店家行个方便，告知该瓷像出自哪里，是谁人雕塑便是。

店家见敬德诚意要买，欺他实诚，趁机抬高价格，高出平素数倍之多。不料敬德竟不回价，一口应承，果真买下。

店家得了大便宜，便告诉敬德，不瞒行家，这件白瓷确非真正古董，明眼人一瞧便知，出手要价高也是因了经营需要。倘或真要追寻出自哪里、何人之手，其间确实拐了几道弯，详情所知也不真切，只知大概出自晋江磁灶一处土窑。

那日，敬德得了消息，谢过店家，抱着《一苇渡江》，匆匆回家。

进门，先将念儿交给媳妇惠心，便自关进屋里，好好端详这件《一苇渡江》，细观瓷质，略显黯淡，明知不是当年家传真品，仍情不自禁，洒了多少老泪。

数年光影浮掠，少年时，听老爷子训诫，深识沈家瓷业根基；壮年时，遭逢山匪劫掠，自己被削去双手大拇指，真品《一苇渡江》自此不知去向；中年时，意气风发，以为家业在手，必然光耀。不料流年不利，时局动荡，数度浮沉，家道零落；半生一晃，如今晚景已至，竟越凄凉，不堪回首，不堪思量。

禁闭半日，敬德倍觉时光之凌厉，生生割裂，彻骨疼痛，更甚当年削指钻心。

彼时，婉瑜自天后宫朝拜妈祖后，顺道买了几方绿豆糕饼，叫李妈好生提着，回家好哄念儿。一路念叨，说念儿可是随阿公阿嬷，最喜绿豆糕饼，嘴还挺刁，专挑好的吃，不好的便是哄上几日，也是一口不带粘的。说话间，二人过了晋江边的老渡口，往老巷里拐。婉瑜便问起旺儿跑船已半月有余，近日可能上岸的事。

李妈说，夫人不必挂念旺儿，这孩子皮实，在海上跑船可称了他的意，他哪里闲得住？大字不识几个，能挣几个辛苦钱养活自己，便是他的造化。

婉瑜拉住李妈的手，好言说道，咱家自是不比先前，苦了你们娘儿俩，还肯一直陪着沈家过清苦日子。

夫人说哪里话，我们命好，跟着沈家不至于到处去讨饭吃，我那老头子在泉下要是有知，见夫人老爷待我们娘儿俩如亲人一般，不知多乐呵呢。

婉瑜也感慨。当年沈家劫数，且不说云溪瓷窑那一夜惨剧，单说当时老爷敬德携管家李满堂往戴云山瓷矿区购置瓷泥，不料遭遇瓷矿轰塌，倘或不是管家李满堂舍命护住老爷，老爷当时哪有命活？

亏得当时，潘安尔正领着人马路过。彼时刚刚升任省城国民政府特派专员的潘安尔，听见爆炸声，马惊人摔，她倒也机警，即刻率众赶至轰塌点，才最后救出了敬德。只可惜李满堂自己舍了命，余下孤儿寡母少不得与沈家相依为命。之后，敬德视旺儿如亲生儿子一般，对李家母子感恩戴德。

诸多劫数过后，沈家为躲是非，不顾家道败落，自此隐退，李氏母子紧随左右，亲如一家，不分主仆，倒也安生过活。后来据闻，安尔打发人堪察瓷矿区坍塌实情，竟发现山头遗有火药一类物件，猜测必是有人预谋加害沈家老爷。怎奈敬德连遭家门不幸，无心追问，前事便不了了之了。

此刻，一路聊着，名为主仆，恰似姐妹的婉瑜与李妈，二人还拐至金鱼巷口，买了老爷钟爱的酸萝卜和腌杨桃。为了买旺儿爱吃的醋肉和水煎包，婉瑜特意多走了几条巷。李妈过意不去，说旺儿何德何能，也不知哪天才回，到时再买也不迟。婉瑜却说早买放着，说不定今日晚间便到家，回来就让孩子能吃上称心的，岂不好？

日头偏西，婉瑜和李妈才回至家中，念儿立马飞扑至阿嬷怀里。儿子均不在身旁，连沈家四姑娘怀钰也出去闯荡了，好在儿媳惠心仍旧侍奉在膝下，婉瑜便将心思全放在长孙念儿身上，疼爱得没法比拟，有时连惠心都看不下去，劝说几句，以免将孩子宠过头了。婉瑜反倒劝说儿媳，自家的骨肉，自家不爱不宠，还能指望谁。这世道不定怎么乱，但凡自己一口气尚在，孩子在一日，便要让他好一日，绝好的通通予了他，这辈子也算值了。

　　惠心自然说不过公婆，只得随他们去。念儿吃绿豆糕饼时，依在阿嬷怀里顺嘴说，今日阿公得了件宝贝，是《一苇渡江》，在屋里看了半日也不出来，大概欢喜得不得了。

　　童言不知轻重，惠心一听便愣了。婉瑜更是心头一紧，知道念儿绝不至胡言乱语，他说的十有八九不是没影儿的事。婉瑜便匆匆回屋，要去看个究竟。

　　进屋，借着天色未暗，婉瑜一眼便见着桌上那件白瓷达摩，也是霎时大惊，上前仔细端详，这《一苇渡江》果真与当年那件十分神似，但更令人揪心的却不在于到底是不是那件古董真品，而在于如果不是真品，谁人之手才能仿出。

　　见敬德颓然坐在一角，黯然伤神模样，婉瑜心下不安，上前轻问，这白瓷，从何而来？

　　敬德摇头不语，指指白瓷后头。婉瑜拿起白瓷达摩像，看后头分明钤刻二字：怀安。

　　婉瑜顿感一阵明晃晃的晕眩，当头重重罩下……

2

　　清源山麓，老君岩下，一间小小茶肆，惠心临窗而望。

　　能望见端坐于山麓的老君石像，大耳垂肩，苍髯飞动，面含微笑，背倚青山，离绝尘世。惠心望之失神，好一会儿脑子里仍然纷乱不止。

日光尚早，怀安约定的时辰未到，惠心却心头怦然，有如当年初见。

自元宵灯会上惊见怀安后，她每日均在数种萦绕心头的声音里自我研磨，唯有一个声音仿佛九天上来光，洞彻心房：他还活着！

素日里，见公婆与念儿无比亲近，倘或二老得知儿子怀安尚在人世，岂不惊喜万分？沈家的日子也将重新活过一般。无数次，惠心鼓足勇气，几乎脱口而出，便要向日渐苍老的公婆亮开这一喜讯，又怕一石激起千层浪，未知怀安今日今时境况，日后会有何变数，于今日宁静光景可有破坏，实难预测。因而，每每话到嘴边，又生生咽下。

元宵灯会上匆匆一面，因当时不知何故，巷战追杀惊吓至百姓纷乱，情况危急，二人互言住址，便随人群冲散。惠心连日心惊不止，以为梦境，茶饭无心，寝坐难安。尤其那晚混乱之中，怀安还极力呵护怀中女孩儿，见那女孩，年岁似与念儿不差多少，惠心如何能不疑？数年来，怀安竟是在别处过着怎样的日子？惠心思前想后，几番寻思，急于印证，又怕印证，着实将自己的心思磨得丝丝疼痛。

终是不能再忍，惠心咬咬牙，凭住址私下偷偷去探，直寻到僻静巷子深处，正在踟蹰不前，未料，迎面竟见怀安与白艳青携女进出。虽是远远望见，却还认出白艳青，不正是当年自己新婚之日，与夫君怀安在屋后树下偷会的那名戏子吗？却原来，深藏在此，偷偷养了汉子，养的竟是怀安！

惠心一时如遭五雷轰顶，竟一度以为是自己的行为不妥，不该觊觎他人。转念一寻思，那分明是自己的男人，自己才是他明媒正娶的原配，怎可任他抛家弃子，容他与别个女人过活？自己再是通情理，却断无听凭外人抢了自己男人之理。夫君不是遭遇海难了吗？因何竟会在此过活，难不成，当年一切竟是假象？他们凭弥天大谎哄住天下人，却躲到此间逍遥自在？

不管如何，且要问得明白，再做道理。惠心正待硬着头皮上前问询，迎面却见怀安直奔而来。原来，怀安也算警惕，早发现了惠心暗中探看的踪迹。那头安顿好白艳青和静儿，便寻个由头出门，拦住惠心，以免更生事端。

青天白日下，哪怕数年不曾见着，惠心仍旧不会认错，眼前之人正是自己魂牵梦绕以为生死相隔的夫君怀安。泪眼汪汪，不能自己，无奈怀安神色警惕，左右提防，像是颇有忌惮。只听怀安即刻定了日子和所在，约惠心那日详谈，此刻情势不便，并嘱咐惠心务必仔细，路上多加提防，安全为盼。

如此匆匆数语，旋即分开。惠心返程中恍惚半日，心头悸动不已，不时回望，生恐惹着什么鬼魅。安然归家后，也无心哄念儿了，关在屋里细细思量，再无别的主意。料想必是怀安也入了革命一道，先前究竟落入怎样的生死劫数，才至误作遇难身亡，个中必有不可告人之处，今日这般惊恐谨慎，想是不愿连累家人了。

惠心毕竟聪慧，如此思量一番后，勉强压住心头纷乱，出得屋来仍旧恢复常态，滴水不漏，此后只耐心等着与怀安约定的日子。

这日她便事先找好由头，要与绣纺女伴一同往清源山千手岩观音寺进香，将念儿交予公婆，凡事早早安排妥帖，方才心无挂碍地出门。

清源山下小小茶肆，偏安一隅，再适合不过私底密会。多年早已心死的惠心，这几日竟觉重生一般，原以为今生只能守着念儿，何曾料到还有再见夫君的造化？倘或能再续前缘，哪怕折损性命也是甘愿。

当怀安携一身阳春日光步入小小茶肆，惠心缓缓起身望向他。二人四目交汇，千言万语尽在不言，任凭时光交错，心已相通，唯有泪目。

原来，怀安记忆早已渐渐恢复，待前事尽数想起时，已过多年，且时局风云顿变。怎奈身旁有妻白艳青，对他呵护有加，有女儿沈静，尚在童稚，小家不富足，却亲爱如蜜，安能横生末枝？怀安也不点破，只安守如常。

倒是于私下打发人偷偷到瓷城打听，闻得沈家惊变，阿公早已于数年前被恶人逼迫而献身祭窑，姨太太受惊吓后重病不起，不日即随阿公而去。沈家紫云瓷坊摘号关门，云溪瓷窑封闭，沈家老小弃乡而去，竟不知所踪。怀安伤心之余不甘心，从未放弃对沈家的追寻。

素日里，凭记忆捏些小瓷件，因恐再招惹出不可预估之事，便不敢送回瓷城烧制，转而寻至晋江磁灶，托人在土窑里勉强为之，倒也获些一二银钱，贴补家用。

未料，竟于元宵灯夜惊险之中偶遇惠心，如惊雷乍响混沌，恨不能当场抓住一念希望，不敢再放。怎奈当时难测周遭危机，见惠心与孩子有人照应，心知无碍，便速速散开归去。

恨不能即刻寻到家人，恨不能立时到阿爹阿娘面前倾诉，恨不能抱起惠心身旁的小儿郎好好端详。一夜未能好睡，倒扰得白艳青和静儿都没睡踏实。

打定主意，尽快找到沈家人。不料，次日便情况有变。怀安送白艳青至戏班，带小女静儿归家，心正盘算时，偶见戏班外数人行踪怪异，便多留了心眼。于后数日，果见更多行踪诡异之辈时时盘桓在家门外小巷四处。这般不寻常的微妙处境，怀安自然不会掉以轻心。

起初猜测，是否二弟怀仁凭线索寻到他了，可迟迟不见有人来与他会面，便猜其中或有蹊跷。也试着探探白艳青的口风，不料却吓着白艳青。白艳青闻说有些行踪可疑之人在家门与戏班之间徘徊，神色顿变，不知所措。问之，却又不敢明言。怀安便知不妙，心下寻思，只恐白艳青惹了什么祸事，尚未到爆发之际，已危机四伏，此时若寻得沈家，再殃及阿爹阿娘和惠心，后果不堪设想。

怀安一面安抚白艳青，假意不挂怀，实则暗暗查探，一面思忖如何与惠心知会，妥善趋利避害。然而，左思右想，仍无主意，便想到二弟怀仁。

那日，在小巷口迎回白艳青，偷眼见得不远处惠心隐没的身影，怀安心惊之余，恐惠心一闹，凭空生出事端，只得决定提早与之商议，共同面对。未料到数年不见，一见竟是这等错综难言，怀安既不知如何与白艳青厘清，更不知如何面对惠心，两相为难，心神不宁。

茶肆一遇，泪语万千。二人备述别后遭遇，几度哽咽，相为劝慰，泪拭难净，止而不息。清源山春满华枝，风送人愁，人间几多悲与欢，哪里凭一日一茶，便能道尽？

末了，惠心明白怀安不能立即回家相认之苦衷，反劝他万事小心，只要平安无事，静待时机。怀安尴尬试探，愿惠心莫怨责白艳青，她虽有意将怀安私藏起来，好歹也过了几年安生日子，对怀安本无恶意。惠心纵有苦涩，哪有此时与怀安倾倒之理，但言，同为女人，自己多少苦，便知对方有千般不易，纵然怨责，错失的时间也再要不回，何必为难彼此，但求平安。

倒是惠心提醒他，近日阿爹带回一件《一苇渡江》，自此更比先前恍惚，只怕已知道些端倪了。怀安苦笑，怪不得，前几日遇见磁灶那方的土窑主，对方提及有人前往打听《一苇渡江》的出处，必是阿爹打发人去查探了。当时怀安还留话，说世人也怪，吃到鸡蛋便罢，何必非要认识下蛋的母鸡呢？怀安意识到将自己比作母鸡，实在太蠢，不禁哂然。

自那日私会，二人此后便都静心以待。不过，觉出几分怪来，明明二人才是正经夫妻，却藏头藏尾好似偷情一般，过后寻思，少不得心下尴尬。

怀安喜忧各半，喜是终知沈家所在，竟意外知悉自己有一儿子沈念；忧则忧当下，白艳青处境不妙，未来难测。

3

可怜人白艳青，明知惹了大祸，又能怎样？横竖不过一死，奈何放不下怀安和静儿。这个女人，戏不成魔，却魔怔在情上。

才刚出道那会儿，仗着几分天姿，白艳青誓要在梨园行里闯出自己的道，毕竟鲜嫩，果然无论唱功抑或身段，皆能艳压群芳，不过一二年，已名冠东南，颇得官爷豪绅赏识，胭脂如蜜觥筹错，灯酒弦歌年华抛，倒也过了一段流光溢彩的日子。也曾不屑掉污淖，敢叫戏子生傲骨，白艳青绝对不图一醉解罗裙，只待芳华，终有归属，因而，傲气初成，颇为得志。

那年初遇怀安，顿时春心萌动，一目误终生，决计此生非怀安不嫁。哪知怀安早有婚配，白艳青纵有女儿心，悲无宿世缘，况逢乱世，良人不再，遂敛了心性，死了爱念，身如漂萍，无计可循。

后来，梨园戏也唱不得了，慢说其雅，究竟寻常百姓素日悲苦，来不得雅兴。竟连那些挥金如土的公子王孙、豪绅贵胄也多半自身难保，哪有闲心听戏？无奈，梨园渐行渐没落。而原本为白艳青所不屑的高甲戏，却在街头巷坊各处春风吹又生，随处搭一草台，锣鼓敲起来，琵琶弹起来，凭那股热闹劲，给了百姓多少寻常难得的兴奋。

生计日渐窘迫，白艳青再端着个架子，终究自讨苦吃，索性委下身段，入了草班，不过换换唱腔，戏与戏总归能钻出相通之处，不过三五月，白艳青的名号便在百姓心头绚丽绽放。白艳青终以为，衣衫褴褛的百姓们各种腌臜俚语，比之脑满肠肥的贵胄豪绅之淫言秽语，同样叫人难以受用，然终归比不得日子难挨，此身已陷泥淖中，何必自欺欺人呢？

何曾料到，上天对白艳青不薄，竟让她白白捡回了大难不死的怀安。为了保住意外得来的缘分，要她做什么她都甘愿，哪怕为度日，不惜再次登台唱戏，什么戏都愿唱，但只能保余生与怀安好生过下去。后来竟添了女儿沈静，更觉上天厚爱，倍加珍惜。这般光景，只盼万年安顺才好，别无所求。

你不惹世事便罢了，怎奈世事总要找上你。

一日，戏台下，来了一伙东瀛浪人，进场既叫嚣乎东西，摔桌蹬椅，一把将武士刀拍在桌案上，唬得原本满场的百姓半句不敢多言，抱头逃窜。白艳青正唱得好好的，见情形不对，僵在台上，不知唱或不唱。

台下浪人头子大喝一声，叽里咕噜了几句，谁也没听懂。跑上前招呼的班主被他一脚踹翻在台脚下，半天起不来。却又听浪人手下大喝几声，看那架势是叫白艳青继续唱。音乐再起，白艳青只得战战兢兢地唱下去，只盼快些唱完本折，逃命要紧。

孰料，戏罢事未罢。东瀛浪人跳上台扯住白艳青，一把扯到台下的浪人头子面前，被对方调戏了一把。白艳青气得当场欲发作，眼角瞥见班主冲她拼命使眼色，那意思不难明白，千万稳住，这号人万万惹不得，全戏班的小命可都悬了。

白艳青脸色一冷，便忍了。后来听出意思，东瀛浪人要请戏班子前往浪人营唱戏助兴。

白艳青哪里肯，才说一个不字，全戏班的老少都叫他们拿刀架了出来，个个都惊飞了魂魄，指望白艳青能应承下来，先活命要紧。

这般场面，倒也唬不住白艳青，多年来什么风浪她没见过？前朝尚在时，宫里来的公公狗仗帝王之势，要听白艳青唱两句，一度当着白艳青的面砍了狗奴才的头。那会儿，白艳青就给吓得没胆儿了，如今再怎么也吓不住，杀人不过头点地。

白艳青倒是立马想到家里的怀安和宝贝闺女静儿，自己此时若不权宜，恐难活命回去见他们了，索性将脖子一梗，端了桌上的一杯酒，款款挪到浪人头子面前，只眼角一飞，便将那满脸腮胡的货色勾住。不等对方抱上来，白艳青嘴角一弯，一仰脖，便将那杯酒兀自饮了，仍旧端着个架子，丢给他一句，要听好戏，急不得。说罢，扭着腰身，款款离去。

浪人们都看傻了，魂都给勾得半缕不剩。戏班子因此残喘下来。素日里瞧不上白艳青的那些人，这时节却都不敢吱声，能不能活命，可全指着人家呢。

不料，白艳青当晚在路上便被人轻易劫去，一路被抢进暗林里，白艳青心说，今日便是一死，也不能让歹人占了便宜，于是暗暗揣好剪子，只待玉石俱焚。到了林子深处，白艳青也不管对方是何来路，便以死相挟，掏出那把剪子，几乎要插进脖颈肉里了，打量此举或能震慑对方。

岂知对方数人站在夜黑风里，却不为所动，反倒行礼谢罪，指望白艳青帮一大忙，求她主动迎上浪人头子，伺机下毒。

白艳青倒还清醒，自然不肯替人干些杀人勾当，无论对方如何言之凿凿，事后会确保白艳青万无一失。白艳青冷笑，这事干了，自己这辈子只怕再别想安生，宁可就地一死。

对方却道白艳青死不足惜，不过贱命一条，倘或将其当年与前朝黎公公那些丑事抖搂出来，不知家中夫君和小女更待如何看她。这话无异插中白艳青的心窝，一想到怀安与静儿，白艳青的心便彻底软了。

三日后，春宵正好。笙歌艳乐，好酒佳茗，任意恣肆。白艳青使出浑身解数，袅娜舞袖，婉转唱腔，迷倒众生，将一帮浪人贼子勾得颠魂醉魄，只把异乡认故乡。是夜，浪人头子自然不放过白艳青，乘着七分醉意，打发人将白艳青洗净送进屋里候着。

戏文里唱的醉翁之意，白艳青自忖对方还配不上，倒分明更像戏文说的司马昭之心。冲着浪人头子这份念想，白艳青自然顺水推舟。毒是抹在一缕一指宽的丝绢发带上，草草束了头发才得以随身。浪人手下料她那一缕轻如鸿毛的丝绢尚无威胁，便不在意。

时辰一到，浪人头子九分醉态尚有一分淫念，撞进屋去已辨不清南北方向。白艳青正眼都不瞧对方，只提一事，打发人送酒进来，待二人交杯，饮如合卺酒，便任他欢喜。浪人头子自然应允，果然打发人送进酒来，白艳青松了青丝上的丝绢，假意斟酒，毒亦浸得神不知鬼不觉，自己巧妙避过，便叫浪人头子甘心饮下。

不多时，浪人头子按捺不住便要与白艳青求欢，在白艳青假意逢迎又迎而还拒之时，浪人头子毒发而痛不欲生，竟掐住白艳青做垂死之挣。屋外头没人敢进屋，听见动静，却不分明，都打量浪人头子乐在巅峰，哪个敢进屋坏了好事？

白艳青挣脱不开，几乎窒息，一缕幽魂几乎散去。最后，浪人头子口吐黑血，浸湿白艳青的轻薄罗衫，渐渐颓然倒下，白艳青捡得一命，却无力爬起来逃离。

说好的夜半劫营施救，白艳青并未等到来人，守在死透的浪人头子一旁，直至天光发亮。

4

因叛贼出卖，当夜革命党要劫浪人营并救白艳青之计临时败露。

白艳青在应承毒杀一事之后，业已料定，自身必死无疑，却仍抱定一分赴死之心，更与怀安半字未提，实乃去意已决。

世间人多半瞧戏子不起，怎知戏子没有不精的，个个怀揣七窍玲珑心。白艳青的精明不在眉眼间，眉眼间全给了灵气，而将精明暗暗藏纳心底，轻易不显山露水，因而与怀安的这段非分姻缘便能叫她藏得绵密妥帖。

那日她便觉出怀安的异样。谈吐虽如素日温和，茶饭也依素日之序，教静儿习字后却有不同，怀安将素日里不许静儿触碰的瓷泥搬些出来，堆在小院中的石桌上，竟教静儿捏些瓷玩物件，引得静儿欢喜不迭，痴迷不已。

怀安便借故出门，白艳青忽地心头不宁，一时起意，倒要看看夫君素日里都去往哪里，跟什么市井之辈交往，倘或与革命党有染，后果更不堪设想。白艳青索性将静儿托付佣人，自己简单乔装，暗暗跟上怀安，一路跟至清源山麓，老君岩下。

当日，远远望见惠心与怀安于茶肆密会时，白艳青心头一凛，情知缘分已尽。抬头正见老君石像笑意深邃，千年一眼，望尽人间沧桑。白艳青方知，纵然千般算计，万般争求，奈何举头三尺有神明，一切原有定数，坏之安能全身而退？一时间，几乎心死。

白艳青因与革命党约定，无论成败，自己难免一死，只愿有能人之辈将家中夫君与小女护好，带至无人识得之处，保其一生，自己便也瞑目了。如此，白艳青也早料定革命党必不肯因她而劫浪人营，故而早早看破。

那日浪人营并无大乱，不过死了一个浪人头子。浪人们得叛徒密报后为时已晚，破门而入，正见白艳青披头散发，在屋内袅袅婷婷走着青衣步子，一尺罗衫袖，却舞出水云姿态，俨然尚在戏里。

白艳青深居鲤城多年，哪里能不知浪人之恶。毕竟位居东南海疆，不时有海上倭贼来犯，加之内政更迭，国土尚未安定，遑论海疆国门安危。可怜渔家百姓深惧倭盗贼寇，又奈何没有官家护卫，倭贼登岸抢掠，肆意妄为，是多朝以来海疆心患。

彼时革命党夺权，各地尚纷乱不宁，未有能安定东南海疆之师，便叫倭贼登岸圈地，建了浪人营，自此越发不可收拾，搅得东南无有宁日，人人自危。

故而一小伙革命党因怜民而自发抗倭，到底势单力薄，不成气候。以为杀贼必得先灭贼首，也好伺机破了浪人营。怎奈世事难算计，况人多变，隔心难测，筹划多日，却叫一叛贼走了风声。不大一盘棋，到底叫一枚错子儿给坏了。

要说当时当地的革命党，那是好听了，不过是上无领主的一小股地方武装，你道是谁把持的？偏偏是那命大不死、谁也拘他不住的沈家二少爷——怀仁。好在，他身后还有一度升任国民政府特派专员的潘安尔，保驾护航谈不上，偶尔小计小谋却使得。此番摸得浪人脾气，欲借戏子之手毒其性命，再伺机破营，此计便是安尔谋划的。

按说安尔来头不小，依理也该领出正规军，彼时中原军阀要么混战，要么观望，各派各系纷纷怀揣鬼胎，有今日无明日，通盘散沙，东南一隅尚未进入他们法眼，基本自生自灭。怀仁与安尔数年前从瓷城杀出，倘或不是安尔的身份与略微筹些的钱饷，哪里还能拢得枪械与兵卒？遭逢乱世，不过是些亡命又个别于家国有情怀之辈，甘愿跟定怀仁干些生死大义之事罢了。

先时探得浪人要挟戏班，并闻听白艳青得浪人头子青睐，安尔打量机会难得，若不借此下手，恐难再有机缘。便与怀仁好生谋划，以为万无一失，关键在白艳青肯与不肯。

怀仁并不认得白艳青，打发手下人去探探白艳青的底细，丝毫不知她竟还私藏着沈家大少爷，只闻听白艳青颇有名气，戏子名利双收，养汉子生孩子，倒也不新鲜，故而并未引得怀仁留心。一应安排都叫手下去摆弄，怀仁与安尔坐镇中帐，只管布局与最后攻营拔寨之事。

哪知手下竟藏有心机鬼，私以为跟着怀仁实在混不出前途，便自投了浪人营，泄了机密。虽说东瀛人没救得浪人头子，却擒住了白艳青，一并将戏班上下无论老少二十多口人拖至海边，悉数打断腿脚，等待发落。

怀仁得信已迟，怎奈大错已铸，忽地想起白艳青尚有私藏的汉子，还有养下的孩子，立即打发人去救。到底晚了一步。只听邻里说来了一伙东瀛浪人，青天白日下竟将白艳青家的男人和孩子给掳了去，邻里去看时，他家仅有的两名佣人早已横尸刀下，好不骇人。

安尔听怀仁一说，心下愧疚难当，怨自己谋划不密，多日砺戈秣马，竟叫人钻了空子，无端坏了太多人性命，此生难安，便要带人杀向浪人营。怀仁哪里肯叫安尔白白去送死，拦下她，只道此时自乱阵脚，只会露出破绽，更叫杀红眼的浪人有机可乘，一旦将仅有的武装力量葬送掉，只怕东南一隅今后更无宁日。

安尔决计要战，反倒责备怀仁不如先时勇武果断，大男人畏首畏尾，哪里是干大事的英雄好汉？怀仁心惊不已，自忖有愧。数年前瓷城一难，几乎丧命，藏头露尾之际，反害得阿公被奸恶之人所逼，拿命祭了沈家瓷窑，那一夜的惨况令他刻骨铭心，终生难再平复。虽说后来安尔带军赶到，凭火枪毙了康、胡两个恶人，怎奈怀仁造下的恶果永难颠覆，他亦永无赎罪可能了。

自此，怀仁果然放慢脚步，每一步都痛彻心扉，世间恶人杀之难尽，苍生犹如苟活在永夜。曾经并肩的师姐傅红琳因他而青春殒命，沈家德望之高的阿公因他而献祭瓷窑，他怀仁凭什么苟活于世？

安尔不顾劝阻，执意要领兵杀去。怀仁拔枪指着自己的脑袋，叫住安尔，只说自己不能一错再错，更不能眼睁睁看着安尔去送死——不能失去安尔。

安尔愣住了，一时不知如何言语。

忽地门外扑进一名哭得悲悲切切的女子，叫嚷着要怀仁快去救人。怀仁一见，竟是嫂子惠心。

惠心跌跌撞撞扑来，几乎站不稳，幸得安尔扶住，她才带泪不住地哭求，快去救人，救人啊！救怀安，救你大哥怀安，快啊！

我大哥？

仿佛一道霹雳，自怀仁耳际劈进他的脑壳。

二十、两生花

1

第一张桑皮纸盖在白艳青脸上时，她惊慌地将之吹掉。

白艳青仰躺着，不只身子被捆住，连脑袋也被嵌住，全身动弹不得。

被白艳青吹起的桑皮纸轻如鸿毛，悠悠飘飘落在捆住白艳青的刑凳腿下。据说那条刑凳，是浪人们自先前的官府里抢得的，且十分宝贝。

司刑的撇嘴浪人跳脚骂了几句东瀛话，转脸又诡笑着去捡拾那张桑皮纸。白艳青惊恐地瞥见撇嘴浪人拈住那张桑皮纸，小心翼翼在空中上下翻飞两下，还凑近吹了吹上头的灰尘，这才满意地看了又看。白艳青没躲过他斜乜的一眼，那眼黑里浮出的淫邪让人通身透凉。

白艳青不知对方意欲何为，但只他们不碰她身体便好，索性速求一死。

刑房里另挤站了近十个浪人，个个虎背熊腰，一脸冷煞，做观望状，却都对白艳青无动于衷。白艳青自忖，因身上沾了浪人头子的毒血，这般污秽，败了他们的兴致吧，其实再好不过了。

撇嘴浪人仔细叠放好桑皮纸，却拿手指蘸了蘸一旁碗里的烧酒，伸至白艳青脸颊，左右涂抹，临了还捏了一把，嘻嘻笑了两声，再轻拍两下。

白艳青身上动弹不得，无法躲闪，只得任其调戏。见他一咧嘴，露出一口乱糟糟的黑黄牙和血红牙槽，犹如魑魅一般。白艳青浑身不由地颤抖，脸上的烧酒浓烈刺鼻，更叫她惊恐不安。

撇嘴浪人含了一口烧酒，两手小心拈起那张轻轻薄薄的桑皮纸，凑嘴上去，使劲一喷，噀出一阵轻雾，白净的桑皮纸立时斑斑点点洇开酒渍，受潮发软。撇嘴浪人拈好桑皮纸，向白艳青俯身探去，将之从白艳青白洁的下巴、樱红的小嘴、鹅腻的高鼻往上一点点依次贴覆，犹如呵护一件宝贝。最后冲白艳青那双惊恐中的秋水明眸报以一笑，喷喷了几声，指尖一松，便将桑皮纸全然覆上。

惊恐急促地喘息，白艳青只觉灼呛浓烈的烧酒味中，那层淡黄的桑皮纸已压住眼帘，连眼角余光也逃逸不出了。

耳畔传来撇嘴浪人变调的汉语，他问说，美女尚不知这叫什么刑罚吧？这可是前朝官员教的妙招，之前亲眼见过拿此刑训逼供犯人，却不曾亲手办过。因白艳青毒杀了头人，万死不足以平东瀛人之愤，东瀛人早已知晓谁人指使，却是这凶犯不能饶过。他便出了主意，拿这美人儿试试这般刑罚，意不在逼问什么，只图好玩。

白艳青只觉满鼻烈酒之味，呼吸不畅，越发惊恐难耐，更不知撇嘴浪人接下来要做甚。

撇嘴浪人早又拈起一张桑皮纸，这回不必望空噀口酒雾了，直接将之覆在前一张桑皮纸上。见蒙住脸蛋的白艳青挣脱不过的样子，搓搓手，又说花姑娘生得面容姣好，坏即坏在心，东瀛人纵有一万种死法，却也不舍坏了她这副皮囊。故用此法，保管花姑娘死得好看，身上半点伤痕都不会有，这副皮囊且留住，珍贵且好用了。

白艳青早已流出泪，泪水滑不出脸际，立即便叫第一层桑皮纸吸附。虽呼吸不畅，耳畔却听得分明，那人说要保得她一身皮囊，此法最妥，东亚人称此法为闷毙，更有形象之说，却要越到后面才知对与不对。

撇嘴浪人言毕，望白艳青脸上又噀一口烧酒，洇湿的第二层桑皮纸便依附下去，显出白艳青的脸型。口鼻处微微且急促地翕动，惹得撇嘴浪人嘴角一弯，越发歪掉的面颊更是邪乎。只那站立观望的浪人们仍旧一动不动，听撇嘴浪人又训了几句东瀛话。

白艳青支支吾吾却说不出话，两层桑皮纸糊在脸上，犹如绝望压住她的脑袋。才刚听不懂东瀛话讲些什么，便觉出浪人在她脸上的桑皮纸外涂抹着。

撇嘴浪人正执一毛笔，在显出脸型轮廓的桑皮纸上比画，边说，抹鸡蛋清也是东亚人教他的，好粘第三层桑皮纸，等干透了，便易成型。说话间，却只口鼻处未抹，故意留白。

白艳青知道大限越发靠近了，此刻抽泣已无用，惧怕也无用，最后一点点清醒，留给对这尘世的念想吧。

撇嘴浪人已覆上第三层桑皮纸，并用手在白艳青脸颊、额上、眼窝、下巴各处轻轻摁压，手劲极轻，唯恐不慎，坏了精致的物件一般。

白艳青闭上眼，好让自己静下来，眼前仿佛怀安回望她，冲她一笑，却是招呼小女静儿，一同坐在小院里，对着石桌上的瓷泥一番说道。怀安说，静儿最聪明了，一点即通，你看，这尊泥像尚未经过烧制，一旦入窑烧好，出来便是洁白的瓷像了。

静儿问，这个老头到底是何人，胡子拉茬，脑袋也瓢了，还不穿鞋，十分怪道。

怀安笑了，抬身对白艳青笑笑，接着对静儿说，这尊可是咱沈家传下的宝贝，名唤《一苇渡江》，等静儿长大了，阿爹会教静儿捏塑，还会告诉静儿，"一苇渡江"有何深意。

这光景如此清晰，白艳青伸手要去抚静儿柔软的发丝，一道无形的力量生生将她扯回，只觉离怀安与静儿的笑脸越来越远，直至看不清他们的脸庞，再到看不清他们的身影，最后自己从那光景里被剥离出来。

一时清醒，便又听见浪人的怪笑。说的却是一旦糊上第四层桑皮纸，再想回天，基本不能够了。如法炮制，隔一层抹一遍鸡蛋清，最后还将盖上第五层桑皮纸，据说，从来无人能挺得过第五层，手足再无挣扎，便已窒息。

第四层桑皮纸如法覆上，白艳青已然恍惚，即将离魂，依稀听得浪人最后喃喃，说待得气绝纸干，最后揭面，一面凹凸分明的桑皮面具便成了，犹如戏台上"跳加官"所持面具，因而，此法亦称"贴加官"。

白艳青恍惚随锣鼓击乐而舞，身着红蟒猩袍，头戴金丝红冠，手持面具，步法雍容。那是何年何月，她救急顶班，替人在正戏前演一出"跳加官"，以称主人家之意。随着锣鼓舞步，手中卷轴逐一展开，"天官赐福""加官晋爵"，哪个不是人见人爱？台下早已掌声夹着吆喝，高声喊赏。待白艳青学着男儿大踏官步，回至后台，移开面具，露出美娇娘的面庞，众人力赞白艳青绝了。

眼前一黑，第五层桑皮纸已覆上。

撇嘴浪人坐在一旁，凑近身子瞧那口鼻处越来越微弱的翕动。他抿一抿歪嘴，不错眼地盯着，仿佛随之而吐纳，直到再无动静。

众人散去，留下离魂后的白艳青之躯在刑房里冷透，一日一夜。可怜被揭面后的白艳青，眸中秋水已逝，精光散失，微张的樱唇干裂，面如死灰，有如时光停滞，魂已抽离。

而一墙之隔，同样被关押住的怀安与静儿父女，相依相偎，浑然不知。直至静儿在噩梦中惊醒，一身冷汗，直呼要阿娘。

怀安心下戚然，隐约已知，前夜白艳青离去前与他对饮的那杯酒，无疑是绝命酒了。

2

再说惠心，跌跌撞撞寻至怀仁驻地，钗散鬓松，已顾不得体面了，隔空便哭喊着叫怀仁快去救人。

原来，那日惠心出去为儿子念儿买绿豆糕，见时辰尚早，便趱身往怀安藏身的小巷去，哪怕望一眼也知足。不料未至小巷，便听得前方纷纷扰扰，叫骂声中夹着孩子的凄厉哭喊。惠心慌得躲至一旁暗处，偷眼见一伙浪人将怀安绑了去，连那不过四五岁光景的静儿也扛在肩上一并掳走。

惠心早吓得不知所措，择路跑回家，惊魂难定，几乎要将实情报与公婆知晓，又给生生压回来，生怕公婆知情后，平地惊雷再吓出个好歹，岂不悔矣？正当左右拿不定主意时，忽地一念想到怀仁。眼下，唯有怀仁兴许有一线希望可救人。因急匆匆要奔出门，却一头撞上小院里正说话的婉瑜和念儿。

惠心惊慌得不知说什么才好，支吾两句，只说有急事出去，便撇下婆婆和儿子疑惑不解的目光，头也不回地冲出去，直奔怀仁带兵的驻地。

明知怀仁干的是革命党的活，阿爹阿娘多有交代，非到万不得已，不得去探怀仁，也不许怀仁上门，只当与他毫无关联，以免再祸及沈家，给沈家老小留下仅有的安谧，便是万福。

怀仁也轻易不去打扰阿爹阿娘，深知阿爹再不能容他，以为他害大哥怀安葬身大海，又害阿公献祭瓷窑，分明沈家一大祸害，他不敢再到阿爹面前惹他上火。即便阿娘最是疼他，奈何有他便无沈家宁日，故而阿娘也不肯理他，几乎心死，随他去吧。

至若怀仁自己，自然不能不顾家门，隔三岔五打发人去探一探，得知家人安好便罢，自己必然不敢现身，没得自讨没趣。

哪料得这日，竟是阿嫂惠心惊慌登门，前来求救。怀仁心头先是一惊。素日里，叔嫂二人极少言语，怀仁深知阿嫂慎行寡言，倘或不是家中遭逢大事，怎会如此慌张前来求助？

更出乎意料的，闻听阿嫂竟是求怀仁救他大哥怀安，再细听原委，大吃一惊，立即打发人叫来安排白艳青毒杀浪人头子的手下，一问方知，白艳青的夫君竟是大难不死且深藏数年的大哥怀安。

安尔也不敢相信天下竟有这等奇巧事，也不及细究，便与怀仁商议，当务之急，救人要紧。她已猜出白艳青怕是无命可活，但怀安和孩子若不及时施救，只怕将铸成千古恨。

料定安尔忧虑得对，怀仁果断部署，前前后后也不过数百人，要与顽疾一般驻守在海疆边上的东瀛浪人开战，其实毫无胜算。安尔主张智取，入夜方可潜入浪人营去劫人。而怀仁见惠心在旁几乎急死，不禁有些自乱阵脚，更觉救大哥一刻也不敢耽误，主张速战速决。

安尔不认同怀仁主张，担心在不知浪人营防御实情之下，仓促进攻，无异以卵击石，恐救人不成，反打草惊蛇，一并坏了原本在东南一角势微力弱的革命党，岂不铸成大错？

怀仁却分寸渐失，脑子发涨，一心只管立即出兵，杀他个措手不及，趁乱救人。

二人僵持不下，竟当着惠心的面儿争执几句，一时谁也不让谁。争至最后，惠心掩面哭泣，直呼怀安这回真正命休矣，我的念儿好不可怜啊。

几声悲泣后，惠心竟身子一歪，昏死在旁。

怀仁无奈，一面任由安尔打发人照顾阿嫂，一面命人先去探探浪人营的动向。

彼时的浪人营，在海风阵阵的海滩上摆开奇怪阵势。架大木，起高火，众人围圈，个个戴着白惨惨的面具，不声不响跳些古怪舞步。火堆之侧，一叶小舟铺满鲜花，围着的正是浪人头子的尸身。

怀安与静儿被人押至海岸边，不知对方意欲何为，只让他们眼睁睁看着众人在那耍些神秘动作。后又唱念些东瀛文，便有人将那一叶小舟推送至海浪之上，任其漂漂摇摇随浪而去。

怀安心知，必是这拨海寇贼子的海葬仪式，只是环顾四下，仍不见白艳青身影，心下预感不祥。想起前夜，在哄静儿睡下后，白艳青无端置办酒菜，说多时不与怀安对饮，也不必挑日子了，欢喜之余，便一起饮酒畅谈。

怀安打量白艳青察觉他已跟妻子惠心联络上，心下有些不落忍，不知何去何从，合该当晚便要相互坦诚，再议来日。怎奈白艳青只顾饮酒，大呼痛快，却不言前尘，也不谈将来，酒后无端洒泪，只道上天垂怜，让她得怀安怜爱，此生足矣。后来，白艳青踉踉跄跄自己跌回帐里安寝，一宿无话。

天亮后，怀安起身熬粥给她们母女二人喝，但见静儿一人安睡如常，竟不见白艳青身影。

桌上留字，白艳青告诉怀安真正实情，他本是瓷城紫云瓷坊沈家的大少爷，因蒙受海难，大难不死，被白艳青意外发现，带回并藏身于鲤城市井。几年恩爱如意，如今只恐缘尽，望怀安能将静儿带回沈家，好生抚养，倘或上天见怜，来生再续前缘，云云。

怀安以为白艳青独自离去，是为成全怀安归家之心，哪里知道外头凶险，早已万劫不复。还不及思虑清楚，只得收拾细软预备要去寻沈家。怀安先去戏班打听，结果连戏班也消失不见，竟是人去楼空无从问起。四处打听，只听说戏班子早已全数走人，无人知是去向何方。

怀安寻了一日，无果，担心静儿，便赶回家中。未料，回家不多时，父女二人便被闯入的一伙浪人给劫走。无奈言语不通，怀安嚷了半日，对方丝毫不为所动。无端被关在牢里，还好将静儿留在他身旁，他抱着孩子一夜无眠，生恐不知觉中，孩子被恶人抢去。

仿佛一夜老去，怀安一面念着白艳青的安危，一面担心自己无力保护怀中的静儿。此外，还念及惠心，一旦自己遭逢不测，只恐会再度殃及沈家，倘或真如自己所料，岂不害了年老的阿爹阿娘。

因无知与惊恐，这一夜竟比一生还要长。

待父女二人被带至海风猎猎的海滩上时，怀安心知此生要休矣。见识了那场海寇的海葬仪式，事情竟尚未完，更见一众浪人拖出二十多人，正是那些被打断了腿脚的戏班子老少。二十几口老少无一能躲，一时间，海潮声声，海风阵阵，串起海岸上的凄厉哭喊，无辜亡魂随风灭，可怜鲜血染海沙。

静儿早吓得躲在怀安怀里，浑身颤抖，低低地抽泣。

无边惨淡之际，一个戴着白惨惨的桑皮面具的浪人跳着怪舞，扭到怀安父女面前，毫无表情的面具下传出冷冷阴笑。问父女二人，这一出好戏，是不是比贵国戏台上的戏子唱得要好，更入心入骨。

怀安直把孩子的脸埋在自己怀里，却听那人啧啧几声后，摘下桑皮面具，正是撇嘴浪人。他端详着桑皮面具，好不怜爱地说，这面具恰似"跳加官"所用的，不过，因取自戏子白艳青的脸型，便不舍得在上头画眉目了，白，才是真干净！

怀安问，白艳青呢？求你们放了她吧！

闻言，撇嘴浪人冷笑，用生硬的汉语告诉他白艳青已死。

怀安听后，心胆俱裂，一时心痛难当，只紧紧抱着静儿落泪，禁不住浑身战栗。

过了一阵，怀安忽然撇下静儿，像野兽一般嘶吼着扑上去，将撇嘴浪人扑在沙地上，使出全身之力扼住对方咽喉，不住狂吼，一声一声盖过撕扯的海风。

一旁的浪人扑上来，扯开怀安。崩掉心智的怀安犹如困兽，连自己的女儿也吓哭了。

撇嘴浪人被人扶起后，一阵猛咳才喘顺气，对怀安咬牙切齿，却横着指向一旁吓哭的静儿，叫人捆了这小丫头，说一会儿让她们母女一同上天去。

3

砰砰砰——

一连数响火枪声尖厉地刺穿海风大幕。怀安身前，撇嘴浪人的脑袋忽然中了铁弹，一时脑浆飞进，溅了旁人一身一脸。怀安惊悸中不忘飞身扑去，将静儿揽在怀里，父女二人双双滚落到海滩上的遍地碎黄花中。

那张白惨惨的桑皮面具早已跌落沙滩，溅了斑斑点点的血渍。浪人们一时措手不及，惊慌四散，不知哪个，一脚将桑皮面具踩碎了。又连着几声火枪响过，并伴随强烈的爆炸，却是浪人营里炸飞开去，惨叫连连。

怀安紧紧将静儿护在怀里，躬起身子，挡住四下飞沙。惊慌中的浪人们还不忘冲上来，强行要拖走怀安。

父女二人惊叫之际，四下里忽然跳出好些勇武之士，枪刀齐上，与浪人近身肉搏。一位大汉不知从何处跳将下来，一刀将拖住怀安的浪人劈断手臂，待他嗷嗷乱叫之际，再一横刀抹了对方脖子，便一脚将之踢飞。

怀安这才看清，救他的大汉不是别个，正是二弟怀仁，多年不见，兄弟血亲，一眼便能认出。

此时，安尔持一把火枪，上来便扯住怀安和静儿，不由分说，直嚷快走。

怀安方才起身，忽地一道黑影自后头扑上来，将他扑进海浪里。

扑在怀安身上的黑影，是浪人唤出的一头狼犬。怀安在海水中挣扎着，却被狼犬咬住了左手手臂，几乎要被咬断臂骨。怀安癫狂嘶吼，愤恨中一拳拳砸在挂住手臂的狼犬身上。

砰的一声，狼犬中了火枪铁弹，狼血飞溅的同时，松嘴落入海水中。

怀安踉跄中几乎站不稳，遥见海天之上一线风影，遥遥而去。他被人拖着往回跑，耳旁什么也听不见，却分明听闻远远传来清悦曲声，恰是白艳青明眸善睐、水袖飞动之时唱出的乐音……

郎君可知那，人间两生花，并蒂各朝向，韶光易抛洒……

那是白艳青唱过的一出《两生花》。传说两生花谁也不曾见过，只知花开并蒂，一朵一朝向，相错不相见，临到凋零，才努力相向，旋即零落。怀安不喜白艳青唱这一出，大悲易伤身。白艳青便依怀安，不管人家出多少钱，都不唱。素日流连花坊时，偏生喜欢白百合的白艳青兀自惆怅，看百合并蒂，分明两生，一朵凋残，一朵枯黄，美不过韶光，最易倾尽好年华。白艳青买下一大捧，抱回宅里，满室生香，连怀安都要看醉几分。

怎料百合虽美意，奈何浮生多轻贱。艳妆戏服里回眸一笑，白艳青极尽妖娆，瞬时却被光影碎开点点肌肤，怀安惊诧之余，竟见撇嘴浪人手持一张白惨惨的桑皮面具，兀自诡谲淫笑。

怀安顿时大呼——我要杀了你！我要杀了你！

直奔过去，哪里寻得见，心头一痛，惊觉过来，却是坐在一处床榻，屋内昏暗难辨。怀安认不得身在何处，忽地想起静儿，便大喊静儿，挥手之际更觉出左臂钻心疼痛，才见小臂缠了纱布，显然上了药。

惠心抱着静儿进屋，静儿在她怀里睡着。怀安见惠心将静儿轻放在床榻旁，好生看着静儿，这可人儿，因吓而哭，此刻累至昏睡，不时抽噎。怀安抬眼看惠心，正待言语，却被她拦住。

孩子被吓坏了，好容易才哄睡，这可怜的孩子！

怀安正不知与惠心说什么，怀仁也进了屋，坐在床榻旁，哥俩一见，顿时泪目。

哥，这些年，你可受苦了。怀仁心头百感交集，原以为大哥被他所累，数年前殁于海难，哪敢奢望今生再见，一见面还得拼死方才救回。

唉，一言难尽。

怀安心头万千言语，只是此刻却似心死，只想两眼一闭，不思不想或许能不伤不痛。可眼睛一闭，眼前又见白艳青风姿袅袅、楚楚可怜的模样，一时便又心痛难当，不禁泣涕涟涟。

惠心不知何故，待要问时，静儿却醒了，直喊着要阿娘。怀安只得腾右手抱起静儿，凝噎难言，脸贴着静儿，直哭得肝肠寸断。惠心何曾见过怀安这般惨况，见其悲恸至极，情知必是劝慰不住，竟也跟着悲泣不住，扶着一旁的桌子，勉强坐下，不住抹泪。

安尔在门外小声叫出怀仁，便将手下打听来的白艳青之死以及戏班子尽数被灭口一事说来，言语间不免悲怆难当，愧疚不已。怀仁心知大错已铸，更不知如何向大哥言明一切，便自避去，拿酒浇愁。

这一战突然劫杀，事出紧急，怀仁手下革命党损兵折将，一时元气大伤，正愁不知如何防范东瀛浪人反杀。

据可靠情报，东瀛浪人恼羞成怒，已打发人出海联络，势必将引来大批倭寇入侵刺桐港。倘或果真如此，怀仁与安尔所率国民政府革命军仅余东南残部，要督战海岸线，将如何应对？

事情果然紧急，消息即刻便有人打马送达。国民政府施压予怀仁与安尔，指责他们因私人恩怨，不顾大局，挑起两国矛盾，后果不堪设想。为避免引发更为严重后果，国民政府责令怀仁亲自前往东瀛浪人营认罪领罚，否则就地免职，削其兵权，永不起用。

怀仁气得肺腑要炸，大骂国民政府软弱无能，与前朝何异，并扬言哪怕拿刀架在他脖颈上，拿枪顶着他去，他也绝不向东瀛人低头服罪，虽未能干出一番大事业，但这点国人风骨还是有的。怀仁朝送信之人一通大吼，此地不留爷，自有留爷处，老子不干便是，偏不受这等窝囊气！

送信之人原是上头来人，何曾受过这等哄闹？更不曾见这号敢跟国民政府叫嚣之鼠辈，早七窍生烟，只恨不能立等砍了怀仁。好在安尔素来惯于察言观色，明知怀仁铁骨铮铮，哪肯俯首？便私下请了信使去，好言好语劝慰，好酒好菜招待，打了保票，必定上下疏通，大事化小，小事化了，绝不敢再有半分惊扰上头，这才罢了。

安尔哪能不晓怀仁的傲骨，但凡不得他意，九头牛也拉他不回。有些事，只能由她背地里方才使得。便背着怀仁，好容易凑了些银钱兼财宝若干，打发人送至浪人营里，这才息事宁人。那日海滩作乱，撇嘴浪人在乱枪中丧命，浪人们一时群龙无首，没了主意，加之残杀多人，不宜声张，拿了钱物，便也息事宁人，前话不提。

等过三五日，见东瀛浪人无风无浪，怀仁绷了一身的劲儿无处使，正诧异，一打听，才知安尔拿钱消灾了。这事生生把怀仁气到一口老血差点喷出，指着安尔，半日骂不出来。末了，一掌拍下，硬将一张八仙桌从中劈散。

而他的大哥——怀安却魂游数日，尚未缓过来。

4

怀安明明睁着双眼，面前却一团漆黑。

一切物像在面前，犹如不见；一切声音在耳畔，犹如不闻。惠心喂他几口粥，多半溢出嘴角，半点也未入喉。摇晃他，也无甚反应。不过三日，整个老了一轮，脸颊深凹，双目无神，唇干皮燥，胡子拉茬，站不成形，坐卧如泥，分明魂离身去。

竟连静儿在其身侧哭泣呼唤，他也木头一般无动于衷。

无论怀仁在旁与之说多少话，怀安皆充耳不闻，竟连提到阿爹阿娘，甚至阿公之死也未能唤醒行尸一般的怀安。

安尔看出来了，只能跟惠心说一句，哀莫大于心死！

惠心见怀安这般光景，心下无法，却也不敢再多耽搁，先回去伺候公婆，半句不敢在公婆面前提起，生怕老人家听后，惊吓半死。只得偷偷来回两头跑，还怕人在怀仁处，无人照应，不免怠慢了。

如此又过数日，这日惠心又偷溜出来，赶到时，怀仁和安尔已带兵出去操练。惠心先安顿好静儿的饭食，见小女孩多日从不言语，知道她吓坏了。好在静儿两眼水灵，见着惠心便身前身后跟得紧紧，半刻也不敢松手。

惠心替怀安擦洗脸面，梳洗头发。冷不丁地，怀安喃喃了两句，像是哼唱，像是絮语。惠心没听清，静儿却听分明了。静儿眨着两只大眼，对惠心说了三个字：两生花。

惠心不明白，静儿却朗朗上口念叨出来：

郎君可知那，人间两生花，并蒂各朝向，韶光易抛洒……

静儿这一念，再抬头时，怀安刚洗净的脸，又挂上了泪珠。静儿伸出小手，拭去阿爹脸上的泪，趴在阿爹的怀里，像一只无助的猫儿，找到久别的怀抱。

惠心这回有心了，回到家后，偷偷问李妈，听过《两生花》是什么吗？李妈虽不识字，到底有见识，说好像在戏文里听过，谁也没见过什么是两生花，左不过是一种奇怪的花。

　　惠心一听是戏文，便到街角找老人家问询，可算问了来。那是梨园里的一出戏，早没听人唱了，悲得很，讲那情爱不得，犹如花开并蒂，竟终生相错不相见，直至零落。

　　惠心不懂戏，却也知戏文里惯会故弄玄虚，虽百思不得其解，便又到花坊里打听。花坊店家笑说，从未听过两生花，早先也有人来打听，后来竟觉店里的白百合不错，挑了去。

　　惠心看着白百合，清净素洁，超尘拔俗，果真花开并蒂，一朵一朝向。惠心旋即捧了一束回去，是不是两生花，有什么要紧，权当念想也无不可。

　　这日，惠心打定主意，偷偷将念儿带出，想让念儿到怀安面前认一认，毕竟父子连心，血脉相连，兴许能唤回将死之心，也未可知。

　　一入室，百合清香弥漫，念儿捧着花，站在床榻前，盯着怀安看。惠心叫念儿快叫阿爹，他便是你阿爹。

　　念儿怯怯地，只顾看，不出声。静儿却上前，自念儿怀里捧过那一束白百合，直捧到怀安鼻子下，依在阿爹怀里，轻轻呼唤，阿爹，阿娘最喜欢的两生花，您认一认。

　　怀安好似听到了，捧过百合，看了又看，嗅了又嗅，不禁滚下泪来，再抬头，一眼看到床榻前的念儿，那双眼睛何其熟悉，竟像是在看自己小时候的模样。怀里的静儿伸手替他拭泪，轻唤阿爹。怀安将静儿揽在怀里，忽地又听见一声怯怯的"阿爹"，却是面前的男孩叫唤的。

　　怀安忍不住，再度泪下，招手示意念儿上前。念儿上前，更大声叫唤阿爹。怀安心头一热，也将念儿揽入怀里。

　　一边是遭际可怜之女，一边是生平未认之子，怀安一瞬痛醒，心头悲愤化作酸楚，任泪纵横。

　　惠心在旁，笑而满泪。

　　敬德与婉瑜万万没想到，有生之年竟能再见到大儿子怀安，数年前已然在白发人送黑发人的剧恸里心碎难再。

那日，念儿进了宅门就高声大喊阿公阿嬷，稚嫩的童声让满院花草顿时摇曳生姿，蝶影翩跹。念儿一直跑进厅堂，正见阿公阿嬷在说着什么。念儿直接扑至阿嬷怀里，抬头两眼晶晶亮，奶声奶气地说，阿爹回来了。

婉瑜脑子一轰，问念儿说什么，再说一遍。念儿说，阿爹回来了。

婉瑜鼻子一酸，眼圈一红，泪眼濛泷中，堂前大门有人影晃动。咣当一声，敬德手中的茶碗盖掉到地上，只双目直直地望着堂前白光里的人影，一大一小的人影。

婉瑜轻唤一声敬德，手撑椅边，想站起来，却没能够。敬德伸手抚住婉瑜的手。二老的手都在颤抖。

一大一小两个人影已至跟前，面目渐渐看清，正是二老几年来数不清日夜，道不尽思念的老大——怀安。

怀安右手曳起长衫前襟，往右一掀，扑通跪下，叩头到地。一旁的女孩静儿也跟着跪伏在地。二老还是站不起来，早已满面泪光，浑身颤抖，哽咽不能言。

惠心跟进厅堂来，立在一侧，一手抚念儿，一手捂嘴，无声而泣。

却不闻跪伏的怀安言语，但见他躬伏之背不住颤抖，低低的哽咽自地底传出。二老终于相搀着站起，惠心赶紧上前扶住婉瑜。

婉瑜终于颤抖着发出两字：……起……来……

怀安缓缓起身，抬头，泪流满面，嘴唇抖动中轻轻唤了一声"阿娘"。

听这一声唤，婉瑜差点没站住，亏得惠心和敬德扶住。又听怀安轻唤了一声"阿爹"。

敬德老泪模糊，根本不能言语。

婉瑜上前轻抚儿子的头发，手指在其短发间一一梳过，再又颤抖着轻抚儿子的脸，用尽全身力气说，……回……来……
了……

一家人，抱头痛哭。

素来矜持安静的婉瑜放声大哭，安儿……我的安儿……我
的安儿……你痛煞阿娘了……

末了，婉瑜抚着儿子的脸，声音嘶哑着，你可算……回来
了……阿娘的命……几乎……随你去了……

怀安起身，扶住二老，未拭泪，只言，儿子不孝。

再多话，竟说不下去。一旁静儿扯扯怀安衣袖，轻唤阿
爹。众人才留意到她。

怀安忙告诉二老，这是静儿，并让静儿快叫阿公阿嬷。二
老诧异，抹了泪定睛看静儿，见静儿灵气童真，甚是可爱，眉
眼间极似怀安。

静儿识相，却只怯怯唤了两声，便依在怀安身侧，怯怯地
看着二老。

二老带泪慈笑，应声感动不已，夸静儿乖。

不料另一童声突然叫嚷，阿公阿嬷是我的，不要抢我的阿
公阿嬷。原来是依在惠心身侧的念儿不依了，此言一出，惹得
众人皆一愣，之后均无奈报以一笑。

哪知静儿嘴也快，回应念儿道，不要便不要，没什么稀
罕，我只要我阿爹，不许你抢我阿爹。

众人更是面面相觑，不知如何是好。

怀安蹲下身，将一儿一女拢至怀里，抱住，流着泪说，咱
们是一家人，再也不分开。

静儿轻轻替怀安拭泪，抱住怀安脖颈说，静儿只剩下阿爹
了，静儿不哭，阿爹不哭！

怀安越发忍不住，涕泪不已。

二十一、浮生梦

1

一日，念儿和静儿打起来。

彼时，大人们在屋内言语。几年离散，多少言语道不尽，各人说一阵，落一阵泪。流年最是愁煞人，更遇着风云变故，奈何小民多遭际，已然血泪难清。

现世安稳尚不知能撑到几时，每每虑及沈家尚有一个老二怀仁在外头干些刀枪拼杀之事，沈家上下便人人自危。

敬德与怀安围绕那尊从古玩店买回的白瓷雕塑《一苇渡江》，父子二人好一番谈论。过往多少事，因之而生无妄之灾，二人却避而不议，只论瓷雕本身。明知是怀安凭记忆所雕，敬德一字不夸，反指出达摩像上眉目法相略有处理偏失，衣纹水线与褶皱有失自然与垂坠。怀安竟不争辩，一一领受，并自责疏于练习，到底手生，日后定引以为戒。

婉瑜坐不住了，非要讨句公道，说父子二人怎生老样子，不说些关切便罢，偏要拿瓷艺出来钻研半日，尤其老的，倚老卖老，不知道的竟说他们哪里还有父子样，分明先生与学生了。

在旁做针线活计的惠心与李妈听后，掩嘴失笑。

其实，婉瑜心中何其心疼，几日观察，早觉出长子远不似从前。倒不是多年生分了，而是观其举止，闻其谈吐，竟不似

327

先前稳重笃定，却显畏首畏尾，甚或有时呆滞笨拙，想必这些年吃尽苦头，受尽浮生折磨了。知儿莫若母，为娘的安能不觉知？嘴上不说，夜里枕畔倒与老爷流了些许老泪，碎碎念起老大遭海难，受枪伤，丢记忆，没几年安生又遇浪人威逼杀，再拖个没娘的孩子，一个大男人生生褪去风华大气，倒被吓孬了。如此一絮叨，二老均未能睡得安稳，生恐一觉醒来，以为是梦里方得团圆。哪怕一桌吃饭，怀安也过于拘谨，背里还见他呆坐神游，叫醒他时如当场受了多大惊吓，定是凡事都压放心底，独自熬煎。

婉瑜多明白的一人，明里不说，更觉欠了长子，眼里只有为娘的温柔与酸楚。背里跟李妈嘱咐，只消多备办些好菜，让儿子多补补，说别看怀安铰了先前的辫子，如今短发里竟依稀有些白发了，他尚未到而立之年呢。

且说两小儿在小院里打起来，一家人都被惊出去。念儿气不过，边哭边嚷，不许静儿跟她抢娘亲。静儿倒能忍，只流泪，眼光从众人脸上流转，不屈不服，不气不惧，但只一样——不信任。

怀安过去抱住静儿，因问她为何与哥哥争执。静儿却道，静儿哪来的哥哥？静儿只有阿爹阿娘，目今阿娘不要静儿了，静儿横竖只要阿爹！

怀安见静儿脸庞带泪，神色却镇定冷静，远非年幼小女该有之气质，知她心有戚然，只是在此陌生，多半不敢言语。

惠心上前指责念儿不该欺负妹妹，命他快些向妹妹道歉。念儿不听，越发哭得狠。惠心气不过，扯住念儿要到静儿跟前。念儿直把身子往后缩，大声哭嚷，挣脱惠心之手，跑回阿公阿嬷身后躲藏，倒叫李妈好生去安慰。

惠心不知如何是好，寻思过了，方才蹲下，正待安抚静儿。

未料静儿竟一把将惠心推坐在地，悲切切说，静儿只要亲娘，不要后娘，只要亲娘，不要后娘……

怀安也愣怔地看着惠心,却见她流着泪,撑起身子。惠心慢慢揽过静儿,好生言语,好孩子,莫怕,唤我秦姨好吗?我是你阿娘的好姊妹,日后,让秦姨替你阿娘照顾你,莫怕,好孩子……

一场小儿闹剧,却分明撕开看不见的伤楚。

幸得上天眷顾,怀安未料当年离家前,竟在发妻腹中留下沈家血脉,更未料,经九死一生,几多浮沉,竟还有家人再聚之日。事到如今,如何让家人接受突然多出的静儿,怀安尚未琢磨好,虽告诉长辈,孩子名叫沈静,确确实实是自己的女儿,可怀安也忧虑,倘或沈家不认这个孙女,对孩子便极为不公,也对不住已然无辜害命的白艳青。可沈家只认惠心为长媳,也只认念儿为长孙,这番规矩,怀安焉能不懂?因不再提,只揣在心里,且等长辈发落。

惠心却早已明了,从安尔和怀仁处打听了怀安因何会被东瀛浪人抓走,白艳青又因何落得悲惨下场,一一打听明白。虽怀安只字不提,惠心也不便追问,但见静儿分外可人,自己与怀安只差一女,目下儿女双全,岂不更好?女人,虽说非到万不得已,岂能与他人分享自己的男人?但追溯起来,白艳青本性良善,保得怀安几年安生,功过相抵,算不得大错,虽她出身戏子,却能舍生取义,断不能叫她仅剩的女儿没得安生。所以,惠心早已想好,无论如何,沈静是怀安的女儿,身上是真真切切沈家的骨血,自己便是她的阿娘,纵然孩子不认,她自己是认的。

虽惠心才是发妻,怎奈怀安尚未从失去白艳青的悲恸里淡出。因而两人也不似先前亲密,倒像多年老友,心下互尊互让,有些事尽在不言,倒也相安。

某日,怀安听闻寺钟之声不知于何处遥遥而来,竟觉脑门一亮,忆起当年于开元寺听闻一老僧所赠之言:

进道进德，克精克励。处众处独，宜韬宜晦。埋光埋名，养智养慧。随动随静，忘外忘内。修行一切善，如是得度世。

如今忆来，竟分外清晰，更觉心头明朗。

这日，许久不曾登门的老二怀仁回来。老爷和夫人原是不见的，李妈却说，二少爷带回一件瓷器，看样子是夫人先前所捏塑的，只是有些怪道。

怀仁一向无惧天地，却心知有愧于沈家，最怕见阿爹阿娘。此番来见，其实心内着实没底，迫于无奈，正待讨个主意。

待老爷和夫人上得厅堂，一眼见桌案上摆了明晃晃的物件。近看，果真是一件白瓷，却罩在一个方方正正的琉璃内，十分干净雅致。起开琉璃罩，中间主体为一株虬劲瓷梅，身姿婀娜如女子回眸舞动，枝丫稀疏，粗细有别，细枝上缀有数朵粉蕊白梅，并几朵含苞待放的骨朵。婉瑜一眼认出，该件是自己独创的《一树寒梅》，捏塑瓷梅花原本便是自己娘家的手艺。

婉瑜问怀仁，瓷梅花从何而来。怀仁说，是二叔……

敬德一惊，多年不曾有二弟沈家弘的音讯，因何突然冒出？

怀仁自认粗人一个，解释不清，便叫随行的安尔一一道来。安尔素来不卑不亢，先前也帮过沈家，在二老面前从不失态。安尔坦言，昨儿省府下来巡查，带了一拨东瀛使者，对方竟带来这件瓷器，言明已知出自沈家，还要特地上门道贺。

二老不解，何来道贺一说？况与省府和东瀛又有何干系？

安尔解释，据省府所言，该件瓷塑竟在巴拿马太平洋万国博览会上获得金奖，国民政府格外高兴，特意将金质大奖章送回，几经寻访，方寻得怀仁，才又寻到沈家。而寻得怀仁的，竟是长年杳无音讯的二爷沈家弘。

此时，敬德细看那枚金质大奖章，正面分明一男一女裸身牵手，甚是不堪入目，直接拍在桌案上。

二老仍旧不解，沈家从未得国民政府征询，至于万国博览会更是闻所未闻，也并未送出瓷器前往参评。毕竟，沈家自瓷坛隐遁若许年，但求安生，哪里还有自去找事的？

婉瑜又细看瓷塑，忽然大惊失色，焦虑地叫敬德过来看。原来，寒梅之上数朵粉蕊梅花，只有一朵藏在不起眼处的，是纯白梅花。

敬德问她何故惊慌？婉瑜惶然道，这件瓷器以白梅为记号，是我亲手交给老三怀远，在他当年出海往东瀛之前。

众人又惊又惑。

婉瑜跌坐椅上，喃喃自语，老三不会有事吧，我的孩子……

这时，一直静坐在旁的老二怀仁忽地轻咳几声，旋又压不住，重重咳了两声。未料，竟一口鲜血喷洒到桌案茶碗，血渍斑斑点点……

2

怀仁一身的白鹤拳虽学得杂，根基也未扎实，然适逢乱世，多少会些拳脚，也够他称一时大丈夫，手下兵卒多半是服的。

却说那日午后，怀仁正带人操练。门口闹泱泱被打进三五个人，怀仁定睛一看，竟是手下看门的小厮，戚戚哀哀地都被踢翻在地，狼狈挣扎。

再看门口，侧身站定一人，身形不甚高大，头顶光洁无发，两侧鬓发梳成小发束竟绑在后脑上，一身宽松黑衣分明东瀛打扮，尤其腰间挎一把倭刀，生怕人不知其来历似的。待其转过脸来，眉横目阴，凶恶中杀气毕露。

怀仁料定来者不善，拳头已然捏紧。

来人开口即问，此间哪个说了算？

待众人围到怀仁身后，来人便看明白了，上下打量怀仁，目力不屑，嘴角轻佻，未多言语，径直踱到怀仁面前。

二人四目交互，眼中已先杀上。果不其然，来人忽然出招，起掌便朝怀仁当头劈下。怀仁早有察觉，身形一闪，轻松躲过，再要闪时，对方掌风已扫到面前。如此之快，怀仁自然举手格挡。二人正面撞击，仅一瞬，来人立即变换站位，一个反转，身形一矮，改攻下盘，横腿一记侧扫。

众人原以为怀仁必是飞身而起躲过这一记横腿，哪知怀仁不挪不移，左脚如桩钉住，仅提右脚跟，向左后侧凭脚底一挡，不偏不倚抵住对方横扫，纹丝不动，叫来人一时愣神。

来人趁势左手支肘，朝上攻怀仁胸口，不仅于此，于宽长袖底藏右拳，突如其来直击怀仁下颌。怀仁让对方如此近身，已属大忌，原本意在试探对方意欲何为，一试便知对方暗藏杀心，自然早有提防。一手轻拍对方左手肘，借势飞身而起，右手更一记横打，荡开对方突袭之右拳。如此便得以脱身，待对方因势左转方才站定，怀仁已然飘至其左后方，拳头神不知鬼不觉地抵住对方左颈动脉处，拳风已震动对方脸侧，令之陡然一惊，不敢妄动。

忽然一阵笑声竟从门口传来，不知几时，那儿前前后后已站定数人，身着中山装，由安尔作陪。笑声竟是中间一肥胖老儿发出的。

怀仁粗大的拳头仍停在空中，那位东洋武士倒识相地收了架式，拱手作揖，点头退后。怀仁才缓缓收了拳，神色仍旧。

安尔引来人上前，告诉怀仁，省府遣人下来巡视。怀仁却不温不火地反问，不年不节的，难得省府能想起我们这号没人管的，瞧这阵势怪呀，多早晚竟改穿倭贼裙裤了，该不是开裆利于便溺的吧？

一言才毕，哄笑四起。原来，省府官员身后跟着数名身着和服的东洋人，却都和颜悦色，不因众人哄笑而恼怒，倒是才刚与怀仁交手的东洋武士仍旧一脸阴鸷。

幸得安尔惯于周旋，三言两语便哄得众人跟她进内厅品茗。怀仁原是执意不与这等来历不明之人共处的，怎奈安尔再三眼神示意，又恐安尔遇险，只得左右不离她，也想探探这伙人究竟什么干系。

茶毕，客套过，便有人捧得一件琉璃罩下的艺术品呈上。怀仁压根没放眼里，心下暗忖，都说远来是客，这伙倭贼凭送礼想拉拢本爷，怕是想错了。谁料，捧礼上来的人，一回头直视怀仁，换上一脸亲近的笑，竟是沈家弘。

怀仁当即愣了，数年未见，二叔一脸油笑竟不曾变，还径直冲怀仁问候。怀仁侄儿，别来无恙？

怀仁当即报以冷笑，坦言，今日方知何谓蛇鼠一窝啊。

未料省府官员大喝一声，放肆！拍桌拍得山响。怀仁竟不屑地将脸别开。安尔赶紧赔笑，大方安抚官员莫动气，仔细气坏了身子。

沈家弘在侄儿眼里，早就不是个东西，这会儿凑上一张老脸，纯属无奈。他告诉侄儿，桌案上这件白瓷是《一树寒梅》，在座只怕仅他沈家弘一人认得，却是沈家长房夫人婉瑜的瓷花之作，错不了。

怀仁一听，心知这位二爷又在打如意算盘了，满心的小九九，这回竟如此大阵势，必是有大甜头才敢伸出那只讨打的老鳖脑袋。

果不其然，沈家弘笑呵呵道，这回也该咱沈家祖坟冒烟儿了，祖上积德，咱沈家这件瓷器竟然获得了那什么……巴拿马……呃，万国博览会金奖，好侄儿你快看看，金质奖章都给带来了，错不了。

怀仁压根没听懂，什么奖不奖，皇上天朝都没了，谁还稀罕个奖？怀仁正待反驳，安尔却赶紧把话接去。

安尔谢过各位，坦言这是沈家荣耀，更是国之荣誉，要放全世界来说，称得上是光宗耀祖的大事了，值得好好庆贺，劳烦各位特地送来，万分感激。

省府官员却称，这等荣耀之事，若非东洋有关方面着人送来消息，一并将该件瓷器送回，省府确实不知，毕竟从未组织，哪有闲工夫？

安尔倒多个心眼儿，顺嘴一问，却不知沈家瓷器因何由东洋人送回？究竟又是谁送去博览会参展的？

合该由东洋人解答，却见他们面面相觑。后一人郑重道，只是偶然送得该件瓷器，荣幸获奖，足见贵方瓷艺水平之高，得到世界各国赞誉，目今，我方愿请贵方瓷艺高手出任东亚瓷雕艺术协会会长，以期凭艺术交流，共修两国之好。

虽东洋口音听来，教人如同在啃一截截枯槁的甘蔗，不过，怀仁也算听明白了对方的意图，连连摆手，并称此等好事摊大街上，随便找人问，哪个会信？

因叫安尔别费口舌，跟倭贼哪有好话可讲，趁早送客关门。

省府官员坐不住，再度拍桌而起，呵斥怀仁无礼。见其架势，必要破口大骂不可，反倒叫东洋人起来劝住了。沈家弘见情形尴尬，只得觍着脸上前劝侄儿，这是好事，让大哥出任那什么协会会长，只会有利，不会有错。往后，沈家瓷业越做越大，做到东洋去，哦，不，做到世界去，那更是沈家光宗耀祖的大事。怀仁，好侄儿，你道是与不是？

怀仁一把揪住沈家弘的衣领，作势吓唬他。哪知后头那名东洋武士一把将桌子拍散了，大喝道，有种到外头比画。说话间，便虎虎地出了厅外。

安尔恐生事端，扯住怀仁胳臂。怀仁眼角余光瞥见那东洋武士气焰更胜先前，倒比得自己脾气，压不住，遂一把将沈家弘丢到桌脚下，抬脚跟那东洋人出了厅堂，立定天井处。

众人围上，护住四下。东洋武士将倭刀解下，放置一旁，撸起袖子，扎好马步，待怀安出来，出招便杀过去。

二次交手，怀仁仍未将对方放在眼里，适才试过对方身手，便知不是好手，不过气势上些许唬人罢了。哪知对方深藏于内，适才不过意在试探怀仁，仅使出二分力而已。此刻过招，凌厉大超先前，招招硬杠，力道之强，震得怀仁步步后退，尚不等怀仁喘息还手，作势速战速决，欲将怀仁逼至彻底败落。

怀仁大意之下竟失先机，于东洋武士飞起一脚，而怀仁紧急避让后，那一脚踢飞一只五十斤重青花瓷大盆，径直朝安尔飞去。

千钧一发，怀仁斜里飞扑，来不及扑倒安尔，至多挡住安尔身前，身背完全露出破绽，被那只青花瓷大盆正撞后心，一声闷响，骨肉硬生生挡下。

就着撞击之力，怀仁朝前护住安尔，却听身后青花瓷大盆落地碎开，声沉而钝，惊得众人顿时愕住。

东洋武士收了脚，阴狠狠地盯着怀仁的背影。却见怀仁缓缓转身，微微一笑，弹弹身上尘土，拱手揖道，身手不错，只是力道差些，准头也不济，承让！青花瓷大盆就不用赔了，不送！

一众人等悻悻离去，沈家弘缩着脖子，一声不敢再吭，远远避着怀仁，躲出去。

安尔忙问怀仁怎样，没事吧。怀仁硬生生将一口逼到喉头的内血再咽下去，笑称那人不过镴枪头，何惧之有？

安尔这才放心。

哪知得见阿爹阿娘后，怀仁的气息尚未调稳，一时镇不住咳，咯血而出，惊得众人慌作一团。

3

石阶、石桌、石凳、石墙和巷里巷外青石板路，一时潮乎乎。

老人有言，础润而雨，南风天来了。果然，夜里一场不大的雨，将老城闷在氤氲里，连梦都显潮热。

晨起，满城水汽弥漫。婉瑜一夜未能安眠，才刚陪怀仁
服了药，见他躺下，有安尔陪护，才好走开一会儿。路过天
井处，见惠心带着念儿和静儿，在一处捏瓷土。为讨好静儿，
惠心可算有心了，昨儿便说要教静儿捏瓷花。静儿毕竟还是孩
子，哪经得起诱惑，不单不再与惠心和念儿逆着来，一早起来
还央求惠心快快教她。婉瑜这才放心，知道老大怀安必是在屋
里捏瓷，随他去吧。

自怀安返家，基本大门不出二门不迈，得空不是静坐冥
想，便是捏瓷消遣，别无他事，倒也清静，比之前先更加口讷
不言。至若二弟怀仁的事，他也不多插嘴。

婉瑜才到屋外，便听见一声瓷杯碎地声，心头一惊，忙进
屋。却是敬德不慎摔了茶杯，也没什么要紧。婉瑜收拾地上的
碎瓷片，嘴里念叨着"岁岁平安"，起身见老爷不大对劲，呆
坐良久，一言不发，目光朝向门外，却是呆滞的。

婉瑜问他，不过碎了只杯子，发什么呆呢？

敬德喃喃道，老爷子托梦了。

要说梦见先人，也不是稀罕事。素日里，婉瑜烧香礼佛，
敬德都不当回事，打量娘们儿勤佛没坏处，心内多少有个寄
托，坏不到哪去。至若自己，虽从祖上学得捏塑神佛瓷像的手
艺，却鲜于礼敬，大男人不便耽于神神道道之事，难免碍于面
子。

可昨夜一梦，今早起来，敬德竟觉心神飘忽，早茶时正寻
思梦中情境，忽地无端心口剧痛，茶杯落地，应声而碎。

梦，倒也不甚怕人。敬德恍惚回返老家宅邸，莫名进了厅
堂，见老爷子端坐，一如素日模样，但只神色严肃。敬德便唤
了一声阿爹。谁知老爷子并未答应，也未瞧他。敬德正纳闷，
门外又进来一人，却是敬德自己。敬德心头一惊，怎地自己瞧
得见自己走进门来？但见进门后的敬德唤了声阿爹，向堂上
正襟危坐的老爷子问了安，这才回身叫人进来。再进来三个小

娃儿，分明是敬德膝下三个小子。怀安约莫十岁，怀仁约莫八岁，最小的怀远才刚五岁光景。三个娃儿在沈老爷子面前跪下，磕头。再一瞅方才进屋的敬德，亦是年轻模样。且听老爷子抚须长叹，言语什么，梦中却听不分明。恍惚间，又见老爷子指着桌案上一尊白瓷像，叫三个娃儿上前好生辨认。原来，正是那件白瓷达摩像《一苇渡江》。隐约听见老爷子念叨：

一苇所渡……非是渡江海……而是渡人世……更是渡人心……

忽地，门外有人大声惨叫。屋内三个娃儿都扑进老爷子怀里，怕得瑟瑟发抖。却见方才不知几时离开的年轻敬德进屋来，脸色惨白，浑身战栗，双手颤抖，鲜血淋淋，分明各少了大拇指……

未听敬德絮絮叨叨说完梦中情境，婉瑜赶紧抢过话，却说，哪里是老爷子托梦，竟是前朝的事你放不下，这会儿又搬将出来，何苦自寻烦恼？

敬德抖着双手八指，兀自摇头叹息，人生半百，安能不通幽洞微？思量半晌才问，怀仁可好些了？昨儿那一口血吐得好不骇人，明明跟东洋人交了手，却还藏着掖着，怕是着了人家的道，这暗伤最是怕人，不动声色，莫再落下一辈子病根。

言及此，婉瑜也不住叹气，说打发人请大夫来瞧过，一般的刀枪剑伤人家都不在话下，查了半日，偏生不知怀仁伤在哪。这还用问吗？吐那么大一口血，必是伤在五脏六腑了，依我看，那些大夫竟是不中用的，倒是安尔说得是，得找坊间练家子的，会功夫的人必能懂些内伤疗治的法子。

敬德却未顺着话头往下，转而念叨，还有那个安尔，姑且不说对咱沈家有助，那都是过去的事儿。这些年唬着怀仁，随她在外头没少折腾，也不是个安生的主，将来少不得还将怀仁骗到天涯海角去，咱这爹娘都白当了。

说那些有什么干系？婉瑜打心底里早不待见安尔，慢说是个学新知的女娃,一个姑娘家不好好在家待着,做些女红针织,非得到男人堆里厮混,跟男人到处打打杀杀,哪里还有个女儿家相夫教子应有的贤良淑德?比长媳惠心差了远了,这种女人亏得没进沈家门。倘或想进,二老这关怕是没得过,也难怪这些年,怀仁和安尔都没敢进沈家叨扰,却是有自知之明的。

然而,敬德心头惦着梦里旧事,兀自难安,只恐有什么不祥,却是不好再拿这事吓唬婉瑜,因不再言语。

至于那件莫名其妙拿奖的《一树寒梅》,却不得不提。

瓷花先行回到沈家了,老三怀远却杳无音讯。这是婉瑜心底最惊怕之处。先时,老三怀远初往东瀛,偶有书信送往省城的瓷坊分号。前朝剧变后,沈家风雨飘摇,省城分号也早关门,颜掌柜自有别的去处,与沈家再无关联。老三怀远便是那时节失了联络,一别已然经年。

然而,令婉瑜心头更为不安的,却是多年不曾露面的二爷沈家弘。沈家于鲤城的瓷坊分号被他败落后,他被侄儿怀仁打跑。事后,怀仁一度负荆上门请罪,敬德却连面也不见,直接将他晾在外头,倒是沈家上下为怀仁之举叫好,只不声张罢了。

至若二爷沈家弘,从此不知去向,这也罢了,不过是经营不善,老爷子和姨太太尚在时,沈家上下无人会对二爷有微词,任凭他去。如今二老仙去多年,沈家风光不似从前,二爷忽不知打哪冒出来,还跟东洋人搅在一起,多少令人心底不安,却又拿他没辙儿。

这事儿不必避讳,婉瑜直截了当地问敬德,预备拿二弟怎么办?不出意外,二弟还会再找上门来,这号不省油的灯虽说没本事掀起大风大浪,却有能耐将大风大浪往家里引。

敬德愣了半晌,没回应婉瑜的问话,却喃喃问了句,念儿呢,今日的书读了没?

4

怀仁的国民军军职莫名被抹掉了，这事安尔没敢跟养伤在床的怀仁提及。

安尔也十分纳闷，先时拿银子在省城笼络了好些上头的人，打量可保怀仁在国民政府旗下安稳无忧，忽然没任何预兆地降下一道通令，竟不由分说，革了怀仁的军职。安尔即刻打发人前往省城各处打点，回来的人都说不管用，吃了银钱的人只管银钱的事，不管底下人的事，尤其跟东洋人扯不清干系的事，更加没人敢问。

安尔明白了，定是东洋人耍了神通，摆平了省城的国民政府官员，却不知背后究竟想干什么勾当，凭什么单单冲着沈家去？

在风云场见多了瞬息万变，安尔也学得精明通透了。她将前后各方人事一番琢磨，因有几处疑点。《一树寒梅》既是沈家老三怀远带往东瀛，今却由东洋人送回，还莫名拿了国际金奖，只怕沈家三少爷要么与东瀛组织脱不了干系，此为其一；其二，此节骨眼上，怀仁却被抹掉军职，恐与先前暗杀东瀛浪人头子有关，何况怀仁莫名中了东洋高手的暗算，估计是东洋人假公济私前来寻仇；至于其三，那不受待见的二爷沈家弘断是没什么值得东洋人赏识的，必是东洋人踩他这一步，借机靠近沈家，来者果然不善，可谓步步机关算计，只是真正企图尚未明了。

安尔守着怀仁，几日思虑越发清晰，更觉有大事逼在眼前，只是一时猜不透，原想找沈家人合计合计，怎奈不知找哪个。

所谓山雨欲来风满楼，偏偏事发当日，却极是平常。

先是婉瑜得了口信，说是四姑娘怀钰在女学堂让人接走了，且是东洋人。这下坏了，敬德见婉瑜急得要疯，心知该

339

来的总会来。敬德只说没什么大不了，嘱咐婉瑜，此间的事一
了，沈家就搬回瓷城老宅去。

敬德出门后，婉瑜心神不宁，在桌案上发现一份请阑，却
是东亚瓷雕会社的邀请，指名了请敬德。婉瑜不知内里厉害，
思前想后，想告诉老大怀安，又恐他万一有什么闪失，家里妻
儿可如何是好？想告诉老二怀仁，可怜怀仁咳血后卧床不起，
可怎么办才好？左右拿不定主意。

话说，敬德心知东洋人发出的邀请分明要唱一出"鸿门
宴"，原可不予理会。哪知对方打发人来报了口信，先将四姑
娘怀钰从学堂"请"了去，摆明了拿作人质。怀钰虽唤敬德一
声大伯，毕竟是沈家正宗闺秀，原本送新学堂里学些新知，虽
不希图她如何了得，将来配个好人家，也算对得起沈家门庭。
敬德断不能让四姑娘怀钰有什么闪失，这趟险是避不过了。

到那儿一看，大横幅红底金字写就"大东亚瓷雕总会成立
大会"。一时间，迎来送往，人声鼎沸，酒楼大门外，左右立
着军装整饬的军人，后头还有两排东瀛浪人，皆肃穆严整，丝
毫不受酒楼气氛熏染。

早有人在酒楼前恭候敬德。数年不见，当年一面早已忘
却，哪知对方却深深记着敬德，上前一把握住敬德仅余八指的
双手，好一番嘘寒问暖，开口却是硬生生的东洋味汉语，直呼
敬德大师，将敬德迎进会场。

敬德觉出几分熟悉，见对方一身戎装，却一时追忆不起，
正待问对方名讳。转念一寻思，对方这排场，问了有恐失敬，
这般无事殷勤，必有所求，但不知好歹，姑且晾他一晾，免跌
了我中华男儿的气概。索性，脸都不带笑，不卑不亢随其进了
会场，倒要看看对方葫芦里卖的什么药。

哪知一入席，便见旁座上坐着老熟人，竟是当年在瓷城的
恩怨对手万福瓷业的掌柜康万州，还有前朝知县胡向春。多年
不见，二人均目含愤恨，几乎恨不能万箭穿出，打穿敬德。却

有那素来惯于跟班的聚鑫瓷场的东家父子，李修儒与李长庚二人在旁打哈哈，分明暗里推波助澜。

也难怪，当年康家大少爷康延福被沈家二少爷怀仁废了，连同胡知县，哦，目下是胡县长，其爱子胡少杰哪怕任上警署长官，末了，竟被安尔带的国民军给灭了。两位当爹的安能不报杀子之仇？奈何数年来，忌惮怀仁的国民军势力，不敢动手罢了。今日在东洋人旗下，狐假虎威，恐是别有居心。

敬德眼角余光一瞥，心知肚明，倒也无甚可惧。却是面前过来一人，笑呵呵的模样仍旧德性不改，不是消失多年的沈家弘，又是何人？听他唤一声大哥，敬德都没拿正眼瞧他，只问，怀钰在哪？

沈家弘一愣，又赔笑说，大哥放心，二弟自己的亲生闺女，呵护还来不及，一点事儿也没有，在后堂正跟青木长官的公子叙旧呢。敬德没再理他，兀自看向别处。

沈家弘自讨没趣，旋即堆上笑，向大哥介绍，说今日这盛会，主人是这位东瀛长官——青木川田，大哥可还记得？当年，青木长官还专程到瓷城，来咱紫云瓷坊……

敬德故意咳两声，打断沈家弘的话，摆明了不想往下听。

一身驼黄色笔挺军装的青木川田见状，坦然笑言，大师这风范，是青木本人仰慕多年的，今日特请大师前来，一则叙旧，二则闲话少说。青木本人已向天皇力荐，为将来天皇的大东亚事业，特推举敬德君出任大东亚瓷雕艺术总会的会长，此乃大东亚未来瓷雕艺术之幸啊！

此言一出，满座皆惊。众声非议四起。康万州和胡向春递个眼色给李修儒，李修儒也意会，正待起身说话，偏早有人拍桌而起，大声质问，凭什么叫一个名不见经传的人出任总会会长，他有甚了不得的本事？听说只剩下八个指头，瓷土都捏不住了，他……

砰——砰——两声枪响，满座惊叫，说话之人立时中了两枪，倒趴在酒桌上。

却是青木川田身旁的副官开的枪。场面立时冷下去，再无人敢乱言。青木川田继续笑言，并举杯起立，招呼大家都举杯，恭敬向敬德道，来，敬大师，哦，不，敬新任大东亚瓷雕总会会长，来，干！

青木川田言毕，率先饮尽，众人亦战战兢兢饮尽。沈家弘、康万州、胡向春、李修儒皆各怀鬼胎，酒罢，神色各异。

唯独敬德岿然不动。众人一时尴尬，立也不是，坐也不是。青木川田仍旧满面含笑，等着敬德。

沈家弘见此难堪，小声提醒敬德。

敬德冷哼一声，站起，举杯，对众人道，今日在座，沈某认识与不认识的，沈某敬大家一杯，不为别的，就为咱们大中华千百年来的根骨，捏瓷土的人比不得天生贵胄，也比不得经纶学士，多少人做着泥土化金的梦。说到底，人生一世，不过百年，沈某不才，荣辱向来不问，但沈某再是人微言轻，也知我大中华男儿铁骨铮铮，过去欺不得，将来坏不得，凭谁也奈我不得！

敬德仰脖一饮，心知今日命当休矣，何惧之有？遂一把将酒杯摔掷于地，震得青木川田立时收了笑。一旁副官拔枪指向敬德，却被青木川田挡下。

敬德正视一眼青木川田，笑问，请问，贵方说的大东亚，与我们有何相干？

青木川田正待答复，敬德兀自说笑，目下，我大中华连前朝皇帝都不中用了，可笑的是，今儿又哪来的什么皇？打量大家还稀罕吗？

众人个个面面相觑，不知所以然。

敬德又道，别小瞧捏瓷土的，心明眼亮者有的是，贵方拿枪拿炮杵到我们这儿来，打量我们不懂豺狼虎豹觍着脸是何居心吗？我虽凡夫，也有毁家纾难之心……也知……大中华不可欺……

话至此，敬德竟嘴角溢血，言语断续，众人惊骇。青木川田欲上前搀扶，却被敬德摆手拒绝。

你们……便是当条狗，要替我看家……我沈某……都嫌弃……你们啊……没那好心……

敬德双眉拧紧，两眼充血，捂住心口，最后踉跄着扶住桌子，一口鲜血冲口而出，喷了满桌。

沈家弘惊骇得立马冲上去扶住，惊呼大哥怎么了？

酒里有毒！

众人又大惊。青木川田上前探视，却被副官扯住。沈家弘忽然大喊，是他们，康万州、胡向春，你们这两个杀千刀的，说要毒杀东洋人，却在我大哥酒杯里下毒，你们不得好死。

言毕，康万州和胡向春惊慌起身，挤过人群，不过逃出三五步，竟双双背后中枪，口吐鲜血，立时毙命。

人群惊慌四散，几声枪响后，众人全都吓趴在地。李修儒父子早瑟瑟趴在桌下，直吓得尿裤子。

日本副官举枪又要打沈家弘，哪知斜里冲出四姑娘怀钰，扑在敬德身上，哭喊大伯。副官的枪被青木川田一把夺下。

敬德已不能言语，面色晦暗，双唇发紫，眼鼻出血，涣散的目力勉强聚到怀钰脸上，只艰难说出"回家"二字，便气绝身亡。

怀钰放声大哭。另冲出一名少年，却是青木秋郎，见怀钰大哭，又见他父亲青木川田手上拿着枪，恨得扑至父亲怀里，拼命踢打，为什么，为什么，为什么……

……

那日黄昏，晋江以西天际，残阳如血。

婉瑜带一家人在门口迎接被抬回来的敬德，在众人的悲切声中，含泪只淡淡说一句，敬德，咱们可以回老家了。

怀仁气得冲出巷道，要找东瀛浪人报仇，被大哥怀安扑倒在地，连扇了两巴掌。一向不问世事的怀安，竟冲地上的二弟怀仁怒吼，你给沈家惹的祸还嫌不够吗？

怀仁匍匐在地，耳畔竟响起辛亥年的一场雨里，阿爹训他时那掷地有声的话——

怀仁你听着，咱沈家不过是捏瓷的，从未出过什么经天纬地的英雄，也不奢求沈家子弟哪个能大济天下，只求根骨洁净，如瓷如玉。还有，你可听好了，无论到哪，可千万别辱没了祖宗，千万要有铁骨铮铮，你要果然丢了人，竟再也别回沈家的门！听见了吗？

听见了！

大点声儿！

听见了——

再大声儿！

听见了——

……

而彼时，老三怀远正在刚刚归国的航船上，面朝万顷碧波，心头念叨，我回来了……

2022.05.01 于泉州